슈니츨러 작품선

Arthur Schnitzler

세계문학전집 428

슈니츨러 작품선

Arthur Schnitzler

아르투어 슈니츨러

신동화 옮김

민음사

일러두기

1 다음을 저본으로 번역했다.

  Arthur Schnitzler: Gesammelte Werke. Die erzählenden Schriften, Band 1(Fischer, 1961)

  Casanovas Heimfahrt: Erzählungen(Fischer, 1981)

  Fräulein Else: Reclam XL – Text und Kontext(Reclam, 2020)

  Traumnovelle: Reclam XL – Text und Kontext(Reclam, 2021)

2 주석은 모두 옮긴이 주이다.

3 원문에 이탤릭체 등으로 강조된 부분은 고딕체로 구분했다.

차례

죽은 가브리엘 7

독신남의 죽음 29

레데곤다의 일기 49

엘제 양 63

꿈의 노벨레 163

작품 해설 281

작가 연보 295

죽은 가브리엘

그녀는 모르는 신사의 품에 안긴 채 춤추며 지나쳐 갔고 아주 살짝 고개를 숙였다. 그리고 미소를 지었다. 페르디난트 노이만은 평소보다 깊숙이 몸을 숙였다. 그녀도 여기에 왔군, 하고 놀랐고 돌연 전보다 마음이 편해졌다. 가브리엘이 죽은 지 사 주 만에 벌써 이레네가 흰 드레스를 입고, 모르는 아무 신사와 함께 밝은 홀에서 사뿐사뿐 춤추는 이상, 그 역시 이 순전한 즐거움의 장소에 온 일을 더 이상 가책하지 않아도 되었다. 오늘 밤 그는 사 주 동안 조용히 칩거한 이래 처음으로 다시 사람들과 어울리고 싶어졌다. 그다지 가깝지 않은 지인이 죽었는데도 몹시 우울해하는 아들을 도무지 이해할 수 없던 부모는 그가 연미복 차림으로 저녁 식탁에 나타나 법률가 무도회에 간다고 하자 놀라며 반겼다. 그는 이 훌륭한 노인들에게 별다른 수고 없이 작은 기쁨을 준 데 흡족해하며 곧 집을 나섰다.

조피엔젤레[1]로 가는 삯마차 안에서 다시금 가슴이 조금 갑갑해졌다. 어두운 형체가 저편 시립 공원 창살 근처에서 배회하는 모습을 빌헬미네의 집 창밖으로 내다봤던 그 밤을 떠올렸다. 아직 침대에 누워 신문을 보다 가브리엘의 자살 소식을 발견한 그 아침을 떠올렸다. 빌헬미네가 그에게 읽어 보라며 감동적인 편지를 건넨 그 순간을 떠올렸다. 편지에서 가브리엘은 아무런 비난의 말도 없이 그녀에게 영원한 작별을 고했다. 넓은 층계를 오르는 동안에도, 그리고 음악 소리가 울리는 홀 안에 있을 때조차도 그의 기분은 명랑해지지 않았다. 이레네의 모습을 보고 나서야 비로소 기분이 밝아졌다.

그는 몇 해 전부터 이레네를 알았다. 그녀에게 특별히 관심을 가진 적은 없었다. 그리고 가브리엘을 향한 그녀의 연정은 그녀의 집안과 알고 지내는 모든 사람에게처럼 그에게도 계속 비밀로 남지 않았다. 크리스마스를 며칠 앞두고 페르디난트가 그녀 부모님 집에 초대받았을 때 그녀는 듣기 좋은 낮은 목소리로 노래를 몇 곡 불렀다. 가브리엘이 피아노로 반주를 했다. 페르디난트는 자신이 이렇게 자문했던 일을 똑똑히 기억했다. 왜 저 훌륭한 청년은 저 사랑스럽고 소박한 아가씨와 결혼하지 않는 걸까? 곧 그를 배반할 게 뻔한 멋진 빌헬미네에게 목을 매는 대신 말이야. 다름 아닌 그가 그러한 예감을 실

---

1) 오스트리아 빈에 있는 건물. 무도회장, 공연장 등으로 쓰였다.

현하도록 운명의 선택을 받았다는 점을 그날 페르디난트는 물론 미처 예견치 못했다. 하지만 그가 가브리엘의 죽음에 실제로 얼마나 책임이 있는지에 관해, 지상과 천상의 만사에 통달한 아나스타지우스 트로이엔호프가 단언하길, 이 사건 전체에서 그에게 주어진 것은 개인이 아닌 법칙으로서의 역할이었다. 따라서 가벼운 애수에 젖을 일이지 결코 진지하게 후회할 까닭은 없다는 것이다. 여하튼 가브리엘의 무덤가에 빌헬미네와 함께 서 있던 순간 페르디난트는 난처하기 짝이 없었다. 무덤 위에는 시들어 가는 화관이 아직 놓여 있었고 갑자기 빌헬미네는 뺨에 눈물을 흘리며 그가 무대를 통해 익히 아는 억양으로 말했다. "그래, 이 파렴치한 같으니. 이제 눈물이 나오시겠지." 하지만 한 시간 후 그녀는 그를 위해서는 가브리엘보다 나은 사람이 죽어도 괜찮다고 단언했다. 지난 며칠간 그녀는 종종 지난 슬픈 일을 전부 간단히 잊은 것처럼 보였다. 트로이엔호프는 이 기이한 현상도 설명할 줄 알았다. 여자는 남자보다 근원적 요소에 더욱 가까우며 따라서 애초에, 돌이킬 수 없는 일을 차분히 받아들이도록 만들어졌다는 것이다.

이레네가 또 한 차례 페르디난트를 지나쳐 갔다. 그리고 다시 미소를 지었다. 하지만 그 미소는 처음과 달라 보였다. 보다 의미심장하고 보다 친근했다. 어느새 다시 멀어져 짝과 함께 무리 속으로 사라지는 동안 그녀의 시선은 페르디난트에게서 떨어질 줄 몰랐다. 왈츠가 끝나자 페르디난트는 홀을 배회하면서 무엇에 꾀여 이곳에 왔는지 자신에게 물었다. 요즘 빌헬미네 품에서 격정적인 시간을 보내면 침울한 자극만 더 받는 자기 존재의 고상한 멜랑콜리를 이 무도회 밤의 요란한 진부함으로 어지럽히는 것이 과연 보람 있는 일인지 자문했다. 그리고 무도회장을 나가는 것은 물론이고, 될수록 빨리, 어쩌면 내일, 이 도시를 벗어나 남쪽으로, 시칠리아나 이집트로 여행을 떠나고 싶은 마음이 별안간 간절했다. 떠나기 전에 빌헬미네에게 작별 인사를 할지 말지 생각하는 찰나, 돌연 이레네가 그의 앞에 서 있었다. 그가 인사하자 그녀는 살짝 고개를 숙여 답례했다. 그는 팔을 내민 후 그녀를 데리고 홀에서 북적대는 군중을 뚫고 몇 계단을 올라 무도장을 두르는 넓은 복도로 갔다. 그곳에는 식탁이 차려져 있었다. 이제 막 음악이 다시 시작되었다. 화음이 첫 문턱을 넘을 때 이레네가 나지막이 말했다. "그 사람은 죽었어요. 그리고 우리 둘은 여기에 있네요." 페르디난트는 조금 놀라 저도 모르게 발걸음을 재촉했고 마침내 말했다. "이렇게 많은 사람 가운데 있는 건 그때 이후로 오늘이 처음이에요."

"저는 오늘이 벌써 세 번째예요." 이레네가 맑은 목소리로 말했다. "한 번은 극장에, 한 번은 야회에 갔죠."

"즐겁던가요?" 페르디난트가 물었다.

"잘 모르겠어요. 어떤 이는 피아노를 연주했고, 또 어떤 이는 우스꽝스러운 걸 선보였죠. 그리고 나서 춤을 췄고요."

"맞아요, 항상 똑같죠." 페르디난트가 말했다.

두 사람은 문 앞에 서 있었다. "카드리유를 추자는 청을 받았어요." 이레네가 말했다. "하지만 추지 않을 거예요. 우리 회랑으로 도망가요." 페르디난트는 이레네를 데리고 좁고 시원한 나선 층계를 올라갔다. 그는 이레네의 어깨에서 고운 분가루 몇 개를 보았다. 그녀는 목덜미 아래에서 검은 머리카락을 묵직하게 틀었다. 그녀의 팔은 그의 팔에 가벼이 놓여 있었다. 회랑으로 통하는 문은 열려 있었다. 첫 번째 칸막이 좌석에 앉아 있던 웨이터가 황급히 일어섰다.

"저는 샴페인 한 잔 마실래요." 이레네가 말했다.

오! 페르디난트는 생각했다. 그녀는 내 예상보다 흥미로운 여자란 말인가? 아니면 일부러 이러는 건가?

그는 샴페인을 주문했고 아래에 있는 사람들에게 보이지 않도록 그녀의 의자를 적절한 위치로 옮겨 주었다.

"그 사람과 친구였나요?" 이레네가 묻고는 그의 눈을 응시했다.

"친구요? 사실 그렇다고는 할 수 없어요. 어쨌건 지난 몇 년간은 아주 느슨한 관계였을 뿐이니까요." 그리고 그는 생각했다. 나를 묘하게 바라보는군. 혹시 눈치를…… . 하지만 그는 말을 이어 갔다. "오륙 년 전 대학에서 같이 강의를 몇 개 들었죠. 둘 다 법학을 공부했거든요. 별 쓸데도 없는 걸. 그 후, 삼 년 전 가을에 함께 자전거 여행을 했죠. 인스브루크에서부터요. 그곳에서 아주 우연히 만났거든요. 브레너를 지났고. 베로나에서 다시 헤어졌어요. 저는 집으로, 그 친구는 로마로 갔죠."

이레네는 훤히 아는 이야기를 듣는 듯 이따금 고개를 끄덕였다. 페르디난트가 말을 이었다. "그리고 그는 로마에서 첫 작품, 아니, 상연된 첫 작품을 썼죠."

"그렇군요." 이레네가 말했다.

"그 친구는 그다지 운이 없었어요." 페르디난트가 말했다. 샴페인 병이 탁자에 놓여 있었다. 페르디난트가 샴페인을 따랐다. 그들은 잔을 맞부딪쳤다. 술을 마시는 동안 그들은 서로의 눈을 진지하게 들여다보았다. 마치 이 첫 잔이 사라진 가브리엘을 추억하기 위한 것인 양. 이레네가 잔을 내려놓고 조용히 말했다. "그 사람은 비쇼프 때문에 목숨을 끊었어요."

"그렇다더군요." 페르디난트는 간결하게 답했고 속마음이 표정에 드러나지 않은 데 만족감을 느꼈다.

카드리유의 도입 선율이 격하게 울리는 바람에 샴페인 잔이 가볍게 진동했다.

"비쇼프를 개인적으로 아세요?" 이레네가 물었다.

"네." 페르디난트가 대답했다. 그래, 그녀는 아무것도 몰라, 하고 그는 생각했다. 당연하지. 눈치를 챘다면 여기서 나와 샴페인을 마시지는 않겠지. 아니면 혹시 바로 그렇기 때문에……?

"최근에 비쇼프가 메데아 역을 하는 걸 봤어요." 이레네가 말했다. "오직 그녀 때문에 극장에 갔죠. 지난겨울 가브리엘의 작품이 초연된 이후로는 무대에서 그녀를 본 적이 없어요. 아마 그때 일이 시작되었겠죠?"

페르디난트는 어깨를 으쓱했다. 전혀 아는 바가 없었다. 그가 단언했다. "그녀는 훌륭한 배우예요."

"그럴지도요." 이레네가 답했다. "하지만 그렇다고 그녀한테 그럴 권리가 있다고는 생각하지……."

"무슨 권리요?" 페르디난트가 잔을 다시 채우며 물었다.

"한 사람을 죽음으로 몰아갈 권리요." 이레네가 말을 맺고 허공을 바라보았다.

"그래요, 아가씨." 페르디난트가 신중히 말했다. "이 일에 있어 어디부터 권리가, 어디부터 책임이 시작되는지 딱 잘라 말하기는 어려워요. 그리고 자세한 사정을 모른다면 어떻게…….

어쨌든 비쇼프 양은, 뭐랄까, 우리 같은 사람보다 더 근원적 영혼에 가까운 존재예요. 그리고 그런 피조물에게 우리와 똑같은 잣대를 들이대면 안 될 거예요."

이레네는 탁자에 놓았던 작고 고풍스러운 상아 부채를 다시 집어 들었고 열기를 식히려는 듯 뺨과 이마로 부채를 가져갔다. 그리고 단번에 잔을 비우고 말했다. "그녀가 그 사람에게 지조를 지키지 않았다는 것, 그래요, 그건 이해할 수 있는 일일지 몰라요. 하지만 왜 그에게 솔직하지 않았을까요? 왜 그에게 말하지 않았을까요? 끝이다. 다른 사람을 사랑한다. 헤어지자. 분명 그 사람에게 아픈 일이었겠지만 그를 죽음으로 몰아가지는 않았을 거예요."

"누가 알겠어요." 페르디난트가 천천히 말했다.

"틀림없이 그렇지 않았을 거예요." 이레네가 단호히 말했다. "그를 죽음으로 몰아간 건 오직 역겨움뿐이었어요. 역겨움. 그는 생각할 수밖에 없었던 거죠. 오늘 내가 들은 것과 똑같은 말들, 오늘 내가 받은 것과 똑같은 애정을……." 그녀의 몸이 움찔했고 시선은 흉벽 너머 홀로 향했다. 그리고 그녀는 침묵했다.

페르디난트는 그녀를 바라보았다. 이 아가씨의 사랑을 받았던 지상의 누군가가 어떻게 빌헬미네 때문에 목숨을 끊을 수 있었는지 이해할 수 없었다. 그 순간 그는 또한 가브리엘에게 재능이 있기는 했는지 어느 때보다도 강하게 의심했다. 물론 그는 작년에 빌헬미네가 주인공 역을 맡은 작품을 어렴풋이만 떠올릴 수 있었다. 그 작품이 실패한 후 빌헬미네는 마치 손해를 보상하듯 가브리엘의 연인이 되었다. 이제 이레네가 시선을 돌린 채 몹시 나지막이 말했다. "그러니까 지난 몇 년간은 가브리엘과 교제하지 않은 거죠?"

"거의요." 페르디난트가 대답했다. "지난가을에야 다시 몇 차례 만났죠. 우연히 링²⁾에서 한 번 마주친 적이 있어요. 그 친구는 마침 비쇼프와 함께였고 우리는 셋이서 시립 공원에서 만찬을 즐겼죠. 몹시 기분 좋은 저녁이었어요. 이미 10월 말인데도 아직 야외에 앉을 수 있었죠. 그날 저녁 이후로 우리는 몇 번 더 함께 만났어요. 한두 번은 심지어 비쇼프 양의 집에서요. 그래요, 말하자면 오랜 세월 후 서로를 다시 발견한 것 같았죠. 하지만 그게 다였어요." 페르디난트는 회피하는 시선으로 미소를 지었다.

"하고 싶은 이야기가 있어요." 이레네가 말했다. "저는 비쇼프 양을 찾아갈 생각이었어요."

"뭐라고요?" 페르디난트가 외치고는 이레네의 이마를 쳐다보았다. 그 이마는 아주 하얗고 보통 아가씨들보다 넓었다.

---

2) 빈의 순환 도로와 그 주변 지역을 뜻한다.

카드리유가 끝나고 음악이 멎었다. 웅성대는 목소리가 아래에서 떠들썩하게 들려왔다. 마치 다른 말들에서 빠져나올 힘을 지닌 듯 몇몇 대수롭지 않은 말들이 보다 똑똑하게 위로 들려왔다.

"단단히 결심까지 했죠." 이레네가 상아 부채를 접었다 폈다 하며 말했다. "하지만, 생각해 보세요. 얼마나 유치한지. 마지막 순간에 항상 용기가 안 났어요."

"대체 왜 그녀를 찾아가려 한 거죠?" 페르디난트가 물었다.

"왜냐고요? 아주 단순하잖아요. 얼굴을 마주하고 그 여자를 보고 싶었어요. 그녀의 목소리를 듣고 싶었어요. 평상시 그녀가 어떻게 말하고 움직이는지 알고 싶었어요. 온갖 일상적인 일에 관해 물어보고 싶었어요. 이해가 안 가나요?" 그녀는 갑자기 격하게 덧붙여 말하고는 잠시 웃었고 잔에 든 술을 한 모금 마신 다음 말을 이어 갔다. "도대체 그런 여자들이 어떤지 알고 싶잖아요. 주장하신 대로, 다른 잣대를 들이대야 하는 신비로운 여자들, 그들 때문에 좋은 사람이 목숨을 끊는 여자들, 그리고 사흘 후면 다시 무대에 서는 여자들, 그토록 찬란하고 그토록 대단하게, 마치 세상에 아무것도 변한 게 없다는 듯."

두 신사가 지나가다 멈춰 섰고 몸을 돌려 이레네를 물끄러미 쳐다봤다.

페르디난트는 화가 났고, 이런 무례한 행위가 조금이라도 더 계속되면 일어나 두 신사에게 따지려 작정했다. 그리고 벌써 자신이 명함을 교환하고, 입회인을 맞아들이고, 동틀 무렵 프라터[3]를 지나고, 가슴을 관통당해 축축한 땅에 쓰러지고, 마지막에는 빌헬미네가 어떤 희극배우와 함께 그의 무덤가에 서 있는 모습을 그려 보았다. 하지만 그가 유예해 준 시간이 지나기 전에 두 신사는 이레네에게서 눈길을 거두고 갈 길을 갔다. 그리고 페르디난트는 다시 이레네의 목소리를 들었다. "지금 제게 용기가 있다면." 그녀가 낙담한 듯 묘하게 미소 지으며 말했다.

"무슨 용기요?" 페르디난트가 물었다.

"비쇼프 양을 찾아갈 용기요."

"비쇼프 양을 찾아간다…… 지금요?"

"네, 바로 지금요. 어떻게 생각하세요?" 그리고 그녀는 음악 박자에 맞춰 어깨를 흔들었다. "아니면 우리 왈츠 출까요?"

"여기서 가깝긴 하죠." 페르디난트가 말했다.

"이상하지 않아요?" 이레네가 장난스러운 눈으로 말했다. "우리가 여기 칸막이 좌석에 앉아 샴페인을 마신 뒤로 변한 게 뭐죠? 아무것도 안 변했어요. 조금도. 그런데 불현듯 드는 생각이, 죽음이란 보통 상상하는 것처럼 끔찍한 게 전혀 아닌 듯해요. 자, 저는 당장 여기에서 아래로 뛰어내릴 수 있을 거예요. 아니면 탑에서요. 저한테는 그게 아무 일도 아닌 것 같아요. 그냥 장난이죠. 그리고 우리 두 사람은 서로를 얼마나 잘 알게 됐는지! 이게 다 가브리엘 덕이에요."

"저는 상상도 한 적 없어요……." 페르디난트가 친절히 미소

---

3) 빈에 위치한 공원.

지으며 말했다. 그는 가슴이 조금 두근거리는 것을 느꼈다.

이레네의 눈은 더 이상 장난스럽지 않았다. 그녀의 눈은 크고 검고 진지했다. "그리고 제가 어떤 생각을 했는지 아세요?" 그녀는 그의 말을 듣지 않고 말했다. "저를 풋내기 배우, 혹은 그냥 열광적인 숭배자로 소개하려 했어요. 오래전부터 고대했답니다…… 오래전부터 갈망해 왔답니다…… 이런 식으로 말을 꺼내려 했죠. 그 여자들은 전부 심한 허영에 빠져 있잖아요. 안 그래요?"

"배우란 직업이 그렇죠." 페르디난트가 대답했다.

"아, 제가 아양을 떨어서 그녀는 완전히 넋을 잃었을 테고 분명 저보고 다시 오라고 했을 거예요……. 그리고 저는 다시 찾아가기도 했겠죠. 심지어 자주요. 우리는 무척 친밀해지고 그야말로 친구가 되었을 거예요. 그러다 어느 날…… 그래요, 저는 언젠가 그녀 면전에 대고 소리를 질렀겠죠. '당신이 한 짓을 스스로도 아나요…… 당신이 어떤 사람인지 알아요? 살인자! 그래, 당신은 살인자예요, 비쇼프 양.'"

페르디난트는 놀라서 그녀를 바라보았고 다시금 생각했다. 가브리엘은 얼마나 바보 같은 녀석이었는가.

카드리유가 끝나고 아래에서 웅성웅성대는 소리가 들렸다. 모든 것이 전보다 멀리서 들려왔다. 두 쌍이 지나갔고 전혀 멀지 않은 곳 벽 근처 탁자에 앉아 이야기를 나누고 아주 큰 소리로 웃었다. 그리고 다시 음악이 시작되었다. 음악 소리가 홀 안에 울리며 커졌다.

"지금 찾아가면 어떨까요?" 이레네가 물었다.

"지금요?"

"어때요, 그녀가 절 맞아들일까요?"

"일반적인 시간은 아닐 텐데요." 페르디난트가 미소 지으며 말했다.

"아, 아직 자정이 되려면 멀었어요. 그리고 그녀는 오늘 공연이 있었고요."

"그걸 알아요?"

"뭘 그리 놀라세요. 신문에 나오잖아요. 이제 곧 집에 올 거예요. 이보다 쉬운 일이 세상에 또 있을까요? 그녀를 만나러 왔다고 알리는 거예요. 어떤 사연을, 아니면 아주 간단하게 사실을 말하는 거죠. 그래요. 무도회장에서 바로 오는 길이랍니다. 당신을 만나 보고 싶은 간절한 소망을 억누를 수 없었어요. 단 한 번이라도 신성한 손에 입을 맞추고 싶었어요…… 등등. 그동안 아래에 마차를 대기시켜 놓고요. 중간 휴식 시간이 끝나기 전에 돌아오는 거죠. 아무도 눈치 못 채게요."

"그럴 준비가 되셨다면." 페르디난트가 말했다. "제가 함께 가도 괜찮겠죠."

이레네가 그를 바라보았다. 그의 얼굴 표정은 결연했고 흥분해 있었다. "믿지 않는군요. 제가 정말로……."

"하지만 아가씨, 탑에서 뛰어내릴 용기는 충분하다고……?"

이레네가 그의 눈을 들여다보았다. 그러더니 갑자기 일어섰다. "그럼 바로 가죠." 그녀가 말했다. 그녀의 이마에 어두운 그늘이 스쳐 갔다.

페르디난트는 웨이터를 불러 계산을 했고 팔을 내민 후 이레네를 데리고 두 층을 내려가 로비로 갔다. 그곳에서 그녀가 밝은 회색 외투를 입는 것을 도왔다. 그녀는 모피 칼라를 세우고 머리에 레이스 스카프를 썼다. 두 사람은 서로 한 마디도 나누지 않고 대문을 지나 진입로로 갔다. 마차가 다가왔다. 두 사람은 눈 덮인 거리를 따라 조용히 목적지로 향했다.

페르디난트는 때때로 옆에서 이레네를 바라보았다. 그녀는 미동도 없이 앉아 있었고 가려진 얼굴에서 눈이 어둠을 응시했다. 몇 분 후 마차가 파르크링[4]의 한 집 앞에 멈춰 섰고 이레네는 페르디난트가 초인종을 누르고 대문이 열릴 때까지 기다렸다. 이제 그녀가 마차에서 내렸고 두 사람은 천천히 층계를 올랐다. 익히 아는 시녀가 앞에 서서 그와 동행인을 놀라서 쳐다볼 때 페르디난트는 꿈에서 깬 느낌이었다.

"아가씨께 여쭤 줘요." 페르디난트가 말했다. "우리를 맞아들여 주실 수 있는지."

시녀는 멍청하게 미소를 짓고 두 사람을 살롱으로 안내했다. 천장 샹들리에의 빛이 번쩍였다. 페르디난트는 광택 있는 검은색 그랜드 피아노 위에 비스듬히 걸린 베네치아산 거울 속에서 이레네와 자신이 낯선 두 사람처럼 떠 있는 모습을 보았다. 한 가지 생각이 불현듯 그의 머리를 스치고 지나갔다. 만약 이레네가 오로지 빌헬미네를 살해하려는 목적으로 자신을 이리로 데려오게 했다면 어쩌지? 그 생각은 떠올랐을 때처럼 빠르게 사라졌다. 하지만 어쨌든 그에게는, 그녀가 옆에 서

---

4) 빈 중심부의 거리.

있고 머리에서 레이스 스카프가 천천히 미끄러져 내려오는 지금, 이 아가씨가 완전히 다른 사람처럼 보였다. 그렇다. 아직 그 목소리조차 알지 못하는 어떤 낯선 존재인 듯했다.

문 하나가 열렸고 빌헬미네가 목이 드러난 매끈한 벨벳 실내복을 입고 들어왔다. 그녀는 페르디난트에게 손을 건넸고 놀라기보다는 유쾌해 보이는 시선으로 그와 아가씨를 주시했다. 페르디난트는 야심한 시각에 방문한 이유를 익살스러운 말로 설명하려 애썼다. 이 아가씨가 춤추는 동안 다른 말은 하지 않고 비쇼프 양만 찬미했으며, 자신이 일종의 축제 기분에 들떠, 두 사람이 곧장 다시 층계 아래로 쫓겨날 위험을 무릅쓰고, 한밤중에 이 아가씨를 대단한 비쇼프 양의 집에 데려오기를 자청했다고 했다.

"무슨 소리예요." 빌헬미네가 대답했다. "정반대인걸요. 너무 기뻐요." 그리고 이레네에게 손을 건넸다. "다만 저녁 식사를 할 동안 동무가 되어 주세요. 극장에서 막 돌아왔거든요." 그들은 옆방으로 갔다. 초록빛 도는 크리스탈 종 아래에서 흐릿한 백열등 세 개가 절반만 차려진 식탁을 비추었다. 페르디난트가 모피 외투를 벗어 긴 의자 위로 던지는 동안 빌헬미네는 이레네의 어깨에서 직접 외투를 벗겨 의자 등받이에 걸쳤다. 그리고 찬장에서 잔을 꺼내 백포도주를 채우고 페르디난트와 이레네 앞에 두었다. 그러고 나서 비로소 자신도 앉아 차가운 고기 한 조각을 느긋하게 접시에 덜어 썰며 말했다. "실례할게요." 그리고 식사를 시작했다. 이따금 그녀는 상냥하고 멀리서 미소 짓는 듯한 눈길을 이레네와 페르디난트에게로 보냈다.

그녀는 자연스럽고 당연한 일이라 여기는군, 페르디난트가 조금 실망하며 생각했다. 만약 중국의 황후와 함께 와서 지금 내가 중국 황실의 고관으로 임명되었다고 말해도 그녀는 이상하게 여기지 않을 테지. 정말 유감이야. "왜냐하면 절대 놀라는 법이 없는 여자들은 온전히 누구의 것도 될 수 없으니까……." 트로이엔호프의 말이 아주 흐릿하게 머리를 스쳐 갔다.

"무도회는 재미있었나요?" 빌헬미네가 물었다. 페르디난트는 무도회장이 대부분 추한 사람들로 너무 북적북적했다고, 음악 역시 그다지 좋지 않았다고 이야기했다. 그런 식으로 계속 말을 늘어놓았다. 빌헬미네는 기분 좋게 그의 얼굴을 바라보았고 이레네에게 페르디난트가 춤을 능수능란하게 추는지 물었다.

이레네는 고개를 끄덕이고 미소를 지었다. "네."라는 대답이 겨우 들릴락 말락 했다.

"오늘 '페오도라'를 연기했죠?" 대화가 끊기는 것을 막으려고 페르디난트가 물었다. "관객이 많던가요?"

"매진이었죠." 빌헬미네가 대답했다.

이레네가 말했다. "아쉽게도 페오도라 역을 하시는 건 아직 못 봤어요, 비쇼프 양. 하지만 최근에 메데아를 연기하신 건 봤죠. 굉장했어요."

"정말로 고마워요." 빌헬미네가 대답했다.

이레네는 찬미하는 말을 몇 마디 더 한 후 빌헬미네에게 무슨 역할을 좋아하는지 물었고 그녀의 대답에 관심을 가지고 귀를 기울이는 듯했다. 마지막에는 연기할 인물에 완전히 자신을 이입하는 배우와 역할을 장악하는 배우 중 누가 더 훌륭한지를 두고 일견 어지러운 대화가 이어졌다. 이에 페르디난트는 자기가 아는 젊은 희극 배우가 있었는데, 그 사람이 직접 이야기해 주길 그는 바로 자기 아버지의 장례식날에 아주 익살맞은 역할을 그 어느 때보다 인상적으로 연기했다고 했다.

"좋은 친구들을 두셨군요." 빌헬미네가 말하고는 오렌지 조각을 입에 넣었다.

이제 어쩌지? 페르디난트가 생각했다. 이레네 양은 빌헬미네 면전에 대고 살인자라고 하려던 걸 잊은 걸까……. 그리고 빌헬미네는 아직도 나를 이레네의 애인으로 생각하는 걸까? 웬 낯선 젊은 숙녀와 함께 한밤중에 찾아온 나를……?

"연극에 아주 관심이 많으시군요." 빌헬미네가 말했다. "혹시 이쪽 일을 하려고 생각해 본 적 있나요?"

이레네가 고개를 저었다. "아쉽게도 재능이 없는걸요."

"신께 감사하세요." 빌헬미네가 말했다. "여긴 수렁이거든요."

그리고 그녀가 배우로서 사방으로부터 견뎌야 하는 지저분한 일들을 이야기하기 시작했을 때 페르디난트는 살짝 열려서 틈새로 푸르스름한 빛이 들어오는 문 쪽을 홀린 듯 바라보는 이레네의 모습을 보았다. 그리고 그는 지금껏 미동 없던 이레네의 얼굴이 창백한 가운데 서서히 움직이고 침묵한 입술이 묘하게 실룩대기 시작하는 것을 알아차렸다. 그녀의 크게 뜬 눈에서 그 푸르스름한 방으로 들어가 가브리엘의 머리가 놓였던 베개에 얼굴을 묻으려는 무도한 욕망을 본 것 같았다. 그리고 이레네가 이렇게 오래도록 생각이 딴 데 가 있으면, 비록 지금까지는 눈치채이지 않았을지 몰라도 좌우간 그녀에게, 또 그에게도 달갑지 않은 결과를 불러올 수 있다는 생각이 떠올랐다. 그래서 그는 의자를 움직였다.

이레네가 꿈에서 깬 듯 그에게 몸을 돌렸다. 아무도 듣지 않은 빌헬미네의 마지막 말의 잔향이 아직 공중에 맴돌았다.

"갈 시간이 된 것 같군요." 이레네가 말하고 일어섰다.

"정말 아쉬워요." 빌헬미네가 답했다. "이렇게 즐거운 시간을 이제 끝내야 하다니."

이레네가 차분히 탐색하는 시선으로 그녀를 주시했다.

"응, 뭐죠?" 빌헬미네가 물었다.

"이상해요." 이레네가 말했다. "당신을 보면 우리 집에 있는 그림이 떠올라요, 비쇼프 양. 눈 덮인 국도에서 성인상을 앞에 두고 기도하는 크로아티아 혹은 슬로바키아 농부 아낙을 그린 그림이에요."

빌헬미네는 마치 크로아티아 어딘가에서 예의 성인상을 앞에 두고 눈 속에서 무릎을 꿇었던 겨울날을 아주 똑똑히 떠올리는 듯 생각에 잠겨 고개를 끄덕였다. 그리고 기어이 이레네의 어깨에 몸소 외투를 둘러 주고 현관까지 그들을 전송했다. "계속 재밌게 춤추세요." 그녀가 말했다. "정말로 무도회장으로 돌아간다면 말이에요."

이레네가 죽은 사람처럼 창백해졌다. 하지만 그녀는 미소를 지었다.

"저 사람을 조심해야 해요." 빌헬미네가 덧붙여 말하고 페르디난트에게 눈길을 보냈다. 이 눈길에 처음으로 지난밤에 대한 기억과 같은 무언가가 들어 있었다.

페르디난트는 아무 대꾸도 하지 않았다. 이레네가 그와 빌헬미네를 똑같은 어두운 시선으로 감싸는 것을 느낄 뿐이었다.

시녀가 나타났다. 빌헬미네는 다시 한번 그들에게 손을 건넸고 젊은 아가씨를 곧 이 집에서 다시 보면 좋겠다고 말했다. 그리고 약속한 게임에서 승리한 듯 페르디난트에게 미소를 보냈다.

페르디난트와 이레네는 양초를 든 시녀의 안내를 받으며 묵묵히 층계를 내려갔다. 곧 뒤에서 대문이 닫혔다. 마부가 마차 문을 열었고 이레네가 올라탔고 페르디난트는 그녀 옆에 앉았다. 말들이 고요한 눈길을 속보로 갔다. 거리 가로등에서 갑자기 한 줄기 빛이 이레네의 얼굴로 떨어졌다. 페르디난트는 그녀가 그를 응시하며 입술을 반쯤 여는 것을 보았다.

"그러니까 당신이." 그녀가 나지막이 말했다. 페르디난트는 그녀 목소리에서 놀라움과 공포와 증오가 진동하는 듯한 느낌을 받았다. 그들은 어둠 속에 있었다. 그녀가 비수를 지녔다면, 페르디난트가 생각했다. 내 가슴을 찌를까……? 사람들이 어떻게 생각하든 내게는 아무 죄도 없어. 나는 오히려 법칙이 아니던가……. 그리고 그는 그녀에게 사실을 이야기해야 하는 것은 아닌지 숙고했다. 스스로를 정당화하기 위해서라기보다는 이 영리한 아가씨가 아마 전체 사건의 보다 깊은 속사정을 알아야 마땅하기 때문이었다.

갑자기 그는 이레네가 자신을 꼭 안고 그녀의 입술이 자기 입술에 격정적이고 뜨겁고 달콤하게 닿은 것을 느꼈다. 아직

한 번도 느껴 본 적 없는 것 같은 입맞춤이었다. 몹시 향기롭고 몹시 비밀스러운 입맞춤이었다. 입맞춤은 끝날 줄을 몰랐다. 마차가 멈춰 서자 비로소 입에서 입이 떨어졌다.

페르디난트는 마차에서 나와 이레네가 내리는 것을 도왔다.

"따라오지 마세요." 그녀가 단호히 말했다. 그러고는 어느새 무도회장 안으로 사라져 버렸다. 페르디난트는 밖에 그대로 서 있었다. 그녀의 명령을 거스를 생각은 한순간도 하지 않았다. 갑작스러운 아픔과 함께 그는 아주 똑똑히 느꼈다. 끝이라는 걸. 이 입맞춤 이후에는 아무것도 올 수 없다는 걸.

사흘 후 페르디난트는 아나스타지우스 트로이엔호프에게 자신이 겪은 모험담을 들려주었다. 그에게는 아무것도 비밀로 할 필요가 없었다. 그 앞에서 비밀을 지키는 것은 신 앞에서와 마찬가지로 우스운 일일 테니까.

"아쉽군." 아나스타지우스가 잠시 생각한 후 말했다. "그녀가 자네의 애인이 되지 않았다니. 그 아가씨 흥미로웠을 텐데 말이야. 사랑의 아이들은 우리에게 충분해. 무관심의 아이들은 너무도 많고. 하지만 증오의 아이들은 턱없이 부족하지. 바로 그 증오의 아이들로부터 구원이 오는 것은 불가능한 일이 아니야."

"그러니까 자네는." 페르디난트가 물었다…….

"무슨 상상을 하는 거야?" 아나스타지우스가 단호히 대꾸했다.

페르디난트는 고개를 숙이고 침묵했다.

그의 주머니 속에는 트리에스테로 가는 침대차표가 있었

죽은 가브리엘

다. 그곳에서 이어서 알렉산드리아, 카이로, 아스완……. 사흘
전부터 그는 사람이 가망 없는 사랑 때문에 죽을 수도 있다는
것을 이해하게 되었다…… 물론 다른 사람들…… 다른 사람
들이 말이다.

독신남의 죽음

누가 똑똑 문을 두드렸다. 아주 조용히. 그럼에도 의사는 바로 잠에서 깨어 불을 켜고 침대에서 몸을 일으켰다.

평온하게 계속 자는 아내를 슬쩍 한 번 보고는 가운을 걸치고 현관으로 갔다. 회색 숄을 머리에 두른 채 서 있는 노파를 그는 곧바로 알아보지 못했다.

"저희 주인 나리의 상태가 갑자기 아주 악화되었어요." 노파가 말했다. "아무쪼록 선생님께서 바로 와 주셨으면 해요."

이제 의사는 그 목소리를 알아들었다. 독신남인 친구네 가정부였다. 처음 의사에게 떠오른 생각은 이랬다. 그 친구는 쉰다섯 살이야, 벌써 두 해 전부터 심장이 안 좋았지, 상황이 심각할지도 몰라.

의사가 말했다. "당장 가겠네. 채비를 하는 동안 기다리겠나?"

"선생님, 죄송해요. 다른 두 분한테도 급히 가 봐야 해서요."
그러고 노파는 상인과 작가의 이름을 댔다.

"그 둘에게 무슨 볼일이 있는 거요?"

"주인 나리께서 두 분을 한 번 더 보고 싶어 합니다."

"한 번 ― 더 ― 본다고?"

"네, 선생님."

그가 친구들을 부르고 있군, 의사는 생각했다. 죽음이 머지
않았다고 느끼는 거야…… 이어서 그가 물었다.

"자네 주인 곁에 누군가 사람이 있는가?"

"물론이죠, 선생님, 요한이 꼭 붙어 있습니다." 노파는 이렇
게 대답하고 떠났다.

의사는 다시 침실로 들어갔다. 가급적 소리를 내지 않고 서
둘러 옷을 입는 동안 마음속에서 무언가 씁쓸한 것이 일었다.
오래된 좋은 친구를 곧 잃을지 모른다는 아픔이라기보다는,
그들이, 불과 몇 년 전만 해도 젊었던 그들 모두가 이제 이 지
경에 이르렀다는 곤혹스러운 감정이었다.

의사는 무개 마차를 타고 온화하고 무거운 봄밤을 가르며
독신남 친구가 사는 가까운 전원도시로 향했다. 그는 활짝 열
린 침실 창문을 올려다보았다. 창에서 희미한 불빛 한 점이
밤 속으로 어른어른 흘러나왔다.

의사가 층계를 올랐다. 하인이 문을 열고 심각하게 인사를
하고는 슬피 왼손을 떨구었다.

"어떤가?" 의사는 숨을 헐떡대며 물었다. "내가 너무 늦었
나?"

"그렇습니다, 선생님." 하인이 대답했다. "주인 나리께서는 십오 분 전에 돌아가셨습니다."

의사는 심호흡을 하고 방으로 들어갔다. 죽은 친구는 푸르스름한 얇은 입술을 반쯤 벌리고서 하얀 이불 위에 두 팔을 뻗은 채 누워 있었다. 얼굴 아랫부분을 덮은 성긴 턱수염은 완전히 헝클어졌고 회색 머리카락 몇 다발이 창백하고 축축한 이마로 드리워 있었다. 불그스레한 그림자가 침대 옆 탁자에 놓인 전기등의 비단 갓에서 베개 위로 퍼졌다. 의사는 망자를 유심히 바라보았다. 그가 마지막으로 우리 집에 온 게 언제였더라? 의사는 생각했다. 저녁에 눈이 왔던 걸로 기억하는데. 그러니까 지난겨울이군. 최근엔 서로 만나는 일이 아주 드물었지.

바깥에서 말들이 땅을 긁는 소리가 들려왔다. 의사는 망자에게서 몸을 돌렸고 저 너머 가느다란 나뭇가지들이 밤공기 속으로 물결치는 모습을 보았다.

하인이 들어오자 의사는 하인에게 자초지종을 물었다.

갑자기 몸이 불편하고, 호흡 곤란이 오고, 침대에서 뛰쳐나오고, 방 안을 이리저리 서성대고, 부리나케 책상으로 갔다가 다시 침대로 휘청휘청 돌아가고, 갈증을 호소하고 신음을 내뱉고, 최후에는 위로 솟았다가 베개로 가라앉는 등 익숙한 이야기를 하인이 들려주었다. 의사는 이야기에 고개를 끄덕이며 오른손을 망자의 이마에 대고 있었다.

마차 한 대가 집 앞에 도착했다. 의사가 창가로 다가갔다. 그는 상인이 내리는 것을 보았다. 상인은 무슨 일인지 묻는 눈빛을 의사에게 보냈다. 의사는 앞서 하인이 자신을 맞이할 때 그랬듯 자기도 모르게 손을 떨구었다. 상인은 믿기지 않는다는 듯 고개를 뒤로 젖혔다. 의사는 어깨를 으쓱하고는 창에서 물러났고 갑자기 피로감이 몰려와 망자의 발치에 있는 안락의자에 앉았다.

상인이 단추를 푼 노란색 외투를 입고 들어와 문 가까이에 있는 작은 탁자 위에 모자를 내려놓고는 의사와 악수했다. "끔찍한 일이군." 그가 말했다. "이게 대체 어찌된 일인가?" 그러고는 믿기지 않는다는 눈으로 망자를 응시했다.

의사는 아는 것을 이야기해 주고는 덧붙였다. "만일 내가 제때에 왔더라도 손을 쓸 수는 없었을 거네." "생각해 보게." 상인이 말했다. "나는 최근에 극장에서 그와 이야기를 나눴네. 오늘로부터 딱 팔 일 전이었지. 대화가 끝나고 함께 만찬을 하려고 했는데 늘 그렇듯 그는 또 비밀스러운 약속이 있더군." "여전히 그러던가?" 의사는 우울한 미소를 띠며 물었다.

다시 마차 한 대가 멈춰 섰다. 상인이 창가로 다가갔다. 그는 작가가 내리는 것을 보자 뒤로 물러났다. 슬픈 소식을 표정으로 알리는 역할은 절대 하고 싶지 않았기 때문이다. 케이스에서 담배 한 개비를 집어든 의사는 당황해서 그것을 이리저리 돌렸다. "병원에 근무하던 시절 습관이 돼서." 의사가 변명했다. "밤에 병실을 나와서 가장 먼저 하던 행동은 늘 밖에서 담뱃불을 붙이는 거였지. 모르핀 주사를 놓은 뒤든 부검을 한 뒤든 말일세." "내가." 상인이 말했다. "죽은 사람을 본 게 얼마만인지 아는가? 십사 년 전, 아버지가 관대에 누워 계신 걸 본 뒤로 처음이네." "그럼, 자네 아내는?" "나는 마지막 순간에 아내를 보았지. 하지만, 그 뒤에는 보지 않았네."

작가가 나타나 불안한 눈빛을 침대로 향한 채 다른 두 사람에게 악수를 건넸다. 그러고 나서 결연하게 다가가 시신을 진지하게 지켜보았다. 그러나 입술은 경멸을 드러내며 실룩댔다. 그러니까 이 친구로군, 작가는 마음속으로 말했다. 자신의 가까운 지인들 중에 누가 최후의 길을 맨 처음 가도록 정해졌을까 하는 물음을 장난삼아 자주 던져 보았던 까닭이다.

가정부가 들어왔다. 가정부는 눈에 눈물이 맺힌 채 침대 앞에 풀썩 주저앉아 흐느끼며 두 손을 모았다. 작가는 위로하듯 가볍게 그녀 어깨에 손을 얹었다.

상인과 의사는 창가에 서 있었고 어두운 봄바람이 그들 이마 주위로 살랑거렸다.

"정말 희한한 일이야." 상인이 말문을 떼었다. "그가 우리 모두를 부르다니. 임종 자리에 우리가 모인 것을 보고 싶었던 걸까? 우리한테 무슨 중요한 할 말이 있었던 걸까?"

"나의 경우라면." 의사가 쓰라린 미소를 띠며 말했다. "희한할 거 하나 없지. 나는 의사니까 말일세. 그리고 자네는." 그가 상인에게로 몸을 돌렸다. "가끔 사업과 관련해서 그에게 조언자 역할을 했잖나. 그러니 어쩌면 자네한테 개인적으로 유언을 맡기려고 한 걸지도."

"그럴 수 있지." 상인이 말했다.

가정부가 자리를 떴다. 친구들은 그녀가 현관에서 하인과 이야기하는 소리를 들을 수 있었다. 작가는 여전히 침대 가에

서서 망자와 비밀스러운 대화를 나누고 있었다. 상인이 의사에게 나지막이 말했다. "내 생각에 최근에는 저 친구와 더 자주 어울렸던 것 같은데. 어쩌면 저 친구가 우리에게 설명을 해줄 수 있을지 모르네." 작가는 꼼짝 않고 서 있었다. 그는 망자의 감긴 눈을 뚫어져라 쳐다보았다. 등 뒤로 교차시킨 두 손은 테가 넓은 회색 모자를 들고 있었다. 나머지 두 신사는 더 이상 참을 수가 없었다. 상인이 다가가서 헛기침을 했다.

"사흘 전에." 작가가 읊었다. "나는 그와 함께 두 시간 동안 산책을 했네. 야외에 있는 포도밭에서. 그가 무슨 말을 했는지 궁금한가? 여름에 계획 중인 스웨덴 여행에 대해, 런던의 왓슨 출판사에서 나온 새 렘브란트 화집에 대해, 그리고 마지막으로 산투스두몽[1])에 대해 이야기했네. 그는 조종 가능한 비행선에 관해 온갖 수학적, 물리학적 설명을 늘어놓았고, 나는, 솔직히 고백하건대, 전부 알아듣지는 못했지. 정말이지, 그는 죽음에 대해서는 생각하지 않았네. 하긴 사람들은 어떤 나이가 되면 죽음에 대해 생각하기를 다시 그만두는 것 같아."

의사는 옆방에 가 있었다. 이곳에서라면 감히 담뱃불을 붙여 볼 수 있을 터였다. 책상 위에 놓인 청동 재떨이에 든 흰 재를 보자 정말 묘하고 오싹한 느낌이 들었다. 내가 도대체 왜 아직 여기 있는 거지, 그는 책상 앞 안락의자에 앉으며 생각했다. 아무래도 나는 그냥 의사로서 불려 온 것 같고, 그러니

---

1) 아우베르투 산투스두몽(Alberto Santos-Dumont, 1873~1932). 1906년에 유럽 최초로 동력 비행에 성공한 브라질 출신 프랑스 비행가.

내게는 십중팔구 이곳을 떠날 권리가 있을 텐데 말이야. 우리의 우정이 대단했던 것도 아니잖아. 내 나이쯤 되면, 그는 계속 생각했다, 나 같은 부류의 사람에게는 직업이 없는 사람과, 아니 직업이라곤 한 번도 없었던 사람과 친하게 지낸다는 게 도대체가 불가능한 일이니 말이야. 만일 그가 부자가 아니었다면 무슨 일을 했을까? 아마도 작가로서 저술에 전념했겠지. 아주 똑똑한 사람이니까. 그리고 그는 독신남 친구가 특히 둘 모두와 친구 사이인 작가의 작품들에 대해 심술궂으면서 정곡을 찌르는 여러 발언들을 한 것을 떠올렸다.

작가와 상인이 들어왔다. 작가는 의사가 주인 없는 안락의자에 앉아서 여전히 불붙이지 않은 담배를 손에 쥐고 있는 것을 보자 기분 상한 표정을 짓고 등 뒤로 문을 닫았다. 이제 이곳에서는 말하자면 다른 세상에 있는 것이었다. "뭔가 짐작 가는 거라도 없나?" 상인이 물었다. "어떤 거 말인가?" 작가가 멍하니 물었다. "그가 대체 무엇 때문에 우리를, 하필 우리를 불렀을까 하는 것 말일세!" 작가는 특별한 이유를 찾는 게 부질없는 일이라 여겼다. "우리의 친구는." 그가 이야기했다. "죽음이 다가오는 걸 느꼈어. 비록 상당히 고독한 삶을 살아온 친구지만, 적어도 최후의 순간에는 ─ 그런 순간에는 본디 남과 어울리기를 좋아하는 기질을 타고난 자들에게는 가까운 사람들을 곁에 두고 싶은 욕구가 일 법하지." "하지만 그에게는 좌우지간 애인이 있었잖은가." 상인이 말했다. "애인이라." 작가가 되풀이해 말하고는 경멸하듯 눈썹을 치켰다.

그때 의사는 책상의 중간 서랍이 반쯤 열린 것을 발견했다.

"여기에 유언장이 있지 않을까." 그가 말했다. "그게 우리와 무슨 상관인가." 상인이 말했다. "적어도 이 순간에는 말일세. 그나저나 그의 여자 형제 하나가 결혼해서 런던에 살고 있는데."

하인이 들어왔다. 그리고 스스럼없이 시신 안치와 장례식과 부고에 대해 조언을 구했다. 유언장은 자기가 알기로 아마 주인 나리의 공증인이 보관하고 있으나 이런 사안들에 대한 지시가 유언장에 있을 것 같지는 않다고 했다. 작가는 방 안이 답답하고 후텁지근하다고 느꼈다. 그는 창 하나에서 무거운 빨간 커튼을 걷고 양쪽 창문을 열었다. 한 줄기 넓고 짙푸른 봄밤이 안으로 흘러 들어왔다. 의사는 하인에게 혹시 무슨 이유로 고인이 자신들을 불렀는지 아느냐고 물었다. 자기 생각이 맞는다면, 그가 의사로서 이 집에 불려 온 것은 벌써 수년 전 일이고 이후로는 그런 적이 없었다고 했다. 하인은 마치 기다렸다는 듯 그 질문을 반기며 상의 주머니에서 굉장히 큰 지갑을 꺼내더니 거기에 든 종이 한 장을 집어 들고는 알리길, 벌써 칠 년 전에 주인 나리께서는 자신이 임종을 맞는 자리에 모였으면 하는 친구들의 명단을 적어 두었다고 했다. 즉 주인 나리께 더 이상 의식이 없었더라도 하인인 그가 스스로 전권을 행사하여 친구분들을 불렀을 거라고 했다.

의사는 하인의 손에서 종이쪽을 집었고 거기에 적힌 다섯 이름을 보았다. 지금 자리에 있는 세 사람의 이름 외에 이 년 전 죽은 친구의 이름과 모르는 사람의 이름이 적혀 있었다. 하인은 그중 후자가 공장주였으며 독신자 친구가 그 집에 구년 혹은 십 년간 드나들었다고, 그리고 그 집 주소는 분실되어 잊혀 버렸다고 알려 주었다. 신사들은 당황하고 흥분해서 서로를 바라보았다.

"이걸 어떻게 설명해야 하겠나?" 상인이 물었다. "최후의 순간에 일장 연설을 할 생각이었을까?" "자기 자신에게 하는 추도사." 작가가 덧붙여 말했다.

의사는 열린 책상 서랍으로 시선을 향하고 있었다. 그런데 돌연 한 봉투에 로마체 대문자로 쓰인 "나의 친구들에게"라는 단어들이 그를 빤히 쳐다보고 있는 것이 아닌가. "오." 의사가 외치고는 봉투를 집어 공중으로 들고 다른 이들에게 보여 주었다. "우리한테 남긴 걸세." 그는 하인에게 몸을 돌리고는 고갯짓으로 이곳에 있을 필요 없으니 나가라는 뜻을 전했다. 하인이 자리를 떴다. "틀림없네." 의사가 주장했다. "우리에게는 이걸 열어 볼 권리가 있어." "우리의 의무지." 상인이 말하고는 외투 단추를 채웠다.

의사는 유리 쟁반에서 편지 개봉용 칼을 집어 봉투를 연 뒤 편지를 내려놓고는 코안경을 걸쳤다. 그 틈을 타 작가가 편지를 가져가 펼쳤다. "우리 모두에게 쓴 거니까." 그는 가볍게 말하고는 천장의 샹들리에 불빛이 종이 위로 비치도록 책상에 몸을 기댔다. 상인이 그 옆에 다가가 섰다. 의사는 그대로 앉아 있었다. "큰 소리로 읽어 주게." 상인이 말했다. 작가가 읽기 시작했다.

"나의 친구들에게." 그가 웃으면서 읽기를 멈췄다. "그렇군, 여기 한 번 더 쓰여 있군요, 여러분." 그러고 대단히 거침없이 읽어 나갔다. "대략 십오 분 전쯤 나는 숨을 거두었을 테지. 자네들은 내 임종 자리에 모여 함께 이 편지를 읽을 준비를 하고 있고. 덧붙이자면, 내가 죽는 순간에 이 편지가 아직 존재한다면 말이야. 왜냐하면 나에게 다시 선의가 발동할 수도 있으니까." "뭐?" 의사가 물었다. "다시 선의가 발동할 수도 있으니까." 작가가 다시 한번 말하고는 계속 읽어 나갔다. "그리고 내가 이 편지를 없애 버리자고 마음먹을 수도 있고. 이 편지는 나한테 조금의 이득도 가져다주지 않고 자네들은 이 편지로 인해 적어도 불편한 시간을 경험하겠지. 만일 이 편지가 자네들 중 누군가의 인생을 아주 망가뜨리지 않는다면 말이야." "인생을 아주 망가뜨린다." 의사가 의아해하며 되풀이해 말하고는 코안경을 닦았다. "더 빨리 읽게." 상인이 잠긴 목소리로 말했다. 작가가 계속 읽었다. "그리고 나는 스스로에게 묻네. 무슨 이상한 바람이 불어서 오늘 내가 책상에 앉아 이런 말들을 적는 걸까? 이걸 읽은 자네들 얼굴에 나타날 반응을 나는 더 이상 확인할 수 없을 텐데, 하고. 그리고 만일 내가 그 반응을 확인할 수 있다 해도 거기서 얻을 만족감은, 내가 지금 막 저지르는, 정말 진심으로 즐거움을 느끼며 저지르는 이 엄청나게 비열한 짓을 정당화하기에는 너무 평범한 수준일 테고." "앗." 의사가 스스로에게도 낯선 목소리로 외쳤다. 작가는 의사를 향해 성마르고 화난 눈빛을 던지고는 전보다 더 빠르고 단조롭게 읽어 나갔다. "그래, 다른 게 아니라 그냥 이상한 바람이 분 거지. 왜냐하면 기본적으로 나는 자네들을 나쁘게 생각하지 않으니까. 나는 심지어 자네들 모두를 몹시 좋아한다네. 자네들이 나름의 방식으로 나를 좋아하듯 내 나름의 방식으로 말이야. 나는 자네들을 결코 우습게 본 적이 없고, 가끔 내가 자네들을 조롱했더라도 절대 자네들을 깔봐서 그런 게 아니야. 결코 아니고말고. 특히 자네들 모두의 머릿속에 곧장 가장 생생하고 가장 곤혹스러운 장면들을 떠오르게 할 그 시간들에는 더더욱. 그럼 대체 왜 이런 바람이 분 걸까? 혹시 그것은 너무도 많은 거짓을 안고서 이 세상을 떠나고 싶지 않은 깊은 욕망, 근본적으로는 고상한 욕망으로부터 비롯된 건 아닐까? 사람들이 후회라 부르는 것을 내가 단 한 번이라도 조금이나마 알았더라면, 그렇다고 믿어 버릴 수도 있으련만." "이제 마지막 부분을 읽게." 의사가 자신의 새로운 목소리로 지시했다. 일종의 마비가 손가락에 퍼지는 것을 느끼는 작가에게서 상인이 대뜸 편지를 빼앗아 급히 아래로 눈을 움직이며 읽기 시작했다. "그것은 운명이었네, 친애하는 친구들이여. 그리고 나는 달리 어쩔 수가 없었어. 나는 자네들의 아내를 모두 가졌다네. 전부." 상인이 갑자기 읽기를 멈추더니 편지를 앞으로 넘겼다. "뭔가?" 의사가 물었다. "이 편지는 구 년 전에 쓰였네." 상인이 말했다. "계속." 작가가 지시했다. 상인이 다음 내용을 읽었다. "물론 아주 다양한 종류의 관계였어. 자네들의 아내 중 누구와는 거의 부부처럼 살았지. 여러 달 동안 말이야. 또 어떤 이와는 흔히 미친 모험이라 부르는 대략 그런 관계를 가졌고. 또 다른 이와는 심지어 함께 죽으려는 생각까지 했네. 또 한 이는 내가 층계 밑으로 내동댕이쳐 버렸어. 나를 속이고 다른 남자와 놀아났거든. 그리고 어떤 이는 딱 한 번 나의 애인이었고. 자네들은 동시에 안도의 한숨을 내쉬고 있나, 나의 소중한 친구들이여? 그러지 말게나. 그때는 어쩌면 나의…… 그리고 그녀의 인생에서 가장 아름다운 순간이었지. 그렇다네, 나의 친구들이여. 자네들에게 더는 할 말이 없어. 이제 나는 이 편지를 접어서 내 책상 속에 넣어 두네. 그럼 이 편지는 내게 무슨 다른 바람이 불어서 없애 버릴 때까지, 혹은 내가 죽어 누워 있는 동안에 자네들한테 전해질 때까지 여기에서 기다리겠지. 이만 안녕."

의사는 상인의 손에서 편지를 집어 가 처음부터 끝까지 쭉 주의 깊게 읽는 듯했다. 그러고 나서 상인을 올려다보았다. 상인은 팔짱을 끼고 서서 조롱하듯 그를 내려다보고 있었다. "자네 아내는 비록 작년에 죽었지만." 의사가 조용히 말했다. "그럼에도 이건 여전히 사실이네." 작가는 방 안을 서성거리며 경련이 오는 듯 고개를 이리저리 몇 번 기울이더니 느닷없이 잇새로 "개자식." 하고 내뱉었고 그 말이 마치 공중에서 사라지는 무엇인 것처럼 눈으로 좇았다. 그는 한때 아내로서 품에 안았던 젊은 존재의 모습을 다시 불러내 보려고 했다. 자주 기억하던 그리고 잊었다고 믿던 다른 여자들의 모습은 떠올랐지만 그가 바라는 바로 그 모습은 도저히 불러낼 수가 없었다. 그도 그럴 것이 그에게 아내의 몸은 시들었고 향기도 나지 않았으며, 그녀는 너무나 오래전부터 더 이상 그에게 연인이 아니었으니까. 그러나 그녀는 그에게 다른 것이 되었다. 그 이상의 것 그리고 더 고귀한 것, 즉 친구이자 반려자. 그가 성공하면 몹시 자랑스러워하고, 그가 낙담하면 십분 공감해 주고, 그의 가장 깊은 속을 들여다볼 줄 아는 존재. 이것은 남몰래 시

샘하던 친구에게서 동반자를 빼앗으려는 늙은 독신남의 악의적인 시도일 따름이다. 그가 보기에는 전혀 불가능한 일이 아니었다. 왜냐하면 저 다른 모든 것들 — 그것들이 근본적으로 무엇을 의미하겠는가? 그는 과거와 근래에 있었던 사랑의 모험들을 떠올렸다. 부유한 예술가의 삶을 살자면 불가피한 일들이었고 아내는 그것들을 웃거나 울면서 넘기곤 했다. 이 모든 것은 지금 어디로 가 버렸는가? 그의 아내가 아무 생각 없이, 어쩌면 정신을 놓아 버리고서 보잘것없는 한 사람의 품에 몸을 던졌던 저 아득한 시절처럼 희미해졌다. 저 안에서 고통스럽게 구겨진 베개 위에 잠든 죽은 머리, 그 안에 든 같은 시절의 기억처럼 거의 지워져 버렸다. 유언장에 적힌 것이 심지어 거짓은 아닐까? 영원히 망각될 제 운명을 아는 초라한 범인(凡人)이, 죽음으로부터 자유로운 작품들을 쓴 선택받은 남자에게 하는 최후의 복수가 아닐까? 그것은 그 자체로 꽤 그럴듯한 일이었다. 하지만 그게 사실일지라도, 그것은 사소한 복수에 그쳤고 어쨌든 실패한 복수였다.

의사는 앞에 놓인 편지를 응시했다. 그는 지금 집에서 자고 있는, 늙어 가는 온화하고 선량한 아내를 생각했다. 세 자녀도 생각했다. 올해 지원병 복무를 마친 큰아들, 변호사와 약혼한 큰딸, 어찌나 우아하고 매력적인지 최근에 무도회에서 한 이름난 예술가에게 그림의 모델이 되어 달라는 청을 받은 막내딸. 그는 자신의 안락한 집을 생각했다. 그리고 망자의 편지에서 자신을 향해 흘러나오는 모든 것이 거짓이라기보다는 오히려 불가사의한, 심지어 숭고한 사소함을 지닌 듯했다. 이 순간 무언가 새로운 걸 알게 됐다는 느낌이 거의 없었다. 그의 삶에 있었던 한 이상한 시기가 떠올랐다. 십사 년 전인가 십오 년 전이었던가 그때 그는 의사 경력에서 모종의 불쾌한 일들을 겪었고, 짜증이 치밀고 결국에는 혼돈에 빠질 만큼 격분한 나머지 도시와 아내와 가족을 떠날 계획을 세운 적이 있었다. 이와 동시에 그는 일종의 방종하고 경박한 생활을 하기 시작했다. 이때 그는 히스테리를 부리는 특이한 여자와 사귀었는데 그녀는 훗날 다른 애인 때문에 스스로 목숨을 끊었다. 이후 그의 인생이 어떻게 다시 예전 궤도로 점차 진입했는지는 더 이상 통 기억할 수가 없었다. 하지만 흡사 질병처럼, 갑자기 찾아왔다가 마찬가지로 갑자기 가 버린 그 나쁜 시기, 그때 아내가 부정을 저지른 것이 틀림없었다. 그렇다, 분명 그랬던 것이다. 그리고 실은 자신도 그것을 늘 알고 있었음은 아주 자명했다. 한번은 아내가 그 일을 고백할 뻔했던 적이 있지 않았던가? 은근슬쩍 암시를 주지 않았던가? 십삼 년 혹은 십사 년 전에……. 어떤 계기로……? 한번은 여름이었던가, 휴가 여행을 갔을 때 — 늦은 저녁에 호텔 테라스에서……? 그는 사라져 버린 말들을 헛되이 반추했다.

상인은 창가에 서서 온화한 하얀 밤을 들여다보았다. 그는 죽은 아내를 떠올리려고 굳게 마음먹었다. 하지만 아무리 내면에서 노력해 봐도 처음에는 계속 자기 자신만 떠올랐다. 여명 속에서 떼어 낸 문의 양 기둥 사이에 서서 검은 양복 차림으로 동정 어린 악수를 받고 답례하는 자신의 모습. 그리고 석탄산²⁾과 꽃의 맥 빠진 냄새가 코 속에 맴돌았다. 그는 비로소 아내의 모습을 차츰 기억 속에 소환할 수 있었다. 그러나 처음에 그것은 어떤 이미지에 불과했다. 금 액자에 든 커다란 초상화만 보였던 것이다. 그의 집 살롱의 피아노 위에 걸려 있는 그 초상화는 무도회 드레스를 입은 서른 살의 의기양양한 숙녀를 그린 것이었다. 그리고 비로소 그녀 자신이, 거의 이십오 년 전 핏기 없이 수줍어하며 그의 청혼을 받아들였던 젊은 아가씨의 모습을 드러냈다. 이어서 칸막이석에서 그의 옆에 당당히 우뚝 앉아 있는 한창 꽃피는 여인의 모습이 그의 앞에 나타났다. 그녀의 시선은 무대를 향했고 마음은 먼 곳에 가 있었다. 이어서 그는 긴 여행에서 돌아온 자신을 뜻밖에 열렬히 맞이했던 그리움에 사무친 여자를 떠올렸다. 곧이어 그는 녹색 기가 도는 생기 없는 눈을 가진 신경질적이고 툭하면 눈물 짓는 사람을, 온갖 언짢은 기분으로 그의 하루하루를 망쳤던 사람을 생각했다. 이어서 다시 밝은색 가운 차림으로 아픈 아이의 침대를 지키는 근심에 찬 자상한 어머니가 모습을 드러냈다. 마지막으로 그는 고통스레 입가가 아래로 처지고 이마에 서늘한 땀방울이 돋은 한 창백한 존재가 에테르 냄새로 가득한 방 안에 누워 있는 것을 보았다.

그 존재는 그의 영혼을 괴로운 연민으로 가득 채웠었다. 그는 이 모든 모습들과, 이제 믿기 힘들 만큼 빠르게 내면의 눈앞을 획획 지나가는 그 밖의 수많은 모습들이 동일한 피조물의 것임을 알았다. 그는 그 피조물을 이 년 전 무덤 속에 매장

---

2) 소독약의 일종.

했고, 울면서 애도했고, 그리고 그 죽음 이후로 해방감을 느꼈다. 그는 마치 자신이 어떤 불안한 감정에 이르기 위해 이 모든 모습들 가운데 하나를 꼭 택해야 할 것만 같았다. 이제 수치와 분노가 대상을 찾아 허공 속으로 훨훨 날아갔으니까. 그는 쉽사리 결정을 내리지 못한 채 서 있었고 저 너머 집들의 정원을 관찰했다. 정원들은 달빛 속에서 노르스레하고 불그스레하게 떠 있었고 창백하게 칠한 벽들만 빛났다. 벽 너머는 바깥이었다.

"잘들 있게나." 의사가 이렇게 말하고는 일어났다. 상인이 몸을 돌렸다. "나는 여기에서 더 볼일이 없네." 작가가 편지를 챙겨서 눈에 띄지 않게 자신의 상의 주머니에 집어넣었고 이제 옆방으로 통하는 문을 열었다. 작가는 망자의 침대로 느릿느릿 다가갔고 나머지 둘은 그가 뒷짐을 지고서 말없이 시신을 내려다보는 모습을 바라보았다. 그러고 나서 그들은 그곳을 떠났다.

현관에서 상인이 하인에게 말했다. "장례식에 관해서라면, 공증인이 보관하고 있는 유언장에 자세한 지시가 적혀 있을지 모르네." 의사가 덧붙여 말했다. "그리고 런던에 있는 자네 주인의 여자 형제에게 전보 치는 걸 잊지 말게나." "물론이지요." 하인이 신사들에게 문을 열어 주며 대답했다.

층계에서 작가는 두 사람을 따라잡았다. "내 마차에 자네들을 태워 줄 수 있네." 의사가 마차를 기다리며 말했다. "고맙지만." 상인이 말했다. "나는 걸어가겠네." 그는 두 사람과 악수를 나눈 다음에 도시를 향해 길을 걸어 내려가며 밤의 온화함과 함께했다.

작가는 의사와 함께 마차에 올라탔다. 정원에서 새들이 노래하기 시작했다. 마차는 상인 옆을 지났고 세 신사는 각자 모자를 살짝 들어 올려 보였다. 정중하면서 냉소적으로, 모두가 똑같은 얼굴로. "자네의 작품을 극장에서 곧 다시 볼 수 있나?" 의사가 평소 목소리로 작가에게 물었다. 작가는 자신이 쓴 최신 희곡 작품의 상연을 가로막는 엄청난 난관들에 대해 설명했다. 물론 이 작품에는, 스스로도 인정할 수밖에 없는 사실인데, 사람들이 소위 신성하다고 여기는 모든 것에 대한 거의 전대미문의 공격이 들어 있다고 했다. 의사는 고개를 끄덕이면서 대충 흘려들었다. 작가 역시 자신의 말을 흘려들었다. 왜냐하면 틀에 박힌 문장들이 마치 암기한 듯 한참 전부터 그의 입술에서 흘러나왔기 때문이다.

의사의 집 앞에서 두 신사는 내렸고 마차가 떠나갔다.

의사가 초인종을 울렸다. 두 사람은 서서 침묵했다. 건물 관리인의 발걸음 소리가 다가올 때 작가가 말했다. "들어가게나, 친애하는 의사 선생." 그러고는 콧방울을 한 번 씰룩하며 느릿느릿 말했다. "그런데 말이야, 나도 내 아내한테 아무 말 안 할걸세." 의사가 회피하는 시선으로 감미롭게 미소를 지었다. 대문이 열렸고, 둘은 악수를 나눴고, 의사는 복도로 사라졌고, 대문이 닫혔다. 작가는 떠났다.

작가는 가슴 주머니에 손을 넣었다. 그렇다, 편지는 그곳에 있었다. 잘 보관되고 봉인된 편지를 아내는 그의 유고 속에서 발견하리라. 그리고 그는 본래 가진 특유의 흔치 않은 상상력

을 발휘하여 아내가 자신의 무덤에서 속삭이는 소리를 들었
다. 당신은 고결한 사람…… 훌륭한 사람이야…….

레데곤다의 일기

어젯밤 집에 가는 길에 시립 공원의 벤치에 얼마간 앉아 있
는데, 돌연 벤치 반대쪽 구석에 몸을 기대고 앉은 한 신사를
보았다. 앞서 나는 그 신사의 존재를 조금도 알아차리지 못했
다. 이런 늦은 시각에 공원에 빈 벤치가 부족할 일은 만무하기
에 밤에 내 옆에 앉은 이 사람이 조금 수상쩍게 여겨졌다. 그
런데 내가 이제 막 가려는 순간, 긴 회색 외투를 입고 노란색
장갑을 낀 그 낯선 신사가 모자를 살짝 들어 올리더니 내 이
름을 부르며 인사를 하는 게 아닌가. 그제야 나는 그 사람을
알아보며 아주 기분 좋게 놀랐다. 그는 고트프리트 베발트 박
사였다. 이 젊은 남자는 훌륭한 매너를 갖췄을 뿐 아니라 행
동거지에 기품이 흘렀는데, 그것은 적어도 그 자신에게는 영
원하고 은근한 만족감을 주는 듯했다. 약 사 년 전에 그는 시

보로서 빈 총독부에서 니더외스트라히 지방의 어느 소도시로 전근되었지만 때때로 카페에 있는 그의 친구들 사이에 다시 나타나곤 했다. 그곳에서 친구들은 우아한 겸손함을 지닌 그의 성향에 맞춰 항상 도를 넘지 않으며 적당히 반갑게 그를 맞아 주었다. 따라서 나는 비록 크리스마스 이후로 그를 보지 못했음에도, 이 시간에 이런 곳에서 우리가 만난 데 대한 의아함은 표현하지 않는 게 좋겠다고 생각했다. 나는 아무렇지 않은 듯 상냥하게 인사에 답했고, 호주에서 아는 이를 우연히 만나도 결코 당황하지 않을 사교적인 사람이라면 응당 그렇듯 이제 그와 대화를 시작하려고 하는데 그 찰나에 그가 손사래를 치며 간결하게 말했다. "미안합니다, 소중한 친구여. 나한테는 시간 여유가 없습니다. 나는 오로지 당신에게 어떤 기이한 이야기를 들려주기 위해 이곳에 온 겁니다. 물론 당신이 내 이야기를 들을 생각이 있다면요."

나는 이 말에 놀라면서도 곧장 듣겠다고 했다. 하지만 나는 왜 베발트 박사가 카페에서 나를 찾지 않았는지, 또 어떻게 그가 이 밤에 시립 공원에서 나를 찾아낼 수 있었는지, 그리고 마지막으로 왜 하필 내가 영광스럽게도 그 이야기를 듣도록 선택되었는지에 대한 의아함을 표현하지 않을 수 없었다.

"첫 두 질문에 대한 답은." 그가 평소와 달리 퉁명스럽게 대답했다. "이야기를 듣다 보면 저절로 나올 겁니다. 그리고 내가 왜 하필 당신을 선택했는가, 소중한 친구여(그는 여하튼 나를 이렇게 불렀다.), 그 이유는 내가 알기로 당신이 작가로도 활동하고 있고 따라서 당신을 통해서라면 이 진기하지만 상당히 자유분방한 이야기를 그럭저럭 괜찮은 형태로 발표할 수 있다고 믿어서입니다."

나는 겸손하게 손사래를 쳤는데 이에 베발트 박사는 콧방울 주위를 이상하게 실룩하면서 다짜고짜 이야기를 시작했다. "내 이야기의 주인공 이름은 레데곤다입니다. 그녀는 우리의 소도시 Z에 주둔하는 X 용기병 연대의 기병 대위인 T 남작의 아내였습니다."(그는 실제로 이렇게 첫 철자만 말했다. 하지만 나는 그 소도시의 이름뿐 아니라 기병 대위의 이름과 연대 번호도 이미 알고 있었는데 그 이유는 곧 밝혀질 것이다.) "레데곤다." 베발트 박사가 말을 이었다. "그녀는 빼어나게 아름다운 숙녀였고 나는 흔히 하는 말처럼 첫눈에 사랑에 빠져 버렸습니다. 유감스럽게도 나는 그녀와 개인적으로 안면을 틀 기회가 원천적으로 봉쇄되어 있었습니다. 장교들은 민간인들과 거의 교제하지 않았고 우리 같은 정부 관리들에게조차도 거의 기분이 상할 정도로 그런 배타적인 태도를 고수했으니까요. 그래서 나는 레데곤다를 늘 멀리서만 바라보았습니다. 그녀가 홀로 혹은 남편 옆에서, 가끔 다른 장교들이나 장교 부인들과 함께 거리를 산책하는 것을 보았고, 때로는 중앙 광장에 있는 자기 집 창가에 있는 것을 보았으며, 아니면 저녁에 덜컹거리는 마차를 타고 작은 극장을 향해 가는 것을 보았습니다. 그럼 운 좋게도 나는 극장 1층 앞쪽 관람석에서 칸막이석에 앉은 그녀의 모습을 관찰할 수 있었습니다. 젊은 장교들이 막간에 그곳을 뻔질나게 찾아가더군요. 이따금 나는 그녀가 황송하게도 내 존재를 알아차린 것 같은 느낌을 받았습니다. 하지만 그녀의 시선은 항상 나를 순간적으로 스쳐 지나갈 뿐이어서 거기서 더 이상 무언가를 추리할 수는 없었지요. 언젠가 그녀 발밑에 나의 숭배를 바칠 수 있었으면 하는 희망은 이미 포기한 어느 경이로운 가을 오전에 나는 도시의 동쪽 성문에서 시골 쪽으로 쭉 뻗은, 공원 같은 작은 숲에서 완전히 뜻밖에 그녀와 마주쳤습니다. 그녀는, 어쩌면 나를 아예 의식하지 못했을지도 모르는데, 거의 알아볼 수 없게 미소를 지으며 내 옆을 스쳐 지나갔고 금방 다시 노르스름한 나뭇잎 뒤로 사라져 버렸죠. 나는 그녀가 내 옆을 스쳐 지나가도록 놔두었습니다. 인사를 건네거나 심지어 말을 붙여 볼 수도 있었을 텐데 그런 가능성조차 고려하지 않고서요. 그리고 이제 그녀가 사라져 버렸을 때도 나는, 절대 성공했을 리는 없었겠지만 뭐라도 시도해 보지 않은 것을 후회할 생각은 하지 않았습니다. 그런데 그때 뭔가 기이한 일이 일어났습니다. 만일 내가 용기를 내서 그녀 앞을 가로막고 말을 걸었다면 어떻게 되었을까를 꼭 상상해 봐야만 할 것 같은 느낌이 퍼뜩 드는 것이었습니다. 그리고 나의 상상은 레데곤다가 나를 물리치기는커녕 나의 과감한 행동에 대한 만족감을 결코 숨기려 하지 않고, 활기찬 대화가 진행되는 와중에 자신의 공허한 생활과 저급한 교제에 대해 온갖 하소연을 늘어놓고, 급기야는 나같이 이해심 많고 공감할 줄 아는 사람을 만난 데 대해 기쁨을 표현하는 장면을 보여 주었습니다. 그리고 작별할 때 내게 머무르던 그녀의 눈빛이 어찌나 밝은 전망을 약속했던지, 그 작별의 눈빛을 포함하여 이 모든 것을 오직 내 상상 속에서 체험한 나는 그날 저녁 그녀가 예의 칸막이석에 있는 것을 보았을 때 마치 우리 둘 사이에 소중한 비밀이 존재하는 기분이었지요. 소중한 친구여, 당신은 일단 자신의 상상력에게서 그토록 이상한 본보기를 얻은 내가 그 첫 만남 이후로 곧 똑같은 식으로 계속 만남을 이어 갔다는 것, 그리고 우리의 대화가 만남을 거듭할수록 더 화기애애해지고, 더 친밀해지고, 더 허물없어지다가 급기야 어느 아름다운 날에 잎을 떨군 나뭇가지 아래에서 숭배하는 그 여인이 나의 갈망하는 품에 왈칵 안겼다는 것에 놀라지 않을 겁니다. 이제 나는 행복한 망상을 계속 펼쳐 나갔고, 그리하여 오래지 않아 레데곤다가 도시 끝자락에 있는 내 작은 집에 찾아오고 나는 지극한 희열을 만끽하기에 이르렀습니다. 초라한 현실은 나에게 결코 그런 황홀함을 제공할 수 없었을 테지요. 우리의 모험에 흥미를 돋우기 위한 위험한 상황들도 빠지지 않았습니다. 그래서 한번은 한겨울에 우리가 시골길에서 모피로 몸을 감싼 채 썰매를 타고 밤 속으로 달릴 때 그 기병 대위가 말을 타고 빠른 속도로 우리 옆을 지나가는 일이 있었죠. 그때 이미 내 의식 속에는 머지않아 운명을 결정짓는 엄청난 일이 일어날 거라는 예감이 싹텄습니다. 봄을 맞이했을 때 도시에서는 레데곤다의 남편이 소속된 용기병 연대가 갈리시아로 옮겨 갈 예정이라는 말이 돌았습니다. 나는, 아니, 우리는 한없이 절망했습니다. 우리는 이런 이례적인 상황에 처한 연인들이 생각하곤 하는 모든 가능성을 염두에 두고 상의했지요. 함께 도망가자, 함께 죽자, 불가피한 상황을 아프지만 받아들이자. 그러나 결심을 굳히지 못한 채로 마지막 저녁이 왔습니다. 나는 꽃으로 장식한 내 방에서 레데곤다를 기다렸습니다. 모든 가능성에 대비하여 트렁크가 꾸려져 있었고, 리볼버가 장전되어 있었고, 작별 편지가 작성되어 있었습니다. 이 모든 건, 나의 소중한 친구여, 사실입니다. 왜냐하면 나는 너무도 완전히 망상에 지배된 나머지 그날 저녁, 즉 연대가 출발하기 전 마지막 저녁에 애인이 나타나는 게 가능하다고 여겼을 뿐 아니라 그것을 정말로 기다리고 있었으니까요. 평소와 달리 나는 그녀의 환영을 불러내고 그 천사 같은 존재를 내 품에 안는 상상을 할 수가 없었습니다. 그렇습니다, 무언가 예측 불가능한 것, 어쩌면 무서운 것이 그녀를 그녀 집에 붙들어 두는 것 같았습니다. 나는 수없이 문으로 다가가고, 층계 쪽으로 귀를 기울이고, 레데곤다가 오는지 길거리를 살피기 위해 창밖을 내다보았습니다. 그렇습니다, 참을성을 잃은 나머지 하마터면 레데곤다를 찾기 위해, 그녀를 데려오기 위해, 사랑하는 자이자 사랑받는 자의 권리로 남편에게 그녀를 달라고 완고히 요구하기 위해 뛰쳐나갈 뻔했지요. 그러다 결국 나는 마치 열병에 걸린 듯 긴 의자 위로 풀썩 쓰러졌습니다. 그런데 자정이 가까웠을 무렵 느닷없이 밖에서 초인종이 울렸습니다. 심장이 멎는 느낌이었습니다. 왜냐하면 초인종이 울린 건, 잘 들어요, 더 이상 상상이 아니었으니까요. 초인종은 한 번 더, 또 한 번 더 울리며 날카롭게 그리고 저항할 수 없게 나를 깨웠고 완전히 현실을 의식하게 했습니다. 하지만 그날 저녁까지 이어진 나의 모험이 일련의 기이한 꿈들에 불과했다는 걸 깨달은 바로 그 순간, 나는 내 안에서 대담하기 그지없는 기대가 싹트는 것을 느졌습니다. 내 소망의 힘이 레데곤다의 영혼 깊숙한 곳을 사로잡아 그녀가 유혹과 강요에 이끌려 몸소 이곳으로 왔고 밖에서 내 집 문지방 앞에 서 있으며, 다음 순간이면 내가 그녀를 실제로 품에 안게 될 거라는 기대가 그것이었습니다. 이런 멋진 기대를 품고서 나는 다가가 문을 열었습니다. 그러나 내 앞에 선 사람은 레데곤다가 아니라 레데곤다의 남편이었습니다. 당신이 여기 이 벤치에서 내 맞은편에 앉아 있는 것처럼, 그토록 현실적으로 그리고 생생하게 그 사람이 몸소 서서 내 얼굴을 빤히 바라보고 있었습니다. 당연히 나는 그를 방 안으로 들이고 자리를 권하는 수밖에 도리가 없었지요. 하지만 그는 그냥 꼿꼿이 서 있으면서 형언할 수 없는 조소를 입가에 띠고서 이렇게 말했습니다. '레데곤다를 기다리고 있군요. 유감이지만 그녀는 이곳에 나타날 수 없습니다. 죽었으니까요.' 나는 '죽었다.'라고 되뇌었고, 세상이 멈춰 섰습니다. 기병 대위는 동요하지 않고 계속 말했습니다. '한 시간 전에 나는 자기 책상에 앉아 있는 그녀를 발견했습니다. 이 작은 책을 앞에 두고서요. 일이 간단해지도록 바로 가져왔습니다. 아마 그녀는 내가 불쑥 그녀 방에 들어갔을 때 공포에 질려서 죽은 것 같습니다. 여기, 이 몇 줄이 그녀가 쓴 마지막 글줄입니다. 읽어 보시죠!' 그는 보라색 장정의 작은 책을 펼친 채로 건넸고 나는 다음과 같은 말을 읽었습니다. '이제 나는 내 집을 영원히 떠난다, 애인이 기다리고 있다.' 나는 확인하듯 그저 천천히 고개를 끄떡였습니다. '짐작했을 겁니다.' 기병 대위가 말을 이었습니다. '당신이 들고 있는 건 레데곤다의 일기입니다. 부디 죽 훑어보시

길. 아무리 부정하려 해도 소용없다는 걸 알 테니까요.' 나는
일기장을 훑어보았습니다. 아니, 읽었습니다. 책상에 몸을 기
댄 채로 거의 한 시간을 읽었고 그동안 기병 대위는 긴 의자에
꼼짝 않고 앉아 있었습니다. 나는 우리 사랑의 모든 이야기를,
그 사랑스럽고 경이로운 이야기를 읽었습니다. 모든 세세한 사
항을요. 내가 처음으로 레데곤다에게 말을 건 가을 아침에서부
터 시작해서, 우리의 첫 키스, 우리가 함께한 산책들, 우리가
시골로 간 드라이브들, 꽃으로 장식한 내 방에서 우리가 보낸
환락의 시간들, 우리의 도주 계획과 죽음 계획, 우리의 행복과
우리의 절망에 대한 내용을 읽었습니다. 모든 것이 그 글장들
에 기록되어 있었습니다. 모든 것 — 결코 현실에서 경험한 건
아니지만 — 모든 것이, 내가 상상 속에서 경험한 것과 정확히
똑같이 적혀 있었습니다. 그리고 나는 그것이, 소중한 친구여,
당신은 지금 이 순간 그리 생각하는 듯하지만, 아예 설명이 불
가능한 일은 아니라고 생각했습니다. 왜냐하면 내가 레데곤다
를 사랑했듯 그녀 역시 나를 사랑했음을, 그래서 그녀에게 신
비한 힘이 생기고 내 상상 속 체험들을 그녀의 상상 속에서 전
부 함께 겪게 되었음을 순간 어렴풋이 짐작하게 되었으니까요.
그리고 여성인 그녀는 소망과 충족이 하나인 생의 근원에 나
보다 가까웠기에 아마 보라색 일기장에 기록된 모든 것을 자
신이 실제로 경험했다고 강력히 확신했겠지요. 하지만 나는
다른 가능성도 염두에 두었습니다. 이 일기 전체가 더도 덜도
아니고 그녀가 내게 하는 치밀한 복수, 즉 나의, 우리의 꿈을
현실로 만들지 않은 내 우유부단함에 대한 복수일 수 있다는

생각이, 그래요, 그녀의 갑작스러운 죽음이 그녀 자신의 뜻에 따른 것일 수 있으며 배신이 담긴 이 일기가 기만당한 남편의 손에 그런 식으로 들어가게 하는 게 그녀의 의도였을 수 있다는 생각이 그것이었습니다. 하지만 나에게는 이런 의문의 해답을 오래도록 찾아볼 시간이 없었습니다. 어차피 기병 대위에게는 단 하나의 자연스러운 설명만이 유효할 수 있었지요. 그래서 나는 상황이 요구하는 대로 행동했고 이런 경우에 흔히 하는 말들을 늘어놓으며 그의 뜻을 따랐습니다."

"아무런 시도도 안……."

"부인하려는 시도요?!" 베발트 박사가 내 말을 가차 없이 끊었다. "오! 설사 그것이 성공할 가망이 조금이라도 있었다 해도 나에게는 그런 시도가 비참하게 여겨졌을 겁니다. 왜냐하면 내가 경험하기 원했던 그리고 그것을 경험하기에는 내가 너무 겁이 많았던 모험의 결과에 대해 전적으로 책임감을 느꼈으니까요. 기병 대위는 말했습니다. '내게 중요한 건, 레데곤다의 죽음이 알려지기 전에 우리의 용건을 처리하는 겁니다. 지금은 새벽 1시입니다. 3시 정각에 우리의 증인들이 모일 것이고, 5시 정각에는 일이 마무리되어 있어야 합니다.' 나는 동의하는 표시로 다시 고개를 끄덕였습니다. 기병 대위는 싸늘한 인사와 함께 떠나갔습니다. 나는 내 서류들을 정돈하고 집을 나서서 아는 군청 관리 두 명을 잠자리에서 불러내고 — 그중 한 사람은 백작이었지요 — 빠른 일 처리를 위해 딱 필요한 것만 그들에게 알려 준 다음에 중앙 광장에서 어두운 창들을 마주 하고 이리저리 거닐었습니다. 나는 그 창 너머에 레데곤다의 시신이 누워 있다는 걸 알았죠. 그리고 내가 운명의 실현을 향해 나아간다고 확신했습니다. 새벽 5시 정각, 내가 레데곤다에게 처음으로 말을 걸 수 있었을 곳과 아주 가까운 작은 숲에서 우리는, 즉 기병 대위와 나는 권총을 쥐고 서로 마주 보며 서 있었습니다."

"그리고 당신이 그자를 죽였나요?"

"아뇨. 내 총알은 그의 관자놀이 바로 옆을 스쳐 지나갔습니다. 하지만 그는 내 심장 한가운데를 맞혔죠. 나는 흔히 말하듯 그 자리에서 즉사했습니다."

"오!" 나는 옆에 앉은 그 이상한 자에게 당황스러운 시선을 보내며 탄식을 내뱉었다. 하지만 이 시선은 더 이상 그를 발견할 수 없었다. 베발트 박사는 더 이상 벤치 구석에 앉아 있지 않았던 것이다. 그렇다, 그는 아예 그곳에 앉지 않았다고 보는 것이 타당했다. 다른 한편으로 나는 어제저녁 카페에서, 우리 친구인 베발트 박사가 토이어하임이라는 이름의 기병 대위가 쏜 총에 맞아 죽은 결투를 두고 많은 말이 오갔던 것을 즉시 떠올렸다. 레데곤다 부인이 같은 날에 연대의 한 젊은 소위와 함께 흔적도 없이 사라져 버린 상황은 비록 우리의 작은 모임이 진지한 분위기였음에도 일종의 애상 어린 쾌활함을 불러일으켰다. 누군가가 추측하길, 우라가 늘 올바름과 신중함과 고상함의 전형이라 여기던 베발트 박사는 완전히 자기 식으로, 반은 제 뜻대로, 반은 제 뜻에 반하여, 다른 더 행복한 남자를 위해 죽임을 당할 수밖에 없었던 것이라 했다.

그런데 시립 공원 벤치에 나타난 베발트 박사의 환영에 관해 말하자면, 만일 원형인 박사 자신이 기사다운 종말을 맞이하기 전에 그 환영이 내 앞에 모습을 드러냈더라면 훨씬 인상적이면서 기묘했을 것이다. 그리고 나는 그런 아주 사소한 자리바꿈으로 내 이야기의 효과를 높이려는 생각을 처음에 아주 안 하지는 않았다는 사실을 숨기지 않으련다. 그러나 얼마간 숙고한 후에 나는 사실과 완전히 들어맞지 않는 그런 서술이 신비주의니 심령술이니 그 밖의 위험한 것들에 새로운 증거를 제공하는 꼴이 될까 염려스러웠고, 사람들이 내 이야기가 사실인지 허구인지, 심지어는 내가 그런 유의 일이 도대체가 가능하다고 여기는지 물을 것이라 예상했다. 나는 난처한 선택 앞에 놓일 것이고 어떻게 대답하느냐에 따라 심령론자 혹은 사기꾼 취급을 받을 터였다. 이런 이유로 결국 나는 밤에 경험한 만남에 대한 이야기를 실제 있었던 그대로 기록하는 쪽을 택했다. 물론 그럼에도 불구하고 많은 사람들이 내 이야기의 진실성을 의심할 위험을 감수해야 했다. 어차피 작가들을 향한 불신은 널리 퍼져 있고 작가는 다른 대부분의 사람들보다 근거 없이 불신을 받으니까.

엘제 양

"정말로 그만 치려고, 엘제?" ──"응, 파울, 더는 못 치겠어. 아
듀. ── 안녕히 계세요, 인자하신 부인." ──"있잖아요, 엘제, 날 시
시 부인이라고 불러요. ── 아님 차라리 간단하게 시시라고 부르거나
요." ──"안녕히 계세요, 시시 부인." ──"그런데 왜 벌써 가는 거
예요, 엘제? 디너 때까지는 아직 꼬박 두 시간이 남았잖아요." ──"파
울이랑 단식을 치세요, 시시 부인, 오늘 저랑 치는 건 진짜 재
미없잖아요." ──"그냥 놔두세요, 부인, 엘제는 오늘 심기가 불편하
니까요. ── 그나저나 그렇게 부루퉁한 모습이 참 잘 어울리는데, 엘
제. ── 그리고 그 빨간색 스웨터는 더더욱 잘 어울리고." "파란색
을 입은 부인께서는 부디 더 너그럽길 바랄게, 파울. 아듀."

아주 훌륭한 퇴장이었어. 부디 저 둘이 내가 질투한다고 생
각하지 않기를. ── 사촌 파울과 시시 모어, 이 두 사람 사이에

무언가 있는 게 확실해. 나와는 세상 무엇보다도 상관없는 일이지. — 이제 나는 한 번 더 몸을 돌려 둘에게 손을 흔들어. 손을 흔들고 미소를 지어. 이제 내가 인자해 보일까? — 아 맙소사, 벌써 다시 치네. 실은 내가 시시 모어보다 더 잘 치는데. 그리고 파울도 딱히 마타도어[1]는 아니고. 하지만 칼라를 풀고 악동 같은 얼굴을 한 모습이 — 번듯하게 생겼어. 허세만 덜 부리면 좋으련만. 걱정할 필요 없어요, 에마 이모……

정말 멋진 저녁이야! 오늘 날씨면 로세타 산장[2]으로 하이킹 가기에 딱 좋았을 텐데. 치몬 봉[3]이 하늘로 우뚝 솟은 모습이 참 멋져! — 우리는 새벽 5시에 출발했을 테지. 처음엔 물론 평소처럼 속이 매스꺼웠을 거야. 하지만 괜찮아지니까. — 동이 틀 무렵 하이킹하는 것보다 더 근사한 일은 없어. — 로세타에서 본 외눈박이 미국인은 권투 선수처럼 생겼었지. 어쩌면 권투 중에 맞아서 눈이 빠진 걸지도. 미국으로 시집을 가면 좋으련만. 하지만 미국인하고 결혼하긴 싫어. 아님 미국인과 결혼하고서 함께 유럽에 사는 거야. 리비에라 해안[4]의 저택. 바닷속으로 이어지는 대리석 계단. 알몸으로 대리석 위에 누워 있는 거지. — 우리가 망통[5]에 간 게 언제더

1) 원래는 투우에서 소에게 최후의 일격을 가하는 투우사를 가리킨다. 그 밖에 선수, 챔피언, 주역 등의 의미로 쓰인다.
2) 알프스 산맥의 일부인 북부 이탈리아의 돌로미티 산맥에 위치해 있다.
3) 돌로미티 산맥에 있는 높은 봉우리인 치몬 델라 팔라(Cimon della Pala)를 가리킨다.
4) 프랑스와 이탈리아에 걸쳐 있는 해안.
5) 리비에라 해안에 있는 도시.

라? 칠 년인가 팔 년 됐지. 나는 열세 살인가 열네 살이었고. 아 그래, 아직 우리 형편이 좋을 때였어. — 하이킹을 미루다니 정말 바보 같은 짓이었어. 지금쯤이면 어쨌거나 벌써 돌아왔을 텐데. —4시에 테니스를 치러 갔을 때는 전보로 예고한 엄마의 속달 편지가 아직 도착하지 않았는데. 이제는 왔을지 누가 알겠어. 한 세트는 족히 더 칠 수 있었을 텐데. — 저 두 젊은 사람이 왜 나한테 인사를 하지? 전혀 모르는 사람들인데. 저들은 어제부터 호텔에 묵고 있고, 식사 때 창문 왼쪽 자리에 앉지. 전에 네덜란드 사람들이 앉던 자리에. 인사에 답할 때 내 태도가 쌀쌀맞았나? 아님 심지어 거만했나? 나는 전혀 거만하지 않아. 「코리올라누스」[6]를 보고 집에 오는 길에 프레트가 뭐라고 했더라? 명랑하다. 아니, 당당하다. 당신은 거만한 게 아니라 당당해요, 엘제. — 좋은 말이야. 그는 늘 좋은 말을 찾아내지. 내가 왜 이렇게 천천히 걷는 거지? 결국은 엄마의 편지가 두려운 걸까? 뭐, 기분 좋은 내용은 아니겠지. 속달이라고! 어쩌면 다시 돌아가야 할지도. 오 슬퍼라! 이 무슨 기구한 인생인지 — 비록 나한텐 빨간색 실크 스웨터와 실크 스타킹이 있지만. 세 켤레가! 부자 이모한테 초대를 받은 불쌍한 친척. 분명 이모는 벌써 후회하고 있겠지. 내가 꿈속에서 파울을 생각하지 않는다는 걸 문서로 보증이라도 해 드릴까요, 소중한 이모? 아, 난 아무도 생각하지 않아. 난 사랑에 빠지지 않았어. 아무한테도. 그리고 아직 한 번도 사랑에 빠

---

6) 셰익스피어의 비극.

진 적이 없고. 알베르트한테도 안 그랬지. 비록 팔 일 동안 착각하긴 했지만. 나는 사랑에 빠질 수 없나 봐. 정말이지 이상해. 왜냐면 나는 분명 관능적이니까. 하지만 당당하고 쌀쌀맞기도 하지, 다행히도. 열세 살 때 어쩌면 딱 한 번 진짜로 사랑에 빠졌을지도. 반다이크[7]에게 — 혹은 그보다는 데 그리외 신부[8]에게, 그리고 르나르[9]에게도. 그리고 열여섯 살 때, 뵈르터제[10]에서. — 아, 아냐, 그건 아무것도 아니었어. 깊이 생각할 거 뭐 있어, 회고록을 쓰는 것도 아닌데. 베르타처럼 일기를 쓰는 것도 절대 아니고. 프레트한테 호감이 가긴 하지만, 그 이상은 아냐. 혹시 프레트가 더 우아하다면 모를까. 나는 고상한 체하는 속물이니까. 아빠도 그리 생각하고 날 놀려대. 아, 사랑하는 아빠, 아빠는 나한테 많은 걱정을 안겨 줘요. 아빠가 엄마를 속인 적이 있을까? 아무렴. 한두 번이 아냐. 엄마는 꽤나 멍청하니까. 엄마는 나에 대해 아무것도 몰라. 다른 사람들도 마찬가지고. 프레트는? — 겨우 어렴풋이 알 뿐이지. — 멋진 저녁이야. 호텔이 어찌나 화려해 보이는지. 모두들 아무 탈 없이 잘 지내고 근심 걱정 없다고 느껴지지. 가령 나처럼. 하하! 애석한 일이야. 내가 걱정 없는 인생을

---

7) 벨기에 출신의 테너 에르네스트 반다이크(Ernest van Dyck, 1861~1923)를 가리킨다.
8) 프랑스 작가 아베 프레보(Abbé Prévost, 1697~1763)의 소설 『마농 레스코』의 등장인물.
9) 오스트리아 출신의 오페라 가수 마리 르나르(Marie Renard, 1864~1939)를 가리킨다.
10) 오스트리아 남부에 위치한 호수이자 피서지.

살도록 태어났더라면. 그럼 인생이 아주 아름다울 수 있었을 텐데. 애석한 일이야. ── 한 줄기 찬란한 붉은빛이 치몬 봉에 내리고 있어. 파울은 알프스 노을[11]이라고 말하겠지. 알프스 노을이 되려면 아직 멀었어. 눈물이 날 정도로 아름다워. 아, 왜 다시 도시로 돌아가야만 하는 걸까!

"안녕하세요, 엘제 양." ── "인사드려요, 부인." ── "테니스를 치고 오는 길인가요?" ── 보면 알잖아, 왜 묻는 거지? "네, 부인. ── 부인께서는 산책을 하시나요?" ── "그래요, 저녁마다 이렇게 산책을 가곤 하죠. 롤레베크[12]로요. 초원 사이로 난 아주 아름다운 길이랍니다. 낮에는 햇빛이 아주 쨍하다 싶을 정도죠." ── "그래요, 이곳 초원은 굉장히 멋지죠. 제 방 창문에서 내다보는 달빛 속 초원은 특히나 멋지답니다." ──

"안녕하세요, 엘제 양. ── 인사드립니다, 부인." ── "안녕하세요, 도르스데이 씨." ── "테니스를 치고 오는 길인가요, 엘제 양?" ── "예리하시네요, 도르스데이 씨." ── "놀리지 마요, 엘제." ── 왜 엘제 양이라고 안 하고? ── "라켓 든 모습이 이토록 훌륭하다면 라켓을 이를테면 장식용으로 들고 다녀도 되겠어요." ── 얼간이 같은 놈, 아무 대답 안 할래. "우리는 오후 내내 쳤어요. 아쉽게도 세 명뿐이었죠. 파울이랑 모어 부인이랑 저랑." ── "저도 예전엔 열성적으로 테니스를 쳤지요." ── "그럼 이제는 아닌가요?" ── "이제는 그러기엔 너무 늙었답니다." ── "아, 늙

---

11) 알프스 산맥의 봉우리가 빛을 받아 불그스레해지는 것을 뜻한다.
12) 길 이름인 '비아 파소 롤레(Via Passo Rolle)'를 독일식으로 표현한 것.

어서라, 마리엔뤼스트[13]에, 그곳에 예순다섯 살 된 스웨덴 남자가 있었는데 매일 저녁 6시부터 8시까지 테니스를 치더군요. 그리고 한 해 전에는 심지어 대회에도 나갔고요." —"뭐, 다행스럽게도 나는 아직 예순다섯 살이 아니에요. 하지만 안타깝게도 스웨덴 사람도 아니죠." 뭐가 안타깝다는 거지? 제 딴에는 농담이라고 하는 소린가 보군. 정중하게 미소를 짓고 떠나는 게 상책이야. "안녕히 계세요, 부인. 아듀, 도르스데이 씨." 저리 깊숙이 몸을 숙이는 거 하며 저 눈빛 좀 봐. 송아지 같은 눈으로 바라보잖아. 결국엔 예순다섯 살 된 스웨덴인 얘기에 상처를 받은 걸까? 상관없어. 비나버 부인은 틀림없이 불행한 부인이야. 분명 이미 쉰 살에 가까울 거야. 저 눈물주머니, —마치 많이 운 것처럼. 아, 늙었다는 건 얼마나 끔찍한지. 도르스데이 씨가 그녀를 보살피는군. 옆에서 같이 걷고 있어. 희끗희끗한 턱수염을 뾰족하게 다듬은 외모가 여전히 아주 보기 좋네. 하지만 호감이 가지는 않아. 부자연스럽게 꾸민 태도로 점잔을 빼지. 당신한테 일급 재단사가 무슨 소용이 있을까요, 도르스데이 씨? 도르스데이! 당신은 분명 한때 다른 이름을 가졌겠지요.[14] — 저기 시시의 귀여운 어린 딸이 보모와 함께 오네. —"안녕, 프리치. 봉수아르, 마드무아젤. 부잘레비앙?[15]" —"메르시, 마드무아젤. 에부?[16]" —"이것 좀 보게, 프리치, 등산지팡이구나. 결국은 치몬 봉에 오르려는 거니?" —"아

---

13) 덴마크의 해변 휴양지.
14) 도르스데이가 이름을 영국식으로 바꾸고 귀족 작위를 돈으로 산 유대인임을 암시한다.

뇨, 아직 그렇게 높은 데는 올라가면 안 돼요." — "내년에는 허락을 받을 수 있을 거야. 잘 가, 프리치. 아비앙토, 마드무아젤.17)" — "봉수아르, 마드무아젤."

　예쁜 사람이야. 대체 왜 보모 노릇을 하지? 그것도 시시네에서. 모진 운명이야. 아아, 나한테도 같은 운명이 닥칠지도. 아니, 나는 어쨌거나 더 나은 일을 찾을 수 있을 거야. 더 나은 일? — 멋진 저녁이야. '공기가 샴페인 같아.'라고 어제 발트베르크 박사가 말했지. 그저께 또 어떤 사람도 그 말을 했고. — 왜 사람들은 이토록 훌륭한 날씨에 로비에나 앉아 있는 걸까? 이해할 수 없다니까. 아님 모두가 저마다 속달 편지를 기다리는 걸까? 도어맨이 이미 날 봤어. — 나한테 속달 편지가 왔다면 곧장 가져다주었겠지. 그러니 편지는 안 온 거야. 다행이야. 만찬 전에 좀 누워 있어야지. 왜 시시는 '디너'라고 할까? 멍청하게 허세나 부리고. 시시와 파울, 둘은 서로 잘 맞아. — 아, 편지가 와 있는 편이 좋은데. 결국 '디너' 중에 오겠어. 그리고 만일 편지가 오지 않으면 나는 불안한 밤을 보내겠지. 전날 밤도 눈을 제대로 못 붙였어. 물론, 그날 때문이지만.18) 그래서 다리도 당기고. 9월 3일이지 오늘이. 그러니까 아

___

15) Bon soir, Mademoiselle. Vous allez bien?(안녕하세요, 마드무아젤. 잘 지내요?) 이하 대화에서는 군데군데 프랑스어가 사용되며 따로 언급하지 않는 외국어는 프랑스어이다.

16) Merci, Mademoiselle. Et vous?(고마워요, 마드무아젤. 당신은요?)

17) A bientôt, Mademoiselle.(또 봐요, 마드무아젤.)

18) 곧 생리가 시작됨을 암시한다.

마 6일이면. 오늘은 베로날[19]을 먹을 거야. 오, 습관을 들이진 말아야지. 아니, 친애하는 프레트, 염려할 것 없어. 생각 속에서 나는 늘 프레트와 편하게 말을 놓아. ― 뭐든 시도해 봐야 하는 법, ― 해시시도. 해군 사관후보생 브란델은 중국에서 해시시를 가져왔을 거야. 해시시가 마시는 건가, 피우는 건가? 화려한 환각이 보인다지. 브란델이 나한테 같이 해시시를 마시자고, 혹은 피우자고 했지. 뻔뻔한 놈. 하지만 잘생겼어. ―

"자, 아가씨, 편지가 한 통 왔습니다." ― 도어맨이야! 역시 온 거야! ― 전혀 아무렇지도 않게 몸을 돌리는 거야. 카롤리네 아님 베르타 아님 프레트나 미스 잭슨이 보낸 편지일지도? "고마워요." 하지만 엄마가 보낸 거네. 속달. 저 사람은 왜 바로 속달 편지라고 말 안 한 거지? "오, 속달이군요!" 방에 간 다음에 열어서 아주 찬찬히 읽어 봐야지. ― 마르케사[20]야. 어스름한 속에서 참 젊어 보이네. 분명 마흔다섯이야. 마흔다섯 살 때 나는 어디에 있을까? 어쩌면 이미 죽었을지도. 그랬으면 좋겠네. 늘 그렇듯 나에게 상냥히 미소를 보내는군. 나는 그녀를 지나가게 하면서 살짝 고개를 숙여. ― 마르케사가 미소를 보내는 걸 내가 특별한 영광으로 여기지 않는 양. ― "부오나 세라.[21]" ― 나한테 부오나 세라라고 하네. ― 이제 나는 적어도 절을 해야 해. 몸을 너무 깊이 숙였나? 뭐 그만큼 더 연장자니까. 그녀의 걸음걸이는 어찌나 멋진지. 그녀는 이혼했을까? 내

---

19) 수면제, 신경안정제로 쓰이던 약품.
20) 후작 부인을 뜻하는 이탈리아어.
21) Buona sera. 이탈리아어 저녁 인사.

걸음걸이도 훌륭하지. 하지만 — 나는 알아. 그래, 그게 차이야. — 이탈리아 남자는 나한테 위험할지 몰라. 로마인 두상[22]을 가진 그 잘생긴 까무잡잡한 남자가 벌써 떠나 버려서 아쉬워. "플레이보이처럼 생겼는데."라고 파울은 말했지. 아아, 나는 플레이보이를 나쁘게 생각하지 않아, 정반대야. — 자, 다 왔어. 77호. 사실 행운의 번호지. 예쁜 방이야. 잣나무 목재. 저기 내 순결한 침대가 있어. — 이제 알프스 노을이 제대로 졌네. 하지만 나는 파울한테 아니라고 우길 거야. 사실 파울은 수줍음을 잘 타. 의사가, 산부인과 의사란 사람이 말이야! 어쩌면 바로 그 때문일지도. 그저께 숲 속에서 우리가 멀찍이 앞서 있었을 때 파울이 좀 더 적극적이었어도 됐을 텐데. 하지만 그랬다면 그는 곤란을 겪었겠지. 사실 나에게 정말로 적극적이었던 사람은 이제껏 아무도 없었어. 기껏해야 삼 년 전 뵈르터제에서 수영할 때 정도. 적극적이라고? 아니, 그 사람은 그냥 무례했지. 하지만 잘생겼어. 벨베데레의 아폴로.[23] 실은 그때 난 완전히 이해하진 못했어. 그래 뭐 — 열여섯 살이었으니까. 나의 멋진 초원! 나의 — ! 이걸 빈으로 가져갈 수 있다면. 부드러운 안개. 가을인가? 뭐, 9월 3일, 고산 지대.

자, 엘제 양, 이제 편지를 읽기로 결심하지 않을래요? 절대 아빠와 관련된 것일 리 없어. 뭔가 오빠와 관계된 일일 수도 있

---

22) 뚜렷한 얼굴 윤곽과 이마로 빗어 내린 짧은 머리카락이 특징인 남성의 머리를 가리킨다.
23) 바티칸 궁전의 벨베데레에 있는 조각상. 여기서는 이상적인 미남을 뜻한다.

지 않을까? 혹시 오빠가 애인들 중 하나와 약혼한 걸까? 합창
단원이나 장갑 파는 아가씨와. 아 아냐, 그러기에 오빠는 너무
똑똑할 테니. 사실 난 오빠에 대해 아는 게 많이 없어. 내가 열
여섯 살이고 오빠가 스물한 살이었을 때 우리는 한동안 몹시
친하게 지냈지. 오빠는 로테라는 여자에 대해 많은 이야기를
해 줬어. 그러다 갑자기 관두었지. 그 로테가 오빠한테 무슨 짓
을 한 게 틀림없어. 그리고 그때 이후로 오빠는 나에게 더 이
상 아무것도 이야기하지 않아. ─ 열려 있네, 편지가. 그리고
난 내가 편지를 열었다는 걸 전혀 인식하지 못했어. 나는 창
문턱에 앉아서 편지를 읽어. 밖으로 떨어지지 않게 조심. 산마
르티노에서 온 소식에 따르면 그곳에 있는 프라타차 호텔에서
안타까운 사고가 일어났습니다. 그림처럼 아름다운 19세 소녀
이자 저명한 변호사의 딸인 엘제 T. 양…… 물론 내가 실연해
서 아님 임신했기 때문에 스스로 목숨을 끊었다고 하겠지. 실
연이라, 아 그럴 리가.

'나의 귀염둥이에게' ─ 일단 끝부분을 보아야겠어. ─ '다
시 한번 말하는데, 우리에게 화내지 말길, 나의 착한 귀염둥이
야. 그리고 부디 안녕히' ─ 맙소사, 아빠 엄마는 자살하지 않
을 작정인 거야! 그래, ─ 만일 그랬다면 루디한테 전보가 왔
겠지. ─ '나의 귀염둥이야, 정말이지 나는 가슴이 무척 아프
단다. 멋진 휴가를 보내고 있는 너에게' ─ 유감스럽게도 어차
피 나는 늘 휴가 중인걸 ─ '이런 달갑잖은 소식을 불쑥 전하
게 되다니 말이야.' ─ 엄마는 뭐 이런 끔찍한 문체로 글을 쓴
담 ─ '하지만 충분히 숙고해 보았는데 나에게는 정말로 다

른 방법이 없단다. 그래, 간단히 말하자면, 아빠와 관련된 일이 급박해졌어. 나는 속수무책으로 어찌할 바를 모르겠다.' 뭐 이렇게 말이 많지? ― '비교적 우스운 금액이야 ― 삼만 굴덴[24]', 우습다고? ― '사흘 안에 이 돈을 마련하지 않으면 모든 게 끝장이야.' 맙소사, 이게 무슨 소리지? ― '생각해 봐라, 나의 귀염둥이야. 회닝 남작님이', ― 뭐, 그 검사가? ― '오늘 일찍 아빠를 불렀단다. 너도 알다시피, 남작님은 아빠를 높이 평가하지. 그래 정말 아끼지. 일 년 반 전, 우리 상황이 간당간당했을 때, 그분이 몸소 주채권자와 이야기를 해서 마지막 순간에 일을 정리해 주었어. 하지만 이번에는 그 돈을 마련하지 않으면 전혀 아무런 방도가 없단다. 그리고 우리 모두가 망하는 건 차치하더라도 이건 전대미문의 스캔들이 될 거야. 생각해 봐라, 변호사가, 저명한 변호사가, ― 그런 사람이, ― 아니, 이건 차마 적을 수가 없구나. 나는 늘 눈물과 싸운단다. 너도 알잖니, 얘야, 너는 똑똑하잖니. 우리는 그래, 안타깝게도, 이미 몇 번 비슷한 상황에 처했고 일가친척들이 늘 우리를 위기에서 구해 주었지. 지난번에는 액수가 심지어 십이만이었어. 하지만 그때 아빠는 채무 증서에 서명을 해야 했단다. 절대 두 번 다시 친척들에게, 특히 베른하르트 삼촌에게 손을 벌리지 않겠다고 말이야.' ― 자 계속, 계속, 그래서 어쨌다는 거지? 내가 대체 뭘 할 수 있다고? ― '그 밖에 생각

---

24) 1900년경 오스트리아 노동자의 월급이 약 160굴덴, 하급 공무원의 월급은 그 두 배 정도였다.

할 수 있을 유일한 사람은 빅토어 삼촌일 거야. 그러나 빅토어 삼촌은 불행히도 노르카프[25]인가 스코틀랜드로 여행을 떠났단다.' ─ 그래, 그자는 잘살지, 그 역겨운 자식 ─ '그리고 아예 연락이 닿지 않아, 적어도 지금은. 동료들, 특히 아빠에게 이미 여러 번 도움을 받은 Sch 박사는' ─ 세상에나, 우리 상황이 어떻기에 ─ '재혼한 이후로는 더 이상 고려 대상이 아냐' ─ 그래서 어쩌라고, 어쩌라는 거야, 나한테 뭘 원하는 건데? ─ '그러던 차에 네 편지가 왔단다, 나의 귀염둥이야. 편지에서 너는 누구보다도 도르스데이를 언급했지. 그 사람 역시 프라타차에 투숙하고 있다고. 그리고 그것은 우리에게 운명의 손짓처럼 여겨졌단다. 너도 알다시피, 도르스데이는 예전에 우리 집에 자주 왔었잖니' ─ 뭐, 뻔질나게 드나들었지 ─ '이삼 년 전부터 그가 전보다 뜸하게 모습을 비추는 건 순전히 우연이야. 어떤 여자와 꽤나 굳건한 관계를 맺고 있다지 ─ 우리끼리 하는 말이지만 그리 고상한 여자가 아냐' ─ 왜 '우리끼리 하는 말'? ─ '레지덴츠 클럽에서 아빠는 여전히 그와 휘스트 게임을 한단다. 그리고 지난겨울에는 다른 미술품상과 소송이 있었을 때 적잖은 돈을 지켜 주었지. 그 밖에도, 네가 알아서 안 될 이유가 뭐 있겠니, 그는 예전에 한 번 아빠를 도와준 적이 있단다.' ─ 그럴 줄 알았어 ─ '그때는 푼돈이었어, 팔천 굴덴, ─ 하지만 어쨌거나 ─ 삼만은 도르스데이에게 돈도 아니야. 그래서 나는 생각했단다. 사랑

─────────────

25) 노르웨이 최북단에 위치한 곳.

하는 아빠 엄마를 위해 네가 도르스데이와 이야기를 해 볼 수는 없을까 하고' — 뭐? — '그 사람은 항상 널 특별히 귀여워했잖니' — 전혀 몰랐는데. 내가 열두 살인가 열세 살 때 그 사람이 내 뺨을 쓰다듬었지. '벌써 아가씨가 다 됐네.' — '그리고 다행히 아빠가 그 팔천 이후로 더 이상은 손을 안 벌렸으니 그는 아빠한테 친절을 베풀기를 거절하지 않을 거야. 최근에 그는 미국으로 루벤스 단 한 점을 팔아 팔만을 벌었다는구나. 이런 소리는 당연히 하지 말고.' — 내가 푼수인 줄 알아요, 엄마? — '그런데 말이지 그 사람에게 아주 솔직히 말해도 된단다. 회닝 남작님이 아빠를 부른 일 역시 상황에 따라서는 언급해도 좋아. 그리고 삼만이 있으면 정말로 최악은 모면할 수 있다는 것도. 지금 당장뿐 아니라, 일이 잘 풀린다면, 영원히.' — 정말로 그렇게 생각해요, 엄마? — '왜냐하면 에르베스하이머 소송은 전망이 밝고 그 건으로 아빠는 분명 십만을 벌 테니까. 물론 지금 이 단계에서 아빠가 에르베스하이머에게 아무것도 요구할 수는 없지만. 그러니까, 부탁할게, 얘야. 도르스데이와 이야기를 해 보렴. 장담컨대 그건 별일 아니란다. 물론 아빠가 그 사람한테 그냥 전보를 칠 수도 있었겠지. 우리는 그럴까 진지하게 생각해 봤어. 하지만 얼굴을 맞대고 직접 이야기하는 건 완전히 다르단다, 얘야. 6일[26] 12시에는 돈이 도착해 있어야 해. F 박사는' — F 박사가 누구? 아 그래, 피알라. — '가차 없는 사람이니까. 물론 개인적인 양심도 개입

---

26) 이후에는 돈을 마련해야 하는 기한이 5일로 나온다.

해 있고. 그런데 불행하게도 그건 피후견인의 돈이라서' — 세상에! 아빠, 무슨 짓을 한 거죠? — '어쩔 수가 없단다. 그리고 5일 낮 12시까지 돈이 피알라의 손에 들어가지 않으면, 구속 영장이 발부될 거야. 정확히 말하면, 회닝 남작님이 그를 말릴 수 있는 건 그때까지야. 그러니까 도르스데이가 은행에 전보를 쳐서 그 금액을 F 박사한테 송금해야 한단다. 그럼 우리는 사는 거야. 너의 체면이 깎일 일은 조금도 없을 테니 날 믿어, 나의 귀염둥이야. 아빠는 물론 처음엔 주저했지. 심지어 서로 다른 두 곳에서 돈을 구하려고 시도했어. 하지만 완전히 좌절해서 집으로 돌아왔지.' — 아빠가 도대체 좌절이란 걸 하는 사람인가? — '아마도 결코 돈 때문이라기보다는 사람들에게 치욕스러운 대접을 받아서 그런 것 같아. 그들 중 하나는 한 때 아빠의 절친한 친구였는데. 내가 누굴 말하는지는 생각해 보면 알 거야.' — 전혀 모르겠는데. 아빠한테 절친한 친구가 한둘이어야지. 실제로는 하나도 없지만. 혹시 바른스도르프인 가? — '아빠는 1시에 집으로 돌아왔단다. 그리고 지금은 새벽 4시야. 이제 아빠는 마침내 자고 있어, 다행히도.' — 차라리 아빠가 깨어나지 않으면 좋으련만. 그게 아빠한테 가장 좋을 텐데. — '나는 꼭두새벽에 직접 편지를 부칠게, 속달로. 네가 3일 오전에 꼭 받도록 말이야.' — 엄마가 어떻게 그런 생각을 한 거지? 엄마는 이런 일에 대해선 아는 게 전혀 없는데. — '그러니까 당장 도르스데이와 이야기해 보렴, 내 애원하마. 그리고 결과를 즉시 전보로 알려 주렴. 에마 이모 앞에 서는 제발 아무런 낌새도 보이지 말고. 이런 상황에서 자매지

간에 도움을 청할 수 없다는 걸로도 충분히 슬프니까. 그래 봐야 돌에다 대고 말하는 거나 마찬가지지만. 나의 사랑스러운 귀염둥이야, 네가 어린 나이에 이런 일을 함께할 수밖에 없다는 게 정말 가슴이 아프구나. 하지만 내 말을 믿어, 이 일에서 아빠의 잘못은 아주 조금뿐이란다.' ─ 그럼 누구 잘못이란 거죠, 엄마? ─ '자, 에르베스하이머 소송이 모든 면에서 우리 삶의 한 장(章)이 되기를 우리 하느님께 기도하자. 이 몇 주만 넘기면 우리는 틀림없이 위기에서 벗어날 수 있어. 그런데 삼만 굴덴 때문에 불행한 일이 일어난다면 정말 우습지 않겠니?' ─ 진심으로 하는 소리는 아니겠지, 아빠가 스스로…… 하지만 ─ 다른 쪽이 더 나쁘지 않을까? ─ '이만 편지를 끝맺으련다, 얘야. 네가 무슨 일이 있어도' ─ 무슨 일이 있어도? ─ '휴가 동안은, 적어도 9일이나 10일까지는 산마르티노에 머무를 수 있기를 바란다. 우리 때문에 돌아올 필요는 절대 없어. 이모한테 안부 전하고, 이모한테 계속 살갑게 대하렴. 다시 한번 말하는데, 우리에게 화내지 말길, 나의 착한 귀염둥이야. 그리고 부디 안녕히' ─ 그래, 여기는 이미 읽었지.

그러니까, 나보고 도르스데이 씨한테 가서 손을 벌리라는 거군…… 제정신이 아냐. 엄마는 무슨 생각을 하는 거지? 왜 아빠가 그냥 기차를 타고 이곳에 오지 않고? ─ 그게 속달 편지만큼 빨랐을 텐데. 하지만 어쩌면 도주할 우려가 있다고 기차역에서 ── 끔찍해, 끔찍해! 삼만이 있더라도 우리는 이 상황에서 벗어나지 못할 거야. 늘 똑같은 식이야! 칠 년 전부터! 아니 ─ 더 오래됐지. 날 보고 누가 그걸 알겠어? 나한테서는 아무 티도 안 나. 아빠한테서도. 그럼에도 모든 사람이 알아. 우리가 아직 버티고 있다는 게 신기해. 사람이란 모든 것에 익숙해지지! 그런데도 우리는 정말로 아주 잘살고 있고. 엄마는 정말로 달인이라니까. 지난 새해 첫날에 십사 인분의 만찬을 — 이해할 수 없어. 하지만 대신에 내 무도회 장갑 두 켤레는, 그것 때문에 한바탕 난리가 났었지. 그리고 최근에 루디가 삼백 굴덴이 필요하다고 했을 때 엄마는 거의 울 지경이었어. 그런데 아빠는 항상 기분이 좋지. 항상? 아냐. 오 아니야. 최근에 오페라 극장에서 「피가로」[27]를 볼 때 아빠의 눈빛은, — 갑자기 텅 비어 있었어 — 나는 소스라치게 놀랐지. 그때 아빠는 완전히 딴사람 같았어. 하지만 그 후에 우리는 그랜드 호텔에서 만찬을 들었고 아빠는 평소와 다름없이 밝았어.

그리고 여기 나는 편지를 손에 들고 있어. 정말이지 정신 나간 편지야. 나보고 도르스데이와 이야기를 하라고? 나는 죽도록 부끄러울 거야. — — 부끄러워한다, 내가? 왜? 나는 잘못이 없는데. — 그런데 에마 이모한테 이야기하면 어떨까? 바보 같은 소리. 이모 수중에는 그런 큰돈이 없을 확률이 높아. 이모부는 구두쇠고. 아아, 나는 왜 돈이 없을까? 나는 왜 여태 돈 한 푼 안 벌었을까? 나는 왜 아무것도 안 배웠을까? 오, 배운 게 있지! 내가 아무것도 안 배웠다고 누가 그래? 나는 피아노를 치고, 프랑스어와 영어를 할 줄 알고 이탈리아어도 조금 하고, 미술사 강의를 들었어 — 하하! 그런데 내가 더 제대로

---

27) 모차르트의 오페라 「피가로의 결혼」을 가리킨다.

된 걸 배웠다 쳐도, 그게 무슨 소용일까? 삼만 굴덴은 절대 모으지 못했을 텐데. ——

알프스 노을이 끝났어. 저녁은 더 이상 멋지지 않아. 이 지방은 슬퍼. 아니, 이 지방이 아니라, 인생이 슬픈 거야. 그리고 난 창문턱에 조용히 앉아 있어. 그리고 아빠는 감옥에 갇힐 테고. 아니. 절대 그럴 일 없어. 그래선 안 돼. 내가 아빠를 구할 거야. 그래요, 아빠, 내가 아빠를 구할 거예요. 매우 간단한 일이잖아. 아주 무심하게 몇 마디 던지는 거지, 그럼 되는 거야, '당당하게', —— 하하, 나는 우리한테 돈을 빌려 주는 게 마치 무슨 영광스러운 일인 양 도르스데이 씨를 대할 거야. 실제로 영광스러운 일이기도 하고. —— 폰 도르스데이 씨, 혹시 잠깐 시간 되나요? 방금 엄마한테 편지를 받았는데요, 엄마는 지금 곤경에 처해 있어요, —— 엄마보다는 아빠가요 —— '물론이죠, 아가씨, 기꺼이 도와드리죠. 도대체 얼마죠?' —— 그 사람이 그토록 비호감만 아니면 좋으련만. 그 사람이 날 바라보는 투도. 아뇨, 도르스데이 씨, 나는 당신의 우아함에 속아 넘어가지 않아요. 당신의 단안경과 당신의 고상한 태도에도요. 당신은 오래된 그림을 거래하는 일처럼 헌 옷 장사[28]도 잘할 수 있을 걸요. —— 그런데 엘제! 엘제, 대체 무슨 그런 생각을. —— 오, 나는 그래도 돼. 나한테선 아무 티도 안 나. 나는 더군다나 금발, 불그스레한 금발을 가졌잖아. 그리고 루디는 꼭

---

28) 헌 옷 장사는 당시 유대인이 많이 하던 일로, 도르스데이가 유대계라는 것을 암시한다.

귀족처럼 생겼어. 물론 엄마는 바로 티가 나지. 적어도 말하는 걸 들으면. 반면 아빠는 전혀 안 그렇고.[29] 그나저나 사람들이 눈치를 채라지. 나는 그걸 결코 부정하지 않고 루디는 더더욱 그래. 정반대지. 아빠가 감옥에 갇히면 루디는 어떻게 할까? 권총으로 자살할까? 말도 안 되는 소리! 권총 자살과 감옥, 이런 건 죄다 아예 존재하지 않는다고. 신문에나 나오는 얘기지.

공기가 샴페인 같아. 한 시간 후면 만찬이야, '디너.' 나는 시시를 견딜 수 없어. 그녀는 제 딸을 아예 신경도 쓰지 않아. 뭘 입지? 파란색 아니면 검은색? 오늘은 검은색이 더 맞을지도. 목이 너무 파였나? 프랑스 소설에선 투알레트 드 시르콩스탕스[30]라고 하지. 어쨌든 도르스데이와 말할 때 매혹적으로 보여야 해. 디너 후에, 무심하게. 그 사람 눈은 옷이 파인 부분을 뚫어져라 보겠지. 역겨운 자식. 나는 그 사람이 싫어. 나는 모든 사람이 싫어. 왜 하필 도르스데이일까? 이 세상에 삼만 굴덴을 가진 사람이 정말 도르스데이뿐일까? 파울이랑 상의하면 어떨까? 파울이 이모한테 노름빚을 졌다고 말하면, ── 그럼 이모가 분명 돈을 마련할 수 있을 거야. ──

벌써 거의 어두워졌어. 밤이야. 무덤 속 같은 밤이야. 내가 이미 죽었으면 좋으련만. ── 그건 결코 사실이 아냐. 지금 바로 내려가서 만찬 전에 도르스데이와 이야기하면? 아, 끔찍해! ── 파울, 삼만을 마련해 준다면 나한테서 원하는 걸 가져

---

29) 엘제 가족 역시 유대계라는 것이 드러난다.
30) Toilette de circonstance(상황에 맞는 옷).

도 좋아. 이것도 소설에 나오는 얘긴데. 고상한 딸이 사랑하는 아버지를 위해 자신을 팔고 결국엔 그걸 즐긴다. 웩! 아니, 파울, 삼만을 줘도 나한테서 아무것도 가질 수 없어. 아무도 그럴 수 없어. 그런데 백만이라면? ― 호화 저택이라면? 진주 목걸이라면? 언젠가 결혼하면 나는 더 싼 값에 그걸 할 게 뻔해. 파니도 결국 자신을 팔았잖아. 남편이랑 있으면 소름이 끼친다고 내게 직접 말했지. 자, 아빠, 만일 내가 오늘 저녁 나 자신을 경매한다면 어떨까요? 교도소에 가지 않게 아빠를 구하려고요. 어마어마한 사건 ―! 열이 나는 거 같아, 틀림없어. 아님 벌써 그날인 걸까? 아니, 열이 있는 거야. 어쩌면 공기 때문일지도. 샴페인 같아. ― 프레트가 여기 있다면 나한테 조언을 해 줄 수 있을까? 나한테 조언은 필요 없어. 조언할 게 아무것도 없다고. 나는 에페리스[31]의 도르스데이 씨와 이야기를 할 거고, 그에게 손을 벌릴 거야, 나, 당당한 숙녀, 귀족 여인, 마르케사, 구걸하는 여자, 횡령꾼의 딸. 어쩌다 내가 이렇게 됐지? 나만큼 암벽 등반을 잘하는 여자는 없는데, 나만큼 담력이 큰 여자는 없는데, ― 스포티 걸, 영국에서 태어났어야 했어, 아니면 여백작으로.

옷장에 옷들이 걸려 있어! 이 초록색 로덴[32] 옷은 값을 치르기나 한 건가요, 엄마? 선금만 냈겠지. 이 검은색 옷을 입어야지. 어제 사람들이 전부 날 쳐다봤어. 금테 코안경을 쓴 키

---

31) 오늘날 슬로바키아의 도시 프레쇼프를 가리킨다.
32) 두꺼운 모직물의 일종.

작은 창백한 신사도. 사실 난 예쁘지 않지만, 이목을 끌지. 배우가 됐어야 하는 건데. 베르타는 벌써 애인이 셋인데 아무도 그걸 나쁘게 보지 않아…… 뒤셀도르프에서는 감독이랑 사귀었지. 베르타는 유부남하고 함부르크에 있었고 애틀랜틱 호텔에서 욕실이 딸린 특실에 살았어. 심지어 베르타는 그걸 자랑스러워할걸. 그들은 모두 멍청해. 나는 애인을 백 명, 천 명 가질 거야, 안 될 게 뭐 있어? 옷이 충분히 깊게 파이지 않았네. 만일 내가 유부녀라면 옷이 더 깊게 파였겠지. ─마침 잘 만났네요, 폰 도르스데이 씨. 방금 빈에서 편지를 한 통 받았는데요…… 만일을 대비해서 편지를 챙겨 둬야지. 벨을 울려 객실 청소부를 부를까? 아니, 혼자서 하자. 이 검은색 원피스를 입는 데 다른 사람의 도움은 필요 없어. 내가 부자라면 절대 시녀 없이는 여행을 하지 않을 거야.

불을 켜야겠어. 공기가 서늘해지네. 창문을 닫자. 커튼을 내릴까? ─쓸데없는 일이야. 저기 산 위에 망원경을 든 사람이 있는 것도 아닌데. 아쉽네. ─마침 편지를 한 통 받았는데요, 폰 도르스데이 씨. ─만찬 후가 어쩌면 나을지도. 그때는 보통 기분이 더 가벼우니까. 도르스데이도 ─ 나는 포도주 한 잔을 미리 마실 수도 있을 거야. 하지만 만찬 전에 일을 처리한다면 식사를 더 맛있게 할 수 있겠지. 푸딩 알라 메르베이유,[33] 프로마주 에 프뤼 디베르.[34] 그런데 만약 폰 도르스데이 씨가 거절하면? ─아님 심지어 뻔뻔스럽게 나오면? 아 아냐, 지금껏 나한테 뻔뻔스럽게 군 사람은 없었어. 그러니까, 그 해군 사관후보생 브란들은, 하지만 나쁜 뜻으로 그런 건 아니었어. ─ 나 다시 좀 날씬해졌네. 이게 나한테 어울려. ─ 황혼이 빤히 들여다보고 있어. 무슨 유령처럼 빤히 들여다보네. 수없이 많은 유령들처럼. 나의 초원에서 유령들이 솟아오르고 있어. 빈이 얼마나 멀더라? 내가 벌써 얼마나 떠나 있었지? 나는 여기서 얼마나 외톨이인지! 나한테는 친구가 없어. 여자도 남자도. 다들 어디에 있지? 나는 누구랑 결혼할까? 누가 횡령꾼의 딸이랑 결혼할까? ─ 방금 편지를 한 통 받았는데요, 폰 도르스데이 씨. ─ '말할 것도 없지요, 엘제 양, 어제 마침 렘브란트를 한 점 팔았죠. 당신은 나를 무안하게 하는군요, 엘제 양.' 그리고 이제 그가 수표책에서 수표 용지 한 장을 뜯어 금으로 된 만년필로 서명을 하고, 내일 일찍 나는 수표를 가지고 빈으로 가는 거야. 어찌되든 말이지. 수표가 없더라도. 나는 이곳에 더 머무르지 않을 거야. 절대 그럴 수도 없을 테고, 절대 그래서도 안 될 테고. 나는 여기서 우아한 젊은 숙녀로 지내는데 아빠는 한 발을 무덤에 ─ 아니 감옥에 두고 있어. 지금 이걸 빼면 실크 스타킹은 단 한 켤레[35]뿐인데. 무릎 바로 아래 살짝 찢어진 곳은 아무도 눈치 못 채. 아무도? 누가 알겠어. 경박하게 굴지 말자, 엘제. ─ 베르타 걔는 정말이지 닳고 닳은 계집이야. 그런데 크리스티네가 눈곱만큼이라도 나을까? 미래에 걔 남편 될 사람은 기뻐해도 좋아. 엄마는 분명 늘 충실한 아내였어. 나는 충실하지 않을 거야. 나는 당당해, 하지

---

33) 일품 푸딩(pudding à la merveille).

34) 치즈와 다양한 과일(fromage et fruits divers).

35) 앞서 엘제는 실크 스타킹이 세 켤레 있다고 했다.

만 충실하지는 않을 거야. 플레이보이들은 나한테 위험해. 마르케사는 분명 플레이보이를 애인으로 뒀을 거야. 프레트는 내가 실제로 어떤지 안다면 더 이상 날 숭배하지 않을걸. —'당신은 뭐든 될 수 있었을 거예요, 아가씨. 피아니스트든 경리든 배우든. 당신에게는 그토록 많은 가능성이 숨어 있어요. 하지만 당신은 항상 너무 편하게 살았죠.' 너무 편하게 살았다. 하하. 프레트는 날 과대평가해. 사실 난 무엇에도 재능이 없으니까. — 누가 알겠어? 베르타가 한 것만큼 나도 해냈을지도 모르지. 하지만 나한테는 에너지가 없어. 훌륭한 집안의 젊은 숙녀. 하, 훌륭한 집안이라. 아빠라는 사람이 피후견인의 돈을 횡령하는데. 나한테 왜 그러는 거죠, 아빠? 아빠한테 그 돈이 좀 남아 있으면 오죽 좋아요! 그런데 주식으로 날려 버리고! 이렇게 애쓸 만한 가치가 있을까요? 그리고 삼만은 아빠한테 아무 도움도 안 될 거라고요. 삼 개월 정도는 도움이 될지도. 하지만 아빠가 결국 겪을 수밖에 없는 일이야. 일 년 반 전에 이미 거의 그 지경까지 갔지. 그때는 아직 도와주는 사람이 있었어. 하지만 언젠가는 아무도 안 도와줄 테고 — 그럼 우리는 어떻게 될까? 루디는 로테르담에 있는 판데르홀스트의 은행으로 가겠지. 하지만 나는? 부유한 배우자. 오, 그걸 노렸더라면! 오늘 나는 참 예쁘네. 아마 흥분해서 그런 거 같아. 누굴 위해 내가 예쁜 거지? 프레트가 여기 있다면 더 기쁠까? 아, 프레트는 사실 나한테 아무것도 아냐. 플레이보이가 아니잖아! 하지만 프레트한테 돈이 있다면 난 그를 받아들일 텐데. 그러고 나서 플레이보이가 하나 나타난다면 — 불행은 끝나겠지. 당신은 아마 플레이보이이고 싶으시겠죠, 폰 도르스데이 씨 — 멀리서 보면 가끔 당신은 플레이보이처럼 보이기도 해요. 방탕한 생활의 흔적이 남은 자작처럼, 돈 후안처럼요 — 멍청한 단안경을 쓰고 흰색 플란넬 양복을 입은 모습이 말이죠. 하지만 플레이보이와는 한참 멀어요. — 다 됐나? '디너'에 갈 준비가 끝났나? — 그런데 도르스데이를 못 만나면 한 시간 동안 뭘 하지? 그가 불행한 비나버 부인이랑 산책을 간다면? 아, 비나버 부인은 전혀 불행하지 않아, 삼만 굴덴이 필요하지 않잖아. 자, 로비에 가서 앉는 거야, 안락의자에 멋들어지게.《일러스트레이티드 뉴스(Illustrated News)》와《비 파리지엔(Vie parisienne)》을 보고, 다리는 포개는 거야, — 무릎 아래 찢어진 곳이 보이지 않도록. 혹시 웬 억만장자가 이제 막 도착했을지도 모를 일. — 당신이 아니면 안 됩니다. — 흰색 숄을 챙기자, 나한테 잘 어울려. 나의 멋진 어깨에 아주 자연스럽게 두르는 거야. 대체 누굴 위해 내가 이 멋진 어깨를 가진 걸까? 나는 한 남자를 몹시 행복하게 만들 수 있을 텐데. 딱 맞는 남자가 있기만 하다면 말이지. 하지만 아이는 안 가질 거야. 나는 모성적이지 않아. 마리 바일은 모성적이지. 엄마는 모성적이고, 이레네 이모는 모성적이야. 나는 기품 있는 이마와 아름다운 몸매를 가졌어. — '당신의 모습을 제가 원하는 대로 그려도 된다면 좋겠습니다, 엘제 양.' — 그래요, 그게 당신한테 좋겠지요. 이제 그 사람 이름도 모르겠어. 절대 티치아노[36]는 아니었는데 말

---

36) 이탈리아 르네상스 시대의 화가.

이야. 그러니 뻔뻔스러운 거지. — 방금 편지를 한 통 받았는데요, 폰 도르스데이 씨. — 목덜미랑 목에 분을 좀 더, 버베나 한 방울을 손수건에, 옷장을 닫고, 창문을 다시 열고, 아, 어쩜 이리 멋질 수가! 눈물이 날 정도야. 긴장이 되네. 아, 이런 상황에서 긴장하면 안 돼. 베로날 갑이 속옷 있는 곳에 있어. 새 속옷도 필요한데. 또 한바탕 난리가 나겠지. 아아.

치몬 봉이 섬뜩하고 거대해. 마치 나한테로 떨어지려는 것 같아! 아직 하늘엔 별이 없네. 공기가 샴페인 같아. 그리고 초원에서 나는 향기! 나는 시골에서 살 거야. 지주랑 결혼할 거고 아이들을 가질 거야. 프로리프 박사는 나를 행복하게 할 유일한 사람일지도. 연이은 그 이틀 저녁이 얼마나 멋졌는지. 크니프네 집에서 보낸 저녁, 그리고 예술가 무도회에서 보낸 저녁. 왜 그 사람은 갑자기 사라진 걸까? — 적어도 내 눈에서. 혹시 아빠 때문에? 그럴 법하지. 불량한 무리들이 있는 아래층으로 내려가기 전에 하늘을 향해 안부 인사를 외치고 싶어. 그런데 누구한테 안부 인사를 보낼까? 나는 완전히 외톨인데. 나는 아무도 상상 못 할 만큼 끔찍하게 외롭잖아. 안녕, 내 연인이여. 누구? 안녕, 내 신랑이여! 누구? 안녕, 내 친구여! 누구? — 프레트? — 절대 아냐. 그래 좋아, 창문은 열어 두자. 쌀쌀해지더라도. 불을 끄자. 그래 — 맞아, 편지. 만일을 대비해서 편지를 챙겨 가야 해. 책은 나이트 테이블 위에, 오늘 밤에 무슨 일이 있어도 꼭 『우리의 마음』[37]을 계속 읽어야

---

37) 프랑스 작가 모파상이 쓴 장편 소설.

지. 안녕하세요, 거울 속에 있는 최고 예쁜 아가씨. 나에 대해 좋은 추억을 간직해요, 안녕히……

왜 문을 잠그는 거지? 여기서는 도둑맞을 일이 없어. 시시는 밤에 제 방문을 열어 둘까? 아니면 파울이 문을 두드리면 비로소 열어 줄까? 정말로 확실한 걸까? 당연하지. 그런 다음 둘이 함께 침대에 누워 있는 거지. 구역질나는 일이야. 나는 내 남편과 그리고 내 수많은 애인들과 침실을 함께 쓰지 않을 거야. ― 계단실이 전부 텅 비었네! 이 시간에는 늘 그래. 내 걸음 소리가 울려. 이제 이곳에 있은 지 삼 주째야. 8월 12일에 그문덴[38]을 떠났지. 그문덴은 따분했어. 대체 아빠는 나랑 엄마를 시골로 보낼 돈이 어디서 난 걸까? 그리고 루디는 심지어 사 주 동안 여행 중이었어. 어디에 있는지 누가 알겠어. 루디는 그때 딱 한 번 편지를 보냈지. 나는 우리가 어떻게 이런 생활을 하는지 절대 이해하지 못할 거야. 이제 엄마한테는 물론 장신구가 하나도 없어. ― 왜 프레트는 단 이틀만 그문덴에 머무른 걸까? 프레트도 애인이 있는 게 틀림없어! 상상은 안 되지만 말이야. 나는 전혀 아무것도 상상할 수 없어. 그가 편지를 쓰지 않은 지 팔 일째야. 그는 편지를 멋지게 쓰는데. ― 저기 작은 테이블에 앉아 있는 게 도대체 누구지? 아니, 도르스데이는 아니야. 다행이야. 이제 만찬 전에 그 사람에게 무슨 이야기를 하기는 어려울 거야. ― 왜 도어맨이 날 저리 야릇하게 바라볼까? 결국 엄마가 보낸 속달 편지를

---

38) 빈 시민들이 여름에 즐겨 찾는 휴양지였다.

읽은 걸까? 내가 미쳤나 봐. 조만간 도어맨한테 또 팁을 줘야 겠어. — 저기 금발 여자도 벌써 만찬을 위해 차려입었네. 어 쩜 저렇게 뚱뚱할 수가 있담! — 호텔 앞에 나가서 좀 거닐어 야겠어. 아님 음악실에 갈까? 거기서 누가 연주를 하는 거 아 냐? 베토벤 소나타야! 어떻게 여기서 베토벤 소나타를 연주 할 수가! 나는 피아노에서 손을 놓아 버렸어. 빈에 돌아가면 다시 규칙적으로 연습할 거야. 완전히 다른 인생을 시작할 거 야. 우리 모두가 그래야 해. 이런 식으로 계속되어서는 안 돼. 언제 한번 아빠와 진지하게 이야기할 거야 — 아직 그럴 시간 이 있다면 말이야. 그렇고말고, 시간이 있을 거야. 왜 여태껏 한 번도 그러지 않은 거지? 우리 집에선 모든 걸 농담으로 가 볍게 넘겨 버려. 아무도 농담할 기분이 아니면서. 모두가 실은 서로를 두려워하고, 모두가 외톨이야. 엄마는 외톨이야. 왜냐 면 엄마는 충분히 똑똑하지 않고 모두에 대해 아무것도 모르 니까. 나에 대해, 루디에 대해 그리고 아빠에 대해. 하지만 엄 마는 그걸 못 느끼지, 그리고 루디도 그걸 못 느끼고. 루디는 물론 상냥하고 우아한 녀석이지. 하지만 스물한 살 때는 앞날 이 더 창창했는데. 네덜란드로 가면 루디한테 좋을 거야. 그런 데 나는 어디로 가게 될까? 여행을 떠나고 내가 원하는 걸 할 수 있으면 좋겠어. 아빠가 미국으로 도망가면 나도 함께 갈 거 야. 벌써부터 마음이 아주 어수선해…… 이렇게 등받이에 기 대고 앉아 허공을 바라보는 모습을 보고 도어맨이 나를 미쳤 다고 여길 거야. 담배를 한 대 피워야겠어. 내 담배통이 어디 있더라? 방에 있어. 그런데 어디? 베로날은 속옷 있는 데에 있는데. 그런데 담배통은 어디다 뒀지? 저기 시시와 파울이 오네. 그래, 마침내 시시가 '디너'를 위해 옷을 갈아입어야 하는 거야. 안 그러면 둘은 아직도 어둠 속에서 계속 테니스를 쳤겠지. — 두 사람이 날 못 보네. 파울이 시시한테 뭐라고 하는 거지? 왜 시시가 저렇게 덜 떨어지게 웃는 거지? 빈에 있는 그녀 남편한테 익명으로 편지를 보내면 웃길 텐데. 내가 그런 일을 할 수 있을까? 절대 못 하지. 누가 알아? 이제 두 사람이 날 봤어. 나는 고개를 끄덕여 인사해. 그녀는 내가 아주 예뻐 보여서 심통이 났군. 어찌나 당황했는지.

"와, 엘제, 벌써 만찬에 갈 준비를 끝냈나요?" — 왜 지금은 디너가 아니라 만찬이라고 할까. 일관성이라곤 전혀 없는 여자야. — "보시다시피요, 시시 부인." — "정말 매혹적인 모습인걸, 엘제. 너한테 구애하고 싶은 마음이 간절한데." — "괜한 수고 하지 말고, 파울, 담배나 한 대 줘." — "알았어." — "고마워. 단식 게임은 어떻게 됐어?" — "시시 부인이 세 번 연달아 이겼어." — "파울이 딴 데 정신이 팔려 있던데요. 그런데 그거 알아요, 엘제, 내일 그리스의 왕세자가 이곳에 온다는 거?" — 그리스의 왕세자가 나랑 무슨 상관이람? "그게 정말이에요?" 오 맙소사, — 도르스데이가 비나버 부인이랑! 그들이 인사를 해. 그리고 계속 걸어가. 내가 너무 공손하게 답례를 했어. 그래, 평소와는 딴판으로. 오, 내가 이런 사람이라니. — "담배에 불이 안 붙었는데, 엘제?" — "그럼 불을 다시 줘. 고마워." — "숄이 참 예쁘네요, 엘제. 검은색 원피스에 기막히게 잘 어울려요. 그나저나 나도 이제 옷을 갈아입어야겠네요." — 그녀가 차라리 가지 말았으면, 나는 도르스데이가 두려워. ― "그리고 7시에 미용사를 불렀답니다. 유명한 미용사예요. 겨울에는 밀라노에 있지요. 그럼 아듀, 엘제, 아듀 파울." ― "안녕히 가세요, 부인." "아듀, 시시 부인." ― 갔군. 적어도 파울은 남아 있으니 잘됐어. "잠깐 앉아도 될까, 엘제? 아니면 공상에 빠진 걸 내가 방해하는 건가?" ― "왜 공상에 빠졌다는 거야? 현실에 빠졌을지도 모르지." 사실 전혀 중요하지 않아. 차라리 파울이 가 버렸으면. 나는 도르스데이와 이야기를 해야 하니까. 저기 도르스데이가 아직도 불행한 비나버 부인이랑 서 있네, 그는 따분해하고 있어, 딱 보니 알겠어, 나한테 오고 싶은 거야. ― "현실에 빠져서 방해를 받고 싶지 않다, 그런 현실이란 게 있나?" ― 무슨 소릴 하는 거지? 썩 사라져 버렸으면. 왜 내가 저 사람한테 이리 아양스레 미소를 짓는 거지? 나는 저 사람을 보고 웃는 게 결코 아냐. 도르스데이가 이쪽을 흘끔 바라보네. 여기가 어디지? 여기가 어디지? "오늘 무슨 일 있어, 엘제?" ― "대체 무슨 일이 있다는 거야?" ― "너는 신비롭고, 악마적이고, 유혹적이야." ― "허튼소리 집어치워, 파울." "누가 널 보면 그야말로 미쳐 버릴걸." 대체 무슨 생각이지? 대체 왜 그런 말을 하는 거지? 파울은 잘생겼어. 내 담배 연기가 파울의 머리카락에 걸렸네. 하지만 지금은 파울과 볼일이 없어. ― "내 너머를 보고 있네. 도대체 왜 그러는데, 엘제?" ― 나는 아무 대답도 하지 않아. 지금 파울과는 볼일이 없어. 나는 견딜 수 없는 표정을 지어. 지금은 대화할 수 없다고. ― "생각이 완전히 딴 데가 있네." ― "그럴지도." 파울은 나에게 존재하지 않는 것이나 다름없어. 내가 자기를 기다린다는 걸 도르스데이가 눈치챘나? 나는 그쪽을 보고 있지 않지만 그가 이쪽을 본다는 걸 알아. — "그럼 이만 안녕, 엘제." — 다행이야. 파울이 내 손에 입을 맞춰. 평소엔 절대 안 그러는데. "아듀, 파울." 어째서 이런 애틋한 목소리가 나오는 거지? 파울이 떠나가, 기만자 같으니. 아마 오늘 밤 일 때문에 시시와 더 상의할 게 있겠지. 재미 많이 보라고. 나는 숄을 어깨에 두르고 일어서서 호텔 앞으로 나가. 물론 벌써 좀 쌀쌀할 거야. 아쉽게도 외투는 — 아, 오늘 아침에 수위실에 맡겨 두었지. 도르스데이의 시선이 숄을 뚫고 내 목덜미에 꽂히는 게 느껴져. 비나버 부인이 이제 자기 방으로 올라가는군. 어째서 내가 그걸 아는 거지? 텔레파시야. "저기, 부탁이 있는데요 — " "외투를 드릴까요?" — "네, 부탁해요." — "벌써 저녁 날씨가 좀 쌀쌀하네요, 아가씨. 이곳에선 이렇게 갑자기 쌀쌀해진답니다." — "고마워요." 정말로 호텔 앞으로 나가야 하나? 물론이지, 왜 그러는데? 어쨌든 문으로 가자. 이제 하나둘 오고 있네. 금테 코안경을 쓴 신사. 초록색 조끼를 입은 키 큰 금발 남자. 모두가 나를 쳐다봐. 저 작은 제네바 여자는 예뻐. 아니, 저 여자는 로잔에서 왔지. 실제로는 전혀 그리 쌀쌀하지 않네.

"안녕하세요, 엘제 양." — 맙소사, 그 사람이잖아. 아빠 얘기는 전혀 안 할 거야. 한마디도. 식사 후에 해야지. 아니면 내일 빈으로 떠나는 거야. 피알라 박사를 직접 찾아가는 거야. 왜 이 생각이 바로 떠오르지 않았을까? 나는 마치 누가 내 뒤에 서 있는지 모르는 것 같은 얼굴로 몸을 돌려. "아, 폰 도르스데이 씨." — "산책을 하려는 건가요, 엘제 양?" — "아, 산책까지는 아니고요, 그냥 만찬 전에 좀 걸으려고요." ― "그때까지 거의 한 시간이 남았는데요." ― "정말로요?" 전혀 그리 쌀쌀하지 않네. 산들은 푸르구나. 이 사람이 느닷없이 내 손을 잡는다면 웃길 거야. ― "하지만 세상에 여기 이곳보다 아름다운 장소는 없죠." ― "그렇게 생각하세요, 폰 도르스데이 씨? 하지만 이곳 공기가 샴페인 같다는 말은 제발 하지 마세요." ― "그래요, 엘제 양, 나는 이천 미터는 돼야 그 말을 한답니다. 그리고 지금 우리가 있는 곳은 해발 천육백오십 미터가 될까 말까 하고요." ― "그렇게 차이가 나나요?" ― "물론이지요. 엥가딘39)에 가 본 적 있나요?" ― "아뇨, 가 본 적 없어요. 그러니까 그곳 공기는 정말로 샴페인 같다는 말씀인가요?" ― "거의 그렇다 할 수 있겠죠. 그런데 나는 샴페인을 즐겨 마시지 않는답니다. 나는 이 지방이 더 좋아요. 저 경이로운 숲들만으로도요." ― 얼마나 따분하게 구는지. 자기는 그걸 모르나? 나하고 무슨 말을 해야 하는지 잘 모르는 것 같아. 유부녀와는 한결 수월하겠지. 가벼운 음담패설을 한마디 던지면 대화가 죽 이어지니까. ― "여기 산마르티노에 더 오래 머무르나요, 엘제 양?" ― 바보 같아. 왜 내가 그를 이렇게 아양스레 바라보는 거지? 그가 벌써 저렇게 미소를 띠잖아. 원 참, 남자들이란 어찌나 멍청한지. "그건 부분적으로 이모의 계획에 달려 있어요." 순 거짓말. 나는 혼자 빈으로 갈 수 있다고. "아마 10일까지 있을 거예요." ― "엄마는 아직 그문

---

39) 스위스 동남부에 있는 지역. 알프스 산맥에 둘러싸인 고지대이며 관광지, 휴양지로 유명하다.

덴에 계시겠지요?"—"아뇨, 폰 도르스데이 씨. 엄마는 이미 빈에 계세요. 벌써 삼 주 됐어요. 아빠도 빈에 계시고요. 아빠는 올해 휴가를 팔 일도 채 못 보냈어요. 에르베스하이머 소송 때문에 일이 아주 많은가 봐요."—"상상이 갑니다. 하지만 엘제 양 아빠는 에르베스하이머를 구해낼 수 있는 유일한 사람일 겁니다……그 일이 민사 사건이 된 것만 해도 벌써 성공이라 할 수 있죠." — 좋아, 좋아. "그런 좋은 예감을 가지고 계시다니 듣던 중 반가운 소리네요."—"예감요? 정확히 무슨?"—"아빠가 에르베스하이머 소송에서 이길 거라는 예감이죠."—"결코 그렇다고 장담하는 건 아닙니다." — 뭐야, 벌써 꽁무니를 빼는 거야? 그렇게는 안 되지. "오, 저는 예감이나 느낌을 중요하게 여긴답니다. 생각해 보세요, 폰 도르스데이 씨, 저는 바로 오늘 집에서 편지를 한 통 받았답니다." 아주 능숙하진 않았어. 그가 좀 당혹한 표정을 짓네. 계속해, 말을 삼키지 말고. 그는 아빠의 오래된 좋은 친구잖아. 앞으로. 앞으로. 지금이 아니면 끝이라고. "폰 도르스데이 씨, 방금 아빠에 대해 좋은 말씀을 해 주셨죠. 만일 제가 아주 솔직히 터놓고 말하지 않는다면 그건 정말이지 추한 짓일 거예요." 무슨 저런 송아지 같은 눈을 하지? 오 저런, 뭔가 낌새를 채는구나. 계속, 계속. "그 편지에는 폰 도르스데이 씨 이야기도 있답니다. 엄마가 쓴 편지예요."—"그렇군요."—"실은 아주 슬픈 편지랍니다. 저희 집 사정이 어떤지 아시잖아요, 폰 도르스데이 씨."—맙소사, 내 목소리에 울음기가 섞여 있네. 앞으로, 앞으로, 이젠 더 이상 물러날 수 없어. 휴, 됐어. "결론만 말하자면, 폰 도르스데이 씨, 우리는 또다시 그 지경까지 갔어요." — 이제 그는 사라져 버리고 싶은 마음이 굴뚝같겠지. "필요한 금액은 — 푼돈이에요. 정말로 푼돈에 불과하죠, 폰 도르스데이 씨. 하지만, 엄마가 편지에서 그러는데, 여기에 모든 게 걸려 있대요." 나는 앵소처럼 미련하게 지껄이고 있어. — "마음을 좀 가라앉혀요, 엘제 양." — 친절한 말을 건네는군. 그런데 내 팔을 건드릴 필요는 없는데. — "그러니까 대체 무슨 일이 있는 거죠, 엘제 양? 엄마가 보낸 그 슬픈 편지에 뭐라고 적혀 있죠?" — "폰 도르스데이 씨, 아빠가" — 무릎이 덜덜 떨려. — "엄마가 편지에서 그러는데, 아빠가" — "세상에나, 엘제, 대체 왜 그래요? 이쪽에 앉는 편이 — 여기 벤치가 있어요. 외투를 둘러 줘도 될까요? 조금 쌀쌀하군요." — "고마워요, 폰 도르스데이 씨. 오, 아무것도 아녜요. 전혀 별일 아니에요." 그래, 이제 난 갑자기 벤치에 앉아 있군. 저기 지나가는 숙녀가 누구지? 도무지 모르겠어. 내가 더 말하지 않아도 된다면 좋으련만. 그가 나를 바라보는 눈빛 좀 봐! 어떻게 나한테 이런 걸 요구할 수 있나요, 아빠? 그러는 게 아니죠, 아빠. 이미 일어난 일이야. 만찬이 끝날 때까지 기다렸어야 했는데. — "자, 엘제 양?" — 그의 단안경이 흔들거리네. 멍청해 보여. 대답해야 할까? 해야 하고말고. 빨리, 해치워 버려야지. 나한테 무슨 일이 일어나겠어? 이 사람은 아빠 친구야. "아아, 폰 도르스데이 씨는 우리 집안의 오랜 친구죠." 아주 잘 말했어. "그리고 아빠가 또 한 번 아주 곤란한 상황에 처했다는 말을 해도 아마 놀라지 않으시겠죠." 내 목소리가 얼마나 이상하게 들리는지. 지금 말하는 게 내가 맞나? 혹시 꿈을 꾸는 건가? 분명 지금 내 얼굴도 평소와 완전히 다를 거야. ― "물론 심하게 놀랍지는 않아요. 당신 말이 맞아요, 친애하는 엘제 양, ― 몹시 안타깝기는 하지만요." ― 왜 내가 이토록 애원하듯 그를 올려다보는 거지? 웃어, 웃자고. 괜찮아. ― "나는 엘제 양 아빠에게 진심 어린 우정을 느낍니다. 당신 가족 모두에게요." ― 날 그렇게 바라보지 않았으면, 무례하잖아. 다른 식으로 말해야겠어. 그리고 웃지 않을 거야. 더 품위 있게 행동해야 해. "자, 폰 도르스데이 씨, 이제 제 아버지에 대한 우정을 증명할 기회가 주어졌어요." 다행이야, 내 원래 목소리가 돌아왔어. "왜냐면요, 폰 도르스데이 씨, 우리의 친척과 지인 들 모두 ― 대다수가 아직 빈에 돌아오지 않은 것 같거든요 ― 그게 아니라면 엄마가 이런 생각을 하지 않았을 거예요. ― 최근에 제가 엄마한테 편지를 썼는데 당신이 여기 마르티노에 있다는 사실을 우연히 언급했거든요 ― 물론 다른 얘기들도 하면서요." "그럴 줄 알았습니다, 엘제 양, 엄마와 주고받은 편지에서 내 얘기만 하지는 않았겠지요." ― 앞에 서 있으면서 왜 자기 무릎을 나한테 갖다 대는 건지. 아, 참을 수밖에. 뭐 어때! 이렇게 밑바닥까지 떨어진 마당에. ― "그렇게 됐답니다. 피알라 박사가 이번에 아빠를 몹시 곤란스럽게 만들려고 작정한 모양이에요." ― "아, 피알라 박사." ― 그 피알라가 어떤 사람인지도 아는 것 같군. "네, 피알라 박사요. 그리고 문제의 금액이 5일에, 그러니까 내일모레 낮 12시에 되도록 ― 아니, 꼭 그 사람 손에 들어가야 해요. 그렇지 않으면 회닝 남작님이 ― 네, 생각해 보세요, 남작님이 아빠를 불렀어요, 개인적으로요. 그분은 아빠를 몹시 아끼거든요." 도대체 왜 내가 회닝 이야기를 하는 걸까, 그럴 필요가 전혀 없었을 텐데. — "그러니까, 엘제, 그렇지 않으면 구속을 피할 수 없을 거라는 말인가요?" — 왜 이리 심하게 말하는 거지? 나는 대답하지 않아, 고개만 끄덕일 뿐. "네." 하지만 결국 그렇다고 말했네. — "흠, 그렇군요 — 상황이 좋지 않네요, 정말이지 아주 안 좋아요 — 탁월한 재능을 가진 천재적인 사람이 어쩌다. — 그런데 도대체 금액이 얼마죠, 엘제 양?" — 대체 그가 왜 미소를 짓는 거지? 상황이 좋지 않다면서 미소를 짓네. 이 미소가 무슨 뜻이지? 얼만지는 상관없다는 뜻? 만일 거절하면! 만일 그가 거절하면 나는 자살할 거야. 자, 이제 금액을 말해야지. "뭐라고요, 폰 도르스데이 씨, 제가 아직 얼만지 말씀드리지 않았나요? 백만이에요." 어쩌자고 이런 말을 하지? 지금은 장난할 때가 아닌데? 하지만 곧바로 실제 금액이 얼마나 더 적은지 말하면 그는 기뻐할 거야. 그의 눈이 휘둥그레지네? 결국 아빠가 정말 백만을 빌릴 수도 있다고 여기는 거야 — "죄송해요, 폰 도르스데이 씨, 이런 순간에 농담을 해서. 정말이지 저는 농담할 기분이 아닌데." — 그래, 좋아, 무릎을 갖다 대라고, 맘대로 하라고. "당연히 백만은 아니에요. 전부 삼만 굴덴이에요, 폰 도르스데이 씨. 이 돈이 내일모레 낮 12시까지 피알라 박사의 손에 들어가야 해요. 네. 편지에서 엄마가 말하길 아빠는 할 수 있는 모든 일을 해 봤대요. 하지만 말씀드렸다시피 도움을 구할 만한 친척들은 지금 빈에 없답니다." — 아 맙소사, 이렇게 비굴할 수가. — "그게 아니라면 물론 아빠는 폰 도르스데이 씨에게 도움을 청할 생각을, 혹은 저에게 부탁할 생각을 안 했을 거예요 ― ” ― 왜 말이 없지? 왜 표정에 변화가 없지? 왜 알겠다고 말하지 않지? 수표책과 만년필은 어디 있는 거지? 제발, 거절하지는 않겠지? 그 앞에서 무릎을 꿇어야 하나? 아 맙소사! 맙소사 ―

"5일이라고 했죠, 엘제 양?" ― 휴 다행이야, 이제 말을 하네. "맞아요, 내일모레예요, 폰 도르스데이 씨, 낮 12시. 그러니까 꼭 ― 제 생각엔, 이제 편지로 처리하기는 거의 불가능할 거예요." ― "물론이죠, 엘제 양. 우리는 아마 전보로 일을 처리해야 하겠지요 ― '우리'라, 좋아, 아주 좋아. ― "뭐, 그건 사소한 문제일 테고. 얼마라고 했죠, 엘제?" ― 이미 들었으면서 대체 왜 날 괴롭히는 거지? "삼만요, 폰 도르스데이 씨. 사실 우스운 금액이죠." 왜 이런 말을 했을까? 멍청하게. 하지만 그가 웃네. 미련한 아가씨군, 하고 생각하는 거야. 아주 상냥하게 웃고 있어. 아빠는 이제 살았어. 그는 아빠한테 오만까지도 빌려 줬을 거야, 그럼 우린 온갖 걸 장만할 수 있었겠지. 나는 새 속옷을 샀을 테고. 내가 얼마나 천박한지. 살다 보면 그리되는 거야. ― "그렇게 우습지만은 않지, 귀염둥이." ― 왜 '귀염둥이'라고 하는 거지? 좋은 건가 나쁜 건가? ― "가만히 있다고 삼만 굴덴이 생기는 게 아니에요." ― "죄송해요, 폰 도르스데이 씨, 그런 뜻으로 한 말이 아니에요. 저는 그저 슬픈 거예요. 아빠가 그 정도 금액 때문에, 그런 푼돈 때문에" ― 아 맙소사, 또다시 횡설수설하네. "폰 도르스데이 씨는 ― 비록 우리 사정을 어느 정도는 아시지만, 저한테 그리고 특히 엄마한테 이 상황이 얼마나 끔찍한지는 상상조차 할 수 없어요" ― 그가 한쪽 발을 벤치 위에 올리네. 이게 품위 있는 행동인가 — 응? — "오, 상상할 수 있고말고요, 친애하는 엘제." — 그의 목소리가 완전히 다르게, 이상하게 울리네. — "그리고 나는 이미 여러 번 생각했답니다. 천재적인 사람이 그리되다니 안됐어, 안됐군 하고." — 왜 '안됐다.'는 거지? 돈을 주지 않을 생각인가? 아냐, 그냥 일반적인 뜻으로 하는 소리야. 왜 마침내 부탁을 들어주겠다고 하지 않지? 아님 그게 당연하다고 여기는 건가? 날 쳐다보는 것 좀 봐! 왜 말을 잇지 않는 거야? 아, 저 헝가리 여자 둘이 지나가서 그렇구나. 이제는 그가 적어도 다시 점잖게 서는군, 더 이상 발을 벤치에 올리지 않고. 중년 신사가 매고 다니기엔 넥타이가 너무 야해. 애인이 골라 주는 건가? '우리끼리 하는 말이지만' 고상한 여자가 아냐, 하고 엄마가 편지에 썼지. 삼만 굴덴! 그런데 내가 그한테 미소를 짓고 있네. 내가 대체 왜 미소를 짓지? 오, 나는 겁쟁이야. — "그리고, 나의 친애하는 엘제 양, 그 금액이 정말 뭔가 도움이 될 거라고 치죠. 하지만 — 당신은 아주 영리한 아가씨잖아요, 엘제, 이 삼만 굴덴이 뭐겠어요? 뜨거운 돌에 떨어지는 물 한 방울이죠." 세상에, 돈을 주지 않을 생각인가? 이렇게 깜짝 놀란 표정을 지어선 안 돼. 모든 게 걸려 있다고. 이제 뭔가 분별 있는 말을 해야 해, 적극적으로 강하게. "오 아뇨, 폰 도르스데이 씨, 이번엔 뜨거운 돌에 떨어지는 물 한 방울이 아닐 거예요. 에르베스하이머 소송이 코앞이라고요. 이 점을 잊지 마세요, 폰 도르스데이 씨. 그리고 그 소송은 지금 이미 이긴 거나 다름없어요. 스스로도 그렇게 느끼고 계시잖아요, 폰 도르스데이 씨. 그리고 아빠한테는 다른 소송 건들도 있어요. 그리고 그 밖에 저는, 웃으시면 안 돼요, 폰 도르스데이 씨, 아빠와 이야기를 해 볼 생각이에요, 아주 진지하게. 아빠는 제 말을 귀담아들어요. 장담컨대 아빠한테 무언가 영향력을 행사할 수 있는 사람이 있다면, 그건 다른 누구보다 바로 저, 저 자신이에요." ── "당신은 정말이지 감동적인, 매혹적인 아가씨군요, 엘제 양." ── 그의 목소리가 또 울리네. 남자들의 목소리가 이렇게 울리기 시작하면 얼마나 징글맞은지. 프레트가 그러는 것도 난 싫어. ── "실로 매혹적인 아가씨예요." ── 왜 '실로'라고 하는 거지? 멋없게. 그건 부르크테아터[40]에서나 쓰는 말이지. ── "그런데 그런 낙천주의는 저도 기꺼이 공유하고 싶군요 ── 이렇게 앞이 깜깜한 상황인데도." ── "그렇지 않아요, 폰 도르스데이 씨. 만약 제가 아빠를 믿지 않는다면, 만약 제가 그 삼만 굴덴을 구할 거라고 완전히 확신하지 않는다면" ── 더 뭐라고 해야 할지 모르겠어. 다짜고짜 구걸할 수도 없는 노릇이잖아. 그가 곰곰이 생각하고 있어. 딱 보니 그래. 혹시 피알라의 주소를 모르나? 말도 안 되는 소리. 그럴 리는 없어. 나는 불쌍한 죄인처럼 앉아 있어. 그는 내 앞에 서서 단안경으로 내 이마를 뚫어져라 쳐다보며 침묵하고 있어. 나는 이제 일어날 거야. 그게 상책이야. 이런 취급을 받을 순 없어. 아빠는 자살해야 해. 나 역시 자살할 거야. 이 생은 치욕이야. 저기 저 절벽에서 떨어지면 가장 좋으련만. 그럼 모든 게 끝나겠지. 꼴좋다, 당신들 전부. 나는 일어날래. ── "엘제 양" "죄

---

40) 빈의 유명한 극장.

송해요, 폰 도르스데이 씨, 이런 상황에서 폐를 끼쳐서. 거부하는 태도를 보이시는 걸 당연히 전적으로 이해할 수 있어요." ─ 그래, 끝났어, 가는 거야. ─ "가지 마요, 엘제 양." ─ 가지 마요, 하고 말하네? 왜 가지 말라는 거지? 돈을 주려는 거야. 그래. 틀림없어. 분명 그런 거야. 하지만 나는 다시 앉지 않을 거야. 그대로 서 있어야지, 마치 잠시만 머무르는 것처럼. 내가 그보다 좀 더 키가 크네. ─ "아직 내 답을 듣지 않았잖아요, 엘제. 나는 이미 한 번, 엘제, 내가 지금 상황과 관련해서 이 일을 언급하는 걸 용서해 줘요" ─ 이렇게 자꾸 엘제라 부를 필요는 없을 텐데 ─ "당신 아빠를 곤경에서 구해 준 적이 있어요. 물론 ─ 이번보다 더 우스운 금액이었고, 그 돈을 언젠가 다시 받을 거라는 희망은 결코 품지 않았죠. ─ 그러니 이번에 도움 요청을 거부할 이유는 사실 없겠지요. 더군다나 엘제, 당신처럼 젊은 아가씨가 몸소 내 앞에 나타나 대신 부탁을 하는데 말이죠 ─ " ─ 무슨 소리를 하려는 거지? 그의 목소리가 더 이상 '울리지' 않네. 아님 다르게 울리거나! 대체 왜 날 그렇게 보는 거지? 자중하라고!! ─ "자, 엘제, 난 준비가 됐어요 ─ 피알라 박사는 내일모레 낮 12시에 삼만 굴덴을 받을 겁니다 ─ 단 조건이 하나 있어요" ─ 더 이상 말하면 안 돼, 그럼 안 돼. "폰 도르스데이 씨, 저희 아버지는 에르베스하이머에게 보수를 받자마자 그 금액을 갚을 거예요. 제가, 제가 직접 보증을 설게요. 에르메스하이머는 지금까지 한 푼도 주지 않았어요. 아직 선금조차 주지 않았죠 ─ 엄마가 직접 편지에 썼는데" ─ "관둬요, 엘제, 다른 사람을 위해 보증을 서는 일은 절대 하면 안 돼요. ─ 심지어 자기 자신을 위해서도요." ─ 뭘 원하는 거지? 그의 목소리가 또다시 울려. 누가 나를 이렇게 바라본 적은 한 번도 없었어. 무슨 속셈인지 알 것 같아. 가만두나 봐! ─ "이런 경우에 조건을 걸 생각을 하다니, 한 시간 전만 해도 내가 그게 가능하다고 여겼을까요? 그런데 지금 나는 그러고 있습니다. 그래요, 엘제, 나는 그저 한 사람의 남자일 뿐이에요. 그리고 엘제, 당신이 그토록 아름다운 건, 내 잘못이 아니고요." ─ 뭘 원하는 거지? 뭘 원하는 거야 ─ ? "어쩌면 나는 지금 당신한테 부탁하려는 것과 똑같은 걸 오늘이나 내일 부탁했을지도 몰라요. 만일 당신이 내게 백만, 죄송 ─ 삼만 굴덴을 달라고 하지 않았더라도요. 그러나 물론, 다른 상황이었다면 아마 당신은 이렇게 오랜 시간 단 둘이 대화할 기회를 여간해서는 주지 않았겠지요" ─ "오, 제가 시간을 너무 많이 빼앗았네요, 폰 도르스데이 씨." 말 잘했어. 프레트가 흡족해할 거야. 이게 뭐지? 그가 내 손을 잡네? 대체 무슨 생각이지? ─ "이미 오래전부터 알고 있지 않나요, 엘제." ─ 손 놓으라고! 아, 다행이야, 손을 놓네. 그렇게 가까이 오지 마, 가까이 오지 마. ─ "눈치를 못 챘다면, 엘제, 여자가 아니겠지요. 저 부 데지어[41]" ─ 이 자작 나리는 같은 말을 독일어로도 할 수 있었을 텐데. ─ "내가 더 말해야 하나요?" ─ "이미 너무 많이 말씀하셨어요, 도르스데이 씨." 그리고 나는 아직 그대로 서 있어. 대체 왜? 가야지, 인사 없이 가야지. ─ "엘제! 엘제!" ─ 그가 다시 내 옆에 있어. ─ "용서해 줘요, 엘제. 나도 그냥 농담을 한 거예요. 아까 당신이 백만을 가지고 농담한 것과 똑같이요. 나 역시도 ─ 유감

─────────────

41) Je vous désire.(나는 당신을 원해요.)

스럽게도 이렇게 말할 수밖에 없지만, 당신이 걱정하는 것처럼 그리 대단한 걸 요구하는 게 아니에요. ── 알고 보면 사소한 이 요구에 어쩌면 당신은 기분 좋게 놀랄지도 몰라요. 제발, 멈춰 봐요, 엘제." ── 내가 정말로 멈췄네. 대체 왜? 우리는 서로 마주 보고 서 있어. 그냥 얼굴을 갈겨 버렸어야 하지 않았을까? 아직 그럴 시간이 있지 않을까? 영국인 두 명이 지나가고 있어. 지금이 그 순간일 텐데. 딱 좋아. 왜 내가 가만있는 거지? 나는 겁쟁이야, 나는 끝장났어, 나는 굴욕을 당했어. 이제 그가 백만 대신에 뭘 원할까? 혹시 키스 한 번? 그거라면 얘기해 볼 만하지. 백만 대 삼만은 ── 웃긴 방정식이야. ── "만일 언젠가 당신한테 실제로 백만이 필요하다면, 엘제, ── 나는 부자는 아닙니다만, 그땐 한 번 두고 봅시다. 하지만 이번에 난 많은 걸 요구하지는 않을 거예요, 당신처럼요. 그리고 이번에 내가 원하는 건, 엘제, 다름이 아니라 ── 당신을 보는 거예요." ── 이 사람이 돌았나? 이미 날 보고 있으면서. ── 아, 그런 뜻이구나, 그런 거야! 왜 내가 저 비열한 자식의 얼굴을 갈겨 버리지 않는 건지! 내 얼굴이 빨개졌나, 창백해졌나? 네가 내 알몸을 보고 싶다고? 그걸 원하는 사람이야 많지. 내 벗은 몸은 예쁘니까. 왜 내가 그의 얼굴을 갈겨 버리지 않는 거지? 그의 얼굴이 어마어마하게 커. 왜 이렇게 바짝 다가오는 거야, 이 비열한 자식아? 내 뺨에 네 숨결을 느끼고 싶지 않다고. 왜 나는 그를 내버려두고 가지 않는 거지? 그의 눈빛이 나를 꼼짝 못 하게 사로잡은 건가? 우리는 철천지 원수처럼 서로 눈을 들여다보고 있어. 나는 그에게 비열한 자식이라고 하고 싶은데 그럴 수가 없어. 아니면 그러고 싶지 않은 건가? ─ "엘제, 마치 미친 사람 보듯 날 바라보는군요. 어쩌면 내가 좀 미쳤을지도요. 왜냐면 당신은 마력을 발산하니까요, 엘제, 자신은 아마 알지 못할 마력을요. 당신은 틀림없이 느끼고 있어요, 엘제, 내 부탁이 모욕을 뜻하지 않는다는 걸요. 예, '부탁'이에요, 비록 절망적인 협박과 비슷해 보이기는 해도요. 하지만 나는 협박꾼이 아니에요, 나는 그저 이런저런 경험을 한 사람일 뿐이에요. ─ 무엇보다 세상 모든 것에는 저마다 값이 있다는 것 그리고 상응하는 대가를 얻을 수 있는데도 거저 돈을 주는 사람은 완전 바보라는 것을 경험했죠. 그리고 ─ 이번에 내가 사려는 건, 엘제, 그게 아무리 많더라도 당신이 그걸 판다고 손해를 보지는 않을 거예요. 그리고 이 일이 우리 둘 사이의 비밀로 남을 거라는 걸 내 맹세해요, 엘제. 당신이 드러내어 날 기쁘게 할 모든 매력적인 자태에 대고 맹세할게요." ─ 이렇게 말하는 법을 어디서 배운 거지? 책에 나오는 말 같아. ─ "그리고 나는 ─ 이 상황을 우리 계약에 규정된 것과 다르게 이용하지 않을 거라는 점 또한 맹세해요. 내가 당신한테 바라는 건 단 하나, 십오 분 동안 당신의 아름다움을 몰두해서 바라보는 것뿐이에요. 내 방은 당신 방과 같은 층에 있어요, 엘제. 65호, 기억하기 쉽죠. 오늘 말한 그 테니스 치는 스웨덴 남자가 딱 예순다섯 살이었죠?" 이 사람 미쳤어! 왜 그가 말하는 걸 그냥 듣고만 있는 거지? 나는 마비됐어. ─ "하지만 당신이 모종의 이유로 65호실로 찾아오는 걸 꺼린다면, 엘제, 만찬 후에 짧게 산책할 것을 제안하지요. 숲 속에 탁 트인 빈터가 한 군데 있어요. 최근에 내가 아주 우연히 발견한 곳인데 우리 호텔에서 오 분도 채 안 걸리죠. ─ 오늘은 멋진 여름밤일 거예요, 거의 따뜻할걸요. 그리고 별빛이 당신에게 화려한 옷을 입혀 줄 거예요." ─ 무슨 노예한테 말

엘제 양

하듯 하네. 얼굴에 침을 뱉어 줘야지. — "바로 대답하지 않아도 돼요, 엘제. 잘 생각해 봐요. 만찬 후에 결정을 통보해 주길 바랍니다." — 도대체 왜 '통보'라고 하는지. 뭐 이런 멍청한 말을. 통보라니. — "차분히 잘 생각해 봐요. 내가 단순히 거래를 제안하는 게 아니란 걸 느끼게 될지도 몰라요." — 그럼 뭔데, 목소리가 울리는 이 비열한 자식아! — "당신에게 말하고 있는 사람이 상당히 고독하고 그다지 행복하지 않으며 어쩌면 어느 정도 관대한 대우를 받을 만한 남자라는 걸 혹시 알게 될지도 모르죠." — 허세나 부리는 비열한 자식. 형편없는 배우처럼 말하네. 잘 관리한 손가락이 맹수의 발톱 같아 보여. 아니, 아냐, 난 싫어. 도대체 왜 내가 싫다고 말하지 않는 건지. 목숨을 끊어요, 아빠! 그가 내 손으로 대체 뭘 하려는 거지? 내 팔은 완전히 축 늘어져 있어. 내 손에 제입술을 가져다 대네. 뜨거운 입술. 웩! 내 손이 차가워. 그의 모자를 훅 불어서 떨어뜨리고 싶어. 하, 얼마나 웃길까. 빨리 끝낼래, 이 비열한 자식아? — 호텔 앞 아크등이 벌써 켜졌네. 4층에 창문 두 개가 열려 있어. 커튼이 움직이는 저곳이 내 방이야. 저 위 옷장 위에 뭔가 반짝이고 있어. 위에는 아무것도 없는데. 그냥 놋쇠 장식이야. — "그럼 이만 안녕, 엘제." — 나는 아무 대답도 하지 않아. 나는 미동도 없이 서 있어. 그가 내눈을 들여다보네. 내 얼굴은 무표정해. 그는 전혀 아무것도 몰라. 그는 내가 올 건지 안 올 건지 몰라. 나도 그걸 몰라. 내가 아는 건 모든 게 끝났다는 것뿐. 나는 반죽음 상태야. 그가 떠나네. 조금 구부정한 자세로. 비열한 자식! 그는 목덜미에 내시선을 느끼고 있어. 그가 누구한테 인사하는 거지? 숙녀 둘.

마치 자기가 백작인 양 인사를 하네. 파울이 결투를 신청해서 저자를 쏴 죽여야 해. 아님 루디가. 도대체 무슨 생각이지? 파렴치한 놈! 어림없는 소리. 아빠한테 남은 길은 단 하나예요, 아빠, 목숨을 끊어야 해요. ── 저 둘은 보아하니 하이킹을 다녀온거 같네. 둘 다 미남 미녀야. 두 사람이 만찬 전에 옷을 갈아입을 시간이 아직 있을까? 분명 신혼여행 중이거나 어쩌면 심지어 결혼한 사이가 아닐지도. 내가 신혼여행을 갈 일은 결코 없을 거야. 삼만 굴덴. 아냐, 아냐, 아냐! 세상에 삼만 굴덴이 없나? 나는 피알라한테 갈 거야. 아직 시간을 맞출 수 있어. 자비를, 자비를 베푸세요, 피알라 박사님. 기꺼이요, 아가씨. 내 침실로 와요. ── 내 부탁 좀 들어 줘, 파울, 너희 아빠한테 삼만 굴덴을 달라고 해. 노름빚을 졌다고, 안 그러면 권총으로 자살할 수밖에 없다고 해. 당연하지, 사랑하는 내 사촌. 내 방 번호는 뭐뭐야, 자정에 널 기다릴게. 오, 폰 도르스데이 씨, 당신은 정말 소박하군요. 더 두고 봐야겠지만. 이제 그가 옷을 갈아입어. 야회복이야. 자, 우리 결정을 내리죠. 달빛 속 초원인가요 아니면 65호인가요? 그가 야회복 차림으로 나랑 숲 속으로 갈까?

만찬 때까진 아직 시간이 있어. 산책을 좀 하면서 이 일을 차분하게 생각해 보자. 나는 고독한 늙은 남자랍니다, 하하. 공기가 끝내줘, 샴페인같이. 이젠 전혀 쌀쌀하지 않네 ── 삼만…… 삼만…… 지금 내 모습은 드넓은 풍경 속에서 틀림없이 아주 예쁘게 돋보일 거야. 바깥에 더 이상 사람들이 없어서 아쉬워. 저기 숲 가에 있는 신사는 내가 몹시 마음에 드나 보네. 오, 이봐요, 내 알몸은 훨씬 더 아름다워요. 그리고 헐값에, 삼만 굴덴에 볼 수 있어요. 혹시 친구분들을 데려오면 더 싸고요. 아무쪼록 친구분들이 다 잘생겼기를, 다들 폰 도르스데이 씨보다 더 잘생기고 더 젊겠죠? 폰 도르스데이 씨를 아세요? 비열한 자식이랍니다 ─ 목소리가 울리는 비열한 자식……

자, 잘 생각하자, 잘 생각해…… 한 사람의 목숨이 걸린 일이야. 아빠의 목숨이. 하지만 아냐, 아빠는 자살하지 않아, 차라리 감옥에 갇히고 말 거야. 징역 삼 년 혹은 오 년. 아빠는 이런 끝없는 불안 속에서 벌써 오 년 또는 십 년을 살았어…… 피후견인의 돈…… 그리고 엄마도 마찬가지고. 그리고나 역시. ─ 다음번에 나는 누구 앞에서 옷을 벗어야 할까? 아님 우리는 복잡할 것 없이 그냥 도르스데이 씨한테 계속 붙어 있을까? 그의 지금 애인은 '우리끼리 하는 말이지만' 고상한 여자가 아니잖아. 그는 분명 나를 더 좋아할 거야. 내가 훨씬 더 고상한지는 결코 모를 일이지. 고상한 척하지 마요, 엘제 양, 내가 당신 이야기를 할 수 있으니…… 가령 당신이 벌써 세 번이나 꾼 어떤 꿈에 대해서요 ─ 당신은 친구인 베르타한테조차도 그 꿈 얘기를 한 적이 없죠. 그녀는 웬만한 일에는 끄떡도 않지만. 그리고 올해 그문덴에서 새벽 5시에 발코니에서 있었던 일은 어땠던가요, 우리 고상한 엘제 양? 혹시 보트에서 당신을 쳐다보는 청년 둘을 전혀 알아차리지 못했나요? 물론 호수에 있는 그들은 내 얼굴을 정확히 알아보지는 못했어. 하지만 내가 속옷 바람이란 건 알았지. 그리고 난 즐거웠어. 아, 즐거운 것 이상이었지. 마치 도취된 것 같았어. 나는 두 손으로 내 엉덩이를 쓰다듬었고, 누가 보고 있는 걸 모르는 양 행동했지. 그리고 보트는 그 자리에서 움직이지 않았어. 맞아, 난 그래, 난 그렇다고. 닳고 닳은 계집이야, 맞아. 모두가 그걸 느끼지. 파울도 그걸 느끼고. 당연하지, 파울은 산부인과 의사잖아. 그리고 그 해군 사관후보생도 그걸 느꼈고 그 화가도 마찬가지야. 오직 프레트만, 그 멍청한 놈만 못 느끼지. 그래서 날 사랑하는 거야. 그런데 난 그 앞에서만은 알몸이고 싶지 않아, 절대로. 그건 전혀 즐겁지 않을 거야. 나는 부끄러워할 거야. 하지만 로마인 두상을 가진 그 플레이보이 앞에서는 — 기꺼이. 그 사람 앞에서라면 환영이지. 만일 그러고 나서 내가 바로 죽어야 한다면. 하지만 바로 죽을 필요는 없어. 견뎌낼 수 있어. 베르타는 더한 것도 견뎌냈잖아. 오늘 밤 내가 몰래 폰 도르스데이 씨를 찾아가듯 파울이 호텔 복도를 지나 몰래 시시한테 갈 때면, 시시 역시 알몸으로 누워 있을 게 뻔해.

아니, 아냐. 싫어. 다른 누구라도 좋아 — 하지만 그 사람한테는 가지 않을 거야. 가령 파울한테 가는 거지. 아님 오늘 저녁 만찬 자리에서 누구 하나를 고르자. 전부 상관없다고. 하지만 내가 그 대가로 삼만 굴덴을 원한다는 말을 아무한테나 할 수는 없어! 그럼 케른트너 거리[42]의 여자나 다름없을 거라고. 아냐, 난 나를 팔지 않아. 무슨 일이 있어도. 절대 나를 팔지 않을 거야. 나는 나를 줄 거야. 그래, 언젠가 딱 맞는 남자

---

42) 매춘부들이 활동하던 빈의 번화가.

를 찾으면 나는 나를 줄 거야. 하지만 나를 팔지는 않아. 나는 닳고 닳은 계집이기를 원하지만 창녀이고 싶지는 않아. 당신은 오산한 거예요, 폰 도르스데이 씨. 그리고 아빠도. 그래, 아빠는 오산한 거야. 아빠는 이런 상황을 미리 예상했을 게 틀림없어. 아빠는 사람들을 알아. 아빠는 폰 도르스데이 씨를 알잖아. 아빠는 폰 도르스데이 씨가 아무 대가도 바라지 않는 사람이 아니란 걸 예상할 수 있었어. ─ 그게 아니라면 전보를 치거나 직접 이곳으로 왔겠지. 하지만 이게 더 편하고 안전했던 거죠, 안 그래요, 아빠? 이렇게 예쁜 딸을 뒀는데 교도소에 들어갈 필요가 뭐 있어요? 그리고 멍청한 엄마는 자리에 앉아서 편지를 쓰고 말이지. 아빠는 엄두가 안 났던 거야. 그럼 내가 상황을 바로 알아챌 수밖에 없었을 테고. 하지만 당신들은 성공할 수 없을걸요. 그래요, 당신은 나의 천진난만한 애정을 과신했어요, 아빠. 당신이 경솔하게 저지른 범법 행위의 결과를 스스로 짊어지게 놔두느니 차라리 내가 모든 수모를 감내할 거라고 너무 굳게 믿었죠. 아빠는 정말 천재예요. 폰 도르스데이 씨도 그러고, 모두가 그렇게 말하죠. 하지만 그게 나한테 무슨 소용인지. 피알라는 아무것도 아닌 사람이지만 피후견인의 돈을 횡령하진 않아요. 발트하임조차도 아빠와 함께 입에 담을 수 없죠…… 누가 이 말을 했더라? 프로리프 박사. 당신 아빠는 천재예요. ─ 그리고 나는 아빠가 변론하는 걸 한 번 들은 적이 있어! ─ 작년에 배심재판정에서 ─ ─ 처음이자 마지막으로! 굉장했지! 내 뺨 위로 눈물이 흘렀어. 그리고 아빠가 변호한 그 야비한 놈은 무죄 판결을 받았어. 어쩌면 야비한 놈이 전혀 아닐지도. 어쨌든 그자는 도둑질을 했을 뿐이지 피후견인의 돈을 착복해서 바카라를 하고 주식 투기를 하진 않았잖아. 그리고 이제 아빠 자신이 배심원들 앞에 서게 될 거야. 모든 신문에서 사람들이 그 소식을 읽게 되겠지. 2차 공판일, 3차 공판일. 변호인이 반론을 하려고 일어나고. 대체 누가 아빠의 변호인이 될까? 천재는 아니지. 무엇도 아빠에게 도움이 안 될 거야. 만장일치 유죄. 오 년 형 선고. 돌, 죄수복, 짧게 깎은 머리. 한 달에 한 번 면회가 허락돼. 나는 엄마와 기차를 타고 가, 삼등석. 우리는 돈이 없으니까. 우리한테 뭘 빌려 주는 사람은 아무도 없어. 레르헨펠더 거리에 있는 작은 집, 내가 십 년 전에 찾아간 재봉사 여자의 집처럼. 우리는 아빠에게 먹을 걸 가져다줘. 어디서 났을까? 우리 먹을 것도 없는데. 빅토어 삼촌이 우리한테 연금을 주기로 하겠지. 매달 삼백 굴덴을. 루디는 네덜란드의 판데르홀스트한테 갈 테고 — 그 자리에 아직 관심이 있다면 말이지. — 죄수의 자식들! 테메[43]의 세 권짜리 소설. 아빠가 줄무늬 죄수복을 입고 우리를 맞이해. 아빠는 성난 눈초리를 하지 않아. 그저 슬픈 눈으로 바라볼 뿐. 아빠는 성난 눈초리를 아예 할 수가 없는 거야. — 엘제, 네가 그때 돈을 마련해 주었더라면, 하고 아빠는 생각할 거야. 하지만 아무 말 안 하겠지. 아빠는 차마 나를 비난하지 못할 거야. 아빠는 심성이 착한 사

---

43) 독일의 정치가, 법률가, 작가였던 요도쿠스 테메(Jodocus Temme, 1798~1881)를 가리킨다.

람이니까. 다만 경솔할 뿐. 도박벽은 아빠한테 숙명이야. 아빠
는 어쩔 도리가 없어, 그건 일종의 광기야. 어쩌면 아빠는 광
인이라는 이유로 무죄 방면될지도 몰라. 아빠는 편지에 대해
서도 미리 심사숙고하지 않았어. 어쩌면 아빠는 도르스데이
가 이 기회를 이용해 그런 야비한 짓을 나에게 요구할 거라고
는 생각조차 못 했을지도. 그는 우리 집안의 좋은 친구고, 이
미 한 번 아빠한테 팔천 굴덴을 빌려 준 적 있으니까. 이런 식
으로 나올 거라고 어떻게 생각하겠어. 분명 아빠는 일단 다른
방법을 모두 써 봤어. 아빠가 엄마한테 그 편지를 쓰게 하기
전에 무슨 일을 겪어야 했을까? 이 사람한테서 저 사람한테로
달려갔겠지. 바른스도르프한테서 부린한테로, 부린한테서 베
르트하임슈타인한테로 그리고 또 누구한테로 갔을지는 모를
일이지. 카를 삼촌한테도 분명 갔을 거야. 그리고 모두들 아빠
에게 도움의 손길을 내밀지 않았어. 소위 친구라는 사람들이
전부. 그리고 이제 도르스데이가 아빠의 희망이야, 아빠의 마
지막 희망. 그리고 만일 돈이 오지 않으면 아빠는 자살할 거
야. 당연히 자살하지. 아빠는 순순히 감옥에 갇히지 않을 거
니까. 미결 구류, 공판, 배심재판, 징역, 죄수복. 아냐, 아냐! 체
포 영장이 오면 아빠는 권총으로 자살하거나 목을 매달 거야.
십자 창살에 목을 매달겠지. 맞은편 집에서 발견하고 알려 줄
테고, 철물공이 문을 따야 할 테고, 그리고 난 죄인이 되는 거
야. 지금 아빠는 내일모레 목을 매달 그 방에 엄마와 같이 앉
아서 아바나 시가를 피우고 있어. 아바나 시가가 아직도 어디
서 나는 걸까? 아빠가 엄마를 진정시키는 말을 하는 게 들려.

도르스데이가 돈을 송금해 줄 테니 믿으라고. 생각해 봐, 금년 겨울에 그 사람은 내가 손쓴 덕분에 큰 금액을 지켰다고. 그리고 에르베스하이머 소송이 다가오니…… — 정말로. — 아빠가 말하는 게 들려. 텔레파시야! 기묘한 일이야. 지금 이 순간 프레트의 모습도 보여. 어떤 아가씨와 시립 공원에서 쿠어잘롱44) 앞을 지나가고 있어. 아가씨는 하늘색 블라우스 차림에 밝은색 신발을 신었고 목소리가 좀 허스키하네. 이 모든 걸 나는 아주 똑똑히 알아. 빈에 가면 프레트한테 물어봐야지. 9월 3일 저녁 7시 반에서 8시 사이에 애인이랑 시립 공원에 있지 않았느냐고.

이제 어디로 가지? 대체 내가 어떻게 된 거지? 거의 깜깜해졌어. 얼마나 아름답고 고요한지. 어디에도 사람 하나 없고. 이제 모두들 벌써 만찬 자리에 앉아 있어. 텔레파시인가? 아니, 이건 텔레파시가 아냐. 아까 시끌벅적한 소리가 들렸으니까. 엘제는 어디 있지? 하고 파울은 생각할 거야. 애피타이저 때 내가 자리에 없으면 모두의 주의를 끌 거야. 나를 부르려고 사람을 올려 보내겠지. 엘제는 어떻게 됐죠? 평소엔 시간을 잘 지키지 않나요? 창가에 있는 두 신사도 생각할 거야. 불그스레한 금발의 그 아름다운 젊은 아가씨가 대체 오늘 어디 간 거지? 그리고 폰 도르스데이 씨는 불안감에 휩싸일 거야. 분명 겁쟁이니까. 안심해요, 폰 도르스데이 씨, 당신한테는 아무 일도 없을 거예요. 저는 당신을 너무나도 경멸한답니다. 만일

---

44) 빈의 시립 공원에 있는 건물. 공연장, 행사장 등으로 사용된다.

엘제 양

제가 원한다면, 내일 저녁에 당신은 죽은 사람이겠죠. — 내가 만일 파울에게 이 일을 이야기하면 파울이 그에게 결투를 신청할 게 틀림없어. 당신을 살려 드리죠, 폰 도르스데이 씨.

초원은 어찌나 어마어마하게 넓고 산들은 어찌나 거대하고 검은지. 거의 별 한 점 없어. 아니, 셋, 넷, — 어느새 더 많아지네. 그리고 내 뒤의 숲은 아주 고요해. 숲 가 벤치에 앉아 있으니 좋구나. 호텔은 아주 멀리, 아주 멀리 있고 아주 신비롭게 빛나네. 그런데 저 안에는 악당들이 앉아 있어. 아 아니, 사람들, 불쌍한 사람들이지. 모두가 정말 안됐어. 왠지 모르겠지만, 그 마르케사도 안됐어. 그리고 비나버 부인과 시시네 어린 딸의 보모도. 그녀는 타블 도트[45]에 앉아 있지 않아, 프리치와 미리 식사를 했지. 엘제한테 무슨 일 있나요, 하고 시시가 묻네. 뭐라고요, 엘제가 방에도 없다고요? 모두가 나를 걱정하고 있어, 틀림없어. 오직 나만 걱정이 없어. 그래, 나는 마르티노 디 카스트로차에 있고 숲 가 벤치에 앉아 있어. 그리고 공기는 샴페인 같고. 그리고 심지어 나는 우는 것 같은데. 그래, 대체 내가 왜 우는 거지? 울 이유가 없잖아. 신경 탓이야. 스스로를 다스려야 해. 자신을 이렇게 내버려두어선 안돼. 하지만 우는 건 전혀 불쾌하지가 않아. 나는 울면 늘 마음이 편안해. 병원에 있는 우리 늙은 프랑스인 보모를 찾아갔을 때 — 그 후에 그녀는 죽었는데 — 나도 울었지. 그리고 할머니 장례식 때, 그리고 베르타가 뉘른베르크로 여행을 떠났

---

45) Table d'hôte(투숙객용 정식 혹은 식사 테이블).

을 때, 그리고 아가테의 어린 딸이 죽었을 때, 그리고 극장에
서 「동백 아가씨」[46]를 볼 때도 울었고. 만일 내가 죽으면 누가
울까? 오, 죽는 건 얼마나 좋을까? 나는 살롱에서 관대에 누
워 있고, 초들이 타고 있어. 긴 초들. 열두 개의 긴 초들이. 아
래에는 벌써 영구차가 와 있고. 대문 앞에 사람들이 서 있어.
그 애가 몇 살이었죠? 겨우 열아홉요. 정말로 겨우 열아홉인
가요? — 생각해 봐요, 그 애 아빠는 교도소에 있다고요. 그
애가 대체 왜 스스로 목숨을 끊었죠? 어느 플레이보이한테 실
연을 당해서요. 도대체 그게 무슨 소리죠? 아이를 가졌다던데
요. 아뇨, 치몬 봉에서 추락했어요. 사고예요. 안녕하세요, 도
르스데이 씨, 당신도 어린 엘제에게 마지막 인사를 하시려고
요? 어린 엘제, 하고 저 늙은 여자는 말하는군. — 대체 왜지?
물론이죠, 저는 그녀에게 마지막 인사를 해야 합니다. 그녀에
게 첫 치욕을 안겨 준 사람도 저입니다. 오, 공들인 보람이 있
었죠, 비나버 부인, 그렇게 아름다운 몸은 여태껏 한 번도 본
적이 없답니다. 고작 삼천만[47]이 들었지요. 루벤스 한 점은 그
세 배 가격이죠. 그녀는 해시시에 중독됐어요. 멋진 환각을 보
려던 것뿐인데 너무 많이 흡입하는 바람에 더 이상 깨어나지
못했죠. 도르스데이 씨가 도대체 왜 빨간색 단안경을 끼고 있
는 거지? 그가 손수건으로 누구한테 손짓을 하는 거지? 엄마
가 층계를 내려와 그의 손에 입을 맞추네. 웩, 웩. 이제 그들이

---

46) 프랑스 작가 알렉상드르 뒤마의 소설을 원작으로 한 연극. 한 화류계 여
성의 비극적 사랑과 죽음을 그렸으며, '춘희'라는 제목으로도 알려져 있다.
47) 지금까지 '삼만'으로 나왔으나, 이 부분에는 '삼천만'으로 되어 있다.

서로 속삭여. 나는 관대에 누워 있어서 하나도 알아들을 수 없어. 내 이마에 씌워진 제비꽃 화관은 파울이 가져온 거야. 리본이 바닥까지 늘어져 있어. 감히 방 안에 들어오는 사람은 아무도 없어. 차라리 일어나서 창밖을 내다보고 싶어. 호수가 얼마나 커다랗고 파란지! 노란색 돛을 단 수많은 배들. ― 물결이 반짝이네. 그 정도로 햇빛이 많이 비쳐. 조정 경기야. 신사들이 전부 조정 경기용 셔츠를 입고 있어. 숙녀들은 수영복을 입었고. 점잖지 못하게. 그들은 내가 알몸이라고 착각하고 있어. 어쩜 저리 멍청한지. 나는 죽은 사람이라 검은색 상복[48]을 입었다고. 당신들한테 증명해 보일 거야. 바로 다시 관대에 누워야지. 관대가 대체 어딨지? 관대가 사라져 버렸어. 가져가 버렸어. 횡령해 버렸어. 그래서 아빠가 교도소에 있는 거야. 하지만 아빠는 집행유예 삼 년을 선고받고 풀려났는데. 배심원들이 전부 피알라한테 매수된 거야. 이제 나는 묘지로 걸어갈 거야. 그럼 엄마는 장례비가 안 들겠지. 우리는 허리띠를 졸라매야 해. 나는 아무도 따라오지 못하게끔 빠르게 걸어가. 아, 내가 이리 빠르게 걸을 수 있다니. 모두들 길 위에 멈춰 서서 놀라워하고 있어. 어떻게 죽은 사람을 저렇게 바라볼 수 있는지! 무례하게 말이야. 차라리 들판을 건너가야지. 들판이 물망초와 제비꽃으로 온통 파래. 해군 장교들이 양쪽으로 도열해 있어. 좋은 아침이에요, 여러분. 문을 열어요, 마타도어 씨.

---

48) 문맥상 '수의'가 자연스럽지만 여기서는 '상복'(Trauerkleider)으로 표현하고 있다.

날 알아보지 못하겠나요? 죽은 여자잖아요…… 그러니 당신은 내 손에 입을 맞춰야 해요…… 내가 묻힐 구덩이는 어디 있지요? 그것도 횡령해 버렸나? 휴 다행이야, 여기는 묘지가 전혀 아니네. 망통에 있는 공원이야. 아빠는 내가 땅에 묻히지 않아서 기뻐할 거야. 나는 뱀이 무섭지 않아. 뱀이 내 발을 물지만 않는다면. 아아.

대체 뭐지? 내가 어디에 있는 거지? 깜빡 잠이 들었던 건가? 그래. 잠이 들었던 거야. 심지어 꿈까지 꾼 게 분명해. 발이 아주 차가워. 오른발이 차가워. 어째서일까? 스타킹의 발목 부분이 살짝 찢어져서야. 대체 왜 내가 아직 숲에 앉아 있는 거지? 분명 한참 전에 만찬을 알리는 종이 울렸을 텐데. 디너.

오 맙소사, 내가 어디 있었던 거지? 나는 아주 먼 곳에 가 있었어. 대체 무슨 꿈을 꾼 거지? 나는 내가 이미 죽었다고 생각했어. 그리고 나는 아무런 근심 걱정이 없었고 골머리를 앓을 필요도 없었어. 삼만, 삼만…… 이 돈이 나한텐 아직 없어. 일단 그 돈을 벌어야 해. 그리고 나는 여기 숲 가에 홀로 앉아 있어. 호텔에서 이곳까지 불빛이 비치네. 돌아가야 해. 돌아가야 한다니 끔찍해. 하지만 더는 허비할 시간이 없어. 폰 도르스데이 씨가 내 결정을 기다리고 있어. 결정. 결정! 아냐. 아뇨, 폰 도르스데이 씨, 결론적으로 말하자면, 싫어요. 농담을 하신 거잖아요, 폰 도르스데이 씨, 그렇고말고요. 그래, 그 사람에게 이렇게 말하는 거야. 오, 아주 좋아. 썩 품위 있는 농담은 아니었어요, 폰 도르스데이 씨, 하지만 용서해 드리죠. 내일 일찍 아빠한테 전보를 칠게요, 폰 도르스데이 씨, 돈이 제

시간에 피알라 박사의 손에 들어갈 거라고요. 훌륭해. 이렇게 말하는 거야. 그럼 그에게는 다른 도리가 없지, 돈을 보낼 수밖에. 보낼 수밖에 없다고? 그럴 수밖에 없다고? 왜 그럴 수밖에 없다는 건데? 그리고 만일 그 사람이 그런다 해도 나중에 어떤 식으로든 앙갚음을 할 거야. 돈이 너무 늦게 도착하게끔 손을 쓰는 거지. 아님 돈을 보낸 다음에, 자기가 날 가졌다는 소리를 온갖 데다 떠벌리는 거야. 하지만 그는 절대 돈을 보내지 않을 거야. 아뇨, 엘제 양, 그건 우리 약속과 달라요. 아빠한테 전보를 치든 말든 마음대로 해요. 나는 돈을 보내지 않을 테니. 에페리스의 자작인 이 몸이, 엘제 양, 이런 어린 아가씨한테 속아 넘어갈 거라고 생각하지 마요.

조심조심 걸어야 해. 길이 완전히 어두워. 이상하네, 전보다 마음이 편해. 변한 건 하나도 없는데 마음이 더 편해. 내가 대체 무슨 꿈을 꾼 거지? 마타도어에 대한 꿈? 대체 무슨 마타도어지? 호텔까지는 생각보다 머네. 모두들 분명 아직 만찬 자리에 앉아 있겠지. 나는 조용히 테이블에 앉아서 말할 거야. 편두통이 있었다고, 식사는 나중에 하겠다고. 폰 도르스데이 씨가 결국 직접 내게로 와서 말할 거야. 모든 게 그냥 농담이었다고. 미안해요, 엘제 양, 질 나쁜 농담을 해서 미안해요, 벌써 은행에 전보를 쳤답니다. 하지만 그는 그런 말을 하지 않을 거야. 그는 전보를 치지 않았어. 모든 것이 아직 전과 조금도 다르지 않아. 그는 기다리고 있어. 폰 도르스데이 씨는 기다리고 있어. 아냐, 나는 그를 보지 않을 거야. 나는 그를 더 이상 안 볼 수 있어. 나는 더 이상 아무도 보지 않을 거야. 나는 더 이상 호텔에 들어가지 않을 거야, 나는 더 이상 집에 가지 않을 거야, 나는 빈으로 가지 않을 거야, 아무한테도 가지 않을 거야, 어떤 사람한테도, 아빠한테도 그리고 엄마한테도, 루디한테도 그리고 프레트한테도, 베르타한테도 그리고 이레네 이모한테도. 이레네 이모가 가장 낫기는 해, 이모는 모든 걸 이해할 테지. 하지만 이레네 이모와 더 이상 볼일은 없어, 그 누구와도 없어. 만약 내가 마법을 쓸 수 있다면, 나는 이 세상에서 아예 다른 곳에 있을 텐데. 지중해에 뜬 어느 멋진 배에, 하지만 혼자는 말고. 가령 파울과 함께. 그래, 그런 상상을 하는 건 아주 쉽겠지. 아니면 바닷가에 있는 어느 저택에서 사는 거야. 우리는 물속으로 이어지는 대리석 계단 위에 누워 있는 거야. 그리고 그가 나를 품에 꼭 안고서 내 입술을 깨무는 거지. 이 년 전에 피아노 앞에서 알베르트가 그랬던 것처럼, 그 뻔뻔한 자식. 아냐. 나는 바닷가 대리석 계단에 혼자 누워서 기다리고 싶어. 그리고 마침내 남자 한 명 혹은 여러 명이 오는 거지. 내게는 선택권이 있고, 내가 거부한 남자들은 절망에 빠져 전부 바다로 몸을 던지는 거야. 아님 다음 날까지 참고 기다리거나. 아, 얼마나 멋진 삶일까. 무엇 때문에 내가 이 훌륭한 어깨와 이 예쁘고 날씬한 다리를 가졌지? 그리고 대체 무엇 때문에 내가 이 세상에 존재하지? 그리고 이건 그 사람들에게 자업자득이야, 그들 모두에게. 여하튼 그들은 내가 나를 팔도록, 오직 그렇게만 교육했으니까. 그들은 연기에 대해선 아무 관심도 없었어. 나를 비웃었지. 그리고 작년에 만일 내가 쉰을 앞둔 빌로미처 감독과 결혼했다면 그들은 무척 좋아했겠지.

직접 종용하지만 않았을 뿐. 그때 아빠는 주저했어. 하지만 엄마는 아주 분명하게 암시를 주었어.

호텔이 얼마나 거대하게 우뚝 서 있는지. 불이 켜진 엄청나게 큰 마법의 성 같아. 모든 게 아주 거대해. 산들도 마찬가지고. 무서울 정도야. 산들이 이렇게 검은 적은 없었어. 달이 아직 안 떴네. 달은 공연에 맞춰서, 초원에서 굉장한 공연이 시작될 때 비로소 뜰 거야. 폰 도르스데이 씨가 자신의 여자 노예를 알몸으로 춤추게 할 때 말이야. 도르스데이 씨가 나와 무슨 상관이람? 자, 마드무아젤 엘제, 뭘 그리 야단을 떨죠? 당신은 이미 떠나갈 준비가, 이 남자 저 남자를 오가며 낯선 남자들의 애인이 될 준비가 돼 있었잖아요. 그런데 폰 도르스데이 씨가 요구하는 사소한 일이 당신에게 문제라니. 당신은 진주 장신구를 위해, 예쁜 옷들을 위해, 바닷가 저택을 위해 자신을 팔 준비가 됐나요? 그리고 당신 아버지의 목숨은 당신에게 그만큼의 값어치가 있지 않나요? 이건 딱 좋은 출발점일 거예요. 그럼 다른 모든 게 정당화될 거예요. 당신들 때문이야, 하고 나는 말할 수 있을 거야. 당신들이 날 이렇게 만들었어, 내가 이렇게 된 건 엄마 아빠만이 아니라 당신들 모두의 잘못이야. 루디도 잘못이 있고 프레트도 그렇고 모두, 모두가. 아무도 나한테 신경을 쓰지 않았잖아. 외모가 예쁘면 좀 다정하게 대하고, 열이 나면 좀 걱정하고, 학교에 보내고. 집에서 피아노와 프랑스어를 배우고, 여름에는 시골에 가고, 생일에는 선물을 받고. 그리고 그들은 식탁에서 온갖 것에 대해 얘기하지. 하지만 내 안에서 무슨 일이 일어나는지, 무엇이 내 속을 뒤집어 놓고 내 안에서 불안해하는지를 당신들이 신경 쓴 적이나 있어? 이따금 아빠의 시선 속에 그것을 예감하는 빛이 비쳤지, 하지만 순간일 뿐. 곧바로 다시 일 생각이었지. 그리고 근심과 주식 투기 ― 그리고 아마도 아주 은밀하게 어떤 여자 생각을, '우리끼리 하는 말이지만 그리 고상한 여자가 아냐', ― 그리고 나는 다시 혼자였어. 자, 아빠, 만약 내가 없다면 아빠는 뭘 할 거예요, 오늘 뭘 할 거예요?

나는 여기 서 있어, 그래 호텔 앞에 서 있어. ― 저 안에 들어가야 한다니 끔찍해. 저 모든 사람들을, 폰 도르스데이 씨를, 이모를, 시시를 봐야 한다니. 아까 숲 가 벤치에 앉아 있을 땐, 내가 이미 죽었을 땐 참 좋았는데. 마타도어 ― 뭔지 생각이 나면 좋으련만 ― 조정 경기였어, 맞아, 그리고 나는 창밖을 구경했지. 그런데 마타도어가 누구였지? ― 이토록 피곤하지만 않다면, 이토록 끔찍하게 피곤하지만 않다면. 그런데 자정까지 깨어 있다가 폰 도르스데이 씨 방으로 몰래 가야 한다고? 어쩌면 복도에서 시시와 마주칠지도 몰라. 시시는 파울한테 갈 때 나이트가운 속에 뭐라도 입나? 그런 일에 익숙지 않으면 어려운 법. 그녀에게 조언을 구하면 안 될까, 그 시시한테? 당연히 도르스데이와 관련된 일이라고는 말 안 할 거고, 그녀는 내가 여기 호텔에서 잘생긴 젊은이들 중 하나와 밤에 밀회를 가진다고 생각해야겠지. 가령 반짝이는 눈을 가진 그 키 큰 금발 남자와. 하지만 그 사람은 더 이상 여기 없어. 갑자기 사라져 버렸지. 지금 이 순간까지는 그 사람 생각을 전혀 안 했는데. 하지만 유감스럽게도 내 상대는 반짝이는 눈을 가진 그 키 큰 금발 남자가 아냐, 파울도 아냐, 폰 도르스데이 씨지. 어쩜 좋지? 그에게 뭐라고 말하지? 그냥 승낙할까? 그러나 도르스데이 씨의 방으로 갈 순 없어. 분명 그 사람 세면대에는 우아한 향수병들만 있을 거야. 그리고 방에선 프랑스 향수 냄새가 나고. 아니, 세상 무슨 일이 있어도 그 사람 방에는 가지 않을 거야. 차라리 야외가 낫지. 밖에서라면 그 사람은 나한테 전혀 상관없어. 하늘이 그토록 높고, 초원이 그토록 넓잖아. 나는 도르스데이 씨를 전혀 생각할 필요가 없어. 그를 바라볼 필요조차 없어. 그리고 만일 그가 감히 날 만지려고 하면 내 맨발에 한 대 차일 거야. 아, 다른 사람이었더라면, 다른 누군가였더라면. 그 사람은 오늘 밤 내 모든 걸, 전부를 가질 수 있을 텐데. 누구든 다른 사람, 도르스데이만 빼고. 그런데 하필 그자라니! 하필 그자라니! 그자의 눈이 얼마나 뚫어져라 쳐다볼지. 그는 단안경을 끼고 서서 히죽거릴 거야. 아냐, 히죽거리지 않을 거야. 고상한 표정을 지을 거야. 우아하게. 그는 그런 일에 익숙하잖아. 이제껏 얼마나 많은 여자들을 봤을까? 백 명 아님 천 명? 그런데 그중에 나 같은 여자도 있었을까? 아니, 그럴 리 없어. 나는 그가 내 알몸을 보는 첫 남자가 아니라고 말할 거야. 나한테 애인이 있다고 말할 거야. 하지만 일단 삼만 굴덴이 피알라에게 송금된 후에. 그러고 나면 나는 말할 거야. 당신은 바보라고, 똑같은 돈으로 나를 가질 수도 있었을 거라고. ─ 내가 벌써 열 명과, 스무 명, 백 명과 사귀어 봤다고. ─ 하지만 그는 이 모든 걸 믿지 않겠지. ─ 그리고 만약 그가 내 말을 믿는다 해도 그게 나한테 무슨 소용이지? ─ 어떻게든 그의 즐거움을 망칠 수만 있다면. 만약 그 자리에 한 사람이 더 있으면? 가능한 일이잖아? 그는 나와 단 둘이 있어야 한다고는 말하지 않았으니까. 아, 폰 도르스데이 씨, 나는 당신이 너무 두려워요. 좋은 지인 한 명을 데려오고 싶은데 부디 허락해 주시지 않겠어요? 오, 절대 약속에 어긋나는 일이 아니에요, 폰 도르스데이 씨. 만일 제가 원한다면 호텔 사람들 전부를 그 자리에 초대할 수 있겠죠. 그렇더라도 당신은 삼만 굴덴을 보낼 의무가 있고요. 하지만 사촌인 파울을 데려오는 걸로 만족할게요. 아니면 혹시 다른 사람을 선호하시나요? 그 키 큰 금발 남자는 안타깝게도 더 이상 여기 없어요. 그리고 로마인 두상을 가진 그 플레이보이 역시 안타깝게도 없고요. 하지만 제가 다른 사람을 찾아보죠. 비밀이 새 나갈까 봐 걱정인가요? 그건 중요하지 않아요. 저는 비밀이 지켜지든 말든 상관없어요. 저와 같은 지경에 이른 사람한테는 모든 게 아무래도 괜찮거든요. 오늘 일은 시작에 불과해요. 아니면 당신은 제가 이 모험을 마치고 훌륭한 집안의 정숙한 아가씨로 집에 돌아갈 거라고 생각하시나요? 아뇨, 훌륭한 집안도 정숙한 젊은 아가씨도 아니에요. 모든 게 끝날 거예요. 저는 이제 스스로의 다리로 일어서는 거예요. 나는 예쁜 다리를 가졌어요, 폰 도르스데이 씨, 당신 그리고 축제에 참가하는 나머지 사람들은 곧 그걸 확인할 기회를 가질 테고요. 그러니까 얘기는 끝난 거예요, 폰 도르스데이 씨. 10시에, 모두가 아직 로비에 앉아 있는 동안, 우리는 달빛 속에서 초원을 건너고 숲을 통과해서 당신이 직접 발견한 그 유명한 빈터로 가는 거예요. 은행에 보낼 전보를 무슨 일이 있어도 가져오세요. 왜냐하면 당신 같은 악당한테는 안전장치를 요구해도 될 테니까요. 그리고 자정이 되면 돌아가도 좋아요. 저는 제 사촌과 혹은 다른 누군가와 초원에서 달빛 속에 남을 거예요. 이의 없으시죠, 폰 도르스데이 씨? 이의가 있어선 결코 안 되죠. 그리고 만일 내일 아침에 내가 혹시 죽어 있더라도 놀라지 마세요. 그렇게 되면 파울이 전보를 칠 거예요. 그러도록 미리 손을 써 둘 테니. 하지만 부탁인데 비열한 자식인 당신이 나를 죽음으로 몰아갔다고 착각하진 말아요. 내가 이런 결말을 맞이할 거라는 걸 난 오래전부터 알았으니까요. 내가 그 말을 자주 했는지 아닌지 내 친구 프레트한테 한번 물어봐요. 그런데 말이에요, 프레트, 그러니까 프리드리히 벵크하임 씨는 내가 살면서 알아 온 사람 중에 유일하게 점잖은 사람이에요. 내가 사랑했을 유일한 사람이죠. 만일 그가 너무나도 점잖은 사람이 아니었다면 말이에요. 그래요, 난 아주 타락한 인간이에요. 시민적 삶은 나한테 맞지 않고 나는 재능도 하나 없어요. 어차피 우리 집안은 세상에서 사라져 버리는 게 가장 좋을 거예요. 루디한테도 무슨 나쁜 일이 일어날 거예요. 루디는 네덜란드 샹송 가수에 빠져 빚더미에 오를 거고 판데르홀스트의 돈을 횡령할 거예요. 우리 집안은 원래 그런 식이에요. 그리고 우리 아버지의 막내 남동생, 그 사람은 열다섯 살 때 권총으로 자살했어요. 이유는 아무도 몰라요. 나는 그를 만난 적이 없어요. 사진을 보여 드릴게요, 폰 도르스데이 씨. 우리 앨범에 사진이 있어요…… 내가 그와 닮았대요. 왜 그가 자살했는지는 아무도 몰라요. 그리고 내가 왜 자살했는지 역시 아무도 모를 거예요. 절대 당신 때문은 아니에요, 폰 도르스데이 씨. 당신에게 그런 영광을 선사할 수는 없죠. 열아홉에든 스물하나에든, 그건 상관없어요. 아님 내가 보모가 되거나 전화 교환원이 되거나 빌로미처 씨와 결혼하거나 당신한테 빌붙어 살아야 할까요? 전부 똑같이 역겨워요. 그리고 난 절대 당신과 함께 초원에 가지 않을 거예요. 아니, 이모든 게 너무나도 힘들고 너무나도 어리석고 너무나도 혐오스러워요. 만약 내가 죽으면, 부탁인데 아빠를 위해 몇천 굴덴을 보내 줘요. 내 시신을 빈으로 가져오는 바로 그날 아빠가 체포된다면 너무 슬플 테니까요. 그런데 나는 유언을 담은 편지를 남길 거예요. 폰 도르스데이 씨는 내 시신을 볼 권리를 가진다. 나의 벌거벗은 아름다운 처녀 시신을. 그럼 당신은 나한테 속았다고 불평할 수 없어요, 폰 도르스데이 씨. 당신이 치른 돈에 대해 대가를 받는 거니까. 내가 살아 있어야 한다는 조건은 우리 계약에 없어요. 오 없고말고요. 어디에도 적혀 있지 않아요. 내 시신을 볼 수 있는 권리를 미술품상 도르스데이에게 남긴다. 그리고 프레트 벵크하임 씨에게는 열일곱 살 때 쓴—이후에는 쓰지 않았는데—내 일기장을 남긴다. 그리고 시시네 보모에게는 내가 수년 전 스위스에서 가져온 20프랑 동전 다섯 개를 남긴다. 동전은 책상 속 편지들 옆에 있다. 그리고 베르타에게는 검은색 야회복을 남긴다. 그리고 아가테에게는 내 책들을. 그리고 내 사촌 파울, 그에게는 내 핏기 없는 입술에 입맞춤할 권리를 남긴다. 그리고 시시에게는 내 라켓을 남긴다. 왜냐하면 나는 고결하니까. 그리고 이곳 산마르티노 디 카스트로차에 있는 아름답고 자그마한 묘지에 나를 묻어 주길 바란다. 나는 더 이상 집으로 돌아가지 않을 것이다. 죽어서도 더 이상 돌아가지 않을 것이다. 그리고 아빠와 엄마는 상심하지 말길, 나는 두 분보다 형편이 나으니까. 그리고 난 두 분을 용서할 것이다. 나를 가엾게 여길 것 없다. ― 하하, 이 무슨 웃긴 유언장인지. 정말로 마음이 울컥하네. 만일 내일 다른 사람들이 만찬 자리에 앉아 있는 동안 내가 이미 죽었다면? ― 에마 이모는 당연히 만찬 자리에 내려오지 않을 거고 파울도 그렇겠지. 둘은 방에서 식사를 할 거야. 시시가 어떻게 행동할지 궁금하네. 아쉽지만 나는 그걸 알 수 없겠지. 아무것도 더는 알 수 없을 거야. 아님 혹시 땅에 묻히기 전이라면 아직 모든 걸 알 수 있나? 그런데 어차피 난 가사(假死) 상태일 뿐인걸. 그리고 만일 폰 도르스데이 씨가 내 시체 곁으로 다가오면 나는 일어나서 눈을 번쩍 뜰 거야. 그럼 그는 화들짝 놀라서 단안경을 떨어뜨리겠지.

하지만 이 모든 건 유감스럽게도 사실이 아냐. 나는 가사 상태가 아닐 거고 죽어 있지도 않을 거야. 내가 자살하는 일은 절대 없을 거야, 그러기에 난 너무 겁이 많아. 비록 나는 용감하게 암벽을 등반하지만 그래도 겁쟁이인걸. 그리고 어쩌면 나한테 있는 베로날이 충분하지 않을지도 몰라. 얼마나 필요할까? 여섯 봉이면 될 거야. 하지만 열 봉이 더 확실하지. 열 봉이 남은 것 같은데. 그래, 그거면 충분할 거야.

지금 내가 호텔 주위를 몇 번째 빙빙 도는 거지? 이제 어쩌지? 난 정문 앞에 서 있어. 로비 안엔 아직 아무도 없네. 당연하지 — 모두들 아직 만찬 자리에 앉아 있으니까. 사람이라 곤 하나 없으니 로비가 이상해 보이네. 저기 의자 위에 모자가 하나 놓여 있어. 아주 세련된 여행객 모자가. 예쁜 알프스 영양 털이야. 저기 안락의자에는 노신사 한 명이 앉아 있어. 아마 더 이상 입맛이 없나 보군. 신문을 읽고 있어. 신세 좋네. 저 사람은 걱정이 없어. 저 사람은 유유히 신문을 읽고 있는데, 나는 어떻게 아빠한테 삼만 굴덴을 마련해 줄지 골머리를 앓아야 해. 아니지. 나는 방법을 알잖아. 엄청나게 간단하잖아. 대관절 내가 뭘 원하는 거지? 대관절 내가 뭘 원하는 거지? 대체 내가 여기 로비에서 뭘 하는 거지? 곧 모두들 만찬을 마치고 돌아올 거야. 대체 내가 뭘 해야 할까? 폰 도르스데이 씨는 분명 바늘방석에 앉아 있겠지. 그녀가 어디 있을까, 하고 생각하겠지. 그녀가 결국 스스로 목숨을 끊은 걸까? 아니면 누굴 고용해서 나를 죽이려는 걸까? 아니면 자기 사촌인 파울을 부추겨서 나를 혼쭐내려는 걸까? 걱정 마요, 폰 도르스데이 씨, 나는 그렇게 위험한 사람이 아니랍니다. 나는 닳고 닳은 계집애일 뿐이에요. 당신은 불안감을 견뎌 냈으니 보상 또한 받으셔야죠. 12시, 65호. 야외는 나한테 너무 쌀쌀할 거 같아요. 그리고 나는 당신 방에서 나온 뒤, 폰 도르스데이 씨, 곧장 사촌 파울한테로 갈 거예요. 이의 없으시죠, 폰 도르스데이 씨?

"엘제! 엘제!"

뭐지? 뭐야? 파울 목소리야. 만찬이 벌써 끝났나? — "엘제!" — "아, 파울, 무슨 일이야, 파울?" — 아주 순진하게 굴어야지. ─ "이봐, 대체 어디에 틀어박혀 있었던 거야, 엘제?" ─ "내가 대체 어디에 틀어박혀 있었다고? 산책을 다녀온 거야." ─ "지금, 만찬 중에?" ─ "그럼 언제겠어? 산책하기 가장 좋은 시간이잖아." 내가 멍청한 소릴 하네. "엄마는 벌써 온갖 상상을 다 하셨다고. 나는 네 방에 가서 문을 두드렸어." ─ "아무 소리도 못 들었는데." ─ "장난하지 말고, 엘제, 어떻게 우리를 그렇게 불안하게 만들 수 있어! 만찬에 오지 않는다고 엄마한테 적어도 말은 할 수 있었잖아." ─ "맞는 말이야, 파울, 하지만 내가 두통이 얼마나 심했는지 안다면." 내가 아주 애절하게 말하네. 오, 나는 닳고 닳은 계집이야. ─ "이제 좀 나아지기라도 했니?" ─ "사실 그렇다곤 할 수 없어." ─ "내가 일단 엄마한테" ─ "잠깐, 파울, 아직은 안 돼. 내가 이모한테 사과드릴게. 몇 분 동안만 내 방에 가서 몸을 좀 추슬러야겠어. 그러고 나서 바로 내려와서 간단하게 식사를 들게." ─ "얼굴이 왜 그렇게 창백해, 엘제? ─ 네 방으로 엄마를 올려 보낼까?" ─ "그렇게 난리 피우지 마, 파울. 그리고 날 그렇게 바라보지 마. 두통 앓는 여자 처음 봐? 꼭 내려올게. 늦어도 십 분 후엔. 안녕, 파울." ─ "안녕, 엘제." ─ 휴, 그가 가서 다행이야. 멍청한 녀석, 하지만 귀여워. 대체 도어맨이 나한테 뭘 원하는 거지? 뭐, 전보? "고마워요. 전보가 언제 온 거죠?" ─ "십오 분 전에요, 아가씨." ─ 왜 나를 그렇게 바라보는 거지, 마치 ─ 동정하듯. 맙소사, 이 안에 무슨 내용이 적혀 있을까? 방에 올라가서 열어 봐야지, 안 그러면 기절해서 쓰러질지도 몰라. 결국 아빠가 ─ ─ 만약에 아빠가 죽었다면, 그럼 모든 게 괜찮아. 그럼 이제 나는 폰 도르스데이 씨와 초원에

128

가지 않아도 돼…… 오, 나는 못된 인간이야. 하느님, 전보에 나쁜 소식이 없게 해 주세요. 하느님, 아빠가 살아 있게 해 주세요. 체포됐어도 좋으니 죽지만 않았으면. 이 안에 나쁜 소식이 들어 있지 않다면 나는 나를 희생할 거야. 나는 보모가 될 거야, 나는 사무실에 일자리를 얻을 거야. 죽지 마요, 아빠. 나는 준비가 됐어요. 아빠가 원하는 걸 뭐든 할게요……

휴, 이제 방이야. 불을 켜자, 불을 켜. 쌀쌀해졌어. 창문을 너무 오래 열어 뒀어. 용기를 내자, 용기. 하, 어쩌면 일이 해결됐다는 내용이 적혀 있을지도. 어쩌면 베른하르트 삼촌이 돈을 내줬고 그래서 나한테 이렇게 전보를 친 걸지도 몰라. 도르스데이와 이야기하지 말 것. 곧 알게 되겠지. 하지만 천장을 보고 있으면 전보에 무슨 내용이 적혔는지 읽을 수 없는 게 당연하지. 트랄라, 트랄라, 용기. 꼭 읽어야 해. '다시 한번 간청, 도르스데이와 이야기할 것. 금액은 삼만이 아니라 오만. 안 그러면 모든 게 허사. 주소는 그대로 피알라.' ― 오만. 안 그러면 모든 게 허사. 트랄라, 트랄라. 오만. 주소는 그대로 피알라. 하지만 확실한 건 오만이든 삼만이든 중요하지 않아. 폰 도르스데이 씨한테도 중요하지 않고. 베로날이 속옷 밑에 있어, 만일의 경우를 대비해. 왜 내가 곧장 오만이라고 말하지 않았을까. 그 생각을 했으면서! 안 그러면 모든 게 허사. 아래층으로 내려가, 얼른, 이렇게 침대에 앉아 있지 말고. 작은 착오가 있었어요, 폰 도르스데이 씨, 죄송해요. 삼만이 아니라 오만, 안 그러면 모든 게 허사예요. 주소는 그대로 피알라고요. ― '누굴 바보로 아나 보죠, 엘제 양?' 절대 아녜요, 자작님, 어떻게 제가. 오만이라면 어쨌든 거기에 맞게 더 많은 걸 요구해야겠군요, 아가씨. 안 그러면 모든 게 허사. 주소는 그대로 피알라. 원하시는 대로요, 폰 도르스데이 씨. 분부만 내려 주세요. 하지만 무엇보다 앞서, 은행에 보낼 전보문을 쓰세요. 당연하죠, 안 그러면 저한텐 안전장치가 없으니까요. ─

그래, 그렇게 하자. 그 사람 방으로 찾아가서 내 눈앞에서 그가 전보문을 쓰고 나면 그때 ─ 비로소 옷을 벗는 거야. 그리고 난 전보문을 손에 쥐고 있고. 하, 정말로 역겨워. 그리고 내 옷은 대체 어디다 둬야 하지? 아니지, 아냐, 여기에서 미리 옷을 벗고서 몸을 완전히 감싸는 큰 검은색 외투를 두르는 거야. 그게 가장 편리해. 양쪽 모두에게. 주소는 그대로 피알라. 이가 덜덜 떨려. 창문이 아직 열려 있잖아. 닫아야지. 야외라고? 그럼 난 죽었을지도 모른다고, 비열한 자식! 오만. 그는 거절할 수 없어. 65호. 그런데 파울한테 미리 말하자, 자기 방에서 날 기다리라고. 도르스데이한테서 곧장 파울에게 가서 모든 걸 이야기하는 거야. 그럼 파울이 그자의 따귀를 때리겠지. 그래, 오늘 밤 안에. 알찬 계획이야. 그다음은 베로날 차례고. 아니, 대체 어째서? 대체 왜 죽는데? 어림없지. 즐겁다, 즐거워, 이제 비로소 인생이 시작되는 거야. 기뻐들 해요. 당신들은 이 어린 딸을 자랑스러워하게 될 거예요. 나는 이제껏 세상이 보지 못한 닳고 닳은 계집이 될 거예요. 주소는 그대로 피알라. 오만 굴덴을 가져요, 아빠. 하지만 다음번에 내가 버는 돈으로 나는 레이스가 달리고 속이 훤히 비치는 새 잠옷과 멋진 실크 스타킹을 살 거야. 인생은 단 한 번이잖아. 뭐 하라고 내가 이런 외모를 가졌겠어. 불을 켜자, ― 거울 위 램프를 켜야지. 내 불그스레한 금발이, 그리고 내 어깨가 얼마나 아름다운지. 내 눈도 나쁘지 않아. 우와, 눈이 얼마나 큰지. 내가 죽으면 아까울 거야. 베로날을 마시기까지는 아직 시간이 남았어. ― 하지만 난 아래로 내려가야 해. 아래로 깊이. 도르스데이 씨가 기다리고 있어. 그리고 그는 그사이 금액이 오만 굴덴이 됐다는 걸 아직 전혀 몰라. 그래요, 제 가격이 올랐답니다, 폰 도르스데이 씨. 그에게 전보를 보여 줘야 해. 안 그러면 결국 그는 내 말을 믿지 않을 테고 내가 이 일로 장사를 하려 한다고 생각할 거야. 이 전보를 그 사람 방으로 보내고 거기에 덧붙여 메모를 적어야지. 정말 안타깝게도 이제 오만이 필요하게 됐어요, 폰 도르스데이 씨. 당신에게는 아무래도 상관없겠죠. 그리고 저는 당신이 대가로 요구한 것이 전혀 진심이 아니라고 확신해요. 왜냐하면 당신은 자작이고 신사니까요. 내일 아침 당신은 저희 아버지의 목숨이 달린 오만을 피알라에게 바로 보낼 거예요. 그럴 거라 믿어요. ― '물론이죠, 아가씨, 무슨 일이 있어도 바로 십만을 보낼게요. 아무 대가 없이요. 그리고 거기에 더해 오늘부터 당신네 온 가족의 생계를 돌봐 주고 당신 아빠가 주식으로 진 빚을 갚아 주고 횡령한 피후견인의 돈 전부를 메꿔 주기로 약속하죠.' 주소는 그대로 피알라. 하하하! 그래, 바로 이게 에페리스의 자작이지. 물론 전부 말도 안 되는 소리야. 나한테 무슨 수가 남아 있지? 어쩔 수 없어, 나는 해야 해, 모든 걸, 폰 도르스데이 씨가 요구하는 모든 걸 해야 해. 아빠가 내일 돈을 받도록, ― 아빠가 감옥에 갇히지 않도록, 아빠가 자살하지 않도록. 그리고 나는 그렇게 할 거야. 그래, 모든 게 헛된 일일지라도 나는 할 거야. 반년 후면 우리는 다시 오늘과 똑같은 지경에 이르고 말 거야! 사 주 후면! — 하지만 그때 일은 더 이상 나랑 상관없어. 이번 한 번은 내가 희생하지 — 이후엔 더 이상 그럴 일 없어. 절대, 절대로, 두 번 다시는 안 그럴 거야. 그래, 빈에 가자마자 아빠한테 이 말을 하는 거야. 그런 다음에 집을 나와 떠나는 거야, 어디로든. 프레트와 상의를 할 거야. 프레트는 나를 정말로 좋아하는 유일한 사람이야. 하지만 아직은 그럴 때가 아니지. 나는 빈에 있지 않아, 나는 아직 마르티노 디 카스트로차에 있어. 아직 아무 일도 일어나지 않았어. 그럼 어쩌지, 어쩔까, 뭘 할까? 여기 전보가 있네. 내가 전보를 가지고 대체 뭘하지? 이미 알면서. 이걸 그 사람 방으로 보내야 해. 그리고 또 뭘 하지? 그 사람한테 메모도 적어야 해. 글쎄, 뭐라고 적지? 12시에 나를 기다리세요. 아냐, 아냐, 아냐! 그자가 승리를 거두면 안 돼. 그건 싫어, 싫어, 싫다고. 나한테 약이 있어서 다행이야. 그건 유일한 구원이야. 그런데 대체 어디 있더라? 맙소사, 누가 훔쳐 갔을 리가 없는데. 아니구나, 여기 있네. 갑 속에 들었어. 빠짐없이 다 있나? 그래, 여기 있군. 하나, 둘, 셋, 넷, 다섯, 여섯. 그냥 보기만 하는 거야, 이 사랑스러운 가루약을. 이걸 본다고 해서 꼭 뭘 해야 하는 건 아냐. 내가 이 약을 유리잔 속에 붓는다고 해도 역시 꼭 뭘 해야 하는 건 아니고. 하나, 둘, — 하지만 나는 분명 자살하지 않을 거야. 어림없는 일이야. 셋, 넷, 다섯 — 이것도 죽기에는 한참 부족해. 나한테

132

베로날이 없었다면 끔찍했을 거야. 그럼 창밖으로 몸을 던져야 했을 테고 나에겐 그럴 용기가 없었을 거야. 하지만 베로날이면, ── 서서히 잠이 들고, 더 이상 깨어나지 않는 거야, 고통 없이, 아픔 없이. 침대에 누운 다음에, 단숨에 들이마시고, 꿈을 꾸면, 그럼 모든 게 끝이야. 나는 그저께도 한 봉을 먹었고 최근엔 심지어 두 봉을 먹었지. 쉿, 아무한테도 말하지 마. 오늘은 아마 좀 더 먹게 될 테지. 물론 그저 만일의 경우를 대비해서. 만일 너무, 너무 심하게 무서우면 말이야. 그런데 도대체 왜 무서울 거라는 거지? 그 사람이 날 만지면 얼굴에 침을 뱉을 거야. 아주 간단한 일이야.

그런데 어떻게 편지를 전하지? 객실 청소부를 통해서 폰 도르스데이 씨한테 편지를 보낼 수는 없는 노릇이잖아. 가장 좋은 방법은 내려가서 그와 이야기를 하고 전보를 보여 주는 거야. 어쨌든 아래로 내려가야 해. 여기 방 안에 계속 있을 수는 없어. 나는 결코 못 견딜 거야, 세 시간 동안 ── 그 순간이 올 때까지. 이모 때문에라도 내려가야 해. 하, 이모가 나한테 무슨 상관이람. 사람들이 나한테 무슨 상관이야? 보세요, 여러분, 여기 베로날이 든 유리잔이 있답니다. 자, 이제 나는 잔을 집어요. 자, 이제 나는 잔을 입술로 가져가요. 그래요, 당장이라도 나는 저세상으로 갈 수 있어요. 이모도 없고, 도르스데이도 없고, 피후견인의 돈을 횡령하는 아빠도 없는 곳으로……

하지만 나는 자살하지 않을 거야. 그럴 필요 없어. 폰 도르스데이 씨의 방에도 가지 않을 거야. 어림없는 일이지. 나는 무뢰한 하나를 감옥에 안 가게 하자고 오만 굴덴을 대가로 늙은 난봉꾼 앞에 알몸으로 서지 않을 거야. 아냐, 아냐, 선택지는 둘 중 하나야. 대체 어쩌다 폰 도르스데이 씨가 상대가 됐지? 하필 그 사람이? 만일 누가 날 본다면, 다른 사람들도 날 봐야 해. 그래! ― 기막힌 생각이야! ― 모두가 날 봐야 해. 온 세상이 날 봐야 해. 그다음은 베로날이야. 아니, 베로날이 아냐, ― 대체 뭣 하러?! 그다음은 대리석 계단이 있는 저택과 잘생긴 청년들과 자유와 드넓은 세상이야! 좋은 저녁이에요, 엘제 양, 나는 당신이 참 맘에 들어요. 하하. 저 아래층에 있는 사람들은 내가 미쳤다고 생각하겠지. 하지만 내가 이토록 이성적이었던 적은 결코 없어. 내 생애 처음으로 나는 정말로 이성적이야. 모두, 모두들 나를 봐야 해! ― 그럼 돌이킬 수 없어, 아빠와 엄마가 있는 집으로, 삼촌, 고모, 이모 들한테 갈일도 없어. 그럼 나는 주위에서 빌로미처 감독 같은 자와 맺어 주고 싶어 하는 엘제 양이 더 이상 아냐. 나는 그들 모두를 바보로 만드는 거야 ― 무엇보다 도르스데이, 그 비열한 자식을 ― 그리고 새롭게 다시 태어나는 거야…… 안 그러면 모든게 헛일이야 ― 주소는 그대로 피알라. 하하!

더 이상 꾸물거릴 시간 없어, 다시 겁쟁이가 되면 안 돼. 원피스를 내려. 누가 첫 번째가 될까? 너일까, 나의 사촌 파울? 그 로마인 두상이 더 이상 여기 없는 건 너한테 행운이야. 네가 오늘 밤 이 예쁜 가슴에 입을 맞출래? 아, 나는 얼마나 예쁜지. 베르타는 검은색 실크 속옷을 가졌어. 세련됐지. 나는 훨씬 더 세련되게 될 거야. 멋진 인생. 스타킹은 벗어 버려, 음란할 테니까. 알몸, 완전한 알몸. 시시가 날 얼마나 부러워할까. 그리고 다른 사람들도. 하지만 그들에겐 용기가 없어. 모두들 그러고 싶으면서. 본보기로들 삼으라고. 나, 처녀인 내가 용기를 내서 하니까. 나는 도르스데이를 죽도록 비웃을 거야. 나왔어요, 폰 도르스데이 씨. 빨리 우체국으로. 오만. 그만한 값어치가 있지 않나요?

나는 아름다워, 아름답다고! 나를 보렴, 밤아! 산들아, 나를 봐! 하늘아, 내가 얼마나 아름다운지 보렴. 하지만 너희들은 모두 볼 수가 없잖아. 내가 너희들과 뭘 하겠니. 저 아래층에 있는 사람들한테는 눈이 있어. 머리를 풀어야 할까? 아니. 그럼 미친 여자처럼 보일 거야. 당신들이 날 미쳤다고 여기면 안 돼. 당신들은 내가 그저 부끄러움을 모른다고 여겨야 해. 내가 불량한 여자라고 여겨야 해. 전보가 어딨지? 맙소사, 전보를 대체 어디 뒀더라? 여기 있네, 베로날 옆에 평화롭게 놓여 있어. '다시 한번 간청 — 오만 — 안 그러면 모든 게 허사. 주소는 그대로 피알라.' 그래, 이게 그 전보야. 종이 한 장이고 여기에 말들이 적혀 있어. 빈에서 4시 30분에 발송. 아니, 나는 꿈을 꾸는 게 아냐, 모든 게 진짜야. 그리고 집에선 오만 굴덴을 기다리고 있어. 그리고 폰 도르스데이 씨 역시 기다리고 있고. 그자야 기다리라지. 우리한테는 시간이 있잖아. 아, 알몸으로 방 안을 거니니까 얼마나 좋은지. 내가 정말로 거울 속 모습처럼 예쁠까? 아, 더 가까이 와 봐요, 예쁜 아가씨. 당신의 핏빛 입술에 입을 맞추고 싶군요. 당신의 가슴을 내 가슴에 끌어안고 싶군요. 우리 사이에 유리가, 차가운 유리가 있어서 정말 아쉬워요. 우리는 정말 사이좋게 잘 지낼 텐데. 안 그래요?

우리에게 다른 사람은 전혀 필요 없을 거예요. 어쩌면 다른 사람들은 아예 없을지도 모르죠. 전보와 호텔과 산과 기차역과 숲 들은 있지만 사람들은 없는 거예요. 사람들은 그저 우리 꿈속에 존재할 뿐이에요. 피알라 박사만이 주소와 함께 실존하죠. 주소는 늘 그대로예요. 오, 나는 절대 미치지 않았어. 그냥 조금 흥분한 거야. 새롭게 다시 태어나기 전인데 아주 당연한 일이지. 왜냐면 예전의 엘제는 이미 죽었으니까. 그래, 나는 틀림없이 죽었어. 그러니 베로날은 필요 없지. 이걸 쏟아 버리면 안 될까? 객실 청소부가 실수로 마실지 몰라. 쪽지를 두고 '독'이라고 적는 거야. 아니, 그보다는 '약', ─ 청소부한테 무슨 일이 생기지 않도록 말이야. 나는 이렇게 고결하다니까. 이렇게. '약', 밑줄 두 번 긋고 느낌표 세 개. 이제 아무 일도 일어날 수 없어. 그리고 만약 내가 나중에 방에 올라왔는데 자살할 생각이 없고 잠만 자고 싶다면, 그럼 이 한 잔을 전부 마시는 게 아니라 사분의 일만 혹은 그보다 적게 마시는 거야. 아주 간단해. 모든 게 내 손안에 있어. 아래층으로 뛰어 내려가는 게 가장 간단할 거야 ─ 지금 모습으로 복도와 계단을 지나서. 하지만 아냐, 그럼 아래층에 다다르기 전에 누가 날 막을지 몰라 ─ 그리고 폰 도르스데이 씨가 그곳에 있다는 보장이 필요해! 안 그러면 당연히 그자는, 그 더러운 새끼는 돈을 보내지 않아. ─ 그런데 그자에게 편지를 써야 하는데. 그게 가장 중요해. 오, 의자 등받이가 차가워, 하지만 편안해. 만일 이탈리아 호숫가에 내 저택을 가진다면, 그럼 난 내 공원에서 늘 알몸으로 돌아다닐 거야…… 언젠가 내가 죽으면 이 만년필을 프레트에게 남겨야지. 하지만 일단 죽기보다는 더 분별 있는 일을 해야 해. '존경해 마지않는 자작님께' —— 이성적으로 생각해 엘제, 호칭은 됐어, 존경해 마지않는이든 경멸해 마지않는이든. '폰 도르스데이 씨, 당신이 제시한 조건은 충족되었어요' ——— '폰 도르스데이 씨, 당신이 이 글을 읽는 순간, 당신이 제시한 조건은 충족되었어요. 비록 정확히 당신이 정한 방식대로는 아니더라도요.' — '아니, 얘 글 솜씨가 대단하네.' 하고 아빠는 말하겠지. — '그러니 저는 당신이 스스로 한 약속을 지키고 전보를 쳐서 오만 굴덴을 즉시 그 주소로 송금할 거라 믿어요. 엘제.' 아니, 엘제가 아니지. 서명은 필요 없어. 그래. 나의 예쁜 노란색 편지지! 크리스마스 때 받았지. 아까워. 됐어 — 그리고 이제 전보와 편지를 봉투에 넣자. — '폰 도르스데이 씨', 65호. 방 번호는 뭐 하러? 지나가면서 그냥 문 앞에 편지를 두면 되지. 하지만 그럴 필요 없어. 전혀 아무것도 할 필요가 없어. 원한다면 나는 지금 침대에 누워 잠을 자고 더 이상 아무것도 신경 쓰지 않을 수도 있어. 폰 도르스데이 씨도 아빠도 신경 쓰지 않는 거야. 줄무늬 죄수복은 아주 우아하기도 해. 그리고 권총으로 자살한 사람이 한둘도 아니잖아. 그리고 우리 모두는 죽을 수밖에 없는 존재고.

하지만 물론 당분간 그런 건 다 필요 없어요, 아빠. 아빠는 훌륭하게 자란 딸을 뒀잖아요. 그리고 주소는 그대로 피알라. 나는 모금을 할 거야. 접시를 들고 돌아다닐 거야. 왜 폰 도르스데이 씨만 돈을 내야 하지? 그건 당찮은 일일 거야. 모두가 형편대로 내야지. 파울은 얼마를 접시에 놓을까? 그리고 금테 코안경을 쓴 신사는 얼마를 낼까? 하지만 그렇다고 해서 즐거운 구경이 오래갈 거라고 착각들 하진 말길. 나는 곧장 다시 몸을 감싸고 층계를 올라 내 방으로 와서 방 안에 틀어박힐 거고, 만일 내가 원한다면, 잔을 단숨에 통째로 들이마실 거니까. 하지만 내가 그걸 원하지는 않을 거야. 그건 그냥 나약한 행동일 테니. 그들은, 그 비열한 놈들은 그렇게 많은 존경을 받을 자격이 전혀 없어. 당신들 앞에서 부끄러워한다고? 내가 누군가의 앞에서 부끄러워한다고? 나는 정말로 그럴 필요가 없어. 네 눈을 한 번 더 들여다봐, 예쁜 엘제. 가까이서 보니 네 눈이 얼마나 커다란지. 나는 누군가가 나의 눈에, 나의 핏빛 입에 입맞춤을 하길 원했어. 외투가 발목을 덮을락 말락 하네. 내가 맨발인 걸 사람들이 볼 거야. 뭐 어때, 더 많은 걸 보게 될 텐데! 하지만 내가 꼭 해야 하는 건 아니지. 나는 아래층에 다다르기 전에 곧장 다시 돌아올 수 있어. 2층에서 돌아올 수 있어. 아래로 내려갈 필요가 전혀 없다고. 하지만 나는 내려갈 거야. 나는 그걸 고대하고 있어. 나는 평생 동안 그런 걸 원하지 않았나?

대체 또 뭘 기다리는 거지? 나는 준비가 됐잖아. 공연은 시작될 수 있어. 편지를 잊지 말자. 프레트의 주장에 따르면 귀족적인 필체야. 안녕, 엘제. 외투를 입은 네 모습이 예쁘다. 피렌체 여자들은 이런 모습으로 초상화를 그리게 했지. 갤러리에 그들의 그림이 걸려 있는데 그 여자들한테 그건 영광이야. — 내가 외투를 걸치면 사람들은 틀림없이 아무것도 눈치채지 못할 거야. 다만 발이, 다만 발이 문제야. 검은색 에

나멜 구두를 신어야지, 그럼 사람들은 살색 스타킹을 신었다고 생각하겠지. 그렇게 나는 로비를 지나고 외투 속에 아무것도 없다는 걸 짐작하는 사람은 아무도 없을 거야. 나 말고는, 나 자신 말고는. 그리고 나는 여전히 방으로 올라올 수 있어…… — 대체 누가 저 아래서 이토록 아름답게 피아노를 치는 걸까? 쇼팽인가? — 폰 도르스데이 씨는 좀 초조해할 거야. 어쩌면 파울을 무서워할지도. 좀 참아요, 참아, 모든 게 잘 풀릴 테니. 나는 아직 통 아무것도 모르겠어요, 폰 도르스데이 씨, 나 자신이 끔찍하게 긴장해 있어요. 불을 끄자! 방 안이 전부 이상 없나? 안녕, 베로날, 잘 있어. 안녕, 열렬히 사랑하는 나의 거울 속 모습이여. 너는 어둠 속에서 아주 빛나는구나! 나는 외투 속에 알몸으로 있는 데 벌써 완전히 익숙해졌어. 아주 편안해. 누가 알아, 로비에서 많은 사람들이 이런 차림으로 앉아 있는데 아무도 그걸 모르는지. 많은 숙녀들이 이런 차림으로 극장에 가고 이런 차림으로 칸막이석에 앉아 있는지 — 재미 삼아 아님 다른 이유로.

문을 잠가야 할까? 뭐 하러? 여기에서는 도둑맞을 일이 없어. 그리고 만일 도둑을 맞는다 해도 — 나한테는 더 이상 아무것도 필요가 없잖아. 끝이야…… 대체 65호가 어디지? 복도에 아무도 없네. 모두들 아직 아래에서 만찬을 들고 있어. 61…… 62…… 저기 문 앞에 어마어마하게 큰 등산화가 있네. 저기 바지 한 벌이 옷걸이에 걸려 있고. 정말 예의라곤 모른다니까. 64, 65. 그래. 여기가 그 사람, 자작의 방이군…… 저 아래에 편지를 기대어 놓는 거야, 문에다. 그럼 바로 편지를 볼

게 분명해. 누가 훔쳐가진 않겠지? 자, 편지가 놓여 있어……
괜찮아…… 나는 여전히 원하는 대로 할 수 있어. 나는 정말
로 그를 바보로 만든 거야…… 이제 층계에서 그와 마주치지
만 않는다면. 저기 오잖아…… 아냐, 딴 사람이야!…… 저 남
자는 폰 도르스데이 씨보다 훨씬 잘생겼어, 아주 우아해, 작은
검은색 콧수염을 길렀어. 대체 저 남자가 언제 이곳에 도착한
걸까? 나는 작은 시험을 하나 해 볼 수 있을 거야 — 외투를
아주 살짝 들어 올리는 거지. 정말 그러고 싶은 마음이 굴뚝
같아. 이봐요, 날 좀 봐요. 당신은 지금 누구 옆을 지나가는지
모르고 있어요. 당신이 하필 지금 올라오다니 아쉽군요. 왜 로
비에 머물러 있지 않는 거죠? 중요한 걸 놓치는 거라고요. 굉
장한 공연을 말이에요. 왜 나를 막지 않는 거죠? 나의 운명
은 당신 손에 달렸어요. 만일 당신이 내게 인사를 건네면 나
는 다시 돌아갈 거예요. 그러니 나한테 인사를 해요. 내가 이
토록 사랑스럽게 당신을 바라보고 있잖아요…… 인사를 안 하
네. 지나갔어. 그가 몸을 돌리는 게 느껴져. 외쳐요, 인사해요!
날 구해 줘요! 내가 죽으면 당신한테 책임이 있을지 모른다고
요! 하지만 당신은 내가 죽었다는 걸 결코 알지 못하겠죠. 주
소는 그대로 피알라……

　여기가 어디지? 벌써 로비인가? 내가 어떻게 여기에 왔지?
사람은 얼마 없고 모르는 사람들만 많네. 아님 내가 잘 못 보
는 건가? 도르스데이는 어디 있지? 여기 없어. 이건 운명의 손
짓일까? 나는 돌아갈 거야. 나는 다른 편지를 도르스데이한테
쓸 거야. 자정에 내 방에서 당신을 기다릴게요. 은행으로 보낼

전보문을 가져오세요. 아냐. 그가 덫이라고 여길 수 있어. 실제로 덫일 수도 있고. 내가 방에 파울을 숨겨 놓았을지 모르고 파울이 리볼버로 그를 위협해서 우리한테 전보문을 넘기게 할 수 있잖아. 협박. 범죄자 커플. 도르스데이는 어디 있지? 도르스데이, 어디 있니? 혹시 내가 죽은 걸 후회해서 스스로 목숨을 끊은 걸까? 그는 카드놀이 방에 있을 거야. 틀림없어. 카드 테이블에 앉아 있을 거야. 그럼 난 문에서 눈으로 그에게 신호를 보낼 거야. 그는 즉시 일어설 거고. '나 여기 있어요, 아가씨.' 그의 목소리가 울릴 거야. '우리 산책 좀 할까요, 도르스데이 씨?' '좋을 대로요, 엘제 양.' 우리는 마리엔베크⁴⁹⁾를 지나 숲을 향해 가는 거야. 우리는 단 둘이야. 내가 외투를 열어젖혀. 이제 오만을 지불해야 해. 공기가 차가워, 나는 폐렴에 걸려서 죽어…… 저 두 숙녀가 왜 날 쳐다보지? 뭔가 눈치를 챘나? 대체 내가 왜 여기 있는 거지? 내가 미쳤나? 방으로 돌아가서 잽싸게 옷을 입을 거야, 파란색 옷을, 그 위에 지금처럼 외투를 걸치고, 하지만 잠그지 않은 채로. 그럼 내가 앞서 아무것도 입지 않았다고는 누구도 생각할 수 없어…… 나는 돌아갈 수 없어. 돌아가길 원하지도 않고. 파울은 어디 있지? 에마 이모는 어디 있지? 시시는 어디 있지? 모두들 대체 어디 있는 거지? 아무도 눈치채지 못할 거야…… 그럼, 전혀 눈치챌 수 없고말고. 누가 이토록 아름답게 연주할까? 쇼팽인가? 아냐, 슈만이야.

---

49) 길 이름.

나는 로비에서 박쥐처럼 헤매고 있어. 오만! 시간이 흐르고 있어. 그 빌어먹을 폰 도르스데이 씨를 찾아야 해. 아니, 내 방으로 돌아가야 해…… 나는 베로날을 마실 거야. 한 모금만 살짝, 그러고 나면 꿀잠을 잘 거야…… 일을 마친 후의 휴식은 달콤한 법…… 하지만 일은 아직 끝나지 않았어…… 만일 웨이터가 저기 노신사에게 블랙커피를 가져다준다면, 그럼 모든 게 잘 풀릴 거야. 그리고 만일 웨이터가 구석에 있는 젊은 부부에게 블랙커피를 가져다준다면, 그럼 모든 게 끝장이고. 어째서? 이게 뭐지? 웨이터가 노신사에게 커피를 가져다주네. 성공이야! 모든 게 잘 풀릴 거야. 하, 시시와 파울이야! 저기 밖에서 둘이 호텔 앞을 거닐고 있네. 희희낙락 대화를 나누고 있어. 내가 두통이 있다는데 파울은 특별히 동요하지 않는군. 기만자 같으니!…… 시시는 나처럼 예쁜 가슴을 가지지 않았어. 물론, 그녀한테는 애가 있지…… 저 둘이 무슨 얘길 하는 걸까? 그걸 들을 수 있다면! 둘이 무슨 얘길 하든 나랑 무슨 상관이지? 그런데 나는 호텔 앞으로 나가서 두 사람에게 인사를 건네고, 그런 다음 계속, 계속해서 초원을 휠휠 지나고, 숲 속으로 올라가고, 기어오르고, 점점 더 높이, 치몬 봉 정상까지 오르고, 눕고, 잠이 들고, 얼어 죽을 수도 있잖아. 빈 사교계의 일원인 어느 젊은 숙녀의 수수께끼 같은 자살. 검은색 이브닝코트만 입은 이 아름다운 아가씨는 치몬 델레 팔라에 있는 인적이 닿지 않는 곳에서 죽은 채로 발견되었다…… 하지만 어쩌면 나를 발견하지 못할지도…… 아님 내년이 되어서야 발견하거나. 아님 더 늦게. 부패한 상태로. 해골이 된 상태로. 그렇지만 여기 난방이 된 로비에 있으면서 얼어 죽지 않는 편이 나은걸. 자, 폰 도르스데이 씨, 도대체 어디 틀어박혀 있는 거죠? 나한테 기다릴 의무가 있어요? 내가 당신을 찾는 게 아니라 당신이 날 찾아야죠. 카드놀이 방을 둘러봐야겠어. 만일 그가 그곳에 있지 않으면 자신의 권리를 잃는 거야. 그리고 나는 그에게 이렇게 편지를 써야지. 당신을 찾을 수가 없었어요, 폰 도르스데이 씨, 당신이 스스로 포기한 거예요. 그렇다고 해서 당장 돈을 보낼 의무가 사라지는 건 아니에요. 돈. 대체 무슨 돈? 그게 나랑 무슨 상관이지? 그가 돈을 보내든 말든 나한테는 전혀 중요하지 않잖아. 나는 더 이상 아빠한테 일말의 동정도 느끼지 않아. 그 어떤 사람한테도 나는 동정을 느끼지 않아. 나 자신한테조차. 내 심장은 죽었어. 이제 내 심장은 아예 뛰지 않는 것 같아. 어쩌면 내가 이미 베로날을 마셨는지도…… 저 네덜란드 가족이 왜 날 저렇게 쳐다보지? 무언가 눈치챘을 리가 만무한데. 도어맨도 나를 의심스럽게 바라보고 있어. 혹시 전보가 온 건가? 팔만? 십만? 주소는 그대로 피알라. 만약 전보가 왔다면 그가 말해 줄 거야. 그는 나를 공손하게 바라보고 있어. 그는 내가 외투 속에 아무것도 안 입었다는 걸 몰라. 아무도 몰라. 나는 방으로 돌아갈 거야. 돌아가자, 돌아가자, 돌아가자! 만약 내가 계단에 걸려 넘어진다면 그것 참 가관일 거야. 삼 년 전 뵈르터제에서 한 숙녀가 실오라기 하나 안 걸치고 물속을 헤엄쳐 나갔지. 그런데 같은 날 오후에 그녀는 떠나 버렸어. 엄마 말로는 베를린에서 온 오페레타 가수라고 했어. 슈만인가? 그래, 「카니발」이야. 연주자가 여자인지 남자인지 모르겠지만 정말 아름다운 연주야. 마지막 기회예요, 폰 도르스데이 씨. 만일 그가 저곳에 있다면 나는 눈짓으로 그를 불러내 이렇게 말할 거야. 자정에 당신 방으로 갈게요, 이 비열한 자식아. — 아니, 비열한 자식이라고 말하진 않을 거야. 하지만 나중에 말해야지…… 누군가 내 뒤를 따라오고 있어. 나는 몸을 돌리지 않아. 그래, 안 돌려. —

"엘제!" — 맙소사, 이모야. 계속 가자, 계속! "엘제!" — 몸을 돌려야 해, 어쩔 수 없어. "오, 안녕하세요, 이모." — "그래, 엘제, 대체 어떻게 된 거니? 방금 네 방에 올라가 보려던 참이었단다. 파울 말로는 — — 그래, 대체 꼴이 그게 뭐니?" — "제 꼴이 대체 어떤데요, 이모? 이미 아주 좋아졌는걸요. 간단한 것도 좀 먹었고요." 이모가 뭔가 눈채챘어, 이모가 뭔가 눈치챘어. — "엘제 — 너 말이야 — 스타킹을 안 신었잖니!" — "뭐라고요, 이모? 정말로, 제가 스타킹을 안 신었네요. 그렇네요 — !" — "몸이 편찮은 거니, 엘제? 네 눈이 — 너 열이 있구나." — "열요? 아닌데요. 그냥 지금껏 살면서 한 번도 경험한 적 없는 끔찍한 두통을 앓은 것뿐이에요." — "당장 침대로 가야 해, 애야. 얼굴이 죽은 사람처럼 창백해." — "조명 때문이에요, 이모. 여기 로비에 있는 사람들은 모두 창백해 보인다고요." 이모가 아주 묘하게 나를 위에서 아래로 훑어보네. 하지만 아무것도 눈치 못 채는 건가? 이제 태연한 태도를 유지해야 해. 만일 내가 태연함을 유지하지 않으면 아빠는 끝장이야. 무언가 말을 해야 해. "이모, 올해 빈에서 제게 무슨 일이 있었는지 알아요? 한번은 노란색과 검은색 신발을 한 짝씩 신고 거리로 나갔지 뭐예요." 한 마디도 진실이 아냐. 계속 말해야 해. 대관절 무슨 말을 하지? "있잖아요, 이모, 저는 편두통을 앓고 나면 이따금 이렇게 정신이 산만해지곤 해요. 엄마도 예전에 그랬고요." 단 한 마디도 진실이 아냐. —— "어쨌든 의사를 불러와야겠구나." —— "하지만 제발, 이모, 호텔엔 의사가 없잖아요. 다른 마을에서 데려와야 할 거예요. 제가 스타킹을 안 신었다는 이유로 불려 온 걸 알면 의사는 마구 웃을 거고요. 하하." 이렇게 크게 웃으면 안 되는데. 이모 얼굴이 불안감으로 일그러졌어. 이모한테는 섬뜩한 거야. 이모 눈이 튀어나왔어. —— "엘제, 너 혹시 파울 못 봤니?" —— 아, 지원군을 부르려는 거군. 태연하자, 여기에 모든 게 걸려 있다고. "제가 착각한 게 아니라면, 파울은 호텔 앞에서 시시 모어랑 거닐고 있는 것 같은데요." —— "호텔 앞에서? 그 둘을 데려와야겠다. 우리 다 함께 차 한잔 마시자, 좋지?" —— "물론이죠." 이모가 얼마나 멍청한 표정을 짓는지. 나는 이모한테 아주 상냥하고 천진하게 고개를 끄덕여. 이모가 갔어. 나는 이제 내 방으로 갈 거야. 아니, 방에서 대체 뭘 하려고? 지금이 절호의 기회야, 절호의 기회라고. 오만, 오만. 도대체 왜 내가 이렇게 달리는 거지? 제발 천천히, 천천히…… 내가 대체 뭘 원하는 거지? 그 사람 이름이 뭐더라? 폰 도르스데이 씨. 우스꽝스러운 이름이야…… 저기 카드놀이 방이 있군. 녹색 커튼이 문 앞에 쳐져 있어. 아무것도 안 보여. 까치발을 해야지. 휘스트 게임이야. 저 사람들은 저녁마다 게임을 해. 저기 두 신사가 체스를 두고 있어. 폰 도르스데이 씨는 없어. 승리야. 살았어! 대체 왜? 나는 계속 찾아야 해. 나는 내 삶이 끝날 때까지 폰 도르스데이 씨를 찾도록 저주받았어. 그도 분명 나를 찾고 있어. 우리는 계속해서 엇갈리고 있어. 어쩌면 그가 위층에서 나를 찾고 있는지도 몰라. 우리는 층계에서 마주칠 거야. 네덜란드 사람들이 나를 또 쳐다보네. 딸이 몹시 예뻐. 늙은 신사는 안경을 꼈고, 안경, 안경…… 오만. 그리 큰 금액은 아니야. 오만, 폰 도르스데이 씨. 슈만인가? 그래, 「카니발」이야…… 나도 언젠가 연습한 적이 있지. 이 여자의 연주는 아름다워.

대체 왜 여자라는 거지? 어쩌면 남자일지도? 어쩌면 여류 명인일지도? 음악실을 한번 들여다봐야겠어.

여기 문이 있군. ── ── 도르스데이잖아! 놀라 자빠지겠네. 도르스데이야! 저기 창가에 서서 연주를 경청하고 있어. 어쩜 이럴 수가 있지? 나는 애가 타는데 ── 나는 미쳐 가는데 ── 나는 죽었는데 ── 그런데 저 사람은 낯선 숙녀의 피아노 연주를 경청하고 있네. 저기 긴 의자에 두 신사가 앉아 있어. 저 금발 남자는 오늘 도착했어. 마차에서 내리는 걸 봤지. 저 숙녀는 이제 결코 젊은 나이가 아냐. 이곳에 있은 지는 벌써 며칠 됐어. 그녀가 이토록 아름답게 피아노를 치는 줄은 몰랐네. 그녀는 걱정 없이 행복해. 모든 사람이 걱정 없이 행복해……

오직 나만 저주받았어…… 도르스데이! 도르스데이! 저게 정말 그 사람인가? 그는 날 보고 있지 않아. 지금 그는 점잖은 사람처럼 보여. 연주를 경청하고 있어. 오만! 지금이 아니면 끝이야. 조용히 문을 열자. 눈으로 그에게 신호를 보내자, 그러고 나서 외투를 살짝 들어 올리는 거야, 그거면 충분해. 나는 젊은 아가씨잖아. 나는 훌륭한 집안의 정숙한 아가씨잖아. 나는 창녀가 아니라고…… 나는 갈 거야. 나는 베로날을 먹고 잘 거야. 착각하신 거예요, 폰 도르스데이 씨, 나는 창녀가 아니라고요. 아듀, 아듀!…… 하, 그가 눈을 드네. 나 여기 있어요, 폰 도르스데이 씨. 저 눈 좀 봐. 그의 입술이 떨리고 있어. 그의 눈이 내 이마를 뚫어져라 보고 있어. 내가 외투 속에 알몸으로 있다는 걸 모르는 거야. 날 보내 줘요, 날 보내 줘요! 그의 눈이 이글이글 불타고 있어. 그의 눈이 위협하고 있어. 나한테 뭘 원하는 거죠? 당신은 비열한 자식이야. 저 사람 말고는 아무도 날 보고 있지 않아. 모두들 경청하고 있어. 그러니까 오라고요, 폰 도르스데이 씨! 전혀 감이 안 오나요? 저기 안락의자에 ─ 세상에, 안락의자에 ─ 그 플레이보이잖아! 하느님, 고마워요. 그가 돌아왔어, 그가 돌아왔다고! 그냥 여행을 갔던 거야! 이제 그가 돌아왔어. 로마인 두상이 돌아왔어. 나의 신랑, 나의 연인. 하지만 그는 날 보고 있지 않아. 그가 날 보아서도 안 되고. 뭘 원하는 거죠, 폰 도르스데이 씨? 나를 마치 자기 노예인 양 바라보는군요. 나는 당신의 노예가 아니에요. 오만! 우리 약속대로 하는 거죠, 폰 도르스데이 씨? 나는 준비가 됐다고요. 나 여기 있어요. 나는 아주 평온해. 나는 미소를 띠고 있어. 내 눈빛을 이해하겠어요? 그의 눈이 내게 말하는군. 이리 와! 그의 눈이 말하는군. 너의 알몸을 보고 싶어. 자, 이 비열한 자식아, 그래 나 벗었다. 도대체 뭘 더 원해? 전보를 치라고…… 당장…… 피부에 전율이 흐르네. 저 숙녀는 계속 연주를 하는군.

피부에 짜릿하게 전율이 흘러. 알몸으로 있는 건 얼마나 짜릿한 일인지. 숙녀는 계속 연주를 하는군. 여기서 무슨 일이 벌어지는지 모르고 있어. 아무도 모르고 있어. 아직 아무도 날 보고 있지 않아. 플레이보이 씨, 플레이보이 씨! 나 여기 알몸으로 서 있어요. 도르스데이의 눈이 휘둥그레지네. 이제 마침내 믿는 거야. 플레이보이가 일어섰어. 그의 눈이 반짝이네. 당신은 날 이해하는군요, 잘생긴 청년이여. "하하!" 숙녀가 연주를 그쳤군. 아빠는 살았어. 오만! 주소는 그대로 피알라! "하,

하, 하!" 대체 누가 웃는 거지? 나 자신인가? "하, 하, 하!" 내 주위의 이 얼굴들은 대체 뭐지? "하, 하, 하!" 내가 웃다니 너무 멍청하잖아. 나는 웃지 않을 거야, 웃지 않을 거라고. "하 하!"—"엘제!"—누가 엘제를 부르지? 파울이야. 파울이 내 뒤에 있는 게 분명해. 벗은 등 위로 바람이 느껴져. 귀가 윙윙거리네. 혹시 내가 이미 죽은 걸까? 뭘 원하는 거죠, 폰 도르스데이 씨? 당신은 왜 그렇게 크고 나한테 달려드는 거죠? "하, 하, 하!"

내가 도대체 뭘 한 거지? 내가 뭘 한 거지? 내가 뭘 한 거지? 내가 쓰러지네. 모든 게 끝났어. 도대체 왜 음악이 그쳤지? 팔 하나가 내 목덜미를 휘감고 있어. 파울이야. 그 플레이보이는 대체 어디 있지? 나는 여기 누워 있어. "하, 하, 하!" 외투가 날아와 내 몸을 덮었어. 그리고 나는 여기 누워 있어. 사람들은 내가 실신했다고 여기고 있어. 아니, 나는 실신하지 않았어. 나는 정신이 말짱해. 나는 백 번 깨어 있어, 천 번 깨어 있다고. 자꾸만 웃음이 터져 나와. "하, 하, 하!" 이제 당신 뜻대로 됐어요, 폰 도르스데이 씨, 아빠를 위해 돈을 보내셔야죠. 당장. "하아아아아!" 나는 소리를 지르고 싶지 않은데 자꾸만 소리를 지를 수밖에 없어. 도대체 왜 내가 소리를 지를 수밖에 없는지. — 내 눈은 감겨 있어. 아무도 날 볼 수 없어. 아빠는 살았어. — "엘제!" — 이모야. — "엘제! 엘제!" "의사, 의사를!" — "빨리 도어맨한테!" — "대관절 무슨 일이죠?" — "말도 안 돼." — "불쌍한 아이." — 대체 뭐라고들 하는 거야? 대체 뭐라고들 두런대는 거야? 나는 불쌍한 아이가 아냐. 나는 행복해. 그 플레이보이가 내 알몸을 봤어. 오, 너무 부끄러워. 내가 뭘 한 거지? 나는 두 번 다시 눈을 뜨지 않을 거야. ― "문 좀 닫아 줘요." ― 왜 문을 닫으라는 거지? 웅성웅성 난리도 아니네. 수많은 사람들이 내 주위에 있어. 모두들 내가 실신했다고 여기고 있어. 나는 실신하지 않았어. 나는 그저 꿈을 꾸는 거야. ― "진정 좀 하세요, 부인." ― "의사를 부르러 갔나요?" ― "갑자기 실신한 거예요." ― 모두들 어찌나 멀리에 있는지. 모두들 치몬 봉에서 아래를 향해 말하고 있어. ― "그냥 바닥에 누운 채로 둘 순 없어요." ― "여기 모포가 있어요." ― "담요예요." ― "담요든 모포든 상관없잖아요." ― "제발 좀 조용." ― "긴 의자로 데려가요." ― "제발 문 좀 닫아 달라고요." ― "그렇게 신경질 부리지 마요, 문은 닫혀 있어요." ― "엘제! 엘제!" ― 이모가 이제 좀 조용히 있으면 좋으련만! ― "내 말 들리니, 엘제?" ― "엄마, 보다시피 엘제는 실신했잖아요." ― 그래, 휴 다행이야, 당신들이 보기에 나는 실신한 거야. 그리고 나도 계속 실신해 있어야지. ― "엘제를 방으로 데려가야 해요." ― "대체 무슨 일이죠? 세상에나!" ― 시시야. 도대체 어떻게 시시가 초원에 온 거지. 아, 초원이 아니지. ― "엘제!" ― "제발 조용히." ― "조금 뒤로 물러나 주세요." ― 손, 손들이 내 몸 밑에. 대체 뭘 하려는 거지? 내가 얼마나 무거운지. 파울 손이야. 치워, 치우라고. 그 플레이보이가 내 곁에 있어, 느껴져. 그리고 도르스데이는 가 버렸어. 그 사람을 찾아야 해. 그가 오만을 보내기 전에 자살해선 안 된다고. 여러분, 그 사람은 저에게 빚진 돈이 있어요. 그 사람을 체포하세요. "그 전보가 누구한테서 온 건지 좀 아니, 파울?" ― "안녕하세요, 여러분." ─ "엘제, 내 말 들리니?" ─ "엘제를 좀 내버려둬요, 시시 부인." ─ "아, 파울." ─ "지배인 말로는 의사가 도착하는 데네 시간이 걸릴 수 있다네요." ─ "그녀는 마치 잠을 자는 것처럼 보이네요." ─ 나는 긴 의자 위에 누워 있고, 파울이 내 손을 잡고 있고, 그가 맥을 짚고 있어. 맞아, 파울은 의사잖아. ─ "위험한 상황은 절대 아니에요, 엄마. 그냥 ─ 발작이에요." ─ "나는 이호텔에 하루도 더 머무르지 않을 테다." ─ "제발, 엄마." ─ "내일 아침 일찍 출발하자." ─ "그냥 직원용 층계로 가죠. 들것이 곧 올 거예요." ─ 들것? 나는 오늘 이미 들것[50]에 누워 있지 않았나? 나는 이미 죽지 않았나? 또 한 번 죽어야 하는 거야? ─ "지배인님, 이제 사람들이 문에서 물러나게 해 주세요." ─ "흥분하지 마요, 엄마." ─ "생각 없이 함부로들 행동하는 데도 정도가 있지." ─ 도대체 왜 다들 속삭이는 거지? 무슨 죽은 사람 방에 있는 것처럼. 곧 들것이 올 거야. 문을 열어요, 마타도어 씨! ─ "복도가비었어요." ─ "적어도 생각들이란 걸 할 수 있을 텐데 말이야." ─ "제발요, 엄마, 진정 좀 해요." ─ "제발요, 부인." ─ "저희 어머니를 좀돌봐 주시겠어요, 시시 부인?" ─ 그녀는 파울의 애인이지, 하지만 나만큼 예쁘지 않아. 대체 또 뭐지? 대체 무슨 일이 일어나는 거지? 들것을 가져오네. 눈을 감은 상태에서 그게 보여. 사고를 당한 사람들을 실어 나르는 들것이야. 치몬 봉에서 추락한 치그몬디 박사도 들것에 누워 있었지. 그리고 이제 내가 들것에 눕게 될 거야. 나도 추락한 거야. "하!" 아냐, 또 한 번 소

50) '관대'를 가리킨다.

리를 지르고 싶진 않아. 사람들이 속삭이고 있어. 누가 내 머리 위로 몸을 숙이지? 담배 냄새가 좋은데. 그의 손이 내 머리 밑에 있어. 손들이 내 등 밑에, 손들이 내 다리 밑에. 치워, 치우라고, 날 건드리지 마. 나는 알몸이잖아. 흥, 흥. 대체 뭘 원하는데? 날 좀 가만히 놔두라고. 그냥 아빠를 위해 한 일이라고. — "조심해서, 그렇게, 천천히." — "모포는요?" — "네, 고마워요, 시시 부인." — 왜 고맙다고 하지? 대체 그녀가 뭘 했기에? 나한테 무슨 일이 일어나는 거지? 아, 아주 좋아, 아주 좋아. 내가 둥둥 떠 있어. 내가 둥둥 떠 있어. 내가 둥둥 떠서 가고 있어. 사람들이 나를 나르고 있어, 사람들이 나를 나르고 있어, 사람들이 나를 무덤으로 나르고 있어. — "그런데 저는 이런 일에 익숙하답니다, 선생님. 이걸로 더 무거운 사람도 날라 봤죠. 지난가을에 한번은 동시에 두 사람을요." — "쉿, 쉿." — "미안합니다만, 시시 부인, 혹시 먼저 가서 엘제의 방에 문제가 없는지 봐 주시겠어요." — 시시가 내 방에 무슨 볼일이 있다고? 베로날, 베로날! 그녀가 베로날을 쏟아 버리지만 않았으면. 그렇게 되면 나는 창문으로 뛰어내려야 하잖아. — "정말 고맙습니다, 지배인님, 이제 됐습니다." — "나중에 다시 상태를 여쭤보겠습니다." — 층계가 삐걱거리네, 들것을 든 사람들이 무거운 등산화를 신은 거야. 내 에나멜 구두는 어디 있지? 음악실에 남아 있어. 누가 훔쳐 갈 거야. 유언으로 아가테한테 물려주려고 했는데. 프레트는 내 만년필을 받을 거야. 그들이 나를 나르고 있어, 그들이 나를 나르고 있어. 장례 행렬이야. 도르스데이, 그 살인자는 어디 있지? 가 버렸어. 그 플레이보이도 가 버렸고. 그는 곧장 다시 여행을 갔어. 그는 오직 내 하얀 가슴을 한번 보려고 돌아왔던 거야. 그리고 이제 다시 떠났어. 그는 절벽과 심연 사이로 난 아찔한 길을 가고 있어. ─ 안녕, 안녕. ─ 나는 둥둥 떠 있어, 나는 둥둥 떠 있어. 그들은 나를 위로 날라야 해, 계속해서, 지붕까지, 하늘까지. 그럼 아주 편안할 거야. "내 이리 될 줄 알았다, 파울." ─ 이모가 뭘 알았다는 거지? "지난 며칠 내내 이미 이런 일이 일어날 줄 알았어. 엘제는 전혀 정상이 아니야. 당연히 정신병원에 들어가야 해." ─ "하지만 엄마, 지금은 그런 말을 할 때가 아니잖아요." ─ 정신병원 ─ ? 정신병원 ─ ?! "파울, 넌 내가 얘랑 같은 마차를 타고 빈으로 갈 거라는 생각은 못 하는구나. 참 유쾌한 경험을 할지도 모른다고." ─ "그런 일은 결코 일어나지 않아요, 엄마. 장담컨대 불편한 일은 겪지 않을 거예요." ─ "네가 그걸 어떻게 장담할 수 있지?" ─ 아뇨, 이모, 이모는 불편한 일을 겪지 않을 거예요. 아무도 불편한 일을 겪지 않을 거예요. 폰 도르스데이 씨조차도. 여기가 대체 어디지? 우리는 멈춰서 있어. 우리는 3층에 있어. 나는 눈을 깜박일 거야. 시시가 문에 서서 파울과 이야기하고 있어. ─ "이쪽으로요. 좋아요. 좋아. 여기요. 고마워요. 들것을 침대에 바짝 대세요." ─ 그들이 들것을 들어 올려. 그들이 나를 옮기고 있어. 아주 좋아. 이제 나는 집에 돌아왔어. 아! ─ "고마워요. 그래요, 됐어요. 문을 닫아 주세요. ─ 미안한데 좀 도와줄 수 있나요, 시시." "오, 물론이죠, 선생님." ─ "천천히요. 여기에, 시시, 엘제를 잡으세요. 여기 다리를요. 조심조심. 그런 다음 ─ ─ 엘제 ─ ─ ? 내 말 들리니 엘제?" ─ 당연히 들리지, 파울. 나는 모든 걸 듣고 있어. 하지만 그게 너희들이랑 무슨 상관이야. 실신해 있으니 참 좋네. 아, 맘대로들 하라고. ─ "파울!" ─ "예?" ─ "정말로 엘제가 의식이 없다고 생각해, 파울?" ─ 말을 놓네? 그녀가 파울한테 말을 놓아. 너희들 딱 걸렸어! 그녀가 파울한테 말을 놓아! ─ "응, 엘제는 완전히 의식이 없어. 그런 발작이 온 후에는 흔한 일이야." ─ "오오, 파울, 당신이 의사로서 그렇게 어른처럼 굴 때면 죽도록 웃기다고." 딱 걸렸어, 이 기만자들아! 딱 걸렸지? ─ "조용, 시시." ─ "얘는 아무것도 못 듣는데 도대체 왜?!" ─ 대관절 무슨 일이 일어난 거지? 나는 침대에서 알몸으로 이불 속에 누워 있어. 어떻게 한 거지? ─ "음, 상태가 어때? 나아졌니?" ─ 이모야. 대체 뭘 하려고? ─ "아직도 의식이 없니?" ─ 이모가 발끝으로 살금살금 다가오고 있어. 지옥에나 가라지. 나는 정신병원에 가지 않을 거야. 나는 미치지 않았다고. ─ "정신을 차리게 깨울 수는 없는 거니?" ─ "금방 의식을 되찾을 거예요, 엄마. 지금 엘제한테 필요한 건 안정뿐이에요. 그리고 엄마도 마찬가지고요. 가서 주무시지 않을래요? 위험한 상황은 절대 없어요. 제가 시시 부인과 함께 밤새 엘제 곁을 지킬게요." ─ "그럼요, 부인, 제가 샤프롱51)이에요. 혹은 생각하기에 따라서는 엘제가 샤프롱이죠." ─ 천박한 여자 같으니. 내가 여기 실신해서 누워 있는데 농담이나 지껄이고 말이야. "그럼 파울, 의사가 오는 즉시 나를 깨워 줄 거지?" ─ "하지만 엄마, 의사는 내일 아침에나 올 거예요." ─ "얘는 마치 잠을 자는 것처럼 보이는구나. 아주 평온하게 숨을 쉬고 있어." ─ "이것도 일종의 잠이니까요, 엄마." ─ "나는 아직도 이

─────────────

51) 사교장에서 젊은 여자를 보살피며 보호자 역할을 하는 부인을 가리킨다.

해가 안 되는구나, 파울, 어떻게 이런 스캔들이! ― 두고 봐라, 신문에 날 거야!" ― "엄마!" ― "하지만 얘가 실신한 거라면 아무것도 못 듣잖니. 우리 말소리는 아주 작고 말이야." ― "이런 상태에서는 때때로 감각이 엄청나게 예민하다고요." ― "아주 박식한 아드님을 두셨어요, 부인." ― "부탁이에요, 엄마, 가서 주무세요." ― "내일 우리는 무슨 일이 있어도 떠날 거다. 그리고 볼차노에서 엘제를 돌볼 간병인을 구할 거야." ― 뭐? 간병인? 지금 단단히 착각들 하는 거라고. ― "그런 모든 일에 대해선 우리 내일 얘기해요, 엄마. 잘 자요, 엄마." ― "내 방에 차를 한 잔 가져다 달라고 해야겠다. 그리고 십오 분 후에 다시 한 번 보러 오마." ― "하지만 그럴 필요 전혀 없어요, 엄마." ― 그럼, 그럴 필요 없지. 정말이지 지옥에나 가 버려. 베로날이 어디 있지? 더 기다려야 해. 두 사람이 이모와 함께 문으로 가네. 이제 아무도 날 보고 있지 않아. 나이트 테이블 위에 분명 있을 거야, 베로날이 든 잔이. 그걸 다 마시면 모든 게 끝이야. 곧 마실 거야. 이모가 갔어. 파울과 시시가 아직 문가에 서 있어. 하. 시시가 파울한테 키스하네. 그리고 나는 알몸으로 이불 속에 누워 있고. 도대체 너희는 전혀 부끄럽지도 않아? 시시가 파울한테 또 키스하네. 너희들 부끄럽지도 않아? ― "이봐, 파울, 이제 알겠어. 엘제는 실신한 거야. 그게 아니라면 반드시 나한테 달려들었을 테니까." "제발 부탁인데 입 좀 다물어 줄래, 시시?" ― "도대체 뭘 원하는 건데, 파울? 둘 중 하나잖아. 엘제가 정말로 의식이 없다. 그럼 아무것도 보지도 듣지도 못해. 아니면 엘제가 우리를 놀리고 있다. 그럼 자업자득인 거고." ― "누가 문을 두드렸어, 시시." ― "나도 소리를 들은 것 같아." ― "조용히 문을 열고 누군지 봐야겠어. ― 안

녕하세요, 폰 도르스데이 씨." — "죄송합니다. 그냥 환자 상태가 어떤
지 여쭤보려고요 — " — 도르스데이! 도르스데이! 그자가 정말
로 감히 여기에? 아주 개판이구나. 그자가 대체 어디 있는 거
지? 문 앞에서 속닥거리는 소리가 들려. 파울과 도르스데이야.
시시가 거울 앞에 섰어. 거기 거울 앞에서 뭐 하시는 거죠? 내
거울이라고요. 내 모습이 아직 거울 속에 있지 않나요? 저기
문 밖에서 파울과 도르스데이가 무슨 얘기를 하는 거지? 시
시의 시선이 느껴져. 거울에서 내 쪽을 보고 있어. 대체 뭘 원
하는 거지? 대체 왜 다가오는 거지? 도와줘! 도와줘! 나는 소
리를 지르지만 아무도 내 소리를 듣지 못해. 내 침대 옆에서
뭘 하려는 거죠, 시시?! 왜 아래로 몸을 숙이는 거죠? 나를 목
졸라 죽이려고요? 나는 몸을 움직일 수 없어. — "엘제!" — 대
체 뭘 원하는 거지? — "엘제! 내 말 들려요, 엘제?" — 들리
지, 하지만 나는 침묵해. 나는 실신한 사람이야, 침묵해야
해. — "엘제, 당신은 우리를 화들짝 놀라게 했어요." — 나한테 말
하고 있어. 마치 내가 깨어 있는 양 나한테 말하고 있어. 대체
뭘 원하는 거지? — "당신이 무슨 일을 한 건지 아나요, 엘제? 생각
해 봐요. 당신은 달랑 외투만 입고 음악실로 들어와서 느닷없이 모든
사람 앞에 알몸으로 서 있더니 실신해서 쓰러졌어요. 히스테리 발작이
라고들 하더군요. 나는 전혀 그렇게 생각하지 않아요. 나는 당신이 의
식이 없다고도 생각하지 않아요. 내가 하는 한 마디 한 마디를 당신이
다 듣고 있다는 데 내기를 걸 수 있어요." — 네, 듣고 있어요, 네,
네, 네. 하지만 그녀는 내가 '네.'라고 하는 걸 못 들네. 대체 왜
지? 나는 입술을 움직일 수가 없어. 그래서 그녀가 내 말을 못

듣는 거야. 나는 몸을 움직일 수가 없어. 내가 대체 어떻게 된 거지? 죽었나? 가사 상태인가? 꿈을 꾸는 건가? 베로날은 어디 있지? 나의 베로날을 마시고 싶어. 하지만 팔을 뻗을 수가 없어. 가요, 시시. 왜 내 위로 몸을 숙이고 있는 거죠? 가요, 가라고요! 그녀는 내가 자기 말을 들었다는 걸 결코 알지 못할 거야. 아무도 영영 알지 못할 거야. 내가 사람에게 말하는 일은 두 번 다시 없을 거야. 나는 두 번 다시 깨어나지 않을 거야. 그녀가 문으로 가네. 다시 한번 나를 향해 몸을 돌리네. 그녀가 문을 열어. 도르스데이! 저기 그자가 서 있어. 나는 눈을 감은 채로 그자를 봤어. 아니, 정말로 그자가 보여. 나는 눈을 뜨고 있으니까. 문이 빼꼼 열려 있어. 시시도 밖에 있어. 이제 모두가 속닥거려. 나는 혼자야. 지금 내가 움직일 수 있다면.

하, 움직일 수 있고말고, 움직일 수 있다고. 나는 손을 움직여, 나는 손가락을 살짝 움직여, 나는 팔을 뻗어, 나는 번쩍 눈을 떠. 나는 보고 있어, 나는 보고 있어. 저기 내 잔이 있어. 빨리, 저들이 다시 방에 들어오기 전에. 약이 충분할까?! 두 번 다시 깨어나선 안 돼. 나는 세상에서 해야 할 일을 다 했어. 아빠는 살았어. 나는 절대 두 번 다시 세상에 나갈 수 없을 거야. 파울이 문틈으로 안을 들여다보네. 그는 내가 아직 실신했다고 생각해. 그는 내가 팔을 거의 다 뻗은 걸 못 보고 있어. 이제 세 사람 모두가 다시 문 앞에 서 있어, 저 살인자들! — 그들 모두가 살인자야. 도르스데이와 시시와 파울, 그리고 프레트도 살인자고, 엄마도 살인자야. 모두가 나를 살해하고는 시치미 뚝 떼고 있어. 그녀는 스스로 목숨을 끊었어,

하고 그들은 말할 거야. 당신들이 날 죽였어, 당신들 모두, 당신들 모두가! 마침내 잡은 건가. 빨리, 빨리! 무조건이야. 한 방울도 흘리지 말고. 그래. 빨리. 맛있네. 계속, 계속. 이건 결코 독이 아냐. 이렇게 맛있는 건 처음이야. 죽음이 얼마나 맛있는지 당신들이 안다면! 잘 자, 나의 유리잔아. 쨍그랑, 쨍그랑! 대체 뭐지? 바닥에 잔이 쓰러져 있네. 아래에 쓰러져 있어. 잘 자. ── "엘제! 엘제!" ── 대체 뭘 원하는 거야? ── "엘제!" ── 너희들 돌아온 거야? 좋은 아침. 내가 의식 없이 눈을 감고 누워 있네. 너희들이 두 번 다시 내 눈을 보아선 안 돼. ── "그녀가 움직인 게 분명해, 파울, 그게 아니라면 어떻게 이게 떨어졌겠어?" ── "무의식적인 움직임이겠지, 충분히 있을 수 있는 일이야." ── "만일 깨어 있는 게 아니라면 말이지." ── "무슨 소릴 하는 거야, 시시. 엘제를 좀 보라고." ── 나는 베로날을 마셨어. 나는 죽을 거야. 하지만 전과 달라진 건 하나 없어. 어쩌면 충분하지 않았는지도…… 파울이 내 손을 잡네. ── "맥박은 평온해. 웃지 마, 시시. 불쌍한 아이." ── "만일 내가 음악실에서 알몸으로 서도 당신은 날 불쌍한 아이라고 부를까?" ── "조용히 좀 해, 시시." ── "좋으실 대로요, 선생님. 어쩌면 내가 나가야 할까 봐, 당신을 벌거벗은 아가씨와 단 둘이 놔두고서 말이야. 아, 부끄러워할 것 없어. 내가 여기 없는 것처럼 행동하라고." ── 나는 베로날을 마셨어. 좋아. 나는 죽을 거야. 다행이야. ── "그런데 그거 알아, 내 생각엔 말이지. 저 폰 도르스데이 씨는 이 벌거벗은 아가씨한테 반한 것 같아. 마치 본인과 직접 관련된 일인 양 몹시 흥분해 있었잖아." ── 도르스데이, 도르스데이! 그건 그 ── 오만이야! 그자가 돈을 보낼까? 맙소사, 만약에 보내지 않으면? 내가 저들에게 말해야 해. 저들이 그자를 압박해야 해. 맙소사, 만약에 모든 게 헛된 일이었다면? 하지만 아직은 날 구할 수 있어. 파울! 시시! 너희들은 도대체 왜 내 말을 못 듣는 거야? 내가 죽어 가고 있는 걸 정말 모르는 거야? 그런데 나는 아무것도 안 느껴져. 그냥 나른할 뿐이야. 파울! 나는 나른해. 정말 내 목소리가 안 들리는 거야? 나는 피곤하다고, 파울. 나는 입술을 뗄 수가 없어. 나는 혀를 움직일 수가 없어, 하지만 나는 아직 죽지 않았어. 베로날이야. 너희들 대체 어디 있는 거야? 나는 곧 잠들 거야. 그럼 너무 늦을 거라고! 저들이 말하는 소리가 전혀 들리지 않아. 저들이 말하고 있는데 나는 무슨 말인지 몰라. 저들의 목소리가 윙윙 울려. 그러니 날 좀 도와 달라고, 파울! 입술이 너무 무거워. ─ "내 생각엔, 시시, 엘제는 곧 깨어날 거야. 마치 눈을 뜨려고 벌써 애쓰는 것 같잖아. 그런데 시시, 대체 뭘 하는 거야?" ─ "자, 당신을 껴안고 있지. 안 될 게 뭐 있어? 엘제도 부끄러워하지 않았잖아." ─ 그래, 나는 부끄러워하지 않았어. 모든 사람 앞에 알몸으로 서 있었어. 만일 내가 말할 수만 있다면, 그럼 너희들은 그 이유를 알 텐데. 파울! 파울! 나는 너희들이 내 말을 듣길 원해. 나는 베로날을 마셨어, 파울, 열 봉, 백 봉을. 그러고 싶지 않았는데. 내가 제정신이 아니었던 거야. 나는 죽고 싶지 않아. 네가 날 구해 줘야 해, 파울. 너는 의사잖아. 구해 줘! ─ "이제 다시 완전히 평온해진 것 같군. 맥박 ─ 맥박이 상당히 규칙적이야." ─ 구해 줘, 파울. 제발. 날 죽게 내버려두지 마. 아직은 시간이 있어. 하지만 곧 나는 잠들 거고 너희들은 그걸 알지 못할 거야. 나는 죽고 싶지 않아. 그러니까 날 좀 구해

엘제 양

달라고. 오로지 아빠 때문에 한 일이야. 도르스데이가 요구했어. 파울! 파울! — "이것 좀 봐, 시시, 엘제가 미소를 짓는 것 같지 않아?" — "당신이 계속해서 다정스레 손을 잡고 있는데, 파울, 어떻게 미소를 짓지 않겠어." — 시시, 시시, 내가 당신한테 대체 뭘 했다고 이렇게 나한테 못되게 구는 거야. 파울은 당신이 가지라고 — 하지만 나를 죽게 내버려두지 마. 나는 아직 새파랗게 젊어. 엄마가 마음 아파할 거야. 나는 수많은 산을 더 등반하고 싶어. 나는 춤을 더 추고 싶어. 나는 결혼도 한번 해 보고 싶어. 나는 여행도 더 하고 싶어. 내일 우리 치몬 봉으로 하이킹을 가자. 그 플레이보이도 함께 가야 해. 나는 정중하게 그를 초대할 거야. 그 사람을 따라가, 파울, 그는 아주 아찔한 길을 간다고. 그가 아빠와 만날 거야. 주소는 그대로 피알라, 잊지 마. 고작 오만이야, 그럼 모든 게 해결돼. 저기 모두들 죄수복을 입고 행진하며 노래를 부르네. 문을 열어요, 마타도어 씨! 모든 게 단지 꿈일 뿐이라고. 저기 프레트도 목소리가 허스키한 아가씨랑 걸어가고 있고 탁 트인 야외에 피아노가 있어. 피아노 조율사는 바르텐슈타인 거리에 살아요, 엄마! 대체 왜 그에게 편지를 쓰지 않은 거니, 얘야? 넌 뭐든 다 잊어버리는구나. 스케일을 더 연습해야 해요, 엘제. 열세 살 소녀라면 더 부지런해야죠. — 루디는 가장무도회에 갔다가 아침 8시가 돼서야 집에 왔어. 날 위해서 뭘 가져왔나요, 아빠? 인형 삼만 개. 인형들을 위한 집도 하나 필요해요. 하지만 인형들은 정원에서 산책할 수도 있어. 아님 루디와 가장무도회에 가거나. 안녕, 엘제. 아 베르타, 또 나폴리에서 돌아온 거니? 응, 시칠리아에서. 내 남편을 소개해도 될까, 엘제. 앙샹테, 므시외.[52] ─ "엘제, 내 말 들리니, 엘제? 나야, 파울." ─ 하하, 파울. 도대체 왜 회전목마에서 기린을 타고 있는 거야? ─ "엘제, 엘제!" ─ 그렇게 나한테서 떠나가지 마. 그렇게 빨리 하우프트알레[53]를 달리면 내 말을 들을 수가 없잖아. 너는 날 구해 줘야 하잖아. 나는 베로날리카를 먹었어. 약 기운이 다리로 퍼지고 있어, 오른쪽 그리고 왼쪽으로, 개미들처럼. 그래, 그 사람을 잡아, 폰 도르스데이 씨를. 저기 그가 달려가고 있어. 정말이지 그가 안 보이는 거야? 저기 그가 연못을 뛰어넘고 있어. 그가 아빠를 죽였다고. 그러니 그를 뒤쫓으라고. 나도 함께 달릴게. 그들이 내 등에 들것을 매 놓았지만 함께 달릴 거야. 가슴이 너무 떨려. 하지만 함께 달릴 거야. 대체 어디 있는 거야, 파울? 프레트, 어디 있어? 엄마, 어디 있어요? 시시? 대체 왜 다들 나만 사막에 홀로 놔둔 거야? 이렇게 혼자 있으면 무섭다고. 차라리 날아갈래. 나는 내가 날 수 있다는 걸 알았으니까.

"엘제!"……

"엘제!"……

다들 대체 어디 있는 거야? 목소리는 들리는데 모습은 보이지가 않는걸.

"엘제!"……

"엘제!"……

---

52) Enchantée, Monsieur.(만나 뵙게 되어 기뻐요.)
53) 빈의 프라터 공원에 있는 긴 가로수 길.

"엘제!" ……

이게 대체 뭐지? 전체 합창? 그리고 오르간? 내가 같이 노래하고 있네. 이게 대체 무슨 노래지? 모두가 같이 노래하고 있어. 숲들도 그리고 산들과 별들도. 이토록 아름다운 노래는 결코 들어 본 적이 없어. 이토록 환한 밤은 결코 본 적이 없어. 손 줘요, 아빠. 우리 함께 날아가는 거예요. 우리가 날 수 있다면 세상은 참 아름다워요. 내 손에 입을 맞추진 마요. 나는 당신의 아이잖아요, 아빠.

"엘제! 엘제!"

아득히 멀리서 날 부르네! 대체 뭘 원하는 거지? 깨우지 마. 나는 아주 잘 자고 있으니까. 내일 아침에. 나는 꿈을 꾸고 날고 있어. 나는 날고 있어…… 날고 있어…… 날고 있어…… 잠을 자고 꿈을 꾸고…… 그리고 날고 있어…… 깨우지 마…… 내일 아침에……

"엘……"

나는 날고 있어…… 나는 꿈을 꾸고 있어…… 나는 자고 있어…… 나는 꿈…… 꿈 — 나는 날……

꿈의 노벨레

1

"갈색 피부의 노예 스물네 명이 화려한 갤리선의 노를 저었습니다. 암지아드 왕자를 칼리프의 궁으로 데려갈 배였습니다. 그리고 자줏빛 외투를 두른 왕자는 별이 총총한 검푸른 밤하늘 아래서 혼자 갑판에 누워 있었고 왕자의 눈빛은……."[1]

어린 여자아이는 여기까지 큰 소리로 읽었다. 이제, 거의 갑작스레, 아이의 눈이 감겼다. 부모는 미소를 띠며 서로를 바라보았다. 프리돌린은 몸을 숙여 아이의 금발에 입을 맞추고 아직 치우지 않은 테이블 위에 놓인 책을 덮었다. 아이는 마치 들킨 것처럼 위를 올려다보았다.

"9시야." 아빠가 말했다. "자러 갈 시간이란다." 그리고 알베

1) 『천일야화』의 한 대목.

르티네 역시 아이에게 몸을 숙이고 있었기에 아이의 사랑스러운 이마 위에서 부모의 손이 만났고, 이제는 비단 아이뿐 아니라 서로를 향하는 다정한 미소와 함께 둘의 눈빛이 마주쳤다. 보모가 들어와서 아이에게 자러 가기 전에 부모님한테 인사를 하라고 일렀다. 아이는 순순히 자리에서 일어나 아빠와 엄마에게 입술을 내밀어 뽀뽀를 하고 보모에게 이끌려 얌전히 방을 나갔다. 그리고 천장에 매달린 등의 불그레한 불빛 아래 이제 단 둘이 남은 프리돌린과 알베르티네는 어제 가장무도회에서 겪은 일들을 두고 저녁 식사 전에 하던 대화를 다시 시작하기 위해 갑자기 분주해졌다.

올해 두 사람에게 첫 무도회였고, 그들은 카니발 마지막 날[2] 직전에 무도회에 참석하기로 결정했다. 프리돌린의 경우에는 홀에 들어서자마자 빨간 도미노[3] 두 명이 마치 이제나저제나 오기를 기다리던 친구를 만난 듯 그를 맞이했다. 두 사람은 그의 대학 시절과 병원 시절에 관한 온갖 이야기를 정확히 알고 있었는데 그럼에도 그는 그들이 누군지 통 알 수가 없었다. 그들은 친절한 태도로 기대감을 심어 주며 그를 칸막이 좌석으로 초대하고는 금방 가면을 벗고 돌아오겠다고 약속하고 나가더니 한참을 기다려도 오지 않았고, 이에 그는 참을성을 잃고 차라리 1층으로 가기로 했다. 그곳에 가면 두 수상쩍은 인물을 다시 만날 거라 기대했다. 하지만 아무리 눈을 부

---

2) 가톨릭교의 사순절 첫날인 '재의 수요일'을 가리킨다.
3) 가장무도회에서 두건 달린 외투를 입은 사람을 가리킨다.

룹뜨고 둘러봐도 그들은 어디에도 보이지 않았다. 그런데 돌연 그들 대신 다른 한 여자가 그의 팔에 매달렸다. 그의 아내였다. 그녀는 방금 어느 모르는 남자에게서 잽싸게 달아난 참이었다. 처음에 그 남자는 우수에 찬 오만한 태도와 폴란드식인 듯한 외국 억양으로 그녀의 마음을 사로잡았으나 뜻밖에도 추잡하고 뻔뻔한 말을 내뱉는 바람에 그녀를 기분 상하게, 아니 소스라치게 했다. 그리고 이제 남편과 아내는 실망스러울 만큼 시시한 가면극에서 빠져나온 것을 실은 기뻐하며, 사랑에 빠진 다른 커플들 속에서 곧 한 쌍의 연인처럼 뷔페에 앉아 굴 요리와 샴페인을 즐기며 흥겹게 수다를 떨었다. 마치 방금 막 서로 알게 된 사이같이, 정중한 관심과 저항과 유혹과 승낙의 희극에 빠져들었다. 그리고 하얀 겨울밤을 가르며 빠르게 달리는 마차를 타고 집으로 돌아와 서로의 품에 몸을 던졌고 정말이지 오랜만에 아주 뜨겁게 사랑의 희열을 경험했다. 어둑한 아침이 너무도 빨리 두 사람을 깨웠다. 남편은 직업상 이른 시각부터 병상에 가서 환자들을 살펴야 했고, 알베르티네도 주부이자 엄마로서 의무를 다해야 하기에 얼마 안 있어 일어나야 했다. 그리하여 그 시간들은 냉철하게 그리고 미리 정해진 대로 나날의 의무와 일 속으로 흘러 들어갔고 지난밤은 처음도 끝도 희미해졌다. 그리고 두 사람의 일과가 끝나고 아이는 잠자리에 들어 어떤 방해도 받지 않을 지금에야 비로소 가장무도회의 그림자 형상들이, 우수에 찬 모르는 남자와 빨간 도미노들이 다시 현실로 떠올랐다. 그리고 놓쳐 버린 여러 가능성의 기만적인 허상들이 그 대수롭지 않은 체험을 돌연 마법처럼 둘러싸며 쓰라림을 안겼다. 천진하지만 음험한 질문과 교활하고 모호한 대답이 오갔다. 둘 다 상대방이 완전히 솔직하지는 않다는 걸 놓치지 않았고 그래서 둘 다 살짝 앙심을 품었다. 그들은 누군지 모를 가장무도회 파트너가 자신에게 얼마나 큰 매력을 발산했는지를 과장해서 말했고 상대방에게서 비치는, 질투 어린 흥분된 반응을 조롱했으며 본인이 그런 반응을 보인다는 것은 부정했다. 그러나 별것 아닌 지난밤의 모험들에 관해 가벼운 수다를 나누던 두 사람은 가장 맑고 가장 깨끗한 영혼에도 탁하고 위험한 소용돌이를 불러올 수 있는, 거의 의식되지 않는 은밀한 소망들을 두고 보다 진지한 대화에 빠져들게 되었다. 그리고 그들은 은밀한 구역들에 대해 이야기를 나눴다. 두 사람은 그런 곳에 딱히 동경을 품진 않았지만 그럼에도 불가해한 운명의 바람에 이끌려, 비록 단지 꿈속에서일지라도, 한 번쯤은 그곳에 가게 될지 모를 일이었다. 왜냐하면 아무리 감정적으로나 정신적으로나 완전히 서로에게 속할지라도, 두 사람은 모험과 자유와 위험의 숨결이 자신을 건드린 게 어제가 처음이 아님을 알았기 때문이다. 조마조마한 마음으로, 자학적으로, 불순한 호기심을 품은 채 그들은 상대방에게서 고백을 이끌어내려고 했다. 그리고 소심하게 서로 다가가는 가운데 저마다 자기 안을 들여다보고 이루 말할 수 없는 것의 표현이라 여겨질 무언가를, 그게 아무리 대수롭지 않은 사실이라도, 아무리 별것 아닌 체험이라도 찾아내려 했다. 그것을 솔직히 고백한다면, 점차 견딜 수 없어지기 시작한 긴장과 불신에서 해방될지도 몰랐다.

두 사람 중 더 참을성이 없어서인지 더 솔직해서인지 아니면 더 선량해서인지, 알베르티네가 먼저 터놓고 이야기할 용기를 냈고 약간 동요하는 목소리로 프리돌린에게 물었다. 지난여름 덴마크 해변에서 어느 저녁에 이웃 테이블에서 두 장교와 식사를 하다가 전보를 받고 서둘러 친구들에게 작별을 고하고 떠난 젊은 남자를 기억하느냐고.

프리돌린이 고개를 끄덕였다. 그는 "그 남자가 뭐?" 하고 물었다.

"난 아침에 이미 그 남자를 봤었어." 알베르티네가 대답했다. "그 남자가 노란색 손가방을 들고 서둘러 호텔 층계를 오르는 모습을. 그는 힐끗 나를 훑어봤는데 몇 계단 오르고 나서야 비로소 멈춰 서서 내게로 몸을 돌렸고, 그래서 우리의 시선은 마주칠 수밖에 없었어. 그는 웃음을 짓지 않았어, 그래, 오히려 얼굴이 어두워지는 것 같아 보였어. 그리고 내 얼굴도 아마 마찬가지였을 거야. 왜냐면 나는 이제껏 그토록 동요한 적이 없었으니까. 난 온종일 몽상에 빠진 채 해변에 누워 있었어. 만일 그 남자가 날 불렀다면 ― 나는 그럴 거라 생각했지 ― 난 저항하지 못했을 거야. 나는 뭐든 각오가 됐다고 믿었어. 당신을, 아이를, 내 미래를 포기할 각오가 됐다고, 내가 결정을 내린 거나 다름없다고 믿었지. 그리고 동시에 ― 당신이 이걸 이해할까? ― 당신은 내게 그 어느 때보다 더 소중했어. 바로 그날 오후에, 분명 당신은 아직 기억할 텐데, 공교롭게도 우리는 오만 가지 일에 대해, 그리고 우리가 함께할 미래에 대해서도, 아이에 대해서도 아주 친밀하게 담소를 나눴지,

아주 오랜만에 말이야. 해 질 녘에 우리는, 그러니까 당신과 나는 발코니에 앉아 있었는데 그때 그 남자가 밑에서 해변을 지나갔지. 위를 올려다보지는 않았어. 그리고 난 그를 봐서 기뻤어. 하지만 난 당신의 이마를 쓰다듬고 당신의 머리칼에 입을 맞췄어. 그리고 당신을 향한 나의 사랑 속에는 몹시 쓰라린 연민이 함께 들어 있었어. 저녁때 나는, 당신이 내게 직접 말했지, 아주 예뻤고 허리띠에 하얀 장미 한 송이를 달고 있었어. 그 낯선 남자가 자기 친구들과 함께 우리 근처에 앉아 있었던 건 어쩌면 우연이 아니었을지도. 그는 내 쪽을 바라보지 않았지만 머릿속으로 나는 자리에서 일어나 그가 앉은 테이블로 가서 그에게 이렇게 말하는 상상을 했지. 나 여기 있어요, 내가 기다리던 사람이여, 나의 애인이여, 나를 데려가요. 그 순간 그 남자에게 전보가 전해졌고, 그는 그걸 읽고 얼굴이 창백해지더니 두 장교 중 젊은 사람에게 몇 마디를 속삭였어. 그리고 수수께끼 같은 눈빛으로 나를 훑으며 식당을 떠났어."

그녀가 침묵하자 프리돌린이 건조하게 물었다. "그리고?"

"그게 다야. 내가 아는 건 다만 내가 다음 날 아침에 깨어날 때 뭔가 걱정에 사로잡혀 있었다는 거야. 뭘 더 걱정했던 건지 — 그 남자가 떠나 버렸을까 걱정스러웠던 건지, 아니면 아직 남아 있을까 걱정스러웠던 건지 — 그건 모르겠어. 그 당시에도 몰랐고. 그러나 점심때도 그의 모습이 계속 보이지 않자 나는 안도의 한숨을 내쉬었어. 더 이상은 묻지 마, 프리돌린, 나는 당신에게 진실을 전부 말했어. 그리고 당신 역시 그 해변에서 뭔가를 경험했다는 것, 난 그걸 알아."

프리돌린이 일어나서 방 안을 몇 차례 서성대고는 말했다. "당신 말이 맞아." 그는 어둠 속에 얼굴을 묻고 창가에 서 있었다. "아침에." 조금 적의가 담긴 잠긴 목소리로 그가 이야기를 시작했다. "이따금 아직 아주 이른 시간, 당신이 일어나기 전에 나는 해변을 따라 멀리까지 거닐곤 했지. 그리고 아주 이른 시간이었는데도 태양은 늘 환하고 강렬하게 바다 위에 떠 있었고. 저 바깥쪽 해안에는, 당신도 알다시피, 작은 별장이 몇 채 있었어. 거기 있는 별장 각각은 그 자체로 하나의 작은 세계였어. 어떤 집에는 판자벽으로 둘러친 정원이 있었고, 어떤 집은 숲으로만 둘러싸여 있기도 했지. 그리고 도로와 해변 일부분이 해변 탈의실들과 별장들을 갈라놓고 있었어. 그런 이른 시간에 내가 누구와 마주치는 일은 거의 없었고 해수욕하는 사람이라곤 전혀 본 적이 없었어. 그런데 어느 날 아침 갑자기 한 여자의 모습이 눈에 들어왔어. 방금 전까지만 해도 안 보이던 그 여자는 모래 속에 말뚝을 박아 세운 해변 탈의실의 좁은 테라스에서 팔을 뒤로 뻗어 판자벽을 짚은 채로 한 발 한 발 디디면서 조심스럽게 움직이고 있었어. 열다섯 살쯤 됐을까 싶은 아주 어린 소녀였는데 풀린 금발이 어깨 위로 그리고 한쪽에서는 보드라운 가슴 위로 흘러내렸어. 소녀는 멀거니 물속을 내려다보았고, 시선을 내리깐 채 벽을 따라 미끄러지듯 천천히 반대편 구석을 향해 움직이다가 어느 순간 나와 똑바로 마주 서게 있었어. 소녀는 벽을 더 단단히 짚으려는 듯 두 팔을 뒤로 쭉 뻗고서 시선을 들었고 갑자기 날 발견했어. 한 줄기 전율이 그녀의 몸을 훑고 지나갔어. 풀썩 주저앉거나 도망갈 것만 같았지. 하지만 좁은 판자 위에서는 아주 느리게 움직일 수밖에 없는 노릇이니까 그녀는 멈추기로 결심했어. 처음에는 소스라친 얼굴이었다가 이어서 성난 얼굴을 하더니 마지막에는 당황한 얼굴을 하고 그 자리에 서 있었어. 그런데 별안간 그녀가 미소를 짓는 게 아니겠어. 황홀한 미소를 말이야. 그건 인사였어. 그래, 눈짓을 보낸 거야. 동시에 그녀는 자신과 나를 가르고 있는 발치의 물을 힐끗 쳐다보며 살짝 조롱하는 빛을 띠었어. 그런 다음에 젊고 날씬한 몸을 위로 쭉 뻗었어. 마치 자신의 아름다움을 즐기는 듯했고, 자신에게 닿는 내 시선의 광채를 느끼며 의기양양해하고 달콤한 흥분에 젖은 것이 뻔히 보였어. 그렇게 우리는 한 십 초 동안, 반쯤 입술을 벌리고 눈을 반짝이며 서로 마주보고 서 있었어. 나도 모르게 나는 그녀에게로 팔을 뻗었고, 그녀의 눈빛 속에는 허락의 뜻과 기쁨이 서려 있었어. 그런데 별안간 그녀가 세차게 고개를 흔들더니 한쪽 팔을 벽에서 떼고 명령하듯 단호한 태도로 가라는 신호를 했어. 그리고 내가 차마 그 명령을 곧장 순순히 따르지 못하자 그녀의 아이 같은 눈에 너무도 간절하게 부탁하는 빛이, 너무도 간절하게 애원하는 빛이 떠오르는 바람에 나는 몸을 돌릴 수밖에 없었어. 나는 최대한 재빨리 가던 길을 다시 갔어. 그녀 쪽은 단 한 번도 돌아보지 않았어. 실은 배려심이나 복종이나 기사도 때문이 아니라 그녀의 마지막 시선에서 지금껏 경험한 모든 것을 넘어서는 어떤 동요를 감지했기 때문이야. 그래서 나는 거의 정신을 잃을 것 같은 느낌이었어." 그리고 그가 침묵했다.

"그 이후에." 알베르티네가 허공을 바라보면서 단조로운 투로 물었다. "그 길을 몇 번 더 지나갔지?"

"내가 이야기한 일은." 프리돌린이 대답했다. "우리가 덴마크에 머물던 마지막 날에 우연히 일어났어. 그렇지 않았다면 이후에 어떻게 됐을지는 나 역시 모르겠어. 당신도 더는 묻지 마, 알베르티네."

그는 미동도 없이 여전히 창가에 서 있었다. 알베르티네가 일어나서 그에게로 다가갔다. 그녀의 눈은 촉촉했고 어두웠으며 이마에는 가볍게 주름이 잡혀 있었다. "우리 앞으로도 그런 일이 있으면 늘 곧바로 서로에게 이야기하자."라고 그녀가 말했다.

그가 말없이 고개를 끄덕였다.

"나한테 약속해."

그가 그녀를 끌어안았다. "당연한 거 아냐?" 하고 말했다. 그러나 그의 목소리는 여전히 거칠게 들렸다.

그녀는 그의 두 손을 잡아 어루만지고 아련한 눈으로 그를 올려다보았다. 그 눈의 밑바닥에서 그는 그녀의 생각을 읽을 수 있었다. 지금 그녀는 그가 실제로 겪은 다른 경험들을, 그의 청년 시절 경험들을 생각하고 있었다. 그중 몇 가지를 그녀는 알고 있었다. 그가 신혼 시절에 그녀의 질투 어린 호기심에 너무도 순순히 굴복하며 여러 일들을 털어놓았던 까닭이다. 그렇다, 그는 자주 이런 생각이 들었는데, 차라리 가슴 속에 묻어 두어야 했을 일을 누설해 버린 것이다. 지금 이 순간 여러 기억이 불가피하게 그녀의 머릿속을 파고들고 있다는 걸 그는 알았고, 마치 꿈에서 깬 듯 그녀가 그의 젊은 시절 애인 중 하나의 반쯤 잊힌 이름을 말했을 때도 거의 놀라지 않았다. 그러나 그 이름은 마치 비난처럼, 가벼운 위협처럼 그를 향해 울렸다.

그는 그녀의 두 손을 제 입술로 가져갔다.

"내가 사랑한다고 여겼던 모든 여자에게서 — 혹 뻔한 소리 같더라도 내 말을 믿으라고 — 그 모든 여자에게서 난 늘 오직 당신만을 찾아 왔어. 그걸 나는 당신이 이해할 수 있는 것보다 더 잘 알아, 알베르티네."

그녀가 흐리게 미소를 머금었다. "그런데 만약에 나 역시 처음에 내 반쪽을 찾아다니고 싶어 했다면?" 하고 그녀가 말했다. 그녀의 눈빛이 달라졌다. 눈빛이 서늘해지고 의중을 알 수 없게 되었다. 그는 자기 손에서 그녀의 손이 미끄러지게 두었다. 마치 그녀의 거짓을, 배신을 발견한 것처럼. 하지만 그녀는 말했다. "아, 당신네 남자들이 안다면." 그러고는 다시 입을 다물었다.

"우리 남자들이 안다면……? 그게 무슨 소리지?"

묘하게 엄격한 투로 그녀가 답했다. "대충 당신이 생각하는 그대로야, 여보."

"알베르티네, 그럼 나한테 뭔가 숨긴 게 있는 거야?"

그녀가 고개를 끄덕이고는 야릇한 미소를 띠며 허공을 바라보았다.

불가해하고 터무니없는 의혹이 그의 마음속에서 깨어났다.

"이해가 잘 안 되는걸." 그가 말했다. "우리가 약혼했을 때 당신은 열일곱 살이 될까 말까 했잖아."

"열여섯 살이 지났지. 맞아, 프리돌린. 하지만 ─ " 그녀가
그의 눈을 밝게 들여다보았다. "내가 아직 처녀의 몸으로 당신
의 아내가 된 건 내 탓이 아니었다고."

"알베르티네!"

이어서 그녀가 이야기했다.

"우리가 약혼하기 직전에 뵈르터제에서였지. 어느 아름다운
여름날 저녁, 광대한 초원이 내다보이는 내 방 창가에 몹시 잘
생긴 청년이 서 있었고 우리는 즐겁게 대화를 나눴어. 그리고
대화하는 동안 난 생각했어. 자 들어 봐, 내가 무슨 생각을 했
는지. 얼마나 사랑스럽고 매혹적인 청년인지 ─ 이제 그가 한
마디만 한다면, 물론 제대로 된 말이어야겠지만, 그럼 나는 초
원으로 나가서 그와 함께 산책을 해야. 어디든 그가 원하는
곳으로 말이야. 어쩌면 숲 속으로, 아니면 함께 보트를 타고
호수로 나가면 더 좋고. 그럼 그는 오늘 밤 나한테서 뭐든 원
하는 걸 다 가질 수 있을 텐데. 그래, 그렇게 생각했지. 하지만
그 매혹적인 청년은 그 말을 하지 않았어. 부드럽게 내 손에
입을 맞췄을 뿐. 그리고 다음 날 아침에 나는 스스로에게 물
었어. 그의 아내가 되고 싶은 거냐고. 그리고 나는 대답했어,
그렇다고."

프리돌린은 언짢아하며 그녀의 손을 놓았다. "그럼 만일 그
날 저녁에." 그가 말했다. "우연히 다른 남자가 당신 방 창가에
서 있었고 그 남자가 제대로 된 말을 했더라면, 가령……." 그
는 어떤 이름을 말할지 곰곰이 생각했다. 그때 어느새 그녀가

그만두라는 듯 팔을 앞으로 뻗었다.

"누가 되었든 간에 다른 남자가, 그 사람이 자기가 원하는 걸 말할 수 있었다 해도, 별 소용이 없었을 거야. 그리고 만약 그때 창가에 서 있던 게 당신이 아니었다면." 그녀가 그를 향해 미소를 지었다. "그럼 아마 그 여름 저녁이 그토록 아름답지도 않았을 테고."

그가 조롱하듯 입을 찡그렸다. "지금은 그리 말하지. 지금 이 순간은 그리 생각할지도. 하지만 ― "

문이 똑똑 울렸다. 하녀가 들어와서 알리길, 선생님을 궁정 고문관에게 모셔 가려고 슈라이포겔 골목에서 관리인 여자가 와 있으며 궁정 고문관의 병세가 다시 아주 안 좋아졌다고 했다. 프리돌린은 현관으로 갔고 관리인에게서 궁정 고문관이 심장 발작이 와서 상태가 몹시 나쁘다는 이야기를 들었다. 그는 지체 없이 가겠다고 약속했다.

그가 서둘러 나갈 채비를 할 때 알베르티네가 물었다. "나 가려고……?" 마치 그가 계획적으로 자신에게 무슨 부당한 짓을 하는 양 언짢은 말투였다.

프리돌린은 거의 놀라면서 답했다. "그래야 할 것 같아."

그녀가 가볍게 한숨을 뱉었다.

"부디 그리 심각한 상태가 아니면 좋겠네." 프리돌린이 말했다. "이제까지는 모르핀 3센티그램이면 항상 발작이 가라앉았는데 말이지."

하녀가 모피 외투를 가져다주었다. 프리돌린은 앞서 나눈 대화는 기억에서 이미 지워져 버린 듯 알베르티네의 이마와 입에 대충 키스하고는 황급히 나갔다.

2

거리에서 그는 모피 외투를 열어야 했다. 겨울 얼음을 녹이는 온화한 날씨가 갑자기 찾아와 보도 위의 눈이 거의 녹아 없어져 버렸다. 그리고 다가오는 봄의 숨결이 공기 중에 불었다. 빈 종합 병원 근방 요제프슈타트에 있는 프리돌린의 집에서 슈라이포겔 골목까지는 십오 분도 채 안 걸렸다. 그리하여 곧 프리돌린은 오래된 집의 어두침침한 나선 층계를 올라 3층에서 초인종 줄을 당겼다. 그러나 고풍스러운 벨 소리가 들리기도 전에 문이 빼꼼 열려 있는 것을 알아차렸다. 그는 불을 켜지 않은 현관을 지나 거실로 들어섰고 자신이 너무 늦게 왔다는 것을 곧장 깨달았다. 낮은 천장에 매달린, 녹색 갓을 단 석유등이 침대 위 이불을 우중충하게 비추고 있었고 이불 밑에는 홀쭉한 몸이 쭉 뻗은 채로 움직임 없이 누워 있었다. 망자의 얼굴에는 그늘이 져 있었지만 프리돌린은 그 얼굴을 너무도 잘 알았기에 아주 선명하게 보인다고 생각했다. 여위고, 주름지고, 이마가 넓고, 짧은 흰 수염으로 덮이고, 눈에 띄게 못생긴 흰 털이 난 귀가 달린 얼굴. 궁정 고문관의 딸인 마리아네가 극심히 피로한 듯 두 팔을 축 늘어뜨린 채 침대 발치에 앉아 있었다. 오래된 가구와 약품, 석유와 음식 냄새가 풍겼고 오드콜로뉴와 장미 비누 냄새도 조금 났다. 그리고 어쩐지 프리돌린은 이 창백한 아가씨의 들쩍지근한 냄새도 느꼈다. 그녀는 아직 어린 나이였는데 몇 달 전, 몇 년 전부터 힘든 집안일과 고된 간병과 야간 간호로 시들어 버렸다.

의사가 들어왔을 때 그녀는 그에게로 시선을 돌렸다. 그러나 어둑한 조명 속에서 그는 그녀의 뺨이 평소 그가 나타날 때처럼 발그레해졌는지를 보기가 어려웠다. 그녀는 일어나려 했지만 프리돌린이 손짓으로 말렸고 그녀는 크지만 흐린 눈으로 고개를 숙여 인사했다. 그는 침대 머리맡에 다가가 망자의 이마를, 그리고 이불 위에 놓인 넓고 트인 셔츠 소매 속 망자의 팔을 기계적으로 만져 보았다. 이어서 그는 가벼운 유감을 표하며 어깨를 내려뜨리고 두 손을 모피 외투의 주머니에 찔러 넣었고 시선은 방 안을 이리저리 헤매다가 마침내 마리아네에게 머물렀다. 그녀의 머리카락은 풍성한 금발이었지만 메말랐고, 목은 늘씬하고 보기 좋은 모양이었으나 주름이 아주 없진 않았고 노르스레한 기가 감돌았으며, 입술은 못다 한 말이 많은 듯 꾹 다물려 가늘었다.

"뭐." 그가 거의 당황스러워하며 속삭이듯 말했다. "아가씨, 예상 못 한 일은 아니겠지요."

그녀가 그에게 손을 뻗었다. 그는 연민을 가득 담아 그 손을 잡았고, 죽음을 불러온 최후의 발작이 어떻게 진행되었는지 물었다. 그녀는 간단하고 건조하게 경과를 보고한 다음에 비교적 상태가 좋았던 마지막 나날들에 대해 말했다. 그동안 프리돌린은 이 환자를 더 이상 보지 않았었다. 프리돌린은 의자를 끌어다 두었고 이제 마리아네 맞은편에 앉아 그녀의 아버지가 임종의 시간에 거의 고통을 받지 않았을 거라며 위로의 말을 건넸다. 그러고 나서 친척들에게 소식을 알렸느냐고 물었다. 그렇다고, 관리인이 이미 삼촌에게 가는 중이며 아무튼 뢰디거 박사가 곧 나타날 것이라 했다. 그녀는 '저의 약혼자'라고 덧붙여 말하고는 프리돌린의 눈 대신 이마를 바라보았다.

프리돌린은 고개를 끄덕일 뿐이었다. 그는 일 년 동안 여기 이 집에서 뢰디거 박사와 두세 번 마주친 적이 있었다. 짧은 금발 수염으로 덮인 얼굴에 안경을 낀 몹시 호리호리하고 창백한 청년으로 빈 대학의 역사 강사인 뢰디거 박사는 그에게 아주 호감을 주었지만 그 이상 흥미를 끌지는 않았었다. 만일 마리아네가 자기 애인이라면 분명 더 나아 보일 거라고 프리돌린은 생각했다. 머리카락은 덜 메마를 것이고, 입술은 더 붉고 통통할 거라고. 그녀가 몇 살일까? 그는 계속해서 자문했다. 내가 처음으로 궁정 고문관에게 불려 왔을 때, 그러니까 삼사 년 전에 그녀는 스물세 살이었지. 그땐 그녀의 어머니가 아직 살아 있었어. 어머니가 아직 살아 있을 땐 더 쾌활했지. 짧은 기간 동안 성악 수업도 받지 않았나? 그러니까 그녀는 그 강사와 결혼할 예정이로군. 왜 그러는 걸까? 그 남자에게 홀딱 빠진 건 분명 아니고, 그에게 돈이 많은 것도 아닐 테고. 두 사람의 결혼 생활은 어떨까? 뭐, 다른 수많은 결혼과 마찬가지겠지. 나와 무슨 상관이람. 아마 나는 그녀를 두 번 다시 보지 못할 수도 있어. 왜냐면 이젠 이 집에 더 이상 볼일이 없으니까. 아, 그녀보다 더 가까운 사이였는데 더 이상 보지 못한 사람들이 얼마나 많은지.

이런 생각들이 그의 머릿속을 스쳐 지나가는 동안 마리아네는 고인에 대해 이야기하기 시작했다. 마치 그가 죽음이라는 간단한 사실을 통해 돌연 주목할 만한 사람이 되어 버린 양 뭔가 열성적으로 말을 늘어놓았다. 정말로 그가 고작 쉰네 살이었다고? 물론 숱한 걱정과 낙담에다 아내는 늘 지병으로 고생하고, 그리고 아들 때문에 근심이 이만저만이 아니었다니! 뭐? 그녀한테 오빠가 있었나? 맞아. 그녀가 그 박사한테 한 번 이야기한 적이 있잖아. 오빠는 지금 어딘가 외국에 살고 있다. 저기 마리아네 방에 오빠가 열다섯 살 때 그린 그림이 걸려 있다. 언덕 아래로 내달리는 장교를 그린 그림이다. 아버지는 항상 그 그림이 아예 안 보이는 양 굴었다. 하지만 훌륭한 그림이었다. 여건이 더 뒷받침되었더라면 오빠가 재능을 더 발전시킬 수 있었을 텐데.

그녀는 흥분한 사람처럼 말하는군, 프리돌린은 생각했다. 그리고 눈이 반짝거리는 거 봐! 열병인가? 충분히 가능한 일이지. 그녀는 최근에 더 수척해졌어. 짐작컨대 폐첨 카타르[4] 일 거야.

그녀는 계속해서 말하고 또 말했지만, 그가 보기에 그녀는 자기가 누구한테 말하고 있는지 통 모르는 듯했다. 혹은 자기 자신에게 말하는 듯했다. 이제 오빠가 집을 떠난 지 열두 해가 됐다. 그렇다, 그녀가 아직 아이였을 때 오빠는 갑자

---

4) 폐결핵의 초기 증상.

기 사라져 버렸다. 사오 년 전 크리스마스 때 오빠에게서 마지막으로 소식이 왔는데 발신지는 이탈리아의 어느 소도시였다. 희한하게도 그녀는 그 도시 이름을 잊어버렸다. 그녀는 이런 식으로 대수롭지 않은 일들을 한동안 더 이야기했다. 굳이 말할 필요가 없는 일들을 거의 두서없이 말했다. 그러다 돌연 침묵하더니 말없이 고개를 양손에 묻고 자리에 앉아 있었다. 프리돌린은 피곤했고 더더욱 지겨워져서 친척이든 약혼자든 누군가가 오기를 애타게 기다렸다. 침묵이 방 안을 무겁게 내리눌렀다. 그는 망자가 자신들과 함께 침묵하는 것 같다고 느꼈다. 망자는 더 이상 말하는 것이 불가능하기에 침묵하는 게 아니라, 심술궂게 의도적으로 침묵하는 듯했다.

걸눈질로 망자를 보며 프리돌린이 말했다. "좌우간 일단 일이 이렇게 된 이상, 마리아네 양, 당신이 이제 이 집에 너무 오래 머무르지 않아도 되니 다행입니다." 그리고 그녀가 고개를 살짝, 하지만 프리돌린을 올려다보지는 않으며 들었을 때 프리돌린이 이어서 말했다. "약혼자분께서는 아마 곧 교수가 되겠지요. 철학부는 저희 학부보다 교수 자리를 얻기가 더 수월하니까요." 그는 수년 전에 자신도 학계에 들어가려고 애썼던 것을, 하지만 더 안락한 생활을 선호한 까닭에 결국 개업의의 길을 택한 것을 생각했다. 그러자 돌연 자신이 탁월한 뢰디거 박사와 견주어 열등하게 여겨졌다.

"우리는 가을에 이사를 갈 거예요." 마리아네가 가만히 말했다. "괴팅겐에서 그 사람을 초빙했거든요."

"아." 프리돌린은 일종의 축하 인사를 하려 했지만 지금 이 순간, 이 상황에서 그것은 별로 적절해 보이지 않았다. 그는 닫힌 창문을 향해 시선을 던지고는 미리 허락을 구하지 않고서 마치 의사의 권리를 행사하듯 양쪽 창문짝을 열어 공기가 들어오게 했다. 그사이 더 따뜻해지고 더 봄기운이 담긴 공기는 슬슬 깨어나는 먼 숲에서 부드러운 향기를 실어 오는 듯했다. 다시 방 안으로 몸을 돌렸을 때 그는 마리아네의 눈이 뭔가를 묻는 듯 자신을 향한 것을 보았다. 그는 그녀에게 더 다가가 말했다. "신선한 공기를 마시고 기분이 나아지시길 바랍니다. 날씨가 정말 따뜻해졌어요. 어젯밤에는." 그는 '가장무도회에 갔다가 눈보라 속에서 집으로 왔지요.'라고 하려다 급하게 문장을 바꿔서 이렇게 말했다. "어제저녁에는 거리에 아직 눈이 0.5미터 쌓여 있었지요."

그녀는 그의 말을 거의 듣지 않았다. 그녀의 눈이 촉촉해지고 커다란 눈물방울이 뺨에서 흘러내렸고 그녀는 다시 양손에 얼굴을 묻었다. 부지중에 그는 그녀의 정수리에 손을 얹었고 그녀의 이마를 쓰다듬었다. 그는 그녀의 몸이 떨리기 시작하는 것을 느꼈다. 그녀는 속으로 흐느꼈다. 처음에는 거의 들리지 않게, 그러다 점점 더 크게, 마지막에는 완전히 주체할 수 없게. 별안간 그녀가 의자에서 미끄러져 내리더니 프리돌린의 발치에 엎드렸고 두 팔로 그의 무릎을 감싸고 거기에 얼굴을 대고 눌렀다. 이어서 고통과 격정에 찬 눈을 크게 뜨고 그를 올려다보면서 뜨겁게 속삭였다. "나는 이곳을 떠나고 싶지 않아요. 당신이 결코 돌아오지 않는다 해도, 두 번 다시 당신을 보면 안 된다 해도, 나는 당신 근처에서 살고 싶어요."

그는 놀랐다기보다는 감동을 받았다. 왜냐하면 그는 그녀가 자기에게 반했거나 그렇다고 착각한다는 걸 늘 알고 있었으니까.

"일어나요, 마리아네." 그는 나지막이 말하고는 몸을 숙여 그녀를 부드럽게 일으켜 세웠고 이렇게 생각했다. '물론 이건 히스테리 때문이기도 하지.' 그는 곁눈질로 죽은 아버지를 보았다. 그가 모든 걸 듣고 있는 건 아닐까, 하고 생각했다. 혹시 가사 상태인 걸까? 혹시 모든 인간은 사망한 후 처음 몇 시간 동안은 그냥 가사 상태인 걸까? 그는 마리아네를 품에 안으면서도 동시에 몸에서 조금 떨어뜨려 놓았고 거의 저도 모르게 그녀의 이마에 입을 맞췄다. 스스로에게도 조금 우스꽝스럽게 여겨지는 행동이었다. 그는 몇 년 전에 읽은 소설을 스치듯 떠올렸는데 그 소설에는 소년에 가까운 새파란 청년이 어머니의 임종 자리에서 어머니의 친구에게 유혹을 당하는, 사실은 강간을 당하는 내용이 있었다. 같은 순간에, 왠지는 모르겠으나, 그는 자신의 아내를 생각할 수밖에 없었다. 아내를 향한 노여움과 함께, 덴마크의 호텔 층계에서 노란색 여행 가방을 들고 있던 그 신사를 향한 어렴풋한 원한이 속에서 치솟았다. 그는 마리아네를 더 꼭 끌어안았지만 조금의 흥분도 느끼지 않았다. 오히려 그녀의 윤기 없이 메마른 머리카락을 보고, 바깥 바람을 쏘이지 않은 옷에서 나는 들쩍지근한 냄새를 맡자 가벼운 불쾌감이 일었다. 그때 밖에서 초인종이 울리자 그는 구원을 받은 것 같은 기분이었고, 마치 감사를 표하듯 마리아네의 손에 재빨리 입을 맞추고는 문을 열러 갔다. 문간에 선 사람은 뢰디거 박사였다. 그는 암회색 인버네스[5] 차림에 덧신을 신고 우산을 들고서 상황에 알맞은 진지한 표정으로 서 있었다. 두 신사는 실제 사이보다 친밀하게 서로 고개를 숙여 인사했다. 그런 다음 두 사람은 방으로 들어갔고, 뢰디거는 망자를 향해 어색한 시선을 보낸 후에 마리아네에게 조의를 표했다. 프리돌린은 사망 진단서를 작성하기 위해 옆방으로 가서 책상 위 가스등 불꽃을 돋웠다. 그리고 그의 시선은 보이지 않는 적을 향해 군도를 휘두르며 언덕 아래로 내달리는, 흰색 제복을 입은 장교의 초상을 향했다. 그림은 폭이 좁은 어두운 금색 액자에 끼워져 있었는데 변변찮은 유화식 석판화보다 그다지 나아 보이지 않았다.

프리돌린은 사망 진단서를 작성해 다시 옆방으로 갔다. 약혼한 두 남녀가 아버지의 침대 곁에서 서로 손깍지를 끼고 앉아 있었다.

다시 문에서 초인종이 울렸고 뢰디거 박사가 일어나 문을 열러 갔다. 그사이 마리아네가 바닥을 바라보며 들릴락 말락 하게 말했다. "당신을 사랑해요." 프리돌린은 다정한 느낌이 없지 않게 마리아네의 이름을 말함으로써 거기에 답할 뿐이었다. 뢰디거가 나이 지긋한 부부와 함께 다시 들어왔다. 마리아네의 삼촌과 숙모였다. 방금 죽은 고인의 존재가 주위로 퍼뜨리곤 하는 어색한 분위기 속에서, 상황에 맞는 몇 마디 말이

---

5) 소매 대신 망토가 달린 긴 외투.

오고 갔다. 작은 방이 갑자기 조문객으로 가득 찬 것처럼 보였고, 프리돌린은 더는 여기 있을 필요가 없다고 느껴 작별을 고한 뒤 뢰디거에게 문까지 배웅을 받았다. 뢰디거는 예의상 몇 마디 감사의 말을 건넸고 곧 다시 만나길 바란다고 했다.

3

대문 앞에서 프리돌린은 앞서 몸소 열었던 창문을 올려다보았다. 창문짝이 초봄의 바람 속에서 가볍게 흔들렸다. 저기 위에 남은 사람들은 망자나 산 자나 마찬가지로 그에게 똑같이 유령처럼 비현실적이었다. 그는 자신이 어떤 체험에서 빠져나왔다기보다는, 걸려선 안 될 우울한 마법에서 빠져나온 것 같았다. 유일한 여파로 그는 이상하게도 집에 가고 싶지가 않았다. 거리의 눈은 녹아 있었고, 좌우로 더럽고 하얀 작은 더미들이 쌓여 있었고, 가로등 안에서 가스 불꽃이 깜박거렸고, 가까운 교회에서 11시 종이 울렸다. 프리돌린은 잠자리에 들기 전에 집 근처의 조용한 카페 구석에서 삼십 분간 시간을 보내기로 마음먹고 시청 공원을 가로지르는 길로 들어섰다. 마치 정말로 벌써 봄이 왔으며 기만적인 따뜻한 공기가 위험을 배태하고 있지 않은 듯이, 이곳저곳 그늘진 벤치에 커플들이 서로 몸을 꼭 붙이고 앉아 있었다. 한 벤치에 상당히 남루한 행색의 사람이 몸을 쭉 뻗고 모자를 이마로 눌러쓴 채 드러누워 있었다. 프리돌린은 생각했다. 만약 내가 저 사람을 깨워서

숙박비를 준다면 어떨까? 그는 곰곰이 생각을 이어 갔다. 아, 그게 무슨 소용일까. 그럼 내일도 숙박비를 챙겨 줘야 하겠지, 안 그러면 의미가 없을 테니까. 그리고 결국엔 저 사람과 형사상으로 관계가 있다고 의심을 살지도 몰라. 그는 모든 종류의 책임과 유혹에서 가능한 한 빨리 벗어나려는 듯 발걸음을 재촉했다. 왜 하필 저 사람을? 그는 자문했다. 저런 불쌍한 놈들이 빈에만 수천 명이 있는데. 만일 그들 모두에게 신경을 쓰려한다면, 생판 모르는 모든 이들의 운명에 신경을 쓰려 한다면 어떻게 될까! 그리고 방금 떠나온 망자가 그의 머릿속에 떠올랐다. 갈색 플란넬 이불 밑에 쭉 뻗고 누운 그 수척한 몸 안에서 영원한 법칙에 따라 부패와 파멸이 이미 작업을 시작했다고 생각하자 약간 몸서리가 났다. 그렇다, 조금은 역겨움을 느꼈다. 그리고 자신이 아직 살아 있다는 사실, 그 모든 추한 것들이 자신에게는 십중팔구 아직 먼 일이라는 사실에 기뻐했다. 그렇다, 자신이 아직은 한창나이고, 매력적이고 사랑스러운 아내를 가졌으며, 만일 원한다면 여자를 한 명 혹은 여러 명 더 가질 수 있다는 데 기뻐했다. 물론 그러자면 지금 그에게 허락된 것보다 더 많은 여가가 필요했다. 그리고 그의 머릿속에는 자신이 내일 아침 8시에 과(科)에 출근해야 하며 11시부터 1시까지 개인 환자를 왕진하고 오후 3시부터 5시까지 진료를 봐야 한다는 것, 그리고 저녁 시간에도 왕진이 몇 건 더 있다는 것이 떠올랐다. 뭐, 오늘처럼 적어도 한밤중에 또 불려 갈 일은 없기를 바랐다.

그는 갈색빛이 도는 연못처럼 탁하게 빛나는 시청 광장을 가로질렀고 고향과도 같은 요제프슈타트 구(區)로 향했다. 멀리서 둔중하고 규칙적인 발걸음 소리가 들렸고, 이제 막 길모퉁이를 돌 때 아직 상당히 먼 거리에서 학생 조합 회원들 무리가 보였다. 여섯 혹은 여덟 명의 대학생이 그를 향해 다가오고 있었다. 젊은이들이 가로등 불빛 아래로 들어갔을 때 그는 그들 가운데서 파란 알레만[6]들을 알아본 것 같았다. 그 자신은 결코 조합에 소속된 적이 없었지만 당시에 몇 번 검투 시합을 한 적은 있었다. 대학생 시절의 이러한 기억과 관련하여, 어젯밤 칸막이 좌석으로 그를 꾀어다 놓고는 곧장 팽개치듯 내버려두고 가 버린 빨간 도미노들이 머릿속에 떠올랐다. 학생들은 아주 가까이에 있었다. 그들은 시끄럽게 웃고 떠들었다. 혹시 한둘은 내가 병원에서 아는 녀석일지도? 그러나 불분명한 조명 속에서 얼굴 생김새를 명확히 분간해 내기는 불가능했다. 그는 학생들과 부딪치지 않기 위해 담장에 바싹 붙어야 했다. 이제 그들이 지나갔다. 다만 맨 뒤에 가던, 단추를 푼 겨울 외투를 입고 왼쪽 눈에 안대를 한 키 큰 녀석이 아주 의도적으로 조금 뒤처지는가 싶더니 팔꿈치를 옆으로 뻗어 그를 쳤다. 우연일 리가 없었다. 이 녀석이 무슨 짓이지, 프리돌린이 생각하며 저도 모르게 멈춰 섰다. 상대방도 두 걸음 후에 똑같이 멈춰 섰고 이제 두 사람은 적당히 거리를 두고 한순간 서로의 눈을 쳐다봤다. 하지만 프리돌린은 돌연 다시 몸을 돌리고 가던 길을 갔다. 등 뒤에서 짧게 웃는 소리가

---

6) 파란색을 식별 표지로 쓰는 학생 조합을 가리킨다.

들렸다. 하마터면 그는 다시 몸을 돌려서 그 녀석을 멈춰 세울 뻔했다. 하지만 심장이 이상하게 두근거리는 것을 느꼈다. 십이 년인가 십사 년 전에 그의 집에서 매력적인 젊은 아가씨와 있는 동안 누가 집 문을 세차게 두드렸던 때와 꼭 똑같이. 그녀는 멀리 떨어져 사는, 아마도 아예 존재하지 않을 약혼자에 대해 이러쿵저러쿵 떠들어 대기를 좋아했었다. 실제로도 그토록 위협적으로 문을 두드린 것은 그냥 우편배달부였다. 그는 그때와 꼭 똑같이 심장이 두근거리는 것을 느꼈다. 이게 뭐지, 그는 짜증스럽게 자문했고 자신의 무릎이 조금 떨리는 것을 알아차렸다. 내가 겁쟁이라고……? 말도 안 돼, 그가 자답했다. 서른다섯 살 먹은 남자인 내가, 개업의이자 기혼자이자 한 아이의 아버지인 내가 술 취한 대학생 놈과 엮여서 뭘 할까! ─ 결투 약속! 증인! 결투! 그리고 결국엔 이런 멍청한 시비 때문에 팔에 칼을 맞는다? 그래서 몇 주간 일을 못 하고? ─ 아니면 한쪽 눈을 잃고? ─ 아니면 심지어 패혈증에 걸리고? 그리고 여드레 후면 슈라이포겔 골목의 그 사람처럼 갈색 플란넬 이불 밑에 누울 지경에 이르고! 내가 겁쟁이라고? 나는 세 차례 검투 시합을 했고, 한 번은 권총 결투를 벌일 태세를 갖춘 적도 있는데 당시 일은 내가 아닌 상대방의 권유로 원만하게 해결이 됐지. 그리고 내 직업은 또 어떻고! 사방에서 매 순간 위험이 도사리고 있지만, 늘 잊고 또 잊을 뿐이야. 디프테리아에 걸린 아이가 얼굴에다 기침을 했던 게 얼마 전 일이더라? 고작 사나흘 전이야. 어쨌거나 그런 사소한 칼싸움보다 더 심각한 일이라고. 그런데도 나는 그 일

188

을 더는 생각하지도 않았어. 자, 만일 저 녀석과 다시 마주친 다면, 이 문제는 그때라도 해결할 수 있어. 한밤중에 환자에 게 갔다 오는 길에, 아니면 환자에게 가는 길에도 그렇고, 어 쨌든 그런 상황일 수도 있었으니까, 대학생 놈들이 얼빠진 시 비를 거는 데 내가 대응할 의무는 없어. 그래, 그럴 의무는 정 말로 없어. 만일 지금 가령 그 젊은 덴마크인이 나를 향해 다 가온다면 어떨까. 알베르티네는 그 남자와 — 아 아냐, 도대 체 무슨 생각을? 자, 하지만 알베르티네가 그 남자의 애인이 었다 해도 달라질 건 없잖아. 더욱 심각한 상황이지. 그래, 당 장 오라지. 오, 어딘가 숲 속 빈터에서 그놈과 마주 보고 서서 그 매끈하게 매만진 금발 밑 이마에 총구를 겨누면 정말로 기 분이 째질 거야.

그는 자신이 이미 목적지를 지나쳐 어느 좁은 골목길에 있 음을 별안간 깨달았다. 초라한 창녀 몇 명만이 밤길을 다니는 남자들을 낚기 위해 골목을 돌아다니고 있었다. 유령 같군, 하고 그는 생각했다. 그리고 파란색 모자를 쓴 대학생들 역시 그의 기억 속에서 돌연 유령 같은 존재가 되었다. 마리아네도 그녀의 약혼자도, 삼촌과 숙모도 마찬가지였다. 그는 이들 모 두가 이제 죽은 궁정 고문관의 침대 주위로 손에 손을 잡고 늘어선 모습을 상상했다. 그의 머릿속에 떠오른 두 팔로 팔베 개를 하고 깊이 잠든 모습의 알베르티네도 마찬가지였다. 심 지어 이제 새하얗고 좁은 어린이용 황동 침대에 몸을 둥글게 말고 누워 있는 그의 아이와 왼쪽 관자놀이에 모반이 있는 붉은 뺨의 보모도. 이들 모두가 완전히 유령의 세계로 사라져

꿈의 노벨레

버린 것 같았다. 그리고 이 느낌은 비록 그를 조금 몸서리치게 했지만 동시에 무언가 위안을 주었다. 그것은 그를 모든 책임에서 자유롭게 해 주는 듯, 모든 인간관계에서 해방해 주는 듯했다.

배회하는 아가씨 하나가 그에게 자기와 함께 가자고 했다. 아직 새파랗게 젊고 귀염성 있는 아가씨였는데 붉게 칠한 입술에 아주 핼쑥한 얼굴이었다. 역시나 마지막엔 죽음이 기다리고 있을지도, 그는 생각했다. 그렇게 빠르지만 않을 뿐! 이것도 겁쟁이같이 구는 건가? 따지고 보면 그렇지. 여자의 걸음 소리, 곧이어 목소리가 등 뒤에서 들렸다. "나랑 같이 갈래, 닥터?"

그는 자동적으로 몸을 돌렸다. "어떻게 나를 아는 거지?" 하고 물었다.

"난 당신을 몰라요." 그녀가 말했다. "하지만 이 구역에선 모두가 닥터인걸."

김나지움 학생 시절 이래로 그는 이런 종류의 여자들과 어울린 적이 없었다. 이 아가씨한테 관심을 느끼다니, 내가 갑자기 소년 시절로 되돌아가 버린 걸까? 프리돌린은 가볍게 아는 지인을 떠올렸다. 세련된 젊은 남자로, 주위 사람들 말로는 터무니없는 여복을 가진 사람이었다. 프리돌린은 대학생 때 무도회 후에 그와 함께 야간 주점에 앉아 있었는데 그는 직업여성들 중 하나와 함께 나가기 전에 프리돌린의 다소 놀란 눈빛에 다음과 같은 말로 답했었다. "언제나 이게 가장 편한 방법이라고. 그리고 가장 나쁜 방법도 아니고."

"이름이 뭐지?" 프리돌린이 물었다.

"글쎄, 내 이름이 뭘까? 당연히 미치⁷⁾지." 어느새 그녀는 대문에 꽂힌 열쇠를 돌리고 현관으로 들어가 프리돌린이 따라오기를 기다렸다.

그가 머뭇거리자 그녀가 말했다. "어서!" 문득 그는 그녀 옆에 서 있었고, 등 뒤로 대문이 닫혔고, 그녀가 문을 잠그고 밀랍 초에 불을 붙이고는 길을 비춰 주었다. ― 내가 미쳤나? 하고 그는 자문했다. 당연히 나는 이 여자를 건드리지 않을 거야.

그녀의 방 안에는 석유등이 타고 있었다. 그녀가 심지를 더 돋웠다. 깔끔하게 정돈된 아주 아늑한 방이었고 어쨌거나 가령 마리아네의 집보다는 훨씬 더 기분 좋은 냄새가 났다. 물론이지, 이곳에선 늙은 남자가 몇 달 동안 앓아누워 있지 않았으니. 아가씨가 미소를 지은 후 추근대지 않으면서 다가왔고 프리돌린은 부드럽게 그녀를 물리쳤다. 그러자 그녀는 흔들의자를 가리켰고 그는 기꺼이 의자에 풀썩 앉았다.

"아주 피곤한가 보네." 그녀가 말했다. 그는 고개를 끄덕였다. 그녀는 서두르지 않고 옷을 벗으면서 말했다.

"뭐, 당신같이 하루 종일 이것저것 할 일이 많은 남자라면. 우리 같은 사람들이야 더 편하지."

그는 그녀의 입술에 화장기가 전혀 없고 원래 붉은 기가 도는 것을 알아차리고는 그 점을 칭찬해 주었다.

"도대체 내가 왜 화장을 해야 하는 건데?" 그녀가 물었다. "도대체 내가 몇 살이라고 생각하지?"

---

7) 마리아의 애칭으로 흔한 창녀 이름 중 하나이다.

"스무 살?" 프리돌린이 어림잡아 말했다.

"열일곱이야." 그녀가 말하고는 그의 무릎 위에 앉아 아이처럼 그의 목에 팔을 둘렀다.

그는 생각했다. 내가 바로 지금 이 방에 있을 거라고 이 세상 누가 생각이나 할까? 나 자신도 한 시간 전에, 십 분 전에 이게 가능한 일이라고 여겼을까? 그런데, 왜지? 왜일까? 그녀가 자기 입술로 그의 입술을 찾자, 그는 몸을 뒤로 젖혔고, 그녀는 휘둥그레진 눈으로 조금 슬피 그를 바라보고는 그의 무릎에서 미끄러져 내려갔다. 그는 거의 미안할 지경이었다. 왜냐하면 그녀의 포옹에는 위로를 주는 다정함이 듬뿍 담겨 있었기 때문이다.

그녀는 침구를 접어 둔 침대의 머리 부분에 걸린 빨간 가운을 집어 그 안에 미끄러지듯 들어갔고 두 팔을 가슴 위로 겹쳐서 몸 전체를 가운으로 감쌌다.

"이제 됐어?" 그녀가 조롱기 없이 수줍은 듯 물었다. 마치 그를 이해하려고 노력하는 것 같았다. 그는 뭐라고 대답해야 할지 좀체 알 수가 없었다.

"딱 네가 말한 그대로야." 그가 말했다. "나는 정말 피곤해. 그리고 여기 흔들의자에 앉아서 그냥 네 말에 귀를 기울이고 있자니 기분이 아주 편안하고. 네 목소리는 아주 사랑스럽고 부드러워. 말해 봐, 무슨 얘기 좀 해 줘."

그녀는 침대 위에 앉아 고개를 가로저었다.

"정말로 두려운 거구나." 그녀가 나지막이 말했다. 그리고 이어서 혼잣말로, 거의 들리지 않게 말했다. "안타까워라!"

이 마지막 말은 그의 피 속에 뜨거운 파도를 일으켰다. 그는 다가가서 그녀를 껴안으려 했고 그녀가 자기에게 완전한 신뢰감을 준다고 이야기했으며 이로써 심지어 진실을 말했다. 그는 그녀를 끌어안고서 그녀에게 구애했다. 마치 여느 아가씨에게, 사랑하는 여인에게 구애하는 것처럼. 그녀는 저항했고, 그는 부끄러움을 느끼며 결국 그만두었다.

그녀가 말했다.

"물론 알 수는 없지. 하지만 언젠가 한 번은 닥칠 수밖에 없는 일이고. 당신이 두려워하는 거, 그건 아주 당연해. 그리고 만일 무슨 일이 생기면 당신은 날 저주할 테고."

그녀는 그가 건넨 지폐를 아주 단호하게 거부했기에 그는 더 이상 그녀에게 돈을 들이밀 수가 없었다. 그녀는 폭이 좁은 파란색 털목도리를 두르고 양초에 불을 붙인 후 길을 비춰 주면서 그와 함께 아래층으로 내려가 대문을 열었다. "난 오늘 집에 있을래." 그녀가 말했다. 그는 그녀의 손을 잡았고 저도 모르게 그 손에 입을 맞췄다. 그녀는 놀라워하며, 거의 경악하면서 그를 올려다본 뒤에 어쩔 줄 몰라 하며 기쁘게 웃었다. "무슨 숙녀 대하듯 하네." 하고 그녀가 말했다.

등 뒤에서 대문이 닫혔고 프리돌린은 한눈에 잽싸게 집 번지수를 기억 속에 새겨 두었다. 저 사랑스러운 불쌍한 여자에게 내일 포도주와 군것질거리를 보내 주기 위해.

4

그사이 공기가 좀 더 따듯해졌다. 미지근한 바람이 젖은 초원의 향내와 먼 산의 봄 향기를 좁은 골목길로 실어 왔다. 이제 어디로 가지? 프리돌린은 생각했다. 마침내 집에 가서 잠자리에 눕는 것이 당연한 일이 아닌 듯. 하지만 집에 갈 결심이 서지가 않았다. 알레만들과의 불쾌한 만남 이후로 자신이 갈 곳 없는 사람, 내쳐진 사람처럼 여겨졌다…… 아니면 마리아네의 고백 이후로? ─ 아니, 그보다 전부터 ─ 저녁에 알베르티네와 나눈 대화 이후로 그는 자기 존재의 익숙한 구역에서 어딘가 다른, 먼, 낯선 세계로 자꾸만 들어가고 있었다.

그는 밤거리를 이리저리 배회하며 가벼운 푄[8] 바람을 이마에 맞았고, 오래도록 찾던 목적지에 이제 다다른 듯 마침내 결연한 발걸음으로 한 삼류 카페에 들어갔다. 옛 빈의 정취가 느껴지는 아늑한 분위기에 별로 넓지 않았고 조명이 적당했으며 이런 늦은 시각에는 손님이 몇 명 없었다.

한구석에서 세 신사가 카드놀이를 하고 있었다. 이제껏 그것을 지켜보던 웨이터는 프리돌린이 모피 외투 벗는 것을 거든 후 주문을 받고 삽화 신문과 석간신문 들을 테이블에 올려놓았다. 프리돌린은 보호받는 듯 편안한 느낌이 들었고 신문을 대충 넘겨 보기 시작했다. 이곳저곳에 그의 시선이 머물렀다. 어느 보헤미아 도시에서 독일어로 된 길 표지판이 훼손

---

8) 알프스산맥을 넘어 부는 고온 건조한 공기.

되어 떨어졌다. 콘스탄티노플에서 소아시아의 철도 부설 문제 때문에 회의가 열렸고 크랜포드 경도 거기에 참석했다. 베니스 & 바인그루버 사가 파산했다. 매춘부인 아나 티거가 질투심 때문에 친구인 헤르미네 드로비츠키에게 황산 테러를 했다. 오늘 저녁에 조피엔젤레에서 청어 파티가 열렸다. 쇤브루너 하우프트슈트라세 28번지에 거주하는 마리 B라는 젊은 아가씨가 염화수은을 마셨다. 이 모든 사실들, 대수롭지 않은 일들과 슬픈 일들은 그 건조한 일상성 속에서 왠지 프리돌린을 각성시키고 진정시켰다. 마리 B라는 젊은 아가씨는 그의 마음을 아프게 했다. 염화수은이라니, 바보같이. 그가 안락하게 카페에 앉아 있고, 알베르티네가 두 팔로 팔베개를 하고 평온하게 자고 있고, 궁정 고문관이 지상의 모든 괴로움을 이미 극복한 이 순간, 쇤브루너 하우프트슈트라세 28번지의 마리 B는 무의미한 고통 속에서 몸을 뒤틀고 있었다.

그가 신문에서 눈을 들었다. 이때 그는 맞은편 테이블에서 자신을 향하고 있는 두 눈을 발견했다. 어떻게 이럴 수가? 나흐티갈······? 나흐티갈은 이미 그를 알아보았고 뜻밖의 만남에 반색하며 두 팔을 들어 올리고는 프리돌린에게 다가왔다. 나흐티갈은 큰 키에 통통하다 싶을 만큼 꽤 몸이 퍼졌고 아직 젊은 나이였다. 벌써 조금 희끗희끗해진, 약간 곱슬곱슬한 긴 금발에 아래로 늘어진 폴란드식 금색 콧수염이 있었다. 그는 단추를 푼 회색 인버네스를 걸쳤는데 그 안으로 약간 기름때가 낀 연미복과 모조 다이아몬드 단추가 달린 구겨진 셔츠, 꾸깃꾸깃한 칼라와 나풀거리는 흰색 실크 넥타이가 보였다.

그의 눈꺼풀은 많은 밤을 새운 사람처럼 붉어져 있었으나 눈은 파란색으로 밝게 광채를 발했다.

"자네 빈에 있는 건가, 나흐티갈?" 프리돌린이 외쳤다.

"그걸 모른다니." 나흐티갈이 유대인 어조가 적당히 섞인 부드러운 폴란드식 억양으로 말했다. "어떻게 모를 수가 있지? 나는 유명 인사잖아." 그는 큰 소리로 기분 좋게 웃어 젖히고는 프리돌린 맞은편에 앉았다.

"뭐라고?" 프리돌린이 물었다. "혹시 몰래 외과 교수가 된 건가?"

나흐티갈이 더 밝게 웃음을 터뜨렸다. "조금 전에 소리 못 들었나? 방금 전에?"

"소리를 듣다니? ― 아하!" 이제 비로소 프리돌린은 자신이 카페에 들어가던 중에, 아니 그보다 앞서 카페에 다가갈 때 어느 지하 공간에서 울려 나오는 피아노 소리를 들은 것이 기억났다. "그러니까 그게 자네였나?" 그가 외쳤다.

"내가 아니면 누구겠나?" 나흐티갈이 웃으며 말했다.

프리돌린은 고개를 끄덕였다. 물론, 그 특유의 힘찬 터치, 그 기이하고 약간 제멋대로지만 듣기 좋은 왼손의 화음은 듣자마자 아주 익숙하게 다가왔었다. "그러니까 자네는 완전히 그쪽 길로 들어선 건가?" 그가 물었다. 그는 나흐티갈이 비록 칠 년 늦긴 했지만 동물학 과목의 2차 예비 시험을 심지어 잘 치렀는데도 의학 공부를 완전히 포기했던 것을 떠올렸다. 하지만 이후에도 나흐티갈은 상당히 오랫동안 병원과 해부실과 실험실과 강의실을 배회했으며, 예술가를 연상시키는 금발 머리와 늘 꾸깃꾸깃한 칼라와 한때 흰색이던 나풀대는 넥타이를 하고 이목을 끄는, 좋게 말하자면 인기 있는 존재로서 동료들뿐 아니라 여러 교수들에게도 정말이지 사랑을 받았다. 폴란드 어느 벽지에서 브랜디 술집을 운영하는 유대인의 아들인 그는 의학을 공부하기 위해 고향을 떠나 빈에 왔다. 부모의 변변찮은 지원은 애초에 있으나 마나였고 그나마 곧 완전히 끊겨 버렸지만 그럼에도 불구하고 그는 계속해서 리트호프[9]에서 의대생들의 단골 테이블에 나타났다. 프리돌린 역시 그 모임의 멤버였다. 어느 시점부터인가 더 유복한 학우들이 매번 한 사람씩 차례로 그의 술값을 내 주었다. 이따금 친구들은 옷가지도 선물로 주었는데 그는 역시나 공연한 자존심을 세우지 않으면서 기꺼이 그것을 받았다. 이미 고향 소도시에서 그곳으로 흘러든 피아니스트에게 피아노 연주의 기초를 배웠고 빈에서는 의과 대학생이면서 동시에 음악 학교도 다녔다. 음악 학교에서는 전도유망한 피아노 수재로 통했다고 했다. 하지만 이 분야에서도 그는 본격적으로 재능을 닦아 나가기에는 진지함과 근면함이 부족했고 지인들 사이에서 음악적 성공을 거두는 데, 아니 그보다는 피아노 연주로 지인들에게 즐거움을 제공하는 데 완전히 만족하게 되었다. 한동안 그는 근교의 무용 학교에서 피아니스트로 일했다. 대학 친구들 그리고 같이 어울리는 친구들은 그를 상류층 집에 피아니스트로 소개하려 했으나 그런 기회가 있을 때

---

9) 빈에서 의사, 장교, 공무원 등이 즐겨 찾던 맥줏집.

면 항상 그는 그때그때 내키는 것만, 그리고 마음이 내킬 때만 연주를 했고 젊은 숙녀들과 환담을 나누면서 때로 도를 넘는 말을 늘어놓았으며 주량보다 넘치게 술을 마셨다. 한번은 어느 은행장의 집에서 무도회가 열려 그가 피아노를 연주했다. 그는 자정도 안 됐는데 알랑거리는 음탕한 말로 춤추며 지나가는 젊은 아가씨들을 당혹케 하고 파트너에게 불쾌감을 불러일으키더니 갑자기 무슨 생각인지 격렬한 캉캉 곡을 연주하면서 특유의 우렁찬 저음으로 외설스러운 노래를 불렀다. 은행장은 나가라고 소리를 쳤다. 나흐티갈은 쾌활함을 주체하지 못하는 듯 일어나서 은행장을 껴안았고 격노한 은행장은 본인도 유대인이면서 세간에서 쓰는 욕설을 피아니스트의 면전에 내뱉었고 이에 나흐티갈은 즉시 힘찬 따귀로 응답했다. 그 일로 이 도시의 상류층 집에서 그의 경력은 완전히 끝난 것으로 보였다. 친한 사람들의 모임에서는 대체로 더 바르게 행동할 줄 알았다. 비록 그런 경우라도 밤늦은 시각이면 가끔 강제로 그를 술집에서 끌어내야 했지만 말이다. 그러나 다음 날 아침이면 그런 일들을 모두가 용서하고 잊었다. 그의 학우들이 학업을 모두 마친 지 한참이 지나고 어느 날, 그는 갑자기 작별 인사도 없이 이 도시에서 사라져 버렸다. 몇 달 동안은 러시아와 폴란드의 여러 도시에서 안부 엽서를 보내왔다. 그리고 프리돌린을 늘 각별히 생각하던 나흐티갈은 언젠가 앞뒤 설명 없이 안부 인사를 전하면서 아울러 많지 않은 돈을 부탁했고 그때 프리돌린은 나흐티갈의 존재를 떠올리게 되었다. 프리돌린은 즉시 돈을 보내 주었는데 이

후 나흐티갈에게서 고맙다는 인사라든가 그 밖에 살아 있다는 소식을 들은 적이 없었다.

하지만 팔 년이 지난 후, 새벽 1시 45분, 이 순간에 나흐티갈은 예전에 신세진 것을 즉시 갚겠다며 고집을 부렸고 상당히 해진 지갑에서 딱 맞는 개수의 지폐를 꺼냈다. 그런데 그의 지갑은 제법 두둑했고 그래서 프리돌린은 마음 놓고 흔쾌히 돈을 받았다⋯⋯.

"자네는 잘 지내는 거로군." 프리돌린이 스스로를 안심시키려는 듯 미소를 띠며 말했다.

"불평할 게 없지." 나흐티갈이 답했다. 그리고 프리돌린의 팔에 손을 올리면서 말했다. "그런데 이제 말 좀 해 보게, 어쩌다 한밤중에 여기 온 건가?"

이렇게 늦은 시간에 이곳을 찾은 것은 밤에 환자를 방문한 후 커피 한잔 마시고 싶은 생각이 간절해서라고 프리돌린은 설명했다. 하지만 그가 도착했을 때 이미 환자가 죽어 있었다는 말은 하지 않았는데 왜 그러는지는 잘 몰랐다. 이어서 그는 폴리클리닉[10]에서 하는 업무와 본인의 개인 병원에 대해 대강 이야기하고 자신이 결혼해서 행복한 결혼 생활을 하고 있으며 여섯 살 난 딸의 아빠라는 사실을 언급했다.

이번엔 나흐티갈이 이야기를 했다. 프리돌린이 추측했던 대로, 그는 그동안 폴란드, 루마니아, 세르비아, 불가리아의 온갖 크고 작은 도시에서 줄곧 피아니스트로 생계를 꾸려 왔으

_____

10) 외래 진료를 전문으로 하는 종합 병원이나 과를 가리킨다.

며 렘베르크[11]에 그의 아내가 네 아이와 살고 있었다. 그는 마치 네 아이를 둔 것이 유달리 재밌는 일인 양 밝게 웃었다. 아이들은 모두 렘베르크에 있었고 모두 한 여자가 낳았다. 지난가을 이래로 그는 다시 빈에서 지내고 있었다. 그를 고용했던 바리에테 극장[12]이 금방 파산해 버렸고 이제 그는 그때그때 상황에 따라 온갖 다양한 술집에서 연주를 했다. 때로는 한날 밤에 두세 군데에서 연주하기도 했다. 가령 저기 지하 술집에서. 그의 말마따나 아주 품격 있는 곳은 아니고 사실 일종의 볼링장인데 관객이란 사람들은…… "하지만 네 아이를 부양해야 하고 렘베르크에 아내가 있는 처지라면." 그리고 그는 또다시 웃었는데 더 이상 전처럼 유쾌한 웃음은 아니었다. "사적인 모임에서도 가끔 일거리가 있고." 그가 재빨리 덧붙여 말했다. 그리고 프리돌린의 얼굴에서 과거의 일을 떠올리는 미소를 알아보자 "은행장들 집에서는 아니고, 그래, 아니지. 생각할 수 있는 모든 모임에서 말이야. 대규모 모임, 저녁 모임, 비밀 모임에서도."라고 말했다.

"비밀 모임이라고?"

나흐티갈이 음침하고 교활하게 허공을 바라봤다. "금방 또 날 데리러 올 거야."

"뭐라고, 오늘 또 연주가 있나?"

"그래, 그곳에선 2시가 돼야 시작이거든."

---

11) 오늘날 우크라이나의 르비우. 과거에는 합스부르크 제국에 속했다.
12) 곡예, 춤, 음악 공연 등을 오락거리로 제공하는 극장.

"아주 근사한데." 프리돌린이 말했다.

"그렇기도 하고 그렇지 않기도 하지." 나흐티갈이 웃으며 말했다. 하지만 곧 다시 진지해졌다.

"그렇기도 하고 그렇지 않기도 하다……?" 프리돌린이 호기심이 동해 물었다.

나흐티갈이 테이블 위로 그에게 몸을 숙였다.

"난 오늘 개인 집에서 연주를 하네. 하지만 그게 누구 집인진 몰라."

"그럼 거기서 연주하는 건 오늘이 처음인가?" 프리돌린이 점점 더 관심을 가지며 물었다.

"아니, 세 번째야. 하지만 아마 이번엔 또 다른 집일 테지."

"통 이해가 안 되는군."

"나도 마찬가지야." 나흐티갈이 웃으며 말했다. "묻지 않는 편이 낫네."

"흠." 프리돌린이 소리를 냈다.

"오, 자네는 착각하고 있어. 자네가 생각하는 그런 게 아냐. 나는 이미 숱하게 보아 왔어. 보통은 믿지 않지만, 그런 작은 도시들에서 ─ 특히 루마니아에서는 ─ 많은 것을 경험하지. 하지만 여기서는……." 그가 노란 창문 커튼을 약간 젖히고 거리를 내다보고는 혼잣말처럼 "아직 안 왔군." 하고 말한 다음에 프리돌린에게 설명해 주었다. "마차 말일세. 매번 마차가 나를 데리러 오거든. 그리고 매번 다른 마차가 오지."

"내 호기심을 돋우는군, 나흐티갈." 프리돌린이 차갑게 말했다.

"들어 보게." 나흐티갈이 얼마간 망설인 후 "만일 내가 누군 가에게 기회를 준다면 ─ 하지만, 방법이 문제인데 ─" 그리고 돌연 "자네 용기가 있나?"라고 말했다.

"이상한 질문이군." 프리돌린이 모욕을 당한 학생 조합 회원 같은 어조로 말했다.

"그런 뜻이 아니야."

"그럼 대체 무슨 뜻이지? 어째서 그런 특별한 용기가 필요한 거지? 도대체 무슨 일이 일어날 수 있는 건데?"

"나한테는 아무 일도 일어날 리 없지. 기껏해야, 오늘이 마지막이 되는 거지. 그런데 어쩌면 이번이 마지막일지도 모르고."

"그래서?"

"뭐라고 했지?" 나흐티갈이 꿈에서 깨어난 듯 물었다.

"계속 얘기해 보라고. 이미 시작한 마당에……. 비밀 행사? 비공개 모임? 초대받은 손님만 입장?"

"나는 모르네. 최근에는 서른 명이었고 처음에는 열여섯 명뿐이었지."

"무도회인가?"

"물론 무도회지." 그는 자신이 애초에 말을 꺼낸 것을 이제 후회하는 빛이었다.

"그리고 자네는 행사를 위해 음악을 연주하고?"

"행사라니? 나는 무엇을 위해 연주하는지도 모른다고. 정말로, 난 몰라. 나는, 나는 ─ 눈이 가려진 채로 연주를 하네."

"나흐티갈, 나흐티갈, 그게 무슨 말도 안 되는 소리인가!"

나흐티갈이 살짝 한숨을 쉬었다. "하지만 유감스럽게도 완전히 가려지는 건 아냐. 전혀 아무것도 못 보는 건 아니지. 내 눈을 가린 검은 비단 천을 통해 거울 속에서……." 그리고 또다시 침묵했다.

"한마디로." 프리돌린이 참을성 없이 경멸조로 말했다. 하지만 그는 이상하게 흥분되는 것을 느꼈다……. "벌거벗은 계집들이 보인다는 거군."

"계집들이라니, 프리돌린." 나흐티갈이 기분이 상한 듯 말했다. "자네는 그런 여자들을 결코 본 적 없을걸."

프리돌린이 가볍게 헛기침했다. "그런데 입장료가 얼마지?" 그가 지나가듯 물었다.

"입장권 같은 거 말인가? 하, 무슨 터무니없는 소리를."

"그럼 어떻게 들어갈 수 있는데?" 프리돌린이 입술을 다문 채 내뱉고는 테이블 위를 두드려 댔다.

"암호를 알아야 해. 암호는 매번 바뀌지."

"그럼 오늘은 뭐지?"

"아직 몰라. 마부가 알려 주거든."

"나도 데려가게, 나흐티갈."

"안 돼, 너무 위험하다고."

"일 분 전에 자네 입으로 말했잖나…… 나에게 '기회를 줄' 의향이 있다고. 충분히 가능할 거라고."

나흐티갈은 검사하듯 프리돌린을 관찰했다. "지금 그 모습으로는, 절대 못 가. 신사 숙녀 모두가 가면을 쓰고 있거든. 자네 지금 가면 같은 걸 가지고 있나? 안 돼. 어쩌면 다음번엔 괜찮을지도. 내가 좋은 방법을 생각해 보겠네." 그가 가만히 귀를 기울이더니 다시 커튼 틈으로 거리를 내다보고는 안도의 한숨을 내쉬며 말했다. "마차가 왔군. 아듀."

프리돌린이 그의 팔을 꽉 붙들었다. "이런 식으로 도망가면 안 되지. 자네는 날 데려가게 될 거야."

"하지만 이 친구야……."

"나머지 일은 전부 나한테 맡겨 둬. '위험한' 일이라는 거 잘 안다고. 어쩌면 바로 그 점에 내가 끌리는지도."

"하지만 이미 말했다시피…… 의상과 가면 없이는……."

"의상 대여점이 있잖나."

"지금은 새벽 1시야!"

"잘 들어 봐, 나흐티갈. 비켄부르크 거리 모퉁이에 그런 가게가 하나 있다네. 나는 매일 몇 번씩 그 간판 앞을 지나가거든." 그러고 나서 점점 흥분하며 급하게 말했다. "여기에 십오 분 더 있게, 나흐티갈. 그사이 나는 그곳에 가서 내 운을 시험해 볼 테니. 짐작컨대 대여점 주인은 가게와 같은 건물에 살 거야. 만일 그렇지 않다면, 바로 포기할게. 운명의 결정에 맡기자고. 같은 건물에 카페가 하나 있는데 이름이 카페 빈도보나인 걸로 기억하네. 마부에게 말하게 — 그 카페에 깜빡하고 뭘 두고 왔다고. 그런 다음에 안으로 들어가고, 나는 문 근처에서 기다리고, 자네는 나한테 잽싸게 암호를 말해 주고, 다시 마차에 올라타는 거야. 만일 의상을 구하는 데 성공하면 나는 재빨리 다른 마차를 잡아타고 자네 뒤를 따라갈 거야. 그다음 일은 어떻게든 될 거야. 자네가 감수할 위험은, 나흐티갈, 맹세컨대 어떤 경우든 함께 부담하겠네."

　나흐티갈은 프리돌린의 말을 끊으려고 몇 번 시도했지만 소용이 없었다. 프리돌린은 스스로 여기기에 이날 밤의 스타일에 어울리게끔, 너무나도 후한 팁과 함께 술값을 테이블 위에 던지고 길을 나섰다. 밖에는 유개(有蓋) 마차 한 대가 서 있었는데, 온통 검은색 복장을 하고 춤이 높은 실크해트를 쓴 마부가 움직임 없이 마부석에 앉아 있었다. 장례 마차 같군, 하고 프리돌린은 생각했다. 몇 분을 뛰듯이 빠르게 걸은 후에 그는 자신이 찾는 모퉁이 건물에 다다랐고 초인종을 울리고는 건물 관리인에게 의상 대여점 주인 기비저가 여기 이 건물에 사는지 물었다. 그러면서 자기 생각이 틀렸기를 내심 바랐다. 하지만 기비저는 실제로 이 건물에서 대여점 아래층에 살고 있었다. 관리인은 이런 늦은 시각에 찾아온 손님에 딱히 놀라는 기색이 전혀 없었고, 프리돌린에게 두둑한 팁을 받자 싹싹하게 굴며 말하길 카니발 기간 중에는 이런 밤 시간에 의상을 빌리러 오는 게 전혀 드문 일이 아니라고 했다. 그는 프리돌린이 2층에서 초인종을 울릴 때까지 아래에서 양초로 길을 비춰 주었다. 기비저 씨가 마치 문 앞에서 기다린 듯 몸소 문을 열었다. 그는 빼빼 마른 몸에 수염이 없고 대머리였으며 옛날식 꽃무늬 가운을 입고 장식용 술이 달린 튀르키예 모자를 쓰고 있어서 연극에 나오는 우스꽝스러운 노인처럼 보였다. 프리돌린은 용건을 말하며 가격은 아무래도 상관이 없다고 했다. 이에 기비저 씨는 거부하듯 딱 잘라 말했다. "나는 받을 만큼만 받지 그 이상은 요구하지 않습니다."

그는 나선 충계를 거쳐 창고로 프리돌린을 안내했다. 비단, 벨벳, 향수, 먼지와 마른 꽃 냄새가 났다. 흐리멍덩한 어둠 속에서 은빛과 붉은빛이 번뜩였다. 그리고 저 뒤 깜깜한 속으로 사라지는 길게 뻗은 좁은 복도에서 열린 옷장들 사이로 돌연 수많은 조그만 램프들이 번쩍거렸다. 좌우로 온갖 종류의 의상이 걸려 있었다. 한쪽에는 기사, 종자, 농부, 사냥꾼, 학자, 동양인, 바보의 의상이, 다른 쪽에는 궁정 여인, 기사의 딸, 농부 아내, 시녀, 밤의 여왕[13]의 의상이 있었다. 그 위에는 각 의상별로 머리에 쓰는 물건들이 보였다. 프리돌린은 교수형 당한 자들이 양편에 늘어선 길을 지나는 기분이었다. 그들은 이제 막 서로에게 춤을 청하려는 것 같았다. 기비저 씨가 프리돌린의 뒤를 따랐다. "특별히 원하는 게 있으신지요? 루이 14세? 디렉투아르[14] 양식? 옛 독일풍?"

"두건 달린 수도복과 검은색 가면이면 됩니다."

그 순간 복도 끝에서 유리가 쨍그랑거리는 소리가 들려왔다. 프리돌린은 소스라치게 놀랐고 마치 의상 대여점 주인에게 즉시 해명할 의무가 있다는 듯 그의 얼굴을 들여다보았다. 하지만 기비저는 뻣뻣하게 서서 어딘가에 숨은 스위치를 찾아 더듬거렸고, 곧장 눈부신 밝은 빛이 복도 끝까지 쏟아졌다. 그곳에 작은 테이블이 차려져 있고 접시며 유리잔이며 병 들이 놓인 것이 보였다. 좌우에 있는 두 의자에서 빨간색 법복을 입

---

13) 모차르트의 오페라 「마술피리」에 등장하는 인물.
14) 프랑스 혁명 이후 유행했던 신고전주의 양식.

은 비밀 재판관이 한 사람씩 일어났고 그 순간 귀여운 밝은 존재 하나가 사라졌다. 기비저가 성큼성큼 달려가서 테이블 위로 손을 뻗어 하얀 가발을 붙잡는 바로 그 순간, 피에로 복장에 흰색 실크 스타킹을 신고 아직 아이에 가까울 정도로 아주 앳된 매력적인 아가씨가 테이블 밑을 비집고 나와 프리돌린이 있는 곳까지 달려왔고 그는 어쩔 수 없이 그녀를 품 안에 받았다. 기비저는 하얀 가발을 테이블에 떨어뜨린 후에 좌우로 두 비밀 재판관의 법복 주름을 꽉 잡았다. 동시에 그가 프리돌린을 향해 외쳤다. "손님, 그 계집애를 꽉 붙들고 계십시오." 어린 아가씨는 마치 프리돌린이 그녀를 보호해 주어야 한다는 듯 그에게 꼭 달라붙었다. 그녀의 작고 갸름한 얼굴에는 흰 가루가 묻고 애교점이 몇 개 붙어 있었고 보드라운 가슴에서 장미향과 분 냄새가 올라왔다. 그녀의 눈은 장난기와 유쾌함이 담긴 미소를 보냈다.

"이봐요들." 기비저가 소리쳤다. "경찰한테 넘길 때까지 여기에 가만히 있으시오."

"이게 무슨 짓이오?" 두 사람이 소리쳤다. 그리고 이구동성으로 말했다. "우리는 아가씨가 초대해서 따라온 거요."

기비저가 두 사람을 놓아주었고, 프리돌린은 그가 두 사람에게 말하는 소리를 들었다. "그 점에 대해서는 자세히 설명해야 할 거요. 아니면 당신들이 상대한 게 미친 여자란 걸 바로 알아보지 못했던 거요?" 이어서 그는 프리돌린에게 몸을 돌려 말했다. "이런 일로 불편을 끼쳐 죄송합니다."

"오, 괜찮습니다." 프리돌린이 말했다. 마음 같아서는 여기에 머무르든지, 아니면 이 어린 아가씨를 곧바로 데려가고 싶었다. 어디로든, 그리고 무슨 결과가 따르든. 아가씨는 마치 넋이 나간 것처럼 매혹적이고 천진난만하게 그를 올려다보았다. 비밀 재판관들은 복도 끝에서 격앙된 대화를 주고받았고, 기비저는 프리돌린에게 사무적으로 몸을 돌리고 물었다. "수도복을 원하신다고 했죠, 손님, 순례자 모자와 가면이죠?"

"아뇨." 피에로가 반짝이는 눈으로 말했다. "어민[15] 망토랑 붉은 비단 더블릿[16]을 드려야 해요."

"너는 내 옆에서 꼼짝하지 마." 기비저가 말하고는 용병 의상과 베네치아 참사회 위원 의상 사이에 걸린 어두운 수도복을 가리켰다. "이게 손님 사이즈에 맞습니다. 맞는 모자는 여기에. 받으십시오, 어서."

이때 두 비밀 재판관이 다시 말했다. "우리를 당장 내보내 주시오, 히비지어 씨." 그들은 기비저의 이름을 프랑스식으로 발음했고 프리돌린은 이를 의아하게 여겼다.

"말도 안 되는 소리." 의상 대여점 주인이 조롱하듯 답했다. "일단 부탁인데 내가 돌아올 때까지 여기서 기다려 줬으면 좋겠소."

그사이 프리돌린은 수도복 속에 몸을 집어넣고 아래로 늘어진 흰색 끈의 양끝을 묶어 매듭을 지었고, 기비저는 좁은 사다리 위에 서서 챙 넓은 검은색 순례자 모자를 그에게 건넸

---

15) 북방 족제비의 흰색 겨울 털.
16) 허리가 잘록하고 몸에 딱 맞는 남성용 윗옷.

다. 프리돌린은 그것을 받아 머리에 썼다. 그러나 이 모든 일을 그는 마지못해 하는 듯했다. 왜냐하면 이곳에 남아서 위기에 처한 피에로를 도와야 한다는 어떤 의무감 같은 것을 점점 더 강하게 느꼈기 때문이다. 기비저에게 받아 바로 착용해 본 가면에서는 낯설고 조금 불쾌한 향수 냄새가 풍겼다.

"네가 앞장서." 기비저가 어린 아가씨에게 말하면서 고압적으로 층계를 가리켰다. 피에로는 몸을 돌리고 복도 끝을 쳐다보았고 우울하면서 명랑한 작별 인사를 보냈다. 프리돌린은 그녀의 시선을 따라갔다. 그곳에는 더 이상 비밀 재판관이 아니라 연미복 차림에 흰 넥타이를 맨 호리호리한 청년 둘이 서 있었다. 하지만 두 사람은 아직 빨간색 가면을 얼굴에 쓰고 있었다. 피에로는 사뿐사뿐한 걸음걸이로 나선 층계를 내려갔고, 기비저가 그 뒤를 따랐고, 그들 뒤를 프리돌린이 따라갔다. 아래층 현관에서 기비저가 내부 공간으로 통하는 문을 열고 피에로에게 말했다. "당장 침대로 가, 이 타락한 계집애. 내가 위에서 저 사람들하고 담판을 짓고서 곧바로 이야기를 하자."

그녀는 하얗고 여린 모습으로 문간에 서서 프리돌린을 한 번 바라보고 슬피 고개를 저었다. 프리돌린은 오른쪽에 있는 커다란 벽 거울 속에서 수척한 순례자를 보았다. 그것은 다름 아닌 자신이었고 그는 어쩜 이리 자연스러울 수가 있을까 하며 놀라워했다.

피에로는 사라져 버렸고 늙은 의상 대여점 주인은 그녀 등 뒤로 문을 잠갔다. 그런 다음에 집 문을 열고 프리돌린을 계단실로 떠밀었다.

"실례합니다만." 프리돌린이 말했다. "의상 값은……."

"괜찮습니다, 손님. 반납할 때 지불하시면 됩니다. 손님을 믿습니다."

그러나 프리돌린은 제자리에서 꿈쩍도 안 했다. "저 불쌍한 아이에게 어떤 몹쓸 짓도 하지 않겠다고 약속하시겠습니까?"

"그게 손님하고 무슨 상관입니까?"

"아까 저 아이가 미쳤다고 말씀하시는 걸 들었습니다. 그리고 좀 전에는 저 아이를 타락한 계집애라고 부르셨고요. 딱 봐도 앞뒤가 안 맞죠. 부정하지는 않으시겠죠."

"이봐요, 손님." 기비저가 마치 무대 위에 있는 듯한 어조로 답했다. "미친 사람이란 신 앞에서는 타락한 존재 아닙니까?"

프리돌린이 진저리를 쳤다.

"늘 그렇듯이." 이어서 그가 말했다. "방도가 있을 겁니다. 나는 의사입니다. 이 문제에 대해 내일 마저 이야기합시다."

기비저는 소리 없이 조롱하듯 웃었다. 계단실에서 갑자기 불빛이 탁 타오르더니 기비저와 프리돌린 사이의 문이 닫혔고 곧장 빗장이 채워졌다. 프리돌린은 층계를 내려가는 동안 모자와 수도복과 가면을 벗어 전부 겨드랑이에 꼈고, 관리인이 대문을 열어 주었다. 예의 장례 마차가 맞은편에 서 있었고 움직임 없는 마부가 마부석에 앉아 있었다. 나흐티갈은 이제 막 카페를 나오려는 참이었는데 프리돌린이 제때 나타난 걸 썩 반가워하는 눈치가 아니었다.

"의상은 잘 마련한 건가?"

"보다시피. 암호는?"

"꼭 이래야만 하겠나?"

"물론이네."

"자, 암호는 덴마크."

"자네 미쳤나, 나흐티갈?"

"어째서 미쳤다는 거지?"

"아무것도, 아무것도 아냐. 공교롭게도 금년 여름에 덴마크 해변에 갔거든. 이제 마차에 타게. 하지만 바로 타지는 말고. 내가 저기서 마차를 잡을 시간이 필요하니까."

나흐티갈이 고개를 끄덕이고는 느긋하게 담배에 불을 붙였다. 그사이 프리돌린은 잽싸게 길을 건너 이두 마차를 잡아탔고 마치 장난을 치듯 천진한 어조로 마부에게 이제 막 앞에서 움직이기 시작한 저 장례 마차를 따라가라고 했다.

그들은 알저 거리를 지난 후 고가 철도 아래를 통과해 교외로 향했고 불빛이 어둑한 인적 없는 샛골목을 계속해서 지났다. 프리돌린은 자신이 탄 마차의 마부가 혹시나 앞선 마차를 놓칠 가능성을 고려했다. 그러나 열린 창을 통해 부자연스럽게 따뜻한 공기 속으로 자꾸 고개를 내밀어 봐도 앞 마차는 적당한 거리를 두고 앞서 가고 있었고 춤이 높은 실크해트를 쓴 예의 마부는 움직임 없이 마부석에 앉아 있었다. 어쩌면 나쁜 결말이 기다릴 수도, 하고 프리돌린은 생각했다. 피에로의 가슴에서 올라오던 장미향과 분 냄새가 여전히 느껴졌다. 무슨 그런 이상한 소설 같은 일이 있을까? 하고 그는 자문했다. 그곳을 떠나지 말걸, 어쩌면 떠나서는 안 되었을지도. 대체 지금 여기가 어디지?

마차는 수수한 저택들 사이로 완만한 경사로를 올라갔다. 이제 프리돌린은 여기가 어딘지 알 것 같았다. 수년 전에 때로 산책 중에 이곳에 발길이 닿은 적이 있었다. 지금 오르는 건 갈리친산이 틀림없었다. 왼편으로 저 밑에 수많은 불빛으로 반짝이는 도시가 안개 속에서 어룽거리는 것이 보였다. 그는 뒤에서 바퀴가 구르는 소리를 듣고 창밖으로 뒤쪽을 보았다. 마차 두 대가 뒤에서 오고 있었다. 그에게는 반가운 일이었다. 그럼 장례 마차의 마부가 자신을 절대 수상쩍게 여길 리가 없으니까.

돌연, 아주 심한 충격과 함께 마차가 옆으로 방향을 꺾더니 마치 골짜기로 들어가듯 울타리와 담장과 비탈 사이를 내려갔다. 지금이 가장을 하기에 딱 좋은 때라는 생각이 들었다. 프리돌린은 모피 외투를 벗고, 매일 아침 소속 과에서 리넨 가운의 소매 속에 쏙 몸을 집어넣을 때와 똑같이 수도복 속에 몸을 넣었다. 그리고 별다른 문제가 생기지 않는다면 자신이 몇 시간 후면 매일 아침처럼 병상 사이를 돌아다니며 친절한 의사 노릇을 하게 되리라 생각하며 무언가 안도감 같은 것을 느꼈다.

마차가 멈춰 섰다. 프리돌린은 생각했다. 만일 내가 아예 내리지 않는다면, 차라리 바로 되돌아간다면 어떨까? 그런데 어디로 가지? 그 어린 피에로에게로? 아니면 부흐펠트 골목의 어린 창녀에게로? 아니면 고인의 딸인 마리아네에게로? 아니면 집으로? 그리고 그는 자신이 세상 어느 곳보다도 바로 그곳에 가기를 가장 덜 원한다고 느끼며 가볍게 전율했다. 혹은 집으로 가는 길이 가장 멀다고 생각되기 때문일까? 아니, 나는 되돌아갈 수 없어, 그는 속으로 생각했다. 계속 나의 길을 가는 거야, 그게 나의 죽음일지라도. 이 거창한 말에 그는 스스로 웃었지만 썩 유쾌한 기분은 아니었다.

어느 정원 문이 활짝 열려 있었다. 앞선 장례 마차는 골짜기 속으로, 혹은 그가 보기에는 어둠 속으로 더 깊이 내려가는 참이었다. 어쨌거나 나흐티갈은 이미 내린 뒤였다. 프리돌린은 마차에서 잽싸게 뛰어내렸고 마부에게 앞서 지나온 저 위 모퉁이에서, 시간이 얼마나 오래 걸리든 자기가 돌아올 때까지 기다리라고 지시했다. 그리고 다짐하는 뜻에서 선금 조로 넉넉한 보수를 마부에게 주었고 돌아올 때 똑같은 금액을 주겠다고 약속했다. 뒤따라오던 마차들이 도착했다. 첫 번째 마차에서 프리돌린은 베일을 쓴 여자 형체가 내리는 것을 보았다. 이어서 그는 정원으로 들어가 가면을 썼다. 집에서 나온 불빛이 비추는 좁은 오솔길은 대문으로 이어졌고 순간 양쪽 문짝이 활짝 열렸다. 곧이어 프리돌린은 폭이 좁은 하얀 현관에 있었다. 하모늄[17] 소리가 그를 향해 울렸고, 어두운 제복을 입고 얼굴에 회색 가면을 쓴 하인 두 명이 좌우에 서 있었다.

"암호는?" 두 목소리가 이중창으로 속삭였다. 이에 그가 답했다. "덴마크." 한 하인이 그의 모피 외투를 받아 옆방으로 사라졌고 다른 하인이 문을 열어 주었다. 프리돌린은 어슴푸레한, 거의 어둡다 할 높다란 홀로 들어섰다. 홀을 두르며 검은

---

17) 풀무로 바람을 내보내 소리를 내는 소형 오르간.

비단이 걸려 있었다. 완전히 성직자 복장을 한 가면들, 열여섯에서 스무 명의 수도사와 수녀 들이 홀을 오갔다. 부드럽게 고조되는 하모늄 소리는 이탈리아 교회 음악의 멜로디였는데 위에서 아래로 울리는 듯했다. 홀 한구석에 수녀 셋과 수도사 둘이 작은 무리를 지어 서 있었다. 그곳 사람들은 그가 있는 쪽으로 슬쩍 몸을 돌렸다가 마치 일부러 그러듯 곧바로 다시 등을 돌렸다. 프리돌린은 이곳에서 자기만 머리에 뭘 쓰고 있다는 것을 알아차리고는 순례자 모자를 벗고 가급적 천연덕스럽게 거닐었다. 한 수도사가 그의 팔을 살짝 건드리더니 고개를 가볍게 숙여 인사했다. 그러나 가면 뒤 시선은 프리돌린의 눈을 일순간 뚫어져라 깊숙이 들여다보았다. 남국의 정원에서 나는 것 같은 숨 막히는 낯선 향기가 그를 에워쌌다. 어느 팔이 또다시 그를 살짝 건드렸다. 이번에는 수녀의 팔이었다. 다른 수녀들처럼 그녀도 이마와 머리와 목덜미에 검은 베일을 두르고 있었고 가면의 검은 비단 레이스 아래로 핏빛 입이 빛났다. 여기가 어디지? 프리돌린은 생각했다. 미치광이들 가운데 있는 건가? 무슨 음모를 꾸미는 자들 가운데 있는 건가? 무슨 종파의 집회에 들어와 버린 건가? 혹시 여기 사람들은 장난삼아 놀릴 생각으로 뭘 모르는 사람을 데려오도록 나흐티갈에게 지시를 내리거나 돈을 준 걸까? 그러나 가면을 쓰고 장난을 치는 자리라 치부하기에는 모든 게 너무 진지하고, 너무 단조롭고, 너무 섬뜩해 보였다. 하모늄 소리에 한 여자 목소리가 합류했고 옛 이탈리아의 종교 아리아가 공간 안에 울려 퍼졌다. 모두가 조용히 서 있었고 음악 소리에 귀를 기울이는 듯했다. 프리돌린 또한 경이롭게 고조되는 멜로디에 한동안 몸을 맡긴 채 사로잡혀 있었다. 느닷없이 한 여자 목소리가 등 뒤에서 속삭였다. "뒤돌아보지 마세요. 아직은 이곳을 떠날 시간이 있어요. 당신은 이곳 사람이 아니에요. 만일 그 사실이 발각되면 큰일을 당할 거예요."

프리돌린은 깜짝 놀라 움찔했다. 일순간 그 경고를 따를까 생각했다. 하지만 호기심과 유혹 그리고 무엇보다 그의 자존심이 모든 걱정보다 강했다. 그는 생각했다. 일단 여기까지 온 이상 결말이 어찌되든 상관없어. 그래서 그는 뒤돌아보지 않고 거부의 뜻으로 고개를 흔들었다.

그러자 등 뒤의 목소리가 속삭였다. "당신을 안타까워하게 될 거예요."

이제 그가 몸을 돌렸다. 그는 레이스를 통해 빛나는 핏빛 입을 보았다. 어두운 눈이 그의 눈을 파고들었다. "안 갈 겁니다." 그가 영웅적인 어조로 말했다. 이런 어조는 그 자신에게도 낯설었다. 이어서 그는 다시 얼굴을 돌렸다. 노랫소리가 경이롭게 고조되고 하모늄은 더 이상 전혀 교회풍이 아니라 새로운 스타일로, 세속적이고 풍성하게 파이프 오르간처럼 윙윙대며 울렸다. 그리고 주변을 둘러본 프리돌린은 수녀들이 전부 사라지고 홀 안에 수도사들만 남아 있음을 알아차렸다. 노래하는 목소리 또한 그사이 예의 어두운 근엄함에서 기교적으로 상승하는 트릴을 거쳐 밝게 환호하는 분위기가 되었다. 그리고 하모늄 대신에 피아노가 속되고 뻔뻔스럽게 연주를 시작했는데 프리돌린은 나흐티갈의 거칠고 도발적인 터치를 즉

각 알아차렸다. 앞서 그토록 고상하던 여자 목소리는 최후의 날카롭고 관능적인 절규 속에서 마치 지붕을 뚫듯 무한 속으로 날아올랐다. 좌우로 문들이 열려 있었고 한쪽에서 프리돌린은 피아노 앞에 있는 나흐티갈의 흐릿한 실루엣을 알아보았다. 그리고 맞은편 공간은 현란한 빛을 발하며 환했는데 그곳에 여자들이 가만히 서 있었다. 모두가 머리와 이마와 목덜미에 어두운 베일을 둘렀고 얼굴에는 검은색 레이스 가면을 쓰고 있었다. 그러나 그것을 제외하면 완전히 알몸이었다. 프리돌린의 눈은 풍만한 몸매와 날씬한 몸매, 섬세한 몸매와 과시하듯 활짝 피어난 몸매 사이를 갈망에 차서 오갔다. 그리고 이 벌거벗은 여자들 모두가 그럼에도 비밀에 싸여 있으며 검은색 가면으로부터 커다란 눈들이 도저히 풀 수 없는 수수께끼같이 그를 향해 반짝이는 상황은 형언할 수 없는 관찰의 쾌감을 거의 참을 수 없는 욕망의 고통으로 바꾸어 놓았다. 그런데 다른 사람들도 그와 상황이 마찬가지인 것 같았다. 처음에 황홀해하던 호흡은 깊은 아픔이 느껴지는 탄식으로 바뀌었다. 어딘가에서 외마디 외침이 터져 나왔다. 그리고 돌연, 마치 뒤에 쫓기듯, 모두가 어스레한 홀에서 여자들에게로 달려들었다. 그들은 더 이상 수도복 차림이 아니라 하얗고 노랗고 파랗고 빨간 화려한 기사 복장을 하고 있었다. 여자들은 미친 듯한, 거의 사악하다 할 웃음으로 그들을 맞이했다. 프리돌린은 수도사 복장으로 그 자리에 남은 유일한 사람이었다. 그는 얼마간 조마조마해하며 가장 먼 구석으로 슬금슬금 기어들었고 그 근처에 나흐티갈이 등을 돌린 채 있었다. 프리돌린은 나흐티갈이 눈에 안대를 한 것을 분명히 보았지만 동시에 이 안대 속에서 맞은편의 높은 거울을 뚫어져라 쳐다보는 그의 시선이 느껴지는 것 같았다. 거울 속에서는 알록달록한 기사들이 벌거벗은 여성 파트너들과 빙빙 돌며 춤추고 있었다.

갑자기 여자들 중 하나가 프리돌린 옆에 서서 — 마치 목소리도 비밀에 싸여 있어야 하는 양 아무도 큰 소리를 내어 말하지 않았으니까 — 속삭였다. "왜 이렇게 혼자 있죠? 왜 춤에 끼지 않는 거죠?"

프리돌린은 다른 쪽 구석에서 귀족 두 명이 날카로운 눈으로 자신을 주시하는 것을 보았고, 옆에 있는 여자가 — 날씬한 몸매에 소년 같은 여자였다 — 자신을 시험하기 위해 보내졌을 것이라 추측했다. 그럼에도 불구하고 그가 그녀를 안으려 두 팔을 뻗었을 때, 다른 한 여자가 파트너와 떨어져 곧장 프리돌린에게 달려왔다. 프리돌린은 그녀가 앞서 자신에게 경고해 준 여자란 것을 바로 알아차렸다. 그녀는 그를 처음 보는 것처럼 굴면서 저쪽 다른 구석에서도 똑똑히 들리게끔 적당히 큰 소리로 속삭였다. "드디어 돌아온 건가요?" 그리고 쾌활하게 웃으며, "전부 소용없어요. 당신이 누군지 아는걸요." 그리고 소년 같은 여자에게 몸을 돌리고 말했다. "이분을 나한테 잠시만 내줘요. 금방 다시 돌려줄 테니까. 당신이 원한다면, 아침까지 이분을 가져요." 그러고는 기뻐하듯 더 나지막이 그녀에게 말했다. "이분이 그 사람이에요, 네, 이분이에요." 다른 여자가 깜짝 놀라 말했다. "정말요?" 그러고는 구석에 있는 기사들에게로 사뿐사뿐 가 버렸다.

"아무것도 묻지 마요." 남은 여자가 이제 프리돌린에게 말했다. "그리고 무엇에도 놀라지 마요. 나는 저 여자를 속이려고 시도했지만 명심해요, 오래가지는 않을 거예요. 너무 늦기 전에 도망가요. 조금만 지체해도 늦을 수 있어요. 그리고 추적당하지 않게 조심하고요. 당신이 누군지 아무도 알아선 안 돼요. 당신의 평온이, 당신의 평화로운 생활이 영영 끝장날 거예요. 가요!"

"당신을 다시 만날 수 있나요?"

"그건 불가능해요."

"그럼 안 갈 겁니다."

그녀의 나체가 전율에 휩싸였다. 전율은 그에게로 옮겨 갔고 그의 의식을 거의 몽롱하게 했다.

"기껏해야 내 목숨이 위험할 뿐이죠." 그가 말했다. "그리고 지금 이 순간 내게 소중한 건 당신이고요." 그는 그녀의 두 손을 잡고서 그녀를 끌어안으려 했다.

그녀가 거의 절망스럽게 다시 속삭였다. "가요!"

그는 웃었고, 마치 꿈속에서처럼 자기 목소리를 들었다. "여기가 어디인지 나는 압니다. 당신들은, 당신들 모두는 그냥 누가 당신들 모습을 보고 돌아 버리라고 여기 있는 게 아니잖아요! 당신은 나를 완전히 미치게 하려고 나한테 별난 장난을 칠 뿐이죠."

"더 있으면 늦어요, 가요!"

그는 그 말을 귓등으로 들었다. "여기에 서로 눈이 맞은 커플들이 들어가는 비밀의 방이 없다고요? 여기 있는 모두가 정중하게 손에 입을 맞추며 서로 작별할까요? 보아하니 그런 것 같지는 않군요."

그러면서 그는 맹렬한 피아노 소리에 맞춰 눈부시게 밝고 거울처럼 빛나는 옆 공간으로 춤추며 이동하는 커플들을 가리켰다. 뜨겁게 달아오른 하얀 몸들이 파랗고 빨갛고 노란 비단에 착 달라붙어 있었다. 그는 이제 아무도 자신과 자기 옆의 여인에게 신경 쓰지 않는 것 같다고 느꼈다. 그들은 거의 어두운 중앙 홀에 완전히 단 둘이 서 있었다.

"헛된 희망이에요." 그녀가 속삭였다. "당신이 꿈꾸는 그런 방은 여기에 없어요. 지금이 마지막 순간이에요. 도망가요!"

"나와 같이 가요."

그녀는 절망한 듯 격하게 도리질을 했다.

그는 또다시 웃었다. 그것은 스스로에게도 생소한 웃음이었다. "나를 가지고 노는군요. 그냥 서로 뜨겁게 불타올랐다가 상대방에게 퇴짜를 놓으려고 저 남자들과 저 여자들이 여기 온 건가요? 당신이 원해서 나와 떠나는데 그걸 누가 막을 수 있죠?"

그녀가 한숨을 폭 내쉬고 고개를 숙였다.

"아, 이제 알겠군요." 그가 말했다. "초대 없이 숨어든 자한테 벌을 정해 둔 거군요. 당신들이 생각해 낼 수 있는 벌 중에 이보다 가혹한 벌은 없을 거예요. 내가 그 벌을 면하게 해 줘요. 은혜를 베풀어 줘요. 다른 벌칙을 내려 줘요. 당신 없이 가는 것, 이것만 빼고요!"

"미쳤군요. 나는 당신과 이곳을 떠날 수 없어요. 다른 누구

와도 마찬가지고요. 그리고 나를 따라오려 하는 자는 본인의
목숨을 잃는 건 물론이고 내 목숨도 잃게 할 거예요."

프리돌린은 취한 것 같았다. 단지 그녀와 그 향기 나는 몸
과 붉게 타오르는 입술 때문만은, 이 공간의 분위기와 이곳에
서 그를 둘러싼 관능적인 비밀들 때문만은 아니었다. 그는 무
엇 하나 끝까지 겪지 못한 이날 밤의 모든 체험들 때문에, 자
기 자신과 자기의 대담함과 자기 안에서 느껴지는 변화 때문
에 도취되었고 갈망을 느꼈다. 그리고 그는 그녀의 머리에 둘
러진 베일을 내리려는 듯 그것을 두 손으로 건드렸다.

그녀가 그의 두 손을 잡았다. "어느 날 밤이었어요. 한 남자
가 우리 중 한 여자와 춤추던 중에 이마의 베일을 벗기려 했
죠. 사람들은 그 남자의 얼굴에서 가면을 벗기고 그를 밖으로
쫓아냈어요."

"그럼, 그 여자는요?"

"어느 아름다운 젊은 아가씨의 일을 신문에서 읽으셨나 모
르겠네요……. 불과 몇 주 전 일이에요. 결혼식 전날에 독약을
먹었죠."

그는 그것을 기억했다, 아가씨의 이름까지도. 그가 이름을
말했다. 이탈리아의 어느 왕자와 약혼했던 후작 가문 아가씨
가 아니었는지?

그녀가 고개를 끄덕였다.

기사들 중 하나가 돌연 그곳에 서 있었다. 모든 기사들 중
에서 가장 지체 높은 자로 유일하게 흰색 복장을 하고 있었다.
그는 정중하면서도 위압적인 태도로 짧게 예를 표하고는 프리

돌린과 대화 중인 여인에게 춤을 청했다. 프리돌린이 보기에 그녀는 한순간 망설이는 듯했다. 그러나 어느새 그 남자가 여인을 안고 빙글빙글 춤추며, 밝게 불을 밝힌 옆 홀에 있는 다른 커플들 쪽으로 가 버렸다.

프리돌린은 혼자 있는 자신을 발견했고, 이 갑작스러운 고독은 그에게 한기처럼 닥쳐왔다. 그는 주위를 둘러보았다. 이 순간 아무도 그에게 신경을 쓰는 것 같지 않았다. 어쩌면 지금이 처벌을 받지 않고 떠날 마지막 기회일지도 몰랐다. 그럼에도 불구하고 이 구석 자리에 — 이곳에선 이제 자신이 눈에 띄거나 주의를 끌지 않는다고 느낄 수 있었는데 — 붙박여 있는 이유가 무엇인지, 불명예스럽고 다소 우스꽝스럽게 퇴각하는 꼴이 부끄러워서인지, 혹은 아직 여자들의 향기가 주위에 감도는 가운데 경이로운 여체를 향한 채워지지 않는 고통스러운 욕망을 느껴서인지, 아니면 지금까지 일어난 모든 일이 어쩌면 그의 용기를 시험하기 위한 것일지 모르며 그 멋진 여인이 자신에게 상으로 주어질 것이라고 생각해서인지는 그 자신도 알 수 없었다. 어쨌든 이런 팽팽한 긴장을 더 이상 견딜 수 없으며 모든 위험을 무릅쓰고 이 상태를 끝내야 한다는 것을 그는 분명히 알았다. 어떤 결정을 내린다 해도 목숨이 날아갈 리는 없었다. 이곳에 있는 사람들이 어쩌면 바보들이나 방탕한 자들일지는 몰라도 필경 악당이나 범죄자는 아닐 터였다. 그리고 저 사람들 속으로 들어가 자신이 불청객임을 고백하고 그들의 기사도적인 처분에 자신을 맡기자는 생각이 머릿속에 떠올랐다. 오늘 밤이 어둡고 침울하고 기괴하고 음탕한 모험들, 그러나 무엇 하나 끝까지 겪지 못한 모험들의 그림자같이 혼란스러운 연속에 그치지 않고 그 이상의 의미를 가지려면, 이 밤은 마치 고상한 조화를 이루듯 오직 그런 식으로만 결말을 맺어야 했다. 그래서 그는 심호흡을 하며 마음의 준비를 했다.

그런데 이 순간 옆에서 속삭이는 소리가 들렸다. "암호!" 검은 기사 하나가 부지중에 다가와 있었고, 프리돌린이 바로 답하지 않자 다시 한번 물었다. "덴마크." 하고 프리돌린이 말했다.

"맞습니다. 그건 입구의 암호죠. 집의 암호가 뭔지 말씀해 주시겠습니까?"

프리돌린이 침묵했다.

"실례합니다만, 집의 암호를 말씀해 주시지 않겠습니까?" 목소리가 칼날처럼 날카롭게 울렸다.

프리돌린은 어깨를 으쓱했다. 남자가 공간의 중앙으로 가서 손을 들자 피아노 연주가 멎고 춤이 중단되었다. 각각 노랗고 빨간 복장의 다른 두 기사가 다가왔다. "암호가 뭡니까?" 두 사람이 동시에 말했다.

"잊어버렸습니다." 프리돌린이 공허한 미소를 띠며 답했다. 그는 아주 차분한 기분이었다.

"이거 참 불행한 일이군요." 노란 복장의 남자가 말했다. "암호를 잊어버리셨든 애초에 아예 모르셨든 여기선 매한가지니까요."

가면을 쓴 다른 남자들이 몰려들었고 양쪽으로 난 문들이 닫혔다. 프리돌린은 알록달록한 기사들 한가운데에서 수도사 복장을 하고 홀로 서 있었다.

"가면을 벗으시오!" 몇 명이 동시에 외쳤다. 프리돌린은 방어하듯 양팔을 앞으로 뻗었다. 순 가면들 속에서 유일하게 맨얼굴로 있는 것은 옷 입은 사람들 속에서 알몸으로 있는 것보다 수천 배 더 나쁜 일일 터였다. 그가 단호한 목소리로 말했다. "만일 제가 이곳에 온 것 때문에 여러분 중 누군가가 자신의 명예가 손상되었다고 느낀다면, 저는 명예 회복을 위한 그의 요구에 관례대로 응할 준비가 됐다는 걸 밝힙니다. 하지만 여러분 모두가 똑같이 가면을 벗는 경우에만 저는 가면을 벗을 겁니다."

"이건 명예 회복의 문제가 아니오." 이제껏 아무 말 없던 빨간 복장의 기사가 말했다. "속죄의 문제요."

"가면을 벗으시오!" 또 다른 사람이 낭랑하고 건방진 목소리로 다시 명령했다. 이 목소리를 듣고 프리돌린은 어떤 장교가 명령할 때의 말투가 떠오르는 것 같았다. "우리는 당신이 기다리는 말을 가면이 아니라 면전에다 대고 말할 거요."

"나는 가면을 벗지 않겠습니다." 프리돌린이 한층 날카로운 어조로 말했다. "감히 나를 건드리는 자는 쓴맛을 톡톡히 보게 될 겁니다."

웬 팔이 가면을 벗기려는 듯 돌연 그의 얼굴을 향해 뻗었을 때, 느닷없이 문이 하나 열리더니 여자들 중 하나가 — 프리돌린에게는 그것이 누구인지 의심할 여지가 없었다 — 처음 보았을 때처럼 수녀 복장으로 서 있었다. 그리고 그녀 뒤로 눈부시게 밝은 공간에 다른 여자들이 보였다. 가면을 쓰고 벌거벗은 몸으로 말없이 서로 착 달라붙어 있는 겁에 질린 무리가. 그러나 곧장 문이 다시 닫혔다.

"그 사람을 놔줘요." 수녀가 말했다. "나는 그 사람을 구할 준비가 됐어요."

마치 무슨 터무니없는 일이 일어난 듯 짧고도 깊은 침묵이 감돌았고, 이어서 프리돌린에게 처음 암호를 물은 검은 기사가 수녀에게 몸을 돌리고 말했다. "당신이 무슨 대가를 치를지 알잖소."

"알아요."

깊은 한숨 같은 소리가 공간을 가로질렀다.

"당신은 자유요." 기사가 프리돌린에게 말했다. "지금 당장 이 집을 떠나시오. 당신은 비밀의 앞마당에 잠입했지만 더는 비밀을 파고들려 하지 마시오. 만일 누군가를 시켜 우리를 추적하려 한다면 그게 성공하든 그렇지 않든, 당신은 끝장이오."

프리돌린은 움직이지 않고 서 있었다. "어떤 방법으로, 이 여자가 날 구한다는 겁니까?" 그가 물었다.

아무 대답이 없었다. 몇몇 팔이 문을 가리켰다. 즉시 떠나라는 신호였다.

프리돌린은 고개를 가로저었다. "뭐든 좋으니 내게 벌을 내리십시오. 다른 사람이 날 위해 대가를 치르는 걸 나는 용납하지 않을 겁니다."

"당신은 이 여자의 운명을." 검은 기사가 이제 아주 부드럽게 말했다. "더 이상 전혀 바꿀 수 없소. 이곳에서 무언가 약속을 하면 돌이킬 수 없소."

수녀가 그렇다고 확인해 주듯 천천히 고개를 끄덕였다. "가요!" 그녀가 프리돌린에게 말했다.

　"아니." 프리돌린이 소리 높여 말했다. "당신 없이 이곳을 떠난다면 내게 인생은 더 이상 아무런 가치가 없어요. 당신이 어디서 왔는지, 당신이 누군지 묻지 않겠어요. 정체를 알 수 없는 신사 여러분, 설령 진지한 결말을 의도했을지라도 이 카니발의 희극을 끝까지 연기하든 말든 그게 여러분에게 무슨 의미가 있겠습니까. 여러분이 누구든 간에 분명 여러분은 이것과는 다른 생활을 영위하고 있습니다. 하지만 난 희극 같은 건 안 합니다. 여기서도 마찬가지고요. 그리고 만일 내가 지금까지 어쩔 수 없이 희극 놀음을 해 왔다면, 이제는 그걸 관두지요. 나는 이 가면 놀이와는 더 이상 아무 상관이 없는 어떤 숙명에 휘말려든 느낌입니다. 나는 여러분에게 내 이름을 말하려 합니다. 나는 가면을 벗을 것이며 모든 결과를 감수할 겁니다."

　"그러지 마요!" 수녀가 소리쳤다. "당신은 날 구하지도 못하고 자신을 망칠 거예요! 가요!" 그러고는 다른 이들에게 몸을 돌리고 말했다. "나 여기 있어요, 여기 날 가져요. 당신들 모두!"

　어두운 복장이 그녀의 몸에서 마법처럼 스르르 떨어졌다. 하얀 몸이 발하는 눈부신 광채 속에 그녀는 서 있었다. 자신의 이마와 머리와 목덜미에 두른 베일을 향해 손을 뻗었고 경이로운 둥근 동작으로 베일을 풀었다. 베일이 바닥으로 떨어지고 어두운 머리칼이 어깨와 가슴과 허리 위로 흘러내렸다. 그러나 프리돌린은 그녀의 얼굴 생김새를 미처 포착하기도 전에 저항할 수 없는 팔들에 붙들려 끌려갔고 문 쪽으로 떠밀렸다. 바로 다음 순간 그는 현관에 있었고, 등 뒤로 문이 닫혔고, 가면 쓴 하인이 그에게 모피 외투를 가져다주고 옷 입는 걸 거들었다. 그리고 대문이 열렸다. 보이지 않는 힘에 내몰리듯 그는 서둘러 발걸음을 옮겼고, 길 위에 서 있었고, 등 뒤로 불이 꺼졌다. 그는 뒤를 돌아보았다. 집은 묵묵히 서 있었고 닫힌 창문에서는 빛 한 점 새어나오지 않았다. 모든 걸 정확히 머리에 새겨 두어야 해, 그는 무엇보다 생각했다. 나는 이 집을 다시 찾아내야 해. 뒷일은 전부 자연히 풀리겠지.

주위는 밤이었다. 저 위 얼마간 떨어진 곳, 마차가 그를 기다리고 있을 곳에서 흐릿하고 불그스름하게 등불이 빛났다. 마치 그가 부르기라도 한 듯 골목 깊은 곳에서 장례 마차가 다가와 멈춰 섰다. 하인 하나가 마차 문을 열었다.

"내 마차가 따로 있네." 프리돌린이 말했다. 하인이 고개를 가로저었다. "내 마차가 가 버렸다면 걸어서 시내로 돌아가겠네."

하인은 너무도 하인답지 않은 손짓으로 답하며 어떤 반박의 여지도 주지 않았다. 마부의 실크해트가 밤하늘을 향해 우스꽝스러울 만큼 우뚝 솟았다. 바람이 격렬하게 불었고 하늘로 보랏빛 구름들이 날아갔다. 지금까지 체험한 일들에 비추어 프리돌린은 마차에 타는 수밖에 도리가 없다는 것을 똑똑히 알았고, 마차는 그를 태우고 지체 없이 움직이기 시작했다.

프리돌린은 모든 위험을 무릅쓰고 이 모험의 진상을 밝히는 일에 착수할 결심이 섰다고 느꼈다. 만약 그 이해할 수 없는 여인을 다시 찾지 못한다면 자신의 존재는 더 이상 조금의 의미도 없다고 여겼다. 지금 이 순간 그녀는 그를 구하기 위한 대가를 치르고 있었다. 무슨 대가일지 헤아리기는 너무나도 쉬웠다. 하지만 그녀는 어떤 이유로 나를 위해 자신을 희생하는 걸까? 희생이라고? 그 여인에게는 지금 자기 앞에 닥친 일이, 지금 감수하는 일이 희생을 뜻한단 말인가? 만일 그녀가 이런 모임들에 참여하고 있다면 ─ 그녀는 관례를 잘 알았으니까 오늘이 처음일 리는 없다 ─ 그 기사들 중 한 명의 요구에 응하든 아니면 그들 모두의 요구에 응하든 그게 그녀에게 무슨 차이가 있을까? 그래, 그녀는 창녀일 수밖에 없지 않을까? 그 여자들은 전부 창녀일 수밖에 없지 않을까? 창녀야, 의심의 여지가 없어. 비록 그 여자들 모두가 이러한 생활 외에 어떤 제2의 생활, 말하자면 시민적인 생활을 영위한다 해도, 창녀의 생활이란 게 바로 그렇지. 그리고 방금 내가 체험한 모든 일은 아마도 모두가 날 놀리려고 벌인 고약한 장난에 지나지 않을까? 어쩌다 엉뚱한 사람이 몰래 숨어드는 경우에 대비하여 미리 계획하고 준비해 둔, 혹 연습했을 수도 있는 그런 장난이 아닐까? 그러나 지금 그 여인을 다시 생각하면, 처음부터 그에게 경고해 준, 그를 위해 대가를 치를 각오가 되어 있던 그 여인을 생각하면 ─ 그 목소리에는, 그 몸가짐에는, 그 벌거벗은 몸의 위엄스러운 고귀함에는 절대 거짓일 리 없는 무언가가 있었다. 아니면 혹시 오직 프리돌린의 갑작스러운 등장이 기적을 일으켜 그녀를 변화시킨 것은 아닐까? 이날 밤 닥친 그 모든 일을 겪고 난 후에 그는 ─ 이러한 생각이 허무맹랑하다는 것을 의식하지 못하면서 — 그런 기적도 불가능하지는 않다고 여겼다. 일반적인 상황에서는 이성에게 특별한 힘을 행사하지 못하는 남성들이 이렇듯 저항할 수 없는 묘한 마력을 발산하는 때가, 그런 밤이 혹 있는 걸까? 하고 그는 생각했다.

마차는 줄곧 오르막을 올랐다. 정상적인 경우라면 한참 전에 대로로 접어들었어야 했다. 나를 어쩌려는 속셈일까? 마차가 나를 어디로 데려가는 걸까? 이 희극이 혹시 아직도 계속되는 걸까? 그럼 어떻게 이어질까? 혹시 모든 걸 설명해 줄까? 다른 장소에서 다들 유쾌하게 다시 보는 걸까? 훌륭하게 시험을 통과했다며 보상이 주어지고, 비밀 모임에 받아들여질까? 그 멋진 수녀를 아무런 방해 없이 가지게 되는 걸까? 마차 창문은 닫혀 있었다. 프리돌린은 밖을 내다보려 해 봤다. 창문은 불투명했다. 좌우로 창문을 열려 했지만 불가능했다. 그리고 그와 마부석 사이의 유리벽 역시 굳게 닫혀 있었다. 그는 유리창을 두드리고 소리치고 고함을 질렀고, 마차는 계속 달렸다. 그는 오른쪽, 왼쪽에서 마차 문짝을 열려 했지만 아무리 힘을 주어도 꿈쩍하지 않았고, 또다시 소리를 질러 봐도 그 외침은 삐걱거리는 바퀴 소리 속으로, 윙윙거리는 바람 소리 속으로 잦아들었다. 마차가 덜커덩거리기 시작하더니 점점 더 빠른 속도로 내리막을 지났다. 프리돌린이 불안과 두려움에 사로잡혀 꽉 막힌 창문 하나를 때려 부수려는 찰나에 돌연 마차가 멈춰 섰다. 무슨 기계 장치가 작동한 듯 양쪽 문이 동시에 열렸다. 이제 아이러니하게도 왼쪽과 오른쪽 중 한쪽을 선택할 기회를 주는 듯했다. 그는 마차에서 뛰어내렸고 문들이 쾅 닫혔다. 그리고 마부가 프리돌린을 조금도 신경 쓰지 않는 가운데 마차는 출발했고 탁 트인 들판을 지나 밤 속으로 들어가 버렸다.

하늘은 흐리고 구름들이 쏜살같이 흐르고 바람이 휘휘 불었다. 프리돌린은 사방에 창백한 빛을 퍼뜨리는 눈 속에 서 있었다. 그는 수도복 위에 단추를 푼 모피 외투를 걸치고 순례자 모자를 쓴 채로 혼자 서 있었다. 그러고 있자니 조금 으스스한 기분이 들었다. 얼마간 떨어진 곳에 큰길이 있었다. 흐릿하게 깜박이는 가로등 행렬이 시내 방향을 가리켰다. 하지만 프리돌린은 가능한 한 빨리 사람들 속으로 들어가기 위해 지름길을 택했고 완만한 내리막을 이룬 눈 덮인 들판을 똑바로 내려갔다. 그는 흠뻑 젖은 발로 불빛이 거의 없는 좁은 골목길로 들어갔고 처음에는 높은 판자 울타리 사이를 지났다. 다음 모퉁이를 돌아 좀 더 넓은 골목에 들어섰는데 그곳에는 드문드문한 작은 집들과 빈 공사장이 번갈아 가며 있었다. 시계탑에서 새벽 3시를 알리는 종소리가 울렸다. 누군가 프리돌린을 향해 다가왔다. 짧은 재킷 차림에 두 손을 호주머니에 집어넣고 고개를 움츠리고 모자를 깊게 눌러쓴 사람이었다. 프리돌린은 마치 공격에 대비하듯 태세를 갖추었으나 뜻밖에도 그 부랑자는 갑자기 돌아서더니 달아나 버렸다. 왜 저러지? 하고 프리돌린은 자문했다. 곧이어 그는 자신의 모습이 충분히 섬뜩해 보일 수 있다는 걸 깨닫고는 순례자 모자를 벗고 외투 단추를 잠갔다. 외투 속에서 수도복이 발목까지 치렁거리고 있었다. 또다시 그는 모퉁이를 돌았다. 그는 교외 대로에 들어섰다. 시골 복장을 한 사람이 그의 옆을 지나가며 성직자를 대하듯 인사를 건넸다. 가로등 빛줄기가 모퉁이 집의 표지판에 떨어졌다. 리프하르츠탈이다, 그러니까 떠나온 지 채 한 시간도 안 된 그 집이 그리 멀지 않았다. 순간 길을 되돌아가 그 집 근처에서 이어질 일을 기다리고 싶은 유혹이 일었다. 그러나 중대한 위험 속으로 들어가는 일이고 수수께끼를 거의 풀지도 못하리라는 생각에 이내 포기했다. 바로 지금 저택에서 일어날지도 모를 일들을 상상하자 격분과 좌절과 수치와 불안이 그를 사로잡았다. 이러한 감정을 견딜 수 없었던 나머지 프리돌린은 아까 마주친 부랑자에게 공격을 당하지 않은 것이 거의 아쉬울 지경이었다. 그렇다, 인적 없는 골목에서 갈빗대 사이에 칼을 맞고 판자 울타리에 기대어 누워 있지 않은 것이 아쉬울 지경이었다. 그럼 끝까지 가지 못하고 중단된 어리석은 모험들로 점철된 이 무의미한 밤이 결국 일종의 의미를 얻을 것이었다. 지금 그는 막 집에 돌아가려는 참이었고 이렇게 돌아가 버리면 그야말로 우스꽝스러울 것 같았다. 하지만 아직 모든 기회가 열려 있었다. 내일도 날이지 않은가. 눈부신 알몸으로 자신을 도취시킨 그 아름다운 여자를 다시 찾기 전에는 쉬지 말자고 그는 스스로에게 다짐했다. 그리고 이제야 비로소 알베르티네를 생각했다. 그런데 그녀 역시도 우선은 정복해야 할 대상인 것 같았다. 그녀 몰래 오늘 밤의 다른 모든 여자들, 그러니까 그 벌거벗은 여인과 피에로와 마리아네와 좁은 골목의 어린 창녀와 바람을 피우기 전에는 그녀가 다시 자기 것이 될 수 없을 것 같았고, 그래서는 안 될 것 같았다. 그리고 자신을 툭 치고 간 그 뻔뻔한 대학생을 찾아내서 칼로, 그보다는 권총으로 승부를 가리자고 결투를 신청해야 하지 않을까? 다른 사람의 목숨이, 자신의 목숨이 뭐가 중요할까? 항상 오로지 의무를 다하기 위해, 희생정신을 발휘하기 위해 목숨을 걸어야만 하고, 순간적인 기분 때문에, 격정 때문에 혹은 그냥 운명과 대결하기 위해 목숨을 걸면 절대 안 되는 걸까?!

그리고 자신이 어쩌면 죽을병의 싹을 이미 몸속에 지니고 있을지 모른다는 생각이 다시금 떠올랐다. 디프테리아에 걸린 아이가 얼굴에다 기침을 했다고 죽으면 너무 어처구니없지 않을까? 어쩌면 그는 이미 병에 걸렸을지도 몰랐다. 이 순간 그는 집에서 침대에 누워 있고, 그가 겪었다고 믿는 이 모든 일은 흐릿한 정신에서 비롯된 망상에 불과하지 않을까?!

프리돌린은 눈을 최대한 부릅뜨고 자신의 이마와 뺨을 쓸고 맥을 짚어 보았다. 맥박은 거의 빨라지지 않았다. 모든 게 정상이었다. 그는 완전히 깨어 있었다.

그는 시내를 향해 계속 거리를 걸어갔다. 시장 마차 몇 대가 뒤에서 다가와 덜컹거리며 지나갔고 이따금 그는 초라한 옷차림의 사람들과 마주쳤다. 그 사람들에게는 이제 막 하루가 시작된 것이었다. 어느 카페 창문 너머로, 깜박거리는 가스등 불꽃 아래 테이블에서 목도리를 두른 뚱뚱한 사람이 두 손으로 머리를 괴고 자고 있었다. 집들은 아직 어둠 속에 있었고 드문드문 창들에 불이 밝혀져 있었다. 프리돌린은 사람들이 점차 깨어나는 것이 느껴지는 듯했다. 사람들이 침대에서 기지개를 켜고 초라하고 고된 하루를 위해 준비를 갖추는 모습이 보이는 것만 같았다. 그에게도 하루가 다가오고 있었다. 하지만 그의 하루는 초라하고 우중충하지 않았다. 그리고 묘한 심장 박동과 함께 그는 자신이 불과 몇 시간 후면 하얀 리넨 가운을 입고 병상들 사이를 돌아다닐 것을 알고서 기뻐했다. 다음 모퉁이에 일두 마차 한 대가 서 있었고 마부가 마부석에서 자고 있었다. 프리돌린은 마부를 깨워 집 주소를 말해 준 후 마차에 올라탔다.

5

집을 향해 충계를 올라갈 때는 새벽 4시였다. 그는 무엇보다 앞서 진료실로 가서 가면과 의상을 옷장에 세심하게 넣어 두고 옷장을 잠갔다. 그리고 알베르티네가 깨는 것을 원하지 않았기에 침실에 들어가기 전에 신발과 옷을 벗었다. 그는 나이트 테이블에 있는 희미한 등을 조심스레 켰다. 알베르티네는 평온하게 누워 있었다. 두 팔로 팔베개를 하고 입술은 반쯤 벌린 채였는데 입가에 고통스러운 그늘이 져 있었다. 프리돌린에게 생소한 얼굴이었다. 그가 그녀의 이마 위로 몸을 숙였고, 그러자 마치 뭐에 닿은 듯 즉시 그녀의 이마에 주름이 지고 얼굴이 이상하게 일그러졌다. 그리고 돌연, 여전히 잠든 상태로, 그녀가 째지는 소리로 웃음을 터뜨리는 바람에 프리돌린은 화들짝 놀랐다. 그는 저도 모르게 그녀의 이름을 불렀다. 그녀가 마치 대답하듯, 완전히 낯설게, 거의 섬뜩하다 싶게 다시 웃었다. 프리돌린이 다시 한번 더 큰 소리로 그녀를 불렀다. 이제 그녀가 천천히, 힘겹게, 크게 눈을 떴고 마치 그를 못 알아보는 듯 빤히 쳐다봤다.

"알베르티네!" 그가 세 번째로 불렀다. 이제야 그녀는 정신을 차린 듯했다. 거부와 공포, 심지어 경악의 빛이 눈에 서렸다. 그녀는 낙담한 듯 괜스레 두 팔을 위로 뻗었고 입은 계속 벌어져 있었다.

"무슨 일이야?" 프리돌린이 숨죽여 물었다. 그녀는 여전히 경악스러운 듯 그를 바라보았고 이에 그는 안심시키듯 덧붙여 말했다. "나야, 알베르티네." 그녀는 깊이 안도의 한숨을 내쉬고 미소를 지으려 애쓰더니 두 팔을 이불 위로 떨어뜨리고는 아득히 먼 곳에서 말하는 것처럼 물었다. "벌써 아침이야?"

"곧 있으면." 프리돌린이 답했다. "4시가 지났어. 나는 이제 막 집에 들어왔고." 그녀는 말이 없었다. 그가 계속해서 말했다. "궁정 고문관이 죽었어. 내가 갔을 때는 이미 죽기 직전이었지. 그리고 당연히 나는 가족과 친척 들만 남겨 두고 바로 올 수가 없었고."

그녀는 고개를 끄덕였지만 그의 말을 거의 듣지도 이해하지도 못한 듯 보였고 마치 그를 관통해 보듯 허공을 응시했다. 그리고 스스로에게도 그 순간 너무나 어처구니없게 여겨지는 생각이었는데, 프리돌린은 마치 자신이 이날 밤 겪은 일을 그녀가 틀림없이 알고 있을 것만 같았다. 그는 그녀 위로 몸을 숙여 그녀의 이마를 만졌다. 그녀가 살짝 몸서리를 쳤다.

"무슨 일인데?" 그가 다시 물었다.

그녀는 그저 천천히 고개를 가로저었다. 그는 그녀의 머리칼을 쓰다듬었다. "알베르티네, 무슨 일이야?"

"꿈을 꿨어." 그녀가 아득히 말했다.

"대체 무슨 꿈을 꾼 건데?" 그가 온화하게 물었다.

"아, 이것저것 많이. 잘 기억이 안 나네."

"혹시 기억나는 게 있을지도."

"너무 혼란스러웠어, 그리고 난 피곤해. 그런데 당신도 피곤할 텐데?"

"전혀, 알베르티네, 나는 거의 눈을 붙이지 않을 거야. 당신도 알다시피, 나는 너무 늦게 집에 오면 — 사실 가장 좋은 건 아마도 곧장 책상 앞에 앉아 — 딱 이런 아침 시간엔……." 그가 말을 멎었다. "하지만 그보다는 당신 꿈 이야기를 들려주지 않겠어?" 그가 조금 억지스럽게 미소를 지었다.

그녀가 대답했다. "그래도 좀 누워서 쉬는 게 좋겠는데."

그는 한동안 망설이다가 그녀의 뜻에 따라 옆자리에 몸을 쭉 펴고 누웠다. 그러나 그는 그녀를 건드리지 않으려 조심했다. 우리 사이에 칼 한 자루가 있어. 그는 비슷한 상황에서 자신이 반쯤 우스갯소리로 꺼낸 적 있는 말을 기억 속에서 떠올렸다. 두 사람은 말없이 뜬눈으로 누워 있으면서 서로의 가까움과 멂을 느꼈다. 이윽고 그는 팔로 머리를 받치고 오래도록 그녀를 지켜보았다. 마치 그녀의 얼굴 윤곽뿐 아니라 더 많은 것을 볼 수 있는 것처럼.

"당신 꿈 이야기!" 돌연 그가 다시 한번 말했다. 그리고 마치 그녀는 이렇게 재촉하는 말을 기다린 듯했다. 그녀가 그를 향해 한 손을 뻗었다. 그는 그 손을 잡고서 평소 습관대로, 다정하다기보다는 건성으로, 그 늘씬한 손가락을 장난하듯 움켜쥐었다. 그리고 그녀가 말하기 시작했다.

"뵈르터제 호숫가의 작은 별장에 있던 그 방 기억나? 우리가 약혼한 여름에 내가 부모님하고 지내던 곳 말이야."

그가 고개를 끄덕였다.

"꿈이 어떻게 시작됐느냐면 말이야, 내가 그 방에 들어간 거야. 어디서 간 건지는 모르겠는데, 무대에 오르는 여배우처럼 말이지. 다만 내가 알았던 건 부모님이 여행 중이고 나를 혼자 남겨 두었다는 거야. 그걸 나는 이상하게 생각했지. 왜냐면 내일이 우리 결혼식 날이었거든. 그런데 웨딩드레스가 아직 없었어. 아니면 내가 혹시 착각한 걸까? 나는 옷장을 열어 보았고 거기에는 웨딩드레스 대신 다른 옷들, 엄밀히 말하자면 의상들이, 그러니까 오페라풍에 화려하고 동양적인 의상들이 잔뜩 걸려 있었어. 대체 결혼식 때 어느 걸 입어야 할까? 하고 나는 생각했어. 그때 느닷없이 옷장이 다시 닫혔어, 혹은 사라져 버렸지. 그 이상은 모르겠어. 방은 아주 환했는데 창문 너머 바깥은 깜깜한 밤이었어……. 갑자기 당신이 창문 앞에 서 있었어. 갤리선의 노예들이 노를 저어 당신을 그곳으로 데려온 거였고 나는 그들이 막 어둠 속으로 사라지는 걸 보았어. 당신은 황금과 비단으로 된 몹시 값비싼 옷을 입고 은장식이 달린 단도를 허리에 차고 있었고 나를 들어 창밖으로 옮겼어.

이제 나도 공주처럼 화려한 옷을 입고 있었지. 우리 둘은 야외에서 어스름 속에 서 있었고 미세한 회색 안개가 우리 발목까지 이르렀어. 그곳은 아주 친숙한 지역이었어. 그곳엔 호수가 있었고 우리 앞으로는 산 풍경이 펼쳐졌어. 시골 별장들도 보였고. 별장들은 마치 장난감 상자에서 나온 듯 거기에 서 있었어. 그런데 당신과 나, 우리 둘은 둥둥 떠 있었어, 아니, 우리는 안개 위로 날고 있었어. 그리고 난 생각했어. 이게 우리의 신혼여행이구나. 하지만 곧 우리는 더 이상 날고 있지 않았어. 우리는 엘리자베트 언덕으로 향하는 숲길을 걸어갔어. 그리고 돌연 우리는 아주 높은 산 속에 있는 빈터 같은 곳에 있었어. 삼면이 숲으로 둘러져 있고 뒤로는 가파른 절벽이 공중으로 솟아 있었지. 그리고 우리 머리 위에는 별하늘이 현실에는 존재하지 않는 것처럼 아주 파랗고 광대하게 펼쳐져 있었어. 그건 우리 신방의 지붕이었어. 당신은 나를 품에 안고 몹시 사랑해 주었어."

"당신도 나를 그렇게 사랑해 주었기를 바라." 프리돌린이 보이지 않게 심술궂은 미소를 지으며 말했다.

"그랬던 것 같아. 훨씬 더." 알베르티네가 진지하게 대답했다. "하지만, 이걸 어떻게 설명해야 할까, 농밀한 포옹에도 불구하고 우리의 사랑은 미리 정해진 고통을 예감하는 듯 아주 우울했어. 갑자기 아침이 찾아왔지. 초원은 환하고 알록달록했고, 주위의 숲은 멋지게 이슬에 젖어 있었고, 절벽 위에는 햇빛이 아른거렸어. 그리고 우리 둘은 이제 다시 세상으로, 사람들 속으로 돌아가야 했어. 조금도 지체할 수 없었지. 그런데 그때 무언가 끔찍한 일이 일어났어. 우리 옷이 사라져 버렸지 뭐야. 무엇에도 비길 데 없는 경악이, 마음속을 완전히 무너뜨리는 뜨거운 수치심이, 그리고 동시에 이 불행한 사태가 오로지 당신 탓인 양 당신을 향한 분노가 나를 사로잡았어. 그리고 경악과 수치심과 분노, 이 모든 감정이 어찌나 강렬했던지 깨어 있을 때 느끼던 어떤 감정도 그것과 비교할 수가 없었어. 그런데 당신은 자신의 잘못을 의식하면서, 산 밑에 내려가 우리가 입을 옷을 구해 오려고 알몸인 상태 그대로 부리나케 달려가 버렸어. 그리고 당신이 사라져 버렸을 때 나는 마음이 몹시 홀가분해졌어. 당신이 안쓰럽지도, 걱정되지도 않았어. 나는 그저 혼자인 것이 기쁠 따름이었고 초원에서 희희낙락 이리저리 뛰어다니며 노래를 불렀어. 우리가 가장무도회에서 들은 어떤 춤곡의 멜로디였지. 내 목소리는 경이롭게 울렸고 나는 저 아래 도시에서 사람들이 내 노랫소리를 듣기를 바랐어. 도시는 내게 보이지 않았지만, 나는 그 도시를 알았어. 도시는 저 아래 까마득한 곳에 있었고 높은 장벽으로 둘러싸여 있었어. 뭐라 묘사할 수 없는 아주 환상적인 도시였어. 동양풍도 아니고, 딱히 옛 독일풍도 아니고, 하지만 때로는 전자처럼 보였다가 또 후자처럼 보이기도 하고, 좌우지간 오래전에 영원히 가라앉아 버린 도시였지. 그리고 나는 갑자기 초원 위에서 찬란한 햇빛 속에 몸을 쭉 펴고 드러누워 있었어. 나는 현실에서보다 훨씬 아름다웠어. 그리고 그렇게 누워 있는 동안 숲에서 웬 신사가, 요즘 유행하는 밝은 양복 차림의 한 젊은이가 나왔는데,

그 사람은, 이제 나는 알겠어, 어제 내가 당신한테 이야기한 그 덴마크 남자와 대략 비슷해 보였어. 그 사람은 제 길을 갔고 내 옆을 지나가면서 매우 정중하게 인사를 건넸어. 하지만 내게 더는 관심을 두지 않고 곧장 절벽으로 가서 절벽을 유심히 관찰했어. 마치 어떻게 그 절벽을 정복할 수 있을지 깊이 생각하는 것처럼. 그런데 동시에 나는 당신도 보았어. 당신은 가라앉은 도시에서 황급히 이 집에서 저 집으로, 이 상점에서 저 상점으로 오갔고, 때로는 아케이드 밑을, 때로는 일종의 튀르키예식 바자를 지나며 옷이며 속옷이며 신발이며 장신구며 나를 위해 구할 수 있는 가장 아름다운 물건들을 샀지. 그리고 이 모든 걸 당신은 노란색 가죽 손가방에 넣었는데 가방이 작은데도 물건이 모두 들어갔어. 하지만 줄곧 당신은 내게 보이지 않는 군중에게 쫓겼어. 내게는 그들이 위협하며 둔중하게 울부짖는 소리가 들릴 뿐이었어. 그리고 이제 다른 남자, 그러니까 앞서 절벽 앞에 멈춰 섰던 그 덴마크 남자가 다시 나타났어. 또다시 그가 숲에서 내게로 다가왔고, 그리고 난 그가 그사이 전 세계를 돌아다녔다는 걸 알았어. 그는 전과 달라 보였는데, 그럼에도 똑같은 사람이었어. 그는 처음에 그랬듯 절벽 앞에 멈춰 서더니 다시 사라졌고 그런 다음 또다시 숲에서 나오고, 사라지고, 숲에서 나왔어. 똑같은 일이 두 번, 세 번 혹은 백 번 반복됐어. 그는 항상 똑같은 사람이면서 항상 다른 사람이었고, 내 옆을 지나갈 때마다 인사를 건넸지. 그러다 마침내 그가 내 앞에 멈춰 서더니 탐색하는 눈빛으로 나를 바라보았고 나는 유혹하듯 웃었어. 이제껏 살면서 그렇게 웃은 적은 한 번도 없었어. 그는 나를 향해 두 팔을 뻗었고 이제 나는 달아나려 했지만 그럴 수가 없었고, 그리고 그가 풀밭 위로 나를 향해 쓰러졌어."

그녀가 침묵했다. 프리돌린은 목이 바짝바짝 말랐다. 방 안의 어둠 속에서 그는 알베르티네가 두 손으로 얼굴을 감추듯 감싸고 있는 것을 알아차렸다.

"희한한 꿈이네." 그가 말했다. "그런데 벌써 끝이야?" 그리고 그녀가 아니라고 하자 그는 말했다. "그럼 계속 이야기해 봐."

"쉬운 일이 아니야." 그녀가 다시 말을 이었다. "사실 그 일들을 말로 표현하기란 거의 불가능해. 그러니까, 나는 셀 수 없는 낮과 밤을 겪은 것 같았어. 시간도 공간도 없었고, 내가 있던 곳은 더 이상 숲과 절벽으로 둘러싸인 빈터도 아니었어. 그곳은 광활하게, 끝없이 멀리 펼쳐지고 꽃들로 알록달록한 벌판이었고 사방으로 지평선까지 닿았어. 나 역시 한참 전부터 — 이상한 일이지, 한참 전부터라니! — 더 이상 그 한 남자와 단둘이서 초원 위에 있지 않았어. 하지만 나 외에 세 쌍혹은 열 쌍 혹은 천 쌍의 커플이 그곳에 더 있었는지, 내가 그들을 보았는지, 내가 오직 그 한 남자의 것이었는지 혹은 다른 남자들에게도 속했는지, 그건 말할 수 없을 거야. 하지만 앞서 느꼈던 경악과 수치심이 깨어 있을 때 상상할 수 있는 모든 것을 아득히 뛰어넘었던 것처럼, 내가 이 꿈속에서 느꼈던 해방감과 자유와 행복에 필적할 만한 것은 우리가 의식하는 실존 속에 분명 존재하지 않아. 그리고 그때 나는 단 한 순간도 당신을 잊지 않았어. 그래, 나는 당신을 보고 있었어. 당

신이 군인들에게 붙잡히는 모습을 나는 보았어. 그들 가운데
에는 성직자들도 있었던 것 같아. 누군가가, 엄청나게 덩치 큰
사람이 당신의 손을 포박했고 나는 당신이 처형되리라는 걸
알았어. 나는 아주 멀리서 그걸 알았고 그러면서 연민도 공
포도 느끼지 않았어. 당신은 성의 안마당과 비슷한 어느 마당
으로 끌려갔어. 그곳에서 이제 당신은 손을 뒤로 포박당한 채
알몸으로 서 있었어. 그리고 비록 다른 곳에 있으면서도 내가
당신을 보는 것처럼 당신도 나를 보았어. 나를 품에 안고 있
는 그 남자도 그리고 다른 모든 커플들도, 그 끝없는 알몸의
홍수도. 내 주위로 거품을 일으키는 홍수 속에서, 나와 나를
껴안은 남자는 말하자면 하나의 물결에 불과했지. 당신이 성
의 안마당에 서 있는 동안 높은 아치창에서 빨간색 커튼 사
이로 보석으로 장식된 관을 머리에 쓰고 자줏빛 외투를 입은
젊은 여자가 나타났어. 그 여자는 이 나라의 여왕이었지. 그
녀는 묻는 듯한 엄숙한 눈빛으로 당신이 있는 쪽을 내려다보
았어. 당신은 혼자 서 있었어. 다른 수많은 사람들은 한쪽으
로 물러나 벽에 붙어 있었고 나는 음흉스럽게 위협적으로 수
군대고 속삭이는 소리를 들었어. 이때 여왕이 창문턱 위로 몸
을 숙였어. 사방이 고요해졌고 여왕은 당신에게 자신이 있는
곳으로 올라오라며 명령하듯 신호를 주었어. 그리고 난 그녀
가 당신을 사면해 주기로 마음먹었다는 걸 알았어. 하지만 당
신은 그녀의 눈빛을 눈치채지 못했지. 혹은 그것을 알아채려
하지 않았어. 그런데 별안간, 여전히 손은 포박되었으나 검은
색 외투를 두른 채로, 당신이 그녀와 마주하고 서 있었어. 무

슨 방 안이 아니라 어찌된 일인지 야외였고, 둥둥 떠 있는 것
같았어. 그녀는 양피지 한 장을 손에 들고 있었는데 그건 당
신의 사형 선고장이었고, 거기에는 당신의 죄와 유죄 판결의
이유도 적혀 있었어. 그녀가 당신에게 자신의 애인이 될 준비
가 되었느냐고 물었고 — 나는 그 말을 듣지는 못했지만 그
런 내용이란 걸 알았어 — 만일 그렇게 한다면 사형을 면해
주겠다고 했어. 당신은 거부하며 고개를 가로저었어. 나는 놀
라지 않았어. 왜냐면 그건 전적으로 당연한 반응이고, 당신이
어떤 위험을 무릅쓰고서라도 영원무궁하게 나에 대한 신의
를 지키리라는 것은 절대 틀림없는 일이었으니까. 이에 여왕
이 어깨를 으쓱하고는 허공을 향해 손짓을 했고, 그러자 당신
은 돌연 어느 지하실 안에 있었어. 그리고 채찍이 휙휙 소리
를 내며 당신 몸에 떨어졌지. 채찍을 휘두르는 사람들은 보이
지가 않았어. 피가 시냇물처럼 당신 몸을 타고 흘러내렸어. 나
는 피가 흐르는 것을 보았고 내가 얼마나 잔혹한지를 의식했
지만 거기에 놀라지는 않았어. 이제 여왕이 당신에게 다가갔
어. 그녀의 풀린 머리칼이 벗은 몸 주위로 흘러내렸고 그녀는
두 손에 왕관을 들고 당신에게 내밀고 있었어. 그리고 난 그
녀가 덴마크 해변의 소녀라는 걸, 언젠가 당신이 아침에 해변
탈의실의 테라스에서 알몸을 목격한 그 소녀라는 걸 알았어.
그녀는 아무 말도 하지 않았지만 그녀의 존재가, 그래 그 침
묵이 뜻하는 바는 당신이 자기 남편이자 이 나라의 왕이 되
겠느냐고 묻는 것이었어. 그리고 당신이 다시 거부의 뜻을 표
하자 그녀는 돌연 사라져 버렸어. 그리고 동시에 나는 사람들

이 당신을 매달 십자가를 세우는 것을 보았어. 십자가가 세워 지는 곳은 저 아래에 있는 성 안마당이 아니라 꽃들로 덮인 끝없는 초원이었어. 내가 다른 모든 사랑하는 커플들 가운데 한 애인의 품속에서 쉬고 있는 그 초원 말이야. 그런데 나는 당신이 아무런 감시 없이 홀로 고풍스러운 골목들을 지나는 모습을 보았어. 그럼에도 나는 당신이 가는 길이 미리 정해져 있으며 아무리 달아나려 해도 소용이 없다는 걸 알았어. 이 제 당신은 숲길을 올라갔어. 나는 바짝 긴장해서 당신을 기 다렸어. 하지만 일말의 동정심도 느끼지 않았어. 당신의 몸은 긴 채찍 자국으로 덮여 있었지만 상처에서 더 이상 피가 나지 는 않았지. 당신은 계속해서 높이 올라갔고 길은 넓어졌고 양 쪽에서 숲이 물러났어. 그리고 이제 당신은 믿기지 않을 만큼 어마어마하게 먼 곳에서 초원의 가장자리에 서 있었어. 그럼 에도 당신은 미소를 지으며 나에게 눈인사를 했어. 마치 자신 이 내 소망을 이루어 주었고 옷이며 신발이며 장신구며 내게 필요한 모든 걸 가져다주었다고 신호를 보내듯. 하지만 나는 당신의 행동이 터무니없이 어리석고 무의미하다고 생각했고 당신을 조롱하고 면전에서 비웃고 싶은 유혹을 느꼈어. 당신 이 나에게 신의를 지키느라 여왕의 청혼을 거절하고, 고문을 견디고, 이제 끔찍한 죽음을 당하기 위해 비틀거리며 이곳에 왔다는 바로 그 사실 때문에 말이야. 나는 당신을 향해 달려 갔고 당신 역시 점점 더 빠른 걸음으로 다가왔어. 나는 둥둥 뜨기 시작했고 당신 역시 공중에 둥둥 떠 있었어. 그러나 별 안간 우리는 서로의 시야에서 사라졌고 나는 우리가 날아가면서 서로 엇갈려 버렸다는 걸 깨달았지. 그때 나는 사람들이 당신을 십자가에 못 박는 바로 그 동안에 당신이 적어도 내 웃음소리를 듣기를 바랐어. 그래서 난 웃음을 터뜨렸어. 최대한 째지게, 최대한 큰 소리로. 내가 깨어날 때 터뜨린 웃음은, 프리돌린, 바로 그 웃음이었어."

그녀는 침묵했고 아무 미동도 없이 가만히 있었다. 프리돌린 역시 움직이지 않았고 아무 말도 하지 않았다. 그 어떤 말도 이 순간에는 김빠지고 거짓되고 비겁하게 여겨질 터였다. 그녀가 이야기를 이어 갈수록 그에게는 자신이 체험한 일들이, 지금까지 진척된 상태로는, 더 우스꽝스럽고 더 무가치하게 여겨졌다. 그리고 그는 앞선 모든 일들을 끝까지 겪어 보겠노라고, 그러고 나서 그녀에게 모든 일을 있는 그대로 이야기하겠노라고, 그럼으로써 본인의 꿈속에서 신의 없고 잔혹한 배신자의 본모습을 드러낸 이 여자에게 보복하겠노라고 스스로에게 맹세했다. 지금 이 순간 그는 한때 자신이 사랑했던 것보다 더 깊이 그녀를 증오한다고 믿었다.

그는 자신이 여전히 그녀의 손가락을 움켜쥐고 있다는 것을, 그리고 자신이 아무리 이 여자를 증오하려고 작정했더라도 이 늘씬하고 서늘하고 아주 친숙한 손가락에 대해 변치 않는, 다만 한층 쓰라린 애정을 느낀다는 것을 알아차렸다. 그래서 저도 모르게, 심지어 제 의지에 반하여, 이 친숙한 손을 놓기 전에 그것을 입술로 부드럽게 건드렸다.

알베르티네는 여전히 눈을 뜬 채였고, 프리돌린은 그녀의 입과 이마와 얼굴 전체가 행복에 겨운 환하고 순진무구한 표정으로 미소를 짓는 게 보이는 것 같았다. 그리고 스스로도 이해할 수 없지만 알베르티네에게로 몸을 숙여 그녀의 창백한 이마에 입을 맞추고 싶은 충동을 느꼈다. 하지만 그는 지난 몇 시간 동안 어수선한 일들을 경험하고 난 후에 아주 당연하게 도 피로감이 찾아온 것뿐이며, 부부 침실의 기만적인 분위기 속에서 피로감이 애틋한 애정으로 가장한 것임을 지각하면서 그 충동을 억눌렀다.

그러나 이 순간 그의 상황이 어떻든 간에, 앞으로 어떤 결 정에 이르든 간에, 지금 순간에 그에게 가장 시급한 일은 적어 도 얼마간이나마 잠과 망각 속으로 도피하는 것이었다. 어머 니가 죽고 난 밤에도 그는 잠을 잤었다. 꿈도 꾸지 않고 푹 잘 수가 있었다. 그런데 오늘 밤이라고 그러지 못할 이유가 뭐 있 는가? 그는 이미 깜빡 잠든 듯 보이는 알베르티네 옆에 드러 누웠다. 우리 사이에 칼 한 자루가 있어, 그는 또다시 생각했 다. 우리는 불구대천의 원수처럼 여기 나란히 누워 있어. 하지 만 그것은 단지 말뿐이었다.

6

하녀가 가볍게 문을 두드리는 소리가 아침 7시에 그를 깨 웠다. 그는 알베르티네를 힐끗 바라봤다. 늘 그런 건 아니지 만 이따금 그녀도 이 노크 소리에 잠에서 깨곤 했다. 오늘 그 녀는 움직임 없이, 아무 미동도 없이 계속 잠을 잤다. 프리돌린은 잽싸게 준비를 갖췄다. 집을 나서기 전에 그는 어린 딸을 보러 갔다. 딸아이는 어린애의 방식대로 두 손을 꽉 오므려 조그맣게 주먹을 쥔 채로 하얀 침대 속에 평온하게 누워 있었다. 그는 아이의 이마에 입을 맞췄다. 그리고 발끝에 다시 한 번 입을 맞추고서, 여전히 알베르티네가 전처럼 움직임 없이 자고 있는 침실 문으로 살금살금 다가갔다. 그런 다음에 집을 나섰다. 검은색 진료 가방에 수도복과 순례자 모자를 잘 챙겨 넣었다. 그는 오늘의 계획을 세심하게, 지나치다 싶을 만큼 꼼꼼하게 짜 두었다. 첫째로 할 일은 바로 근처에서 중병을 앓는 젊은 변호사의 집을 방문하는 것이었다. 프리돌린은 세심하게 진찰을 한 후 병세가 좀 호전된 것을 보고 이에 대한 만족감을 진심으로 기뻐하며 표했고 통상적인 반복 지시와 함께 오래된 처방을 내렸다. 그런 다음에 그는 어제저녁 나흐티갈이 피아노를 연주했던 지하 술집이 있는 건물로 곧바로 향했다. 술집은 아직 잠겨 있었다. 그러나 위층 카페의 계산원 여자에게 물어보니 나흐티갈은 레오폴트슈타트의 작은 호텔에 묵고 있다고 했다. 그리고 십오 분 후 프리돌린은 마차로 거기에 도착했다. 초라한 여관이었다. 복도에는 환기하지 않은 침대 냄새와 저급한 기름 냄새, 치커리 커피 냄새가 났다. 언저리가 붉은 교활한 눈을 가졌고 늘 경찰의 심문에 응할 준비가 된 형편없는 행색의 수위가 적극적으로 정보를 주었다. 나흐티갈 씨는 오늘 새벽 5시에 마차를 타고 두 신사와 함께 도착했는데 이 두 신사는 얼굴을 거의 알아볼 수 없게끔 일부러 목도리를 높게 두른 듯싶었다고 했다. 나흐티갈이 자기 방으로 가는 동안 두 신사는 지난 사 주간의 숙박비를 나흐티갈 대신 치렀으며, 삼십 분이 지나도 나흐티갈이 다시 나타나지 않자 한 신사가 몸소 그를 데리고 내려왔으며 이어서 세 사람은 마차를 타고 북부역으로 갔다고 했다. 나흐티갈은 굉장히 흥분한 것처럼 보였다고 했다. 그렇다 — 이렇게 신뢰감을 주는 신사분에게 모든 사실을 이야기하지 않을 이유가 뭐가 있겠는가 — 그는 수위에게 슬쩍 편지 한 통을 주려고 시도했는데 두 신사가 즉시 그것을 막았다고 했다. 나흐티갈 씨에게 오는 편지들은 — 두 신사의 말에 따르면 — 권한을 부여받은 사람이 와서 가져갈 것이라 했다. 프리돌린은 인사를 하고 돌아섰다. 대문을 나설 때, 진료 가방을 들고 있어 마음이 편했다. 자신이 이 호텔의 투숙객이 아니라 관청 직원으로 보일 테니까. 이제 당분간 나흐티갈과 관련해서는 할 수 있는 일이 하나도 없었다. 그들은 아주 조심성 있게 행동했고 아마도 그럴 이유가 충분했을 터였다.

이제 그는 마차를 타고 의상 대여점으로 향했다. 기비저 씨가 직접 문을 열어 주었다. "빌린 의상을 반납하러 왔습니다." 프리돌린이 말했다. "그리고 대금도 치르고 싶고요." 기비저 씨는 적당한 금액을 말한 뒤 돈을 받고서 커다란 장부에 내역을 기록하고는 사무용 책상에서 눈을 들어 의아한 듯 프리돌린을 바라보았다. 그가 떠날 기색을 보이지 않았기 때문이다.

"제가 여기 온 또 다른 이유는." 프리돌린이 예심 판사 같은 어조로 말했다. "따님과 관련하여 당신과 할 말이 있어섭니다."

기비저 씨의 콧방울 주위로 무언가가 움찔했다. 그것이 불쾌함인지 조롱인지 또는 화인지는 딱 잘라 말할 수 없었다.

"그게 무슨 말씀인지요?" 역시나 전혀 뭐라 규정할 수 없는 어조로 그가 물었다.

"어제 말씀하시길." 프리돌린이 손가락을 쫙 펴서 한 손을 사무용 책상에 기댄 채로 말했다. "따님이 정신적으로 좀 문제가 있다고 하셨죠. 그때의 상황을 생각하면 그것은 실제로 일리가 있는 말씀이었습니다. 그리고 우연하게도 제가 그 이상한 사건에 관여하게 된, 혹은 적어도 그것을 목격한 이상, 한 가지 권유를 드리고 싶습니다. 기비저 씨, 의사와 상담을 받아 보는 게 어떨지요."

기비저는 부자연스럽게 긴 펜대를 손에 쥐고 이리저리 돌리면서 뻔뻔스러운 시선으로 프리돌린을 훑었다.

"그럼 혹시 선생님께서 직접 치료를 맡아 주실 수 있으면 좋겠습니다만?"

"제가 꺼내지도 않은 말을 입에 올리지 않으셨으면 합니다." 프리돌린이 날카롭게, 하지만 조금 쉰 목소리로 답했다.

그 순간, 내부 공간으로 통하는 문이 열렸고 연미복 위에 단추를 푼 외투를 걸친 젊은 신사가 나왔다. 프리돌린은 그자가 다름 아니라 지난밤의 비밀 재판관 중 하나라는 걸 즉각 알아차렸다. 그자가 피에로의 방에서 나왔다는 데는 의심의 여지가 없었다. 그는 프리돌린을 보자 당황한 듯했으나 바로 평정을 되찾고 기비저에게 슬쩍 손짓으로 인사한 다음 사무용 책상 위에 놓인 라이터로 담배에 불을 붙이고 집을 나갔다.

"아하, 그렇군요." 프리돌린이 경멸하듯 입가를 움찔하고 혀에 씁쓸한 맛을 느끼며 말했다.

"그게 무슨 뜻입니까?" 기비저가 아주 태연자약하게 물었다.

"그러니까, 기비저 씨." 프리돌린이 말하면서 우월감에 찬 시선을 현관문에서 비밀 재판관이 나온 다른 문으로 옮겼다. "경찰을 부르지 않으신 거군요."

"다른 방법으로 합의를 봤습니다, 선생님." 기비저가 냉담하게 말하고 마치 무슨 접견이 끝난 것처럼 일어났다. 프리돌린은 가려고 몸을 돌렸고, 기비저는 극진한 태도로 문을 열어 주고 표정 변화 없이 말했다. "선생님께서 다음번에 또 필요한 게 있으시면…… 그게 꼭 수도복일 필요는 없지요."

프리돌린은 등 뒤로 문을 쾅 닫았다. 이제 끝난 일이겠지, 하고 생각하니 화가 치밀었다. 스스로 느끼기에도 지나칠 정도로 화가 났다. 그는 급히 층계를 내려간 뒤 딱히 서두르지 않고 폴리클리닉으로 갔고 무엇보다 앞서 집에 전화를 걸었다. 무슨 환자가 자기를 찾지 않았는지, 우편물이 온 게 있는지, 그 밖에 무슨 새로운 일이 있는지 물어보기 위해서였다. 하녀가 이제 막 대답을 마쳤을 때, 알베르티네가 직접 수화기를 잡고 프리돌린에게 인사했다. 그녀는 하녀가 이미 한 이야기를 모조리 다시 반복하고 나서 자기는 방금 일어났으며 이제 아이와 함께 아침을 들려 한다고 천연스럽게 말했다. "애한테 뽀뽀 전해 줘." 프리돌린이 말했다. "그리고 아침 맛있게 먹어."

그녀의 목소리를 들으니 기분이 좋았다. 그리고 바로 그 때문에 그는 재빨리 전화를 끊었다. 실은 알베르티네가 오전 중에 무엇을 할 계획인지 더 물어보고 싶었지만 그게 그와 무슨 상관이란 말인가? 겉으로 보이는 생활이 어떻게 계속되든 간에, 마음속 깊숙한 곳에서 그는 그녀와의 관계를 끝낸 것이었다. 금발의 간호사가 외투 벗는 걸 거들고 흰색 의사 가운을 건네주었다. 그러면서 그녀는 살짝 미소를 지어 보였다. 그녀는 누가 자기에게 신경을 쓰든 말든 모두에게 그렇게 미소를 짓곤 했다.

그리고 몇 분 후에 그는 공동 병실 안에 있었다. 앞서 주임 의사는 자기가 공동 진찰 건으로 갑자기 출장을 떠나야 하니 본인 없이 보좌 의사들이 회진을 돌기 바란다는 공지를 남겼다. 프리돌린은 학생들을 거느리고 침대에서 침대로 이동하고, 진찰을 하고, 처방을 내리고, 수련의와 간호사 들과 전문적인 일을 논하면서 거의 행복한 기분이었다. 온갖 새로운 소식이 있었다. 철물공인 카를 뢰델이 간밤에 죽었다. 오후 4시 30분 해부. 여자 병동에 병상 하나가 비었지만 곧 다시 찼다. 17번 병상의 여자를 외과로 이송해야 했다. 중간중간에 인사 문제에 대해서도 이야기가 나왔다. 안과의 신규 임용이 내일모레 결정될 예정이었다. 사 년 전만 해도 슈텔바크의 제2 보좌 의사였으며 현재 마르부르크의 교수인 휘겔만이 그 자리를 차지할 가능성이 가장 높았다. 빠른 출세로군, 하고 프리돌린은 생각했다. 나는 결코 한 과의 과장을 맡을 후보로 고려되지 않을 거야. 나는 강사 자격도 없잖아. 너무 늦었어. 왜 늦었다는 거지? 다시 학문적인 연구를 시작하거나 예전에 중단한 것들을 더 진지하게 이어 가면 되잖아. 개인 병원을 운영해도 여전히 시간은 충분하다고.

그는 푹스탈러 박사에게 외래 진료를 맡아 달라고 부탁했다. 그는 갈리친산에 가느니 차라리 여기에 머무르고 싶다는 사실을 인정할 수밖에 없었다. 그럼에도, 가야만 했다. 그 일을 더 파헤치는 것은 그의 의무였으며 그것은 비단 자기 자신에 대한 의무만이 아니었다. 그 밖에도 다른 온갖 일들을 오늘 처리해야 했다. 그래서 그는 만일의 경우에 대비해 푹스탈러 박사에게 저녁 회진도 맡기기로 결정했다. 폐첨 카타르에 걸렸다고 의심되는 젊은 아가씨가 저기 마지막 병상에서 그에게 미소를 보냈다. 최근에 진료를 볼 때 신뢰하는 태도로 주저 없이 그의 뺨에 가슴을 대고 눌렀던 아가씨였다. 프리돌린은 그녀의 눈길에 못마땅한 눈빛으로 답하고 이마를 찌푸리며 몸을 돌렸다. 이 여자나 저 여자나, 그는 노여워하며 생각했다. 알베르티네도 다른 모든 여자들과 마찬가지야, 알베르티네는 그들 모두 중 최악이야. 나는 알베르티네와 갈라설 거야. 우리의 관계는 결코 회복될 리가 없어.

층계에서 그는 외과 소속 동료와 몇 마디 말을 더 나누었다. 자, 간밤에 이곳으로 이송된 여자의 상태가 어떻죠? 동료가 생각하기에는 수술이 필요할 것 같진 않다고 했다. 그래도 조직 검사 결과를 알려 줄까요?

"물론이죠."

길모퉁이에서 그는 마차를 잡아탔다. 마치 이제 비로소 목적지를 정해야 하는 양 마부 앞에서 수첩을 꺼내 들여다보며 우스꽝스러운 희극을 벌였다. "오타크링으로 가 줘요." 그가 말했다. "갈리친산 방면 도로로요. 어디서 멈추면 되는지 알려 줄게요."

마차 안에서 돌연 고통스럽고 애타는 흥분이, 그 아름다운 구원자를 지난 몇 시간 동안 거의 생각하지 않은 데 대한 죄의식에 가까운 감정이 다시금 그를 덮쳤다. 그 집을 찾아낼 수 있을까? 글쎄, 특별히 어려울 리는 없어. 다만 문제는, 그다음에 어쩌지? 경찰에 신고할까? 만일 그런다면 혹시라도 나를 위해 희생한 혹은 희생할 준비가 돼 있던 그 여인에게 나쁜 결과를 가져올 수도 있어. 아니면 사설탐정을 찾아가 볼까? 그것은 상당히 몰취미하고 자신에게 걸맞지 않은 일로 여겨졌다. 하지만 다른 방도가 뭐가 있지? 그러나 그에게는 필요한 조사를 제대로 수행할 시간도 그리고 아마 재능도 없었다. 비밀 모임? 그래, 어쨌든 비밀스러웠지. 하지만 그곳에 있던 사람들은 서로 아는 사이였잖아? 귀족들, 혹시 어쩌면 궁정의 높은 사람들일까? 그는 그런 장난을 벌일 법한 몇몇 대공들을 떠올렸다. 그럼 숙녀들은? 추측컨대…… 유곽에서 조달해 왔겠지. 글쎄, 절대 확실하진 않아. 어쨌거나 특별히 골라 뽑은 여자들이야. 하지만 나를 위해 희생한 그 여인은 어떻고? 희생이라고? 왜 자꾸만 그게 정말로 희생이었다고 생각하려 드는 건지! 한 편의 희극이야. 틀림없이 그 모든 게 희극이었어. 사실 그렇게 싼값을 치르고 그곳을 빠져나왔다는 데 기뻐해야 마땅했다. 뭐, 그는 훌륭한 자세를 유지했다. 기사들은 그가 만만한 사람이 아니란 걸 아마 알아차릴 수 있었을 것이다. 그리고 어쨌든 그녀도 그것을 알아차렸다. 아마도 그는 그 모든

대공들보다 혹은 대공이 아닌 뭐든 간에 그들 모두보다 그녀
의 마음에 들었던 것 같았다.

리프하르츠탈의 끝자락, 길이 더 확연히 오르막을 이루는
곳에서 그는 마차에서 내렸고 혹시 몰라 마차를 돌려보냈다.
하늘은 연한 파란색이고 작은 흰 구름들이 떠 있었으며 태양
은 봄처럼 따스하게 빛났다. 그는 뒤를 돌아보았고, 수상한 것
은 아무것도 없었다. 마차도 보행자도 없었다. 그는 천천히 오
르막을 올랐다. 외투가 무겁게 느껴졌다. 그는 외투를 벗어 어
깨에 걸쳤다. 오른쪽으로 옆길이 꺾이는 곳에 다다랐다. 이 옆
길을 따라가면 그 수수께끼의 집이 있는 게 분명했다. 길을 잘
못 들 리가 없었다. 내리막길이었지만 절대 밤에 마차를 탈 때
생각했던 것만큼은 가파르지 않았다. 고요한 골목. 어떤 앞마
당에 꼼꼼하게 짚으로 감싼 장미 나무들이 서 있었고, 다음
앞마당에는 유모차 한 대가 있었다. 파란색 털옷에 감싸인 사
내아이가 이리저리 날뛰었고 1층 창문에서 한 젊은 여자가 웃
으면서 그 광경을 내다보았다. 이어서 건물 없는 공터가, 이어
서 울타리를 친 황폐한 정원이, 이어서 작은 저택이, 이어서
잔디밭이 나타났고, 그리고 이제, 의심의 여지 없이, 이곳이
그가 찾는 집이었다. 그 집은 결코 크거나 화려해 보이지 않았
다. 수수한 제국 시대 양식[18]의 단층 저택으로 보수한 지 아
주 오래되지는 않은 듯 보였다. 어디에나 녹색 블라인드가 내
려져 있었고 누가 살고 있음을 알 수 있는 흔적은 하나도 없

---

18) 1800년대 초 나폴레옹 집권기의 양식을 뜻한다.

었다. 프리돌린은 주위를 둘러보았다. 골목에는 아무도 보이지 않았다. 다만 저기 아래서 겨드랑이에 책을 낀 사내아이 둘이 멀어져 가고 있을 뿐이었다. 그는 정원 문 앞에 서 있었다. 이제 어쩌지? 그냥 왔던 길로 돌아갈까? 만일 그런다면 스스로 느끼기에 정말 우스운 일일 터였다. 그는 전기 버튼을 찾아보았다. 그리고 만약 누가 문을 열어 준다면 무슨 말을 할까? 자, 아주 간단해. 이 예쁜 별장을 여름 동안 빌릴 수 있을까요? 그러나 어느새 대문이 저절로 열렸고 소박한 제복 차림의 늙은 하인이 나와서 느릿느릿한 걸음으로 좁은 길을 따라 정원 문으로 다가왔다. 하인은 손에 편지 한 통을 쥐고 있었는데 묵묵히 그것을 격자 사이로 프리돌린에게 건넸다. 프리돌린은 심장이 두근거렸다.

"내 편지인가?" 그가 더듬거리며 말했다. 하인이 고개를 끄덕인 뒤 몸을 돌려 떠나갔고 그의 등 뒤로 현관문이 닫혔다. 이게 무슨 의미지? 프리돌린이 자문했다. 결국 그녀가 쓴 편지일까? 혹시 바로 그녀가 이 집의 주인인 걸까……? 그는 재빠르게 다시 길을 올라갔고, 봉투에 크고 똑바르며 품위 있는 글씨체로 자기 이름이 적혀 있는 것을 그제야 알아차렸다. 길 모퉁이에서 그는 편지를 열었고, 편지지를 펼쳐 읽었다. "조사는 그만두시오. 완전히 부질없는 짓이니. 그리고 이건 두 번째 경고라는 걸 알아 두시오. 당신을 생각해서 우리는 더 이상의 경고가 필요 없기를 바라오." 그는 편지지를 내려뜨렸다.

이 메시지는 모든 면에서 그를 실망시켰다. 아무튼 그가 어리석게도 혹시나 하고 기대한 것과는 다른 메시지였다. 어쨌거나, 편지의 어투는 묘하게 조심스러웠고 전혀 신랄하지 않았다. 따라서 이 메시지를 보낸 사람들이 절대 안심하고 있지 않다는 걸 알 수 있었다.

두 번째 경고라고……? 어째서지? 아 그래, 밤에 처음으로 경고했지. 그런데 왜 마지막 경고가 아니고, 두 번째일까? 내 용기를 한 번 더 시험하려는 걸까? 내가 시험을 통과해야 하는 걸까? 그리고 어떻게 내 이름을 안 거지? 뭐, 그리 이상한 일이 아니지. 아마도 나흐티갈을 협박해서 알아냈겠지. 더군다나 — 그는 자신의 부주의함에 절로 웃음이 나왔다 — 모피 코트의 안감에 내 모노그램과 정확한 주소가 꿰매져 있었잖아.

그러나 비록 전보다 진전이 없음에도 이 편지는 전반적으로 그를 안심시켰다. 그 이유는 제대로 말할 수 없을 테지만. 특히 그는 어떤 운명에 처했을지 걱정되는 그 여인이 아직 살아 있으며 그녀를 찾아내는 것은 오직 자신에게 달렸다고 확신했다. 그녀를 찾으려면 조심성을 갖고 영리하게 행동해야 했다.

조금 피로하지만 묘하게 홀가분한 기분으로, 그러나 동시에 이 기분을 기만적이라 느끼면서 그가 집에 도착했을 때 알베르티네와 아이는 이미 점심 식사를 한 뒤였고 그럼에도 그가 식사를 드는 동안 함께 있어 주었다. 간밤에 그가 십자가에 못 박히는 걸 평온하게 내버려두었던 알베르티네는 주부답고 어머니다운 천사 같은 눈빛으로 그의 맞은편에 앉아 있었고, 스스로에게 놀랍게도 그는 그녀에게 어떤 증오도 느끼지 않았다. 그는 맛있게 식사를 했다. 약간 흥분된 상태였지만 사실 유쾌한 기분이었다. 그는 이날 일하면서 겪은 사소한 일들에 대해, 특히 늘 알베르티네에게 미주알고주알 들려주곤 하는 병원의 인사 문제에 대해 평소처럼 아주 활기차게 이야기를 늘어놓았다. 그는 휘겔만이 임용되는 게 정해진 일이나 다름 없다고 이야기했고 학문적인 연구를 좀 더 열성적으로 다시 시작하려는 자신의 계획을 말했다. 이러한 남편의 모습은 알베르티네에게 익숙했고 그녀는 그 상태가 오래가지 않는다는 걸 알았다. 그리고 가벼운 미소가 그녀의 의심을 드러냈다. 프리돌린은 열을 올렸고 알베르티네는 진정시키듯 부드러운 손길로 그의 머리칼을 쓰다듬었다. 그는 조금 움찔하더니 아이에게 몸을 돌렸고 이로써 자신의 이마에 민망한 접촉이 계속되는 것을 피했다. 그가 어린 딸을 무릎 위에 앉히고 이제 막 재밌게 흔들어 주려는 찰나에 하녀가 와서 환자 몇 명이 벌써 기다리고 있다고 알렸다. 프리돌린은 마치 해방된 것처럼 자리에서 일어났고 이렇게 햇빛이 비치는 아름다운 오후 시간을 알베르티네와 아이가 산책하며 보내는 게 좋겠다는 말을 덧붙이고는 진료실로 들어갔다.

이후 두 시간 동안 프리돌린은 기존 환자 여섯 명과 새 환자 두 명을 보았다. 그는 환자 한 사람 한 사람을 온전히 집중해서 살피고 진찰하고 메모를 하고 처방을 내렸고, 지난 이틀 밤을 거의 자지 않고 보낸 후에 이토록 놀랄 만큼 상쾌하고 정신이 맑은 느낌이 든다는 데 기뻐했다.

진료 업무를 처리한 후에 그는 평소 습관대로 아내와 아이를 한 번 더 보러 갔고, 이제 알베르티네가 집을 찾아온 그녀

꿈의 노벨레

어머니와 함께 있는 것과 어린 딸이 보모와 프랑스어를 공부하는 걸 확인하며 일말의 만족감을 느꼈다. 그리고 층계에 이르러서야 비로소 그는 이 모든 질서가, 이 모든 평정이, 이 모든 안정된 삶이 허상이자 거짓에 불과하다는 것을 다시금 의식했다.

오후 회진을 취소했음에도 불구하고 그는 저항할 수 없는 힘에 이끌려 병원으로 갔다. 병원에는 그가 우선적으로 계획하고 있는 학문적 연구와 특별히 관련된 두 건의 사례가 있었고, 한동안 그는 이전보다 더 깊이 거기에 파고들었다. 그런 다음 시내에서 왕진을 한 건 처리해야 했고, 그리하여 그가 슈라이포겔 골목의 그 오래된 집 앞에 섰을 때는 저녁 7시가 되어 있었다. 이제 마리아네의 창문을 올려다보자 비로소, 그동안 완전히 희미해졌던 그녀의 모습이 다른 모든 여자들의 모습보다 더 생생하게 떠올랐다. 자, 이곳에서는 실패할 리가 없었다. 특별한 노력을 기울이지 않아도 그는 이곳에서 복수를 시작할 수 있었다. 이곳에는 어떤 어려움도, 어떤 위험도 없었다. 그리고 다른 이들이라면 움찔했을지 모르지만, 그 약혼자에 대한 배신은 그에게 오히려 거의 자극적으로 느껴졌다. 그렇다, 여기저기서, 마리아네 앞에서, 알베르티네 앞에서, 그 훌륭한 뢰디거 박사 앞에서, 온 세상 앞에서 배신하고, 속이고, 거짓말하고, 한바탕 희극을 벌이는 것, — 일종의 이중생활을 영위하는 것, 유능하고 신뢰할 수 있고 전도유망한 의사이자 착실한 남편이자 가장 노릇을 하는 동시에 — 그때그때 기분에 따라 사람들을, 남자들과 여자들을 가지고 노는 방

탕아이자 유혹자이자 냉소주의자로 행세하는 것 — 그것은 이 순간 그가 보기에 아주 끝내주는 일이었다. 그리고 가장 끝내주는 점은 훗날 언젠가, 알베르티네가 이미 오랫동안 평온한 결혼 생활과 가정생활의 품속에서 보호받고 있다는 망상에 빠져 있을 때, 그녀에게 싸늘한 미소를 보내며 자신의 모든 죄를 고백함으로써 그녀가 꿈속에서 자기에게 준 쓰라림과 굴욕에 보복하는 것이었다.

현관에서 그는 뢰디거 박사와 마주 보고 선 자신을 발견했다. 뢰디거 박사가 천진하게 그를 향해 손을 내밀었다.

"마리아네 양은 어떻습니까?" 프리돌린이 물었다. "조금 진정이 되었나요?"

뢰디거 박사는 어깨를 으쓱했다. "마리아네는 충분히 오래전부터 마음의 준비를 해 왔지요, 선생님. 다만 오늘 점심때 시신을 가져갈 때……."

"아, 벌써 가져갔나요?"

뢰디거 박사가 고개를 끄덕였다. "내일 오후 3시에 장례식이 거행됩니다……."

프리돌린은 멍하니 앞을 바라보았다. "아마도, 마리아네 양곁에 친척들이 있겠지요?"

"이젠 없습니다." 뢰디거 박사가 대답했다. "지금 마리아네는 혼자 있어요. 선생님을 보면 분명 기뻐할 거예요. 우리, 그러니까 저희 어머니와 저는 내일 그녀를 뫼들링으로 데려갈 겁니다." 그리고 정중하게 묻는 듯한 프리돌린의 눈빛을 보고 이렇게 말했다. "저희 부모님은 그곳에 작은 집을 가지고 계시거든요. 안녕히 계십시오, 선생님. 저는 이것저것 챙길 일이 더 있습니다. 그래요, 이런…… 경우에는 처리할 일들이 많죠! 제가 돌아왔을 때 선생님을 위에서 또 만날 수 있기를 바랍니다." 그리고 어느새 그는 대문을 통과해 거리로 나갔다.

프리돌린은 일순간 망설인 후에 천천히 층계를 올랐다. 그가 초인종을 울렸고, 마리아네가 직접 문을 열어 주었다. 그녀는 검은 상복 차림이었고 검은색 흑옥 목걸이를 목에 걸고 있었다. 그녀가 그 목걸이를 한 모습은 한 번도 본 적이 없었다. 그녀의 얼굴이 살짝 붉어졌다.

"한참을 기다렸어요." 그녀가 희미한 미소를 띠며 말했다.

"미안해요, 마리아네 양, 오늘은 유별나게 힘든 날이었어요."

그는 그녀를 따라 이제 침대가 비어 있는 임종 방을 지나 옆방으로 들어갔다. 어제 그가 흰색 제복을 입은 장교 그림 아래서 궁정 고문관의 사망 진단서를 작성했던 방이었다. 책상 위에는 벌써 작은 램프가 켜져 있어서 방 안에 어스레한 빛이 감돌았다. 마리아네는 긴 검은색 가죽 의자를 가리켜 앉기를 권하고 자신은 맞은편에서 책상 앞에 앉았다.

"방금 현관에서 뢰디거 박사를 만났습니다. 내일이면 벌써 시골로 떠나신다고요?"

마리아네는 이렇게 묻는 그의 냉정한 어조에 놀란 듯 그를 바라보았고 어깨를 늘어뜨렸다. 이때 그가 거의 엄격한 목소리로 말을 이었다. "아주 마땅한 일이라고 생각합니다." 그리고 좋은 공기와 새로운 환경이 그녀에게 얼마나 좋은 영향을 미칠지에 대해 건조하게 이야기를 늘어놓았다.

그녀는 움직임 없이 앉아 있었고 눈물이 뺨 위로 흘렀다. 그는 연민을 느끼기보다는 오히려 초조해하면서 그 모습을 지켜보았다. 그리고 그녀가 어쩌면 곧이어 그의 발밑에 다시 쓰러져 어제의 고백을 되풀이할지 모른다는 생각에 불안감에 사로잡혔다. 그녀가 아무 말이 없자 그는 거칠게 자리에서 일어났다. "미안합니다, 마리아네 양……." 그는 손목시계를 내려다보았다.

그녀는 고개를 들고 프리돌린을 바라보았고 계속 눈물이 흘렀다. 그는 무언가 좋은 말을 해 주고 싶었으나 그럴 수가 없었다.

"아마 시골에서 며칠 머무르시겠지요." 그가 부자연스럽게 말했다. "소식을 전해 주시길 바랍니다……. 그런데 뢰디거 박사님 말씀으로는 곧 결혼식을 치른다지요. 오늘 미리 축하 인사를 드리도록 하죠."

마치 그의 축하와 작별 인사를 아예 듣지 못한 듯 그녀는 미동도 하지 않았다. 그는 그녀에게 손을 뻗었고 그녀는 그 손을 잡지 않았다. 그는 거의 비난조로 다시 말했다. "그럼, 어떻게 지내는지 소식을 전해 주실 거라 믿겠습니다. 안녕히 계십시오, 마리아네 양." 그녀는 돌처럼 굳은 채로 자리에 앉아 있었다. 그는 발걸음을 옮겼고, 자신을 불러 세울 마지막 기회를 주려는 듯 잠시 동안 문간에 멈춰 섰다. 그녀는 오히려 그를 외면하는 듯 보였고 이제 그는 등 뒤로 문을 닫았다. 바깥 복도에서 무언가 후회 같은 것이 느껴졌다. 한순간 그는 돌아갈까 생각했지만 그것은 무엇보다 우스꽝스러울 거라고 느꼈다.

그런데 이제 어쩌지? 집에 갈까? 아니면 어디로 가겠어! 오늘은 더 이상 아무 일도 할 수 없지 않은가. 그럼 내일은? 무엇을? 그리고 어떻게? 자신이 미숙하고 무기력하게 느껴졌다. 모든 게 손에서 스르르 빠져나갔고, 모든 게 비현실적이 되었다. 심지어 집도, 아내도, 아이도, 직업도, 그렇다, 이런저런 상념에 빠져서 저녁 거리를 기계적으로 계속 걸어가는 자기 자신조차도.

시청 탑의 시계에서 7시 30분을 알리는 종소리가 울렸다. 몇 시인지는 아무래도 상관없었다. 그의 앞에는 시간이 완전히 넘쳐났다. 그 무엇도, 그 누구도 그에게 중요치 않았다. 그는 자기 자신에게 가벼운 연민을 느꼈다. 아주 순간적으로, 의도 같은 것은 전혀 없이, 퍼뜩 떠오르는 생각이 있었다. 아무 역으로나 간 다음 어디로든 떠나서 자기를 아는 모든 사람들에게서 사라져 버린 후에 외국 어딘가에서 다시 나타나 지금과 다른 새로운 사람으로서 새 삶을 시작하는 거다. 정신 의학 서적들에서 읽은 이른바 이중생활이라 불리는 특이한 병리 사례들이 생각났다. 아주 안정된 환경 속에서 살던 사람이 갑자기 사라져 실종되었다가 몇 달 혹은 몇 년 후에 다시 돌아오고 자신이 그동안 어디에 있었는지 스스로도 기억하지 못한다. 그리고 외국 어딘가에서 그와 만났던 누군가가 나중에 그를 알아보지만 집에 돌아온 본인은 아무것도 모른다. 그런 일은 물론 드물었지만 그래도 입증된 사실이었다. 그리고 아마 많은 이들이 그보다는 약화된 형태로 그런 일을 겪는다.

만일 우리가 가령 꿈에서 돌아오면? 물론, 꿈에 대한 기억이 남아 있다……. 하지만 완전히 잊어버리는 꿈들, 어떤 수수께끼 같은 기분과 신비로운 몽롱함 외에는 아무것도 남지 않는 꿈들도 분명 있다. 아니면 나중에, 훨씬 나중에야 기억이 나고 그것이 실제 겪은 일인지 혹은 단지 꿈일 뿐인지 더 이상 알지 못한다. 단지, 단지 꿈 ─ !

그리고 그는 계속 발걸음을 옮기면서, 그러나 자기도 모르게 집 쪽을 향하던 중에 어쩌다 보니 꽤 평판이 나쁜 어두운 골목 근처에 들어섰다. 불과 스물네 시간 전도 안 되는 그때에 이 골목에서 그는 타락한 여자를 따라 그녀의 궁색하지만 아늑한 집에 갔었다. 바로 그 여자가 타락했다고? 그리고 바로 이 골목이 평판이 나쁘다고? 말이란 어쩌나 우리를 오도하여 거리와 운명과 사람 들을 자꾸만 게으른 습관에 따라 명명하고 판단하게 만드는지. 따지고 보면 그 젊은 아가씨는 지난밤 그가 기묘한 우연에 의해 만난 모든 여자들 중에서 가장 매력적인, 정말이지 가장 순수한 존재이지 않았는가? 그녀를 생각하자 가슴이 조금 뭉클했다. 그리고 이제 그는 어제 계획했던 일을 떠올렸다. 단박에 마음을 먹고 가장 가까운 가게에 가서 온갖 먹을거리를 샀다. 그리고 작은 포장 꾸러미를 들고 건물 담장을 따라 걸어갈 때, 그는 자신이 적어도 분별 있고, 어쩌면 칭찬받을 만하기까지 한 일을 하려는 참이라는 생각에 아주 기뻤다. 여하튼 그는 현관에 들어서며 목깃을 세우고 층계를 한 번에 몇 계단씩 올랐다. 집 초인종이 달갑지 않은 날카로운 음으로 그의 귓속에 울렸다. 그리고 볼품없게 생긴 여인이 미치 양은 지금 집에 없다고 말했을 때 그는 한숨을 내쉬었다. 그런데 여인이 부재중인 미치 양을 위한 포장 꾸러미를 미처 받기도 전에, 아직 젊고 못생기지 않은 다른 여자가 목욕 가운 같은 것을 걸친 채 현관에 나와 말했다. "누굴 찾으세요? 미치 양이요? 걔는 금방 집에 안 올 거예요."

늙은 여인이 그녀에게 조용히 하라고 신호를 주었다. 하지만 프리돌린은 자신이 왠지 모르게 이미 예감했던 일을 지금 당장 확인받고 싶은 것처럼 그냥 이렇게 말했다. "그녀는 병원에 있군요, 그렇죠?"

"뭐, 이미 아시는 일이라면야. 하지만 다행히도 전 건강하답니다." 젊은 여자가 즐겁게 외치고는 입술을 반쯤 벌리고 목욕 가운이 열리도록 풍만한 몸을 도발적으로 뒤로 젖히면서 프리돌린에게 바짝 다가섰다. 프리돌린이 거부하며 말했다. "미치한테 뭘 좀 가져다주려고 그냥 지나가는 길에 들른 거예요." 그는 문득 자신이 김나지움 학생처럼 느껴졌다. 이어서 앞서와 다른, 사무적인 어조로 물었다. "그녀가 어느 과에 있는 거죠?"

젊은 여자는 한 교수의 이름을 말했다. 프리돌린은 몇 년 전 그 교수의 클리닉에서 보좌 의사로 일한 적이 있었다. 이어서 여자가 친절하게 덧붙였다. "줘요, 그 꾸러미. 내일 걔한테 가져다줄게요. 하나도 안 빼먹을 테니까 걱정 붙들어 매요. 그리고 당신 안부도 전해주고 당신이 걔한테 의리를 지켰다는 얘기도 할게요."

하지만 동시에 그녀는 그에게 더 가까이 다가섰고 그를 향해 웃음을 지었다. 그러나 그가 살짝 물러나자 그녀는 바로 웃음을 그치더니 위로하듯 말했다. "육 주, 늦어도 팔 주 후면, 의사 선생님 말씀으로는, 집에 돌아올 거예요."

대문을 지나 거리로 나왔을 때 프리돌린은 눈물로 목이 메는 것을 느꼈다. 하지만 그 정도로 몹시 감동을 받아서가 아니라 그저 신경이 점차 말을 듣지 않아서라는 걸 알았다. 그는 지금 기분에 맞지 않게 일부러 더 빠르고 활기차게 걸음을 내디뎠다. 조금 전의 체험은 모든 게 실패할 수밖에 없다는 걸 알리는 또 하나의, 마지막 신호일까? 왜? 내가 그토록 큰 위험에서 벗어났다는 건 어쨌거나 좋은 신호일 수도 있잖아. 그리고 중요한 건 위험에서 벗어나는 것, 바로 그것 아닌가? 아마 다른 온갖 위험이 그를 기다리고 있을 터였다. 그는 간밤의 그 훌륭한 여인을 찾기 위한 조사를 포기할 생각이 전혀 없었다. 지금은 물론 그럴 시간이 더 없었다. 더군다나 어떤 식으로 조사를 계속해 나갈지 꼼꼼히 생각해 보아야 했다. 그래, 이 일을 상의할 만한 사람이 있다면! 하지만 지난밤의 모험에 대해 흔쾌히 털어놓을 만한 사람은 생각나지 않았다. 수년 전부터 그는 자기 아내 말고는 누구와도 정말 친하게 지내지 않았고, 이 일을 아내와 상의하기는 어려웠다. 이 일도 그렇고 다른 어떤 일도. 왜냐하면 어젯밤 그녀는 그가 십자가에 못 박히게 내버려두었고, 그걸 어떻게 받아들일지는 그의 마음이니까.

그리고 이제 그는 왜 발걸음이 자신을 집 방향이 아니라 자연스레 자꾸 반대 방향으로 이끄는지를 깨달았다. 이제는 알베르티네와 마주 보고 싶지가, 마주 볼 수가 없었다. 가장 좋은 방법은 어딘가 밖에서 저녁 식사를 한 다음에 과에 가서 그 두 건의 사례를 살펴보고, 절대 집에 —"집!"— 가지 않는 것이었다. 알베르티네가 이미 잠들었다는 확신이 들기 전까지는.

그는 시청 근처에 있는 비교적 품위 있고 조용한 카페 중 한 곳에 들어갔고 집에 전화를 걸어 저녁 식사 때 기다리지 말라고 전한 후 혹시나 알베르티네가 와서 전화를 받을까 봐 재빨리 끊은 다음 창가 자리에 앉아 커튼을 쳤다. 멀리 떨어진 한쪽 구석에 마침 한 신사가 자리를 잡았다. 어두운 외투를 입었고 그 밖에도 전혀 눈에 띄지 않는 옷차림을 하고 있었다. 프리돌린은 이날 이미 어딘가에서 본 적이 있는 인상이라는 것을 기억했다. 물론 우연일 수도 있었다. 그는 석간신문을 집고서 어젯밤 다른 카페에서 그랬던 것처럼 이곳저곳을 훑어보며 정치적 사건, 연극, 예술, 문학과 온갖 크고 작은 사고에 대한 보도들을 몇 줄 읽었다. 이름을 들어 본 적 없는 미국 어느 도시에서 극장이 전소되었다. 굴뚝 청소부인 페터 콘라트가 창밖으로 투신했다. 굴뚝 청소부도 때때로 자살을 한다니, 프리돌린은 어쩐지 이상하다는 생각이 들었다. 그리고 그 남자가 앞서 깨끗이 몸을 씻었을지 아니면 검댕투성이인 모습 그대로 무(無) 속으로 뛰어내렸을지 자연스레 자문했다. 시내의 고급 호텔에서 오늘 새벽 한 여자가 음독을 했다. D 남작 부인이라는 이름으로 불과 며칠 전 그곳에 투숙했고 눈에 띌 만큼 예쁜 숙녀였다. 프리돌린은 즉시 불길한 예감에 휩싸이며 동요했다. 숙녀는 새벽 4시에 두 신사와 동행하여 호텔에 돌아왔고 그들은 정문에서 그녀와 헤어졌다. 4시. 그가 집에 돌아온 바로 그때였다. 그리고 점심때쯤에 그녀는 의식을 잃고 — 기사는 이렇게 이어졌다 — 심한 중독 증세를 보이며 침대에 누운 채로 발견되었다……. 눈에 띌 만큼 예쁜 젊은 숙녀…… 뭐, 눈에 띌 만큼 예쁜 젊은 숙녀가 한둘은 아니지…… D 남작 부인이, 아니 그보다는 D 남작 부인이라는 이름으로 호텔에 투숙한 숙녀와 어떤 다른 여인이 동일인이라 가정할 이유는 없어. 그럼에도, 그의 심장은 뛰었고 손에 들린 신문은 떨렸다. 시내 고급 호텔에서…… 어느 호텔이지……? 왜 이토록 비밀투성이일까? 왜 이토록 숨기는 걸까……?

그는 신문을 내려뜨렸고, 그와 동시에 저기 먼 구석의 신사가 신문으로, 큰 삽화 신문으로, 커튼을 치듯 자기 얼굴을 가리는 것을 보았다. 그리고 이 순간 그는 D 남작 부인이 지난밤의 여인 말고 다른 사람일 리가 절대 없다는 걸 깨달았다…… 시내 고급 호텔에서…… D 남작 부인이라 볼 만한 사람은 그리 많지 않았다……. 그리고 이제 무슨 일이 일어나든 상관없었다. 이 단서를 추적해야 했다. 그는 웨이터를 불러서 계산을 하고 카페를 나섰다. 문 앞에서 그는 구석에 있는 수상쩍은 신사를 향해 다시 한번 몸을 돌렸다. 하지만 이상하게도 그 신사는 이미 사라진 뒤였다…….

심한 중독…… 하지만 그녀는 살아 있었다…… 발견된 순간 그녀는 아직 살아 있었다. 또 어쨌거나 사람들이 그녀를 구해 내지 못했다고 볼 이유는 없었다. 그녀가 살았든 죽었든 간에, 그는 그녀를 찾아낼 것이었다. 그리고 그는 — 무슨 일이 있어도 — 그녀가 살아 있든 이미 죽었든, 그녀를 볼 것이었다. 그는 그녀를 볼 것이고, 이 세상 누구도 그 때문에, 그렇다, 그를 위해서 목숨을 바친 여인을 못 보게 막을 수는 없었다. 그는 — 오직 그만이 — 그녀의 죽음에 책임이 있었다. 만일 음독한 숙녀가 그 여인이라면. 그렇다, 그 여인이 맞았다. 새벽 4시에 두 신사와 동행하여 호텔에 돌아왔다! 아마도 몇 시간 뒤 나흐티갈을 기차역으로 데려간 바로 그자들일 것이었다. 그 신사들은 양심이 별로 깨끗하지 않았다.

그는 시청 앞의 크고 넓은 광장에 서서 사방을 둘러보았다. 불과 몇 사람만 시야에 들어왔고 카페에 있던 수상쩍은 신사는 그 가운데에 없었다. 그자가 있다고 하더라도 — 그 신사들은 두려워하고 있었고, 우위를 점한 것은 그였다. 프리돌린은 서둘러 발걸음을 옮긴 후 링슈트라세[19]에서 마차를 타고 우선 브리스틀 호텔로 가자고 했고 마치 조사 권한이 있거나 임무를 받고 온 사람처럼 마부에게 오늘 아침 음독했다는 D 남작 부인이 그곳 호텔에 투숙했느냐고 물었다. 마부는 별로 놀라워하는 기색이 아니었고 프리돌린을 경찰관이나 무슨 관리로 여기는 성싶었다. 어쨌든 마부는 그 슬픈 사건이 벌어진 현장은 그곳이 아니라 카를 대공 호텔이라고 정중하게 대답했다…….

프리돌린은 즉시 그 호텔로 갔고 그곳에서 D 남작 부인이 발견 직후에 빈 종합 병원으로 이송되었다는 이야기를 들었다. 프리돌린은 그녀가 자살을 기도한 것을 어떻게 발견하게

---

19) 빈 도심을 두르고 있는 순환 도로를 가리킨다.

되었는지 물었다. 그 숙녀는 새벽 4시가 되어서야 호텔에 돌아왔는데 어떤 계기로 점심때 숙녀의 상태를 살피게 되었느냐고. 뭐, 아주 간단한 일이라고, 두 신사가(또다시 두 신사다!) 오전 11시에 그녀의 안부를 물었다고 했다. 계속해서 전화해 봐도 답이 없어서 객실 청소부가 문을 두드렸고, 거기에도 아무런 반응이 없고 문이 안에서 잠겨 있었기에 문을 부숴 열 수밖에 없었으며, 그러자 의식을 잃고 침대에 누운 남작 부인을 발견했다고. 즉시 구조대와 경찰을 불렀다고 했다.

"그럼 그 두 신사는요?" 프리돌린이 날카롭게 물었다. 자신이 무슨 비밀경찰처럼 느껴졌다.

그렇다, 그 신사들, 물론 생각해 봐야 할 일인데, 그들은 그 사이 흔적도 없이 사라져 버렸다고. 어쨌거나 그 숙녀는 두비스키 남작 부인이라는 이름을 호텔 숙박부에 적었지만 그 부인일 리는 절대 없다고. 그녀가 이 호텔에 투숙한 건 처음이고 그 이름을 가진 가문은, 어쨌든 그런 귀족 가문은 아예 존재하지 않는다고 했다.

프리돌린은 정보를 준 데 사의를 표하고 무척 급하게 그곳을 떠났다. 방금 다가온 호텔 지배인들 중 하나가 불편한 호기심을 드러내며 그를 훑어보기 시작했기 때문이다. 그는 다시 마차에 올라타서 병원으로 가자고 했다. 몇 분 후, 접수처에서 그는 이른바 두비스키 남작 부인이 제2 내과 클리닉으로 이송되었다는 이야기뿐만 아니라 그녀가 의료진의 모든 노력에도 불구하고 오후 5시에 ─ 의식을 되찾지 못한 채 ─ 사망했다는 소식 또한 들었다.

프리돌린은 자신이 깊게 숨을 쉬었다고 생각했지만 실은 무거운 한숨이 새어 나왔다. 당직 공무원이 약간 놀라서 그를 올려다봤다. 프리돌린은 다시 마음을 가다듬고 정중하게 인사를 한 다음 돌아섰고 곧 건물 밖에 서 있었다. 병원의 정원에는 사람이 거의 없었다. 이웃한 가로수 길에서 가로등 아래로 파란색과 흰색 줄무늬 가운을 입고 흰 모자를 쓴 여자 간호사 하나가 방금 지나갔다. "죽었어." 프리돌린은 혼잣말을 했다. 만일 그녀가 맞는다면. 그런데 만일 아니면? 만일 그녀가 아직 살아 있다면, 어떻게 그녀를 찾아내지?

누군지 모르는 그 여자의 시신이 이 순간 어디에 있을까, 이 물음에 그는 쉽사리 답할 수 있었다. 그녀는 죽은 지 몇 시간 안 됐으니까 틀림없이 시신 안치실에 누워 있었다. 그곳은 여기에서 불과 몇백 발짝 떨어져 있었다. 그는 의사이기에 아무리 이런 늦은 시각이라도 그곳에 출입하는 데에 물론 어려움은 없었다. 하지만, 그곳에서 뭘 하려고? 그는 그녀의 몸만 알 뿐 얼굴은 결코 제대로 본 적이 없었다. 지난밤에 댄스홀을 빠져나오던 순간에, 혹은 정확히 말하자면, 홀에서 쫓겨나던 순간에 그 얼굴을 언뜻 스치며 본 듯 만 듯할 뿐이었다. 그런데도 그 사실을 이제껏 아예 고려하지 않은 것은, 그가 신문 기사를 읽은 이후로 내내 그 자살을 기도한 얼굴 모를 여자가 알베르티네의 생김새를 가지고 있다고 상상했던 까닭이다. 그렇다, 이제야 소름 돋게 깨달은 것처럼 그의 아내가 그가 찾는 여인의 모습으로 끊임없이 눈앞에 어른거렸던 까닭이다. 그리고 그는 다시 한번 자문했다. 대체 시신 안치실에서 뭘 하려고? 그렇다, 만일 오늘, 내일 ─ 수년 후, 언제, 어디서 어떤 환경에서든 ─ 살아 있는 그녀를 다시 발견한다면, 자신이 그녀의 걸음걸이와 자세를 보고, 무엇보다도 목소리를 듣고 반박할 여지없이 그녀를 알아볼 것이라고 그는 확신했다. 하지만 지금은 오직 그 몸만 다시 보게 될 터였다. 죽은 여자의 몸 그리고 얼굴만. 그는 눈, 이제 생명이 사그라져 버린 눈을 제외하고는 그 얼굴에 대해 아무것도 몰랐다. 그렇다, 이 눈을 그는 알았다. 그리고 자신이 홀에서 쫓겨나기 전 마지막 순간에 갑자기 풀려서 나신을 감싸던 머리카락. 이것만으로 그 시신이 그녀가 맞는지 아닌지 틀림없이 알아볼 수 있을까?

그리고 그는 느릿느릿하고 머뭇대는 걸음으로 익히 아는 뜰들을 지나 병리해부학 연구소로 향했다. 정문이 잠겨 있지 않은 것을 보았고 그래서 초인종을 울릴 필요가 없었다. 불빛이 희미한 복도를 지날 때 돌바닥에 그의 발걸음 소리가 울렸다. 이 건물의 원래 향기를 덮으며 풍기는 온갖 화학 약품의 익숙한, 말하자면 고향 같은 냄새가 프리돌린을 에워쌌다. 그는 조직학 연구실의 문을 두드렸다. 짐작컨대 그곳에서 보좌 의사가 아직 일하는 중일 터였다. 약간 퉁명하게 "들어와요." 하는 소리에 프리돌린은 천장이 높고 정말 화려하게 불을 밝힌 방으로 들어갔다. 프리돌린이 거의 예상한 것처럼, 방 한가운데에서 옛 대학 동창이자 연구소의 보좌 의사인 아들러 박사가 이제 막 현미경에서 눈을 떼며 의자에서 일어났다.

"오, 자네 왔는가." 아들러 박사가 여전히 조금 언짢아하면서도 동시에 놀라면서 인사를 건넸다. "무슨 일로 이런 뜬금없는 시간에 영광스럽게도 방문해 주셨는가?"

"방해해서 미안하네." 프리돌린이 말했다. "지금 한창 일하는 중이군."

"물론이지." 아들러가 대학생 시절에도 전매특허였던 특유의 신랄한 어조로 답했다. 그러고는 더 가벼운 투로 덧붙여 말했다. "그게 아니라면 한밤중에 이 신성한 곳에서 무슨 볼일이 있겠나? 하지만 자네는 물론 조금도 방해가 되지 않네. 뭘 도와줄까?"

그리고 프리돌린이 바로 대답하지 않자, "자네들이 오늘 우리한테 내려 보낸 애디슨[20]이 아직 건드리지 않은 채로 예쁘게 저기 누워 있네. 해부는 내일 아침 8시 30분이야."

그리고 프리돌린이 아니라는 몸짓을 하자, "아 그래, 늑막종양이로군! 자, 조직 검사 결과가 나왔는데 육종이 틀림없네. 그러니까 그 일로 공연히 속 썩일 필요 없다고."

프리돌린이 다시 고개를 가로저었다. "내가 여기 온 건, 일 때문이 아니야."

"뭐, 그럼 더 좋고." 아들러가 말했다. "모두가 잠든 시간에 자네가 이곳에 온 게 양심의 가책 때문이라고 생각했거든."

"양심의 가책 혹은 적어도 양심 일반과 관련 있는 일이긴 하지." 프리돌린이 답했다.

"오!"

"간단히 말하겠네." 그는 별 뜻 없고 건조한 어조로 말하려

---

20) 애디슨병 환자를 의미한다.

고 노력했다. "오늘 저녁에 제2 클리닉에서 모르핀 중독으로 죽었고 지금 이 아래 누워 있을 한 여성과 관련해서 알고 싶은 게 있어서. 두비스키 남작 부인이라는 여자일세." 그리고 더 빠른 속도로 말을 이었다. "이른바 두비스키 남작 부인이란 그 여자가 내가 여러 해 전에 잠깐 알았던 사람인 것 같은 느낌이 든단 말이지. 그래서 내 추측이 맞는지 확인하고 싶네."

"수이키디움?"[21] 아들러가 물었다.

프리돌린이 고개를 끄덕였다. "맞아. 자살이야." 그는 마치 이 사안에 다시 개인적인 성격을 부여하기를 바라는 듯 독일어로 번역해서 말했다.

아들러가 집게손가락을 익살스레 뻗어 프리돌린을 가리켰다. "이 존귀하신 분한테 실연을 당했나?"

프리돌린이 조금 짜증을 내며 부정했다. "그 두비스키 남작 부인의 자살은 개인적으로 나와 전혀 상관이 없어."

"제발, 진정하라고, 아무한테도 말 안 할게. 당장 확인해 볼 수 있으니. 내가 알기로 오늘 저녁에 법의학 쪽에서 요청이 오지 않았어. 그러니까 어쨌든……."

법적 부검이라는 말이 프리돌린의 뇌리를 순간 스쳐 갔다. 그럴지도 몰랐다. 그녀가 스스로의 뜻에 따라 자살한 것인지 누가 알겠는가? 자살 기도에 대해 알게 된 후 갑자기 호텔에서 사라진 두 신사가 다시 떠올랐다. 일급 형사 사건이 될지도 모를 일이었다. 그리고 그는 — 프리돌린은 — 심지어 증인으

---

21) Suicidium. '자살'을 뜻하는 라틴어.

로 소환되지 않을까? 그래, 실은 제 발로 법원에 출두해야 하지 않을까?

그는 아들러 박사를 따라 복도를 지나 맞은편 문으로 갔다. 문은 반쯤 열려 있었다. 가지가 두 개 달린 가스 샹들리에에서 약간 심지를 낮춘 노출된 불꽃 두 개가 천장이 높고 삭막한 공간을 희미하게 비추고 있었다. 시체를 안치하는 열두 개 혹은 열네 개의 테이블 중에 불과 몇 개에만 시체가 놓여 있었다. 몇몇 시체는 알몸으로 누워 있었고 나머지 시체들 위에는 아마포가 덮여 있었다. 프리돌린은 문 바로 옆의 첫 번째 테이블로 다가가 시신의 머리에서 조심스레 천을 치웠다. 아들러 박사가 든 회중전등의 눈부신 불빛이 갑자기 쏟아졌다. 프리돌린은 회색 수염이 난 노란 남자 얼굴을 보고 곧바로 다시 아마포로 덮었다. 다음 테이블에는 수척한 청년의 벗은 몸이 누워 있었다. 아들러 박사가 다른 테이블에서 말했다. "예순에서 일흔 사이 여자야. 이 사람도 아마 아닐 거야."

그런데 프리돌린이 별안간 뭐에 이끌린 듯 홀의 끄트머리로 갔다. 그곳에서 한 여자의 몸이 그를 향해 창백하게 빛나고 있었다. 고개는 한쪽으로 기울었고 긴 어두운색 머리 다발이 거의 바닥까지 늘어져 있었다. 프리돌린은 고개를 바로잡아 주려고 저도 모르게 손을 뻗었으나 평소와 달리 의사답지 않게 두려움을 느끼며 다시금 망설였다. 아들러 박사가 다가와서 등 뒤를 가리키며 말했다. "전부 볼 필요는 없지…… 이 여자인가?" 그러고는 전등으로 여자의 머리를 비추었다. 프리돌린은 이제 막 두려움을 극복하며 두 손으로 그 머리를 잡고 조금 들어 올린 참이었다. 눈꺼풀이 반쯤 감긴 하얀 얼굴이 그를 응시했다. 아래턱은 축 늘어졌고 얇은 입술이 위로 들려 있어 푸르스름한 잇몸과 하얀 치열이 보였다. 언젠가, 어쩌면 어제만 해도 이 얼굴이 아름다웠을까, 프리돌린은 여기에 답할 수 없었을 것이다. 그것은 완전히 무의미하고 공허한 얼굴이었다. 그것은 죽은 얼굴이었다. 그것은 열여덟 살 여자의 얼굴일 수도 서른여덟 살 여자의 얼굴일 수도 있었다.

"이 여자가 맞아?" 아들러 박사가 물었다.

프리돌린은 마치 뚫어져라 쳐다보면 그 굳은 얼굴에서 답을 캐낼 수 있는 것처럼 저도 모르게 더 깊숙이 몸을 숙였다. 그러면서도 동시에 만일 이것이 정말로 그녀의 얼굴일지라도, 이것이 그녀의 눈, 어제 그토록 생생하고 뜨겁게 그의 눈을 향해 빛나던 바로 그 눈일지라도, 자기는 그것을 모를 거라는 걸, 알 수 없으리라는 걸, 결국엔 전혀 알려 하지 않으리라는 걸 알았다. 이어서 그는 머리를 다시 판 위에 부드럽게 내려놓았고, 움직이는 전등 불빛을 따라 죽은 몸을 눈으로 훑었다. 이것의 그녀의 몸일까? 활짝 피어난 경이로운 몸, 어제만 해도 그토록 고통스럽게 갈구하던 그 몸일까? 그는 노르스레하고 주름진 목을 보았다. 그는 작지만 약간 축 늘어진, 젊은 여자의 양쪽 가슴을 보았고 그 사이로, 마치 부패의 작업이 이미 시작된 듯, 창백한 피부 아래서 흉골이 잔인할 만큼 똑똑하게 두드러졌다. 그는 칙칙한 갈색을 띤 둥그런 하체를 보았다. 그는 이제는 비밀도 의미도 없어져 버린 어두운 그림자로부터 보기 좋게 생긴 허벅지가 아무렇지도 않게 열리는 것을 보았고, 살짝 위로 돌아간 무릎의 굽이와 정강이의 날카로운 모서리와 발가락이 안으로 굽은 날씬한 발을 보았다. 이 모든 것은 차례로 빠르게 다시 어둠 속으로 가라앉았다. 전등 빛이 몇 배의 속도로 길을 되돌아갔기 때문이다. 불빛은 마침내 창백한 얼굴 위에 살짝 떨면서 머물렀다. 마치 보이지 않는 힘에 의해 강제로 이끌린 듯, 저도 모르게 프리돌린은 두 손으로 죽은 여자의 이마와 뺨과 어깨와 팔을 만졌다. 이어서 그는 사랑의 유희를 하려는 듯 죽은 여자와 손깍지를 끼었다. 죽은 여자의 손가락은 아주 뻣뻣했고, 그가 느끼기에 그녀의 손이 그의 손을 잡기 위해 움직이려는 듯했다. 그렇다, 반쯤 감긴 눈꺼풀 아래서 아득하고 생기 없는 시선이 그의 시선을 찾아 헤매는 듯했다. 그리고 마법에 걸린 것처럼 그는 아래로 몸을 숙였다.

이때 돌연 등 뒤에서 속삭이는 소리가 들렸다. "그런데 대체 뭘 하는 건가?"

프리돌린은 퍼뜩 정신을 차렸다. 그는 죽은 여자의 손에서 손가락을 풀고 그녀의 가느다란 손목을 움켜쥐고는 정성스럽게, 뭔가 지나칠 만큼 세심하게 그 얼음장같이 차가운 팔을 몸통 옆에 두었다. 그리고 그에게는 이제, 바로 이 순간에 비로소 이 여자가 죽은 것같이 느껴졌다. 곧이어 그는 몸을 돌리고 문으로 발걸음을 옮겼고 소리가 울리는 복도를 지나 앞서 나온 연구실로 돌아갔다. 아들러 박사는 말없이 그 뒤를 따랐고 문을 잠갔다.

프리돌린은 세면대로 다가갔다. "실례 좀 하겠네."라고 말하고 리졸[22]과 비누로 손을 꼼꼼히 씻었다. 그동안 아들러 박사는 중단했던 일을 곧장 다시 시작하려는 듯 보였다. 그는 작업을 위한 조명 장치를 다시 켜 놓았고, 미동 측정 나사[23]를 돌리고 현미경을 들여다봤다. 프리돌린이 작별 인사를 하려고 다가갔을 때 아들러 박사는 자신의 작업에 완전히 몰입해 있었다.

"표본을 한번 보겠나?" 그가 물었다.

"왜?" 프리돌린이 멍하니 물었다.

"뭐, 자네의 양심을 달래기 위해서지." 아들러 박사가 답했다. 그럼에도 마치 프리돌린이 단지 의학적이고 학문적인 목적으로 방문했다고 여기는 투였다.

"잘 보이나?" 프리돌린이 현미경을 들여다보는 동안 아들러 박사가 물었다. "꽤 새로운 염색 방법이라네."

프리돌린은 현미경에서 눈을 떼지 않은 채 고개를 끄덕였다. "그야말로 이상적이군." 그가 말했다. "현란한 그림이라고 할 수 있겠군."

그리고 그는 새로운 기술에 대해 여러 가지 세세한 사항을 물어보았다.

아들러 박사는 프리돌린이 원하는 대로 설명을 해 주었고 프리돌린은 예상컨대 이 새로운 방법이 앞으로 자신이 계획하고 있는 작업에 도움이 될 것 같다는 견해를 밝혔다. 그는 더

---

22) 소독제의 일종.
23) 현미경 아래의 표본을 미세하게 움직이는 장치.

자세한 설명을 듣기 위해 내일이나 내일모레 다시 와도 되겠느냐고 물었다.

"언제든 환영이지." 아들러 박사가 말했다. 그리고 소리가 울리는 타일 복도를 지나 정문까지 프리돌린과 함께 가서 열쇠로 문을 열었다.

"더 있으려고?" 프리돌린이 물었다.

"물론이네." 아들러 박사가 답했다. "한밤중부터 새벽까지, 일하기에 제일 좋은 시간이거든. 적어도 방해를 받을 일은 거의 없으니까."

"뭐." 프리돌린은 켕기는 구석이 있는 듯 살짝 미소를 지으며 말했다.

아들러 박사는 안심시키듯 프리돌린의 팔에 손을 올린 다음 약간 신중한 태도로 물었다. "그런데, 자네가 찾던 여자가 맞았나?"

프리돌린은 일순간 머뭇거리다가 말없이 고개를 끄덕였다. 그는 이 긍정의 표현이 거짓일 수 있다는 것을 거의 의식하지 못했다. 왜냐하면 지금 저 안에서 시신 안치실에 누워 있는 여자가 그가 스물네 시간 전에 나흐티갈의 격렬한 피아노 연주 소리에 맞춰 안고 있던 알몸의 여인이든 아니든, 혹은 이 죽은 여자가 다른 모르는 여자, 전에 한 번도 만난 적 없는 생판 낯선 여자이든 아니든, 그리고 비록 그가 찾고, 열망하고, 한 시간 동안 어쩌면 사랑했을지 모를 그 여자가 아직 살아 있고, 그녀가 여전히 이 생을 계속 살아가고 있더라도, — 저기 등 뒤의 궁륭 홀에서 깜박거리는 가스 불꽃의 빛 속에 누위 있는 것, 다른 그림자들 가운데 있는 하나의 그림자, 의미도 비밀도 없는 그 어두운 그림자, 그것은 그에게 돌이킬 수 없이 부패할 수밖에 없는, 지난밤의 창백한 시체를 의미한다는 걸, 그것 외에 다른 무엇도 의미할 수가 없다는 걸 그는 알았던 까닭이다.

7

그는 인적 없는 깜깜한 골목을 지나 서둘러 집으로 향했고 불과 몇 분 뒤, 스물네 시간 전처럼 어느새 진료실에서 옷을 벗고 나서 가능한 한 조용히 부부 침실에 들어갔다.

알베르티네의 고르고 평온한 숨소리가 들렸고 그녀의 머리 윤곽이 하얀 베개 위에서 선명하게 두드러지는 것이 보였다. 애정이, 예상치 않은 안도감이 그의 가슴속을 가득 채웠다. 그리고 그는 곧, 어쩌면 내일 중으로, 지난밤의 이야기를 그녀에게 하려고 마음먹었다. 하지만 자신이 겪은 모든 일이 마치 꿈이었던 것처럼 말하자고. 그러고 나서, 그녀가 그의 모험이 완전히 무의미하다는 것을 느끼고 깨닫고 나면 비로소 그는 그것이 실제 현실이었음을 그녀에게 고백하려 했다. 현실이라고? 그는 스스로에게 물었다. 그리고 이 순간, 알베르티네의 얼굴과 아주 가까운 곳, 이웃한 자신의 베개 위에서 그는 무언가 어둡고 윤곽이 뚜렷한 것, 그림자가 진 사람의 얼굴선 같은 것을 알아보았다. 한순간 그는 심장이 멎었지만, 다음 순간 그것이 무엇인지 깨닫고 베개로 손을 뻗어 가면을 집었다. 전날 밤 동안 쓰고 다녔던 그 가면은 오늘 아침에 그가 의상을 둘둘 말아 챙길 때 모르는 새에 떨어져 버렸을 것이고, 하녀나 알베르티네 자신이 그것을 발견했을 터였다. 그래서 그는 알베르티네가 그것을 발견한 후에 온갖 것을, 추측컨대 실제 일어난 일보다 더한 일 그리고 더 나쁜 일을 짐작했으리라고 확신했다. 그러나 그녀가 그 사실을 넌지시 알리는 방식, 어두운 가면이 마치 이제 그녀에게 수수께끼가 되어 버린 남편의 얼굴을 뜻하는 양 그것을 자기 옆 베개 위에 둔 이 착상, 부드러운 경고와 함께 기꺼이 용서해 주겠다는 의향을 동시에 표현하는 듯 보이는 장난스럽고 거의 호기롭다 할 이 방식은 프리돌린에게 확고한 희망을 주었다. 즉 그녀는 아마 본인의 꿈을 떠올리면서, 무슨 일이 일어났건 간에 그것을 너무 심각하게 받아들이지는 않을 생각인 것이었다. 하지만 프리돌린은 갑자기 힘이 다 빠져서 가면을 스르르 바닥에 떨어뜨리더니 자신도 전혀 예상치 못하게 큰 소리로 괴롭게 흑흑 흐느꼈고 침대 옆에 풀썩 주저앉아 베개에 얼굴을 묻고 조용히 울었다.

몇 초 후에 그는 부드러운 손길이 자기 머리를 쓰다듬는 것을 느꼈다. 이에 그는 고개를 들었고, 그의 가슴속 깊은 곳에서 이 말이 새어 나왔다. "당신한테 모든 걸 이야기하겠어."

그녀는 처음엔 가볍게 거부하듯 손을 들었다. 그는 그 손을 잡아 자기 손 안에 쥐고서 묻듯이 그리고 동시에 부탁하듯이 그녀를 올려다보았다. 그녀가 고개를 끄덕여 보였고 그는 이야기를 시작했다.

프리돌린이 이야기를 마쳤을 때 커튼을 통해 아침이 어둑하니 밝아 왔다. 알베르티네는 단 한 번도 호기심을 못 이기거나 참을성을 잃고 질문을 던져 그의 이야기를 끊지 않았다. 그녀는 그가 자신에게 아무것도 숨기려 하지 않으며 숨길 수 없다는 사실에 기분이 좋았다. 그녀는 두 팔로 팔베개를 하고 조용히 누워 있었고, 프리돌린이 이미 오래전에 이야기를 끝낸 뒤에도 한참 더 침묵했다. 마침내 — 그는 그녀 옆에 드러누워 있었다 — 그가 그녀 위로 몸을 숙였고, 이제 마찬가지로 아침이 열리는 듯 커다란 밝은 눈을 한 그녀의 움직임 없는 얼굴을 향해 미심쩍게 그리고 동시에 희망차게 물었다. "우리가 어쩌면 좋을까, 알베르티네?"

그녀는 미소를 짓고서 잠시 망설인 후에 대답했다. "우리는 운명에 감사해야 한다고 생각해. 현실의 모험과 꿈속의 모험, 그 모든 모험에서 무사히 빠져나온 데 대해 말이야."

"확실한 거야?" 그가 물었다.

"확실하고말고. 하룻밤의 현실, 아니 한평생의 현실조차도 그 인생의 가장 내밀한 진실을 뜻하지는 않는다는 걸 아는 것처럼."

"그리고 어떤 꿈도." 그가 나지막이 탄식하며 말했다. "완전히 꿈은 아니고."

그녀는 그의 머리를 두 손으로 잡아 꼭 끌어안았다. "이제 우리는 잠에서 깨어났나 봐." 그녀가 말했다. "오래도록."

그는 '영원토록'이라고 덧붙이려 했으나 미처 그 말을 꺼내기도 전에 그녀가 한 손가락을 그의 입술에 댔다. 그녀는 혼잣

말처럼 속삭였다. "절대 미래의 일은 묻지 마."

그렇게 두 사람은 말없이 누워 있었다. 둘 다 아마 조금 졸기도 하면서 그리고 꿈꾸지 않고 서로 가까이에서. 매일 아침 그렇듯이 7시 정각에 방문을 두드리는 소리가 들리고, 길거리에서 나는 익숙한 소음과 커튼 틈으로 비치는 위풍당당한 햇살과 옆방에서 나는 환한 아이 웃음소리와 함께 새로운 날이 시작될 때까지.

사랑은 덧없고 죽음은 자명하다

아르투어 슈니츨러 : 세기 전환기 인간 내면의 탐구자

19세기 말과 20세기 초 독일어권 문학의 중요한 작가인 아르투어 슈니츨러(Arthur Schnitzler, 1862~1931)는 오스트리아 빈의 유복한 유대계 시민 계급 가정에서 태어났다. 일찍부터 문학, 특히 연극에 관심이 많았고 극작가를 꿈꾸었으나 저명한 후두과 의사이자 의과 교수인 아버지 요한 슈니츨러의 뜻에 따라 빈 대학교에서 의학을 전공한다. 슈니츨러는 의학에 열심이면서도 여전히 문학에 뜻을 두었고 카페를 드나들며 작가 후고 폰 호프만스탈, 펠릭스 잘텐, 리하르트 베어호프만, 헤르만 바르 등과 교류했다. 그리고 이들과 함께 이른바 '청년 빈파(Jung-Wien)'를 이루며 빈 모더니즘을 주도했다. 1893년에 아버지가 죽은 후에는 본격적으로 문학에 투신하여 당대를 대표하는 작가로서 명성을 쌓아 갔다.

젊은 시절 슈니츨러는 꽤 방탕한 생활을 한 것으로 알려져 있다. 1903년 비교적 늦은 나이에 올가 구스만과 결혼(1921년에 이혼)하기 전까지 숱한 여자들과 만나 관계를 맺었고, 포커와 경마 같은 도박에 푹 빠져 지내기도 했다. 이러한 경험들은 그가 쓴 작품에도 십분 반영되었다. 19세기 빅토리아 시대의 보수적 성 관념과 윤리관이 지배하던 세기 전환기 빈 사회에서 슈니츨러는 당시 기준으로 노골적인 성애 묘사와 매춘, 불륜 장면으로 관습과 터부를 건드리고 겉으로는 깨끗하고 고상한 척하면서 속으로는 온갖 천한 욕망에 사로잡힌 온갖 군상들을 그린 까닭에 여러 차례 스캔들을 일으켰다. 가령 그의 대표작 중 하나로 1903년에 출간된 희곡 「라이겐(Reigen)」[1]은 열 명의 남녀가 차례로 파트너를 바꿔 가며 성행위를 벌이는 구성과 내용으로 당대의 성적 규범과 윤리를 벗어난 에로티시즘을 적나라하게 드러내어 엄청난 논란을 일으켰고 이후 곳곳에서 책 판매와 공연이 금지되기도 했다. 그리고 1900년에 발표한 단편 「구스틀 소위(Leutnant Gustl)」은 오스트리아-헝가리 제국 군대의 명예 규범을 풍자했다는 이유로 문제가 되어 슈니츨러는 소송 끝에 1901년 장교 직위를 박탈당했다. 그 밖에 희곡 「베른하르디 교수(Professor Bernhardi)」(1912)는 유대인 의사 베른하르디 교수가 부당한 누명을 쓰고 고초를 겪는 이야기를 통해 당시 빈 사회에 만연한 반유대주의를 다룬다.

---

1) '라이겐'은 사람들이 서로 손을 잡고 원형으로 둘러선 상태로 파트너를 바꿔 가며 추는 춤이다.

이렇듯 슈니츨러는 경직된 사회적 통념에 꾸준히 의문을 제기했고 그의 작품은 사후에도 수난을 당했다. 훗날 나치 정권은 유대인 작가인 슈니츨러의 '퇴폐적인' 저서들을 공개적으로 불사르고 금서로 지정하기도 했다.

슈니츨러의 작품에서 무엇보다 두드러지는 것은 인간의 영혼에 대한 탐구이다. 의사로서 정신병학, 최면술, 암시 요법 등에 관심을 두었고, 작가로서도 작품 속 인물들의 내면과 잠재의식을 세세하게 그리는 데 공을 들였다. 이러한 특징은 동시대에 활동한 정신분석학의 창시자 지크문트 프로이트를 떠올리게 한다. 역시 유대인이며 빈 대학교를 나왔고 슈니츨러와 마찬가지로 저명한 정신과 의사 테오도어 마이너트 밑에서 수학한 프로이트는 예순 살 생일을 맞은 슈니츨러에게 편지를 보낸 적이 있다. 이 편지에서 프로이트는 '무의식의 진실', '인간의 충동적 본능', '사랑과 죽음의 양극성'을 다루는 슈니츨러의 작품들이 자신의 연구와 여러모로 공통점이 있으며 슈니츨러가 흡사 자신의 '도플갱어'처럼 느껴져 그간 거리를 두어 왔다고 고백했다. 또한 자신이 학문적인 작업을 통해 고생스럽게 발견한 것을 그는 직관을 통해 이미 아는 것 같다며 존경을 표했다.

그리고 슈니츨러는 십 대 때부터 죽기 이틀 전까지 꼼꼼하게 일기를 썼는데 아주 내밀한 내용까지 빠짐없이 적은 나머지 아내한테도 감출 정도였다고 한다. 이렇듯 치밀하게 단련한 자기 관찰에다 의사의 냉철한 시선 그리고 매력적인 이야기를 쓸 줄 아는 문학적 재능이 더해져 탄생한 그의 작품들은 세기 전환기 빈과 유럽 시민 계급의 자화상으로서 역사적 가치를 지닐 뿐 아니라 인간의 삶과 죽음, 현실과 꿈에 대한 깊은 통찰력으로 오늘날 독자에게도 큰 울림을 준다.

슈니츨러는 극작가로서도 소설가로서도 두루 이름을 날리고 훌륭한 작품을 세상에 남겼다. 그의 작품들은 당대에 이미 독일어권 외 여러 언어로 번역되고 많은 무대에서 상연되었다. 슈니츨러 문학에 대한 관심은 나치 정권기와 2차 세계 대전을 거치며 사그라졌다가 그의 아들이자 연출가인 하인리히 슈니츨러(Heinrich Schnitzler)의 활약으로 1950년대 후반부터 다시 커지기 시작했고, 그의 소설과 희곡 들은 오늘날 정전(正典)으로 자리를 잡았다.

대표적인 희곡으로는 「라이겐」, 「아나톨(Anatol)」, 「사랑 놀음(Liebelei)」, 「녹색 앵무새(Der grüne Kakadu)」 등이 있으며 소설 중에는 중편 「카사노바의 귀향(Casanovas Heimfahrt)」, 「엘제 양(Fräulein Else)」, 「꿈의 노벨레(Traumnovelle)」, 단편 「구스틀 소위」 등이 주요작으로 손꼽힌다. 슈니츨러는 장편보다는 짧은 분량의 소설을 많이 썼는데 이 책에서는 그중에서 슈니츨러 문학의 핵심을 응축해 보여 주는 단편 세 편(「죽은 가브리엘(Der tote Gabriel)」(1907), 「독신남의 죽음(Der Tod des Junggesellen)」(1908), 「레테곤다의 일기(Das Tagebuch der Redegonda)」(1911), 이중 세 번째 단편은 초역이다.)과 중편 분량의 대표작 두 편(「엘제 양」(1924), 「꿈의 노벨레」(1926))을 한 권으로 묶었다.

「죽은 가브리엘」,「독신남의 죽음」,「레데곤다의 일기」 :
슈니츨러 문학 세계의 흥미로운 요약판

책의 첫머리를 여는 「죽은 가브리엘」에서 페르디난트와 비쇼프 그리고 이레네는 망자이지만 제4의 등장인물이라 할 수 있는 가브리엘을 중심으로 복잡한 관계로 얽혀 있다. 가브리엘은 자유분방한 연극배우인 비쇼프와 사귀던 중에 그녀가 자신의 지인인 페르디난트와도 연인 관계를 맺고 있다는 사실을 알고 실의에 빠져 목숨을 끊는다. 가브리엘을 짝사랑하던 이레네는 그를 죽게 만든 비쇼프에게 원한을 품고 있다. 그리고 페르디난트는 가브리엘의 죽음에 충격을 받고 모종의 죄책감을 느끼지만 전부 훌훌 털어 버리려 한다. 오랜 칩거 끝에 무도회장을 찾은 페르디난트는 우연의 장난처럼 이레네와 마주치고 만다. 그녀는 페르디난트와 비쇼프가 일종의 공범자라는 걸 모르는 듯하고, 두 사람은 함께 춤을 추고 대화를 나누다가 급기야는 한밤중에 즉흥적으로 비쇼프의 집을 찾아간다. 그리고 팽팽한 긴장감이 감도는 묘한 분위기 속에서 삼자대면이 이루어진다. 사랑 놀이의 전문가인 비쇼프는 재미있다는 듯 두 방문객을 관찰하고, 페르디난트는 비쇼프와의 관계가 들킬까 봐 전전긍긍하면서 이레네를 유심히 살피고, 이레네는 사랑하던 가브리엘이 드나들던 장소와 그를 배신한 여자를 보며 울컥한다. 비쇼프의 집을 나와 무도회장으로 돌아가는 마차 안, 이제 가브리엘의 죽음에 대해 모든 걸 알게 된 이레네의 감정은 사랑과 증오와 슬픔이 뒤섞인 강렬한 입맞춤으로 폭발하고 만다. 이처럼 슈니츨러는 작품에서 사랑과 죽음을 두 축으로 놓고 인물들을 난감한 상황에 처하게 하는 데 선수이다. 그리고 각 인물의 속생각과 복잡다단한 감정을 세세하게 그려 내면서 인간 내면에 꼭꼭 숨겨져 있는 깊은 진실을 드러낸다. 가령 이레네의 입맞춤과 같이.

이러한 슈니츨러 특유의 방식은 때로 심술궂다고 느껴질 정도다. 이어지는 「독신남의 죽음」은 더욱 노골적으로 악취미를 드러낸다. 죽음을 목전에 둔 독신남이 의사와 상인과 작가, 이렇게 세 친구를 부른다. 친구들이 도착했을 때 독신남은 이미 죽었고 친구들은 그가 남긴 편지를 발견하는데 그 내용인즉슨 그가 친구들의 아내 모두와 한때 사귀고 육체적 관계를 맺었다는 것이다. 이제 친구들의 머릿속에서는 저마다 과거의 일과 아내와의 관계와 편지의 의도에 대해 오만 가지 생각이 들끓는다. 그렇게 세 사람의 내면을 차례로 비춘 뒤에 작품은 경쾌하게 마무리를 짓는다. 작가 친구가 그 문제의 편지를 품고 집에 가면서 생각하는 것이다. '훗날 아내가 내 유고 속에서 이 편지를 발견하면 나의 고결하고 훌륭한 인품에 감복하겠지!' 슈니츨러는 복잡한 심경 속에서 비집고 나오는 작가의 상상력과 허영심을 아이러니하고 유쾌하게 비꼰다. 죽음이라는 무거운 소재와 불쾌한 감정을 주로 다루면서도 항상 예리한 유머를 빼놓지 않는 슈니츨러의 스타일이 잘 드러나는 부분이다.

세 번째 작품인 「레데곤다의 일기」에서 작가인 '나'는 밤중에 공원에서 우연히 만난 베발트 박사에게 기상천외한 이야기를 듣는다. 베발트 박사는 어느 기병 대위의 아내 레데곤다를 먼발치에서 보며 너무도 흠모한 나머지 급기야 혼자만의 상상 속에서 그녀와 연인이 되고 깊은 사랑을 나눈다. 그러다 현실의 레데곤다가 남편을 따라 다른 지역으로 이사 가게 된 날, 안절부절못하며 절망에 빠진 베발트 박사 앞에 레데곤다의 남편이 나타나 그녀의 일기를 건네는데 거기에는 베발트 박사가 상상으로 경험한 모든 사랑의 내력이 적혀 있다. 그리고 레데곤다의 남편과 결투를 벌인 끝에 베발트 박사가 총에 맞아 죽었다는 게 밝혀지는 순간, '나'의 앞에 있던 베발트 박사는 돌연 자취를 감춘다. 이 대목에서 베발트 박사의 기묘한 사랑 이야기는 으스스한 유령 이야기로 급변한다. 흥미로운 점은 화자가 실은 베발트 박사가 죽은 것을 전날 들어서 이미 알고 있었다는 사실을 뒤늦게 떠올린다는 것이다. 비록 작품 마지막 단락에서 화자는 자신이 겪은 일이 진실이라며 장황하게 주장하지만, 이쯤 되면 독자는 화자가 정말로 공원에서 베발트 박사(의 환영)를 만난 게 맞는지 의심할 수밖에 없다. 어쩌면 공원에서의 만남뿐 아니라 화자가 전하는 베발트 박사의 이야기 자체도 작가라는 직업을 가진 화자의 상상력의 산물일지도 모를 일이다. 어쨌거나 화자의 진술에 따르면 레데곤다는 다른 남자, 그러니까 베발트 박사가 아닌 현실의 '진짜' 연인과 달아나 버렸다. 베발트 박사는 이런 사실을 모른 채로 상상 속의 사랑 때문에 현실 속에서 어이없게 죽음을 당한 셈이다.

이와 같이 상상이 현실로 그리고 현실이 다시 허망한 꿈으로 바뀌는 과정을 슈니츨러는 극적으로 묘사한다. 「죽은 가브리엘」에서 가브리엘의 사랑이 비극적인 자살로 끝을 맺은 것처럼, 「독신남의 죽음」에서 독신남이 수많은 연애와 정사를 경험한 끝에 홀로 죽음을 맞이하는 것과 마찬가지로, 베발트 박사의 열에 들뜬 사랑과 욕망 역시 마지막에는 죽음으로 귀결된다. 슈니츨러는 사랑의 덧없음과 죽음의 자명함이라는 삶의 불가피한 진리를 잔인하면서도 유머러스하게 보여 주는 작가이다.

「엘제 양」: 절체절명의 위기에 처한 어린 여성의
내면세계를 실험적 기법으로 묘사한 작품

1924년에 출간된 소설 「엘제 양」은 발표 당시 상업적, 비평적으로 큰 성공을 거둔 슈니츨러의 대표작 중 하나이다. 발표 이후 최근까지 여러 차례 영화화되었으며 그래픽 노블로도 만들어졌다.(마누엘레 피오르 지음, 김희진 옮김, 미메시스, 2011.) 이 작품에서 특기할 점은 독특한 서술 기법이다. 흔히 '의식의 흐름(stream of consciousness)'이라 불리는 '내적 독백(innerer Monolog)'이 그것이다. 일인칭 형식과 현재 시제로 인물의 내면 의식을 있는 그대로 재현하는 이 기법을 슈니츨러는 단편 「구스틀 소위」에서 독일어권 문학 최초로 본격 도입하여 문학사에 이름을 남겼으며 「엘제 양」역시 소설 전체가 같은 기법으로 쓰였다. 우리의 실제 머릿속이 그러하듯 항상 논리적이지만은 않고 불완전하며 우발적이고 때로 서로 모순된 생각들이 줄줄 서술되기에 번역하기 까다로운 작품이기도 하다.

이 소설의 주인공인 열아홉 살 엘제는 거액의 빚 때문에 감옥에 갈 위기에 처한 아버지를 위해 급히 돈을 구해야 한다. 부유한 미술품상 도르스데이에게서 돈을 줄 테니 그 대가로 알몸을 보여 달라는 제안을 받고 엘제는 온갖 내면적 갈등을 겪는다. 육십 대 남성 작가인 슈니츨러는 열아홉 살 여성의 내면세계를 놀라울 만큼 사실적이고 치밀하게 묘사하면서 상류 시민 계급의 허위성, 돈과 자본주의, 성적 욕망과 죽음 등 여러 문제를 다룬다.

엘제는 상류 시민 계급에 속하는 교양 있고 점잖은 집안의 딸이며 사회적, 도덕적, 성적 규범에 에워싸여 있다. 하지만 이 모든 것의 근저에는 돈의 논리가 자리한다. 교양과 도덕의 외피 속에 숨겨진 이 논리는 엘제가 처한 극단적인 상황에서 노골적으로 드러난다. 엘제의 부모는 딸을 이용하여 집안의 금전 문제를 타개하고자 한다. 그 결과 엘제와 도르스데이 사이에서 돈과 성(性)을 두고 협상과 거래가 시작된다. 엘제는 집안의 몰락을 막고 상류층의 삶을 이어 나가기 위해 자신의 몸을 팔아야만 하는 출구 없는 상황에 처한다. 엘제의 부모는 미술품상인 도르스데이에게 자신들의 아름다운 작품(딸)을 팔아넘기려 하는 것이나 다름없고, 엘제는 모든 게 돈에 의해 지배되는 자본주의적 현실에서 도구이자 희생자가 된다.

하지만 엘제는 한국 옛 이야기의 심청처럼 도덕적 전범에 따라 아버지를 위해 희생하는 효성 깊은 불쌍한 딸이 아니며,

비록 아직 미성숙하지만 나름대로 갈등하고 욕망하는 주체이다. 그녀의 속마음에는 아버지를 향한 애증, 본인의 처지에 대한 좌절, 도르스데이에 대한 분노 등 복합적인 감정이 뒤섞여 있다. 무엇보다 엘제는 아름다운 용모에 자부심을 가진 콧대 높은 어린 아가씨로 남자들과의 연애와 육체적인 관계를 꿈꾸고 욕망한다. 하지만 하필 자신이 경멸하는 도르스데이에게 나체를 보여 줘야 하는 상황에서 수치심과 굴욕감을 느낀다. 고민을 거듭하던 엘제는 결국 도르스데이를 포함한 많은 사람이 있는 음악실에서 외투를 벗고 공개적으로 알몸을 드러낸다. 물론 이 행위는 어쩔 수 없는 절박한 상황에서 강요된 것이긴 하지만 여기에는 엘제의 의지도 분명 들어 있다. 왜냐하면 그녀는 관심에 두고 있던 잘생긴 청년('플레이보이'란 별칭으로 불린다.)을 본 것을 계기로 옷을 벗기로 결심하기 때문이다. 이 순간 그녀는 모종의 안도감과 승리감을 느끼며 옷을 벗는다. 단순히 돈이나 가족을 위해서, 도르스데이의 뜻에 굴복해서가 아니라 자신이 욕망하는 대상에게 알몸을 드러내는 것이라며 위안을 얻고, 성적 욕망을 억누르는 갑갑한 사회의 규범에서 일탈하는 짜릿함도 느낀다.

다른 한편으로 엘제는 이러지도 저러지도 못하고 갈등하는 동안 자꾸만 죽음을 생각한다. 수면제를 계속 지니고 다니고 스스로 목숨을 끊는 상상을 한다. 그녀에게 죽음은 삶의 고통과 속박에서 해방되는 길로 여겨진다. 따라서 마지막 장면에서 수면제를 마신 엘제는 파울과 시시가 자신을 죽음으로부터 구해 주길 간절히 바라면서도 달콤한 꿈속에서 하늘로 훨

훨 날아오르며 해방감을 느낀다. 삶을 원하고 사랑을 욕망하면서 동시에 죽음을 바라는 양가적인 마음은 프로이트의 이론을 떠올리게 한다. 프로이트는 『쾌락 원칙을 넘어서(Jenseits des Lustprinzips)』(1920)에서 생명체가 자기를 보존 및 유지하고 종족을 번식시키려는 충동(삶 충동)과 자기를 파괴하여 무기체적 평온 상태로 돌아가려는 충동(죽음 충동)을 이야기한 바 있는데 엘제의 상반된 의식은 이 구도에 대입된다.

또 한 가지 언급할 만한 사항은 음악실 장면에 삽입된 악보이다. 작품의 하이라이트라 할 이 대목에는 특이하게도 로베르트 슈만(Robert Schumann)의 피아노곡 「카니발(Carnaval)」 중 '플로레스탕'과 '재회'의 악보 일부가 들어가 있다. 가면을 쓰고 분장을 하고 즐기는 유쾌한 카니발과 옷을 벗고 알몸을 드러내야 하는 엘제의 암담한 처지는 묘한 대조를 이룬다. 엘제가 호감을 가진 잘생긴 청년의 모습을 다시 볼 때 연주되는 곡의 제목이 '재회'라는 것도 의미심장하다.

작품 마지막에서 엘제가 수면제 과다 복용으로 정말 죽는 것인지, 아니면 수면제가 치사량에 못 미쳐 단지 잠에 빠지는 것인지는 불명확하다. 하지만 만일 엘제가 죽지 않는다 해도 알몸 노출이라는 큰 스캔들 때문에 사회적 체면이 바닥에 떨어지고 미친 사람 취급을 받게 된 마당에 과거와 같은 삶을 지속할 수는 없으리라는 것은 쉽게 예상할 수 있다. 슈니츨러가 가련한 엘제를 위해 준비해 둔 것은 비극적 결말뿐이다.

「꿈의 노벨레」: 꿈과 현실을 통해 부부 관계의
심층을 파헤친 걸작

1926년에 출간된 「꿈의 노벨레」는 슈니츨러를 이야기할 때 빼놓지 않고 언급되는 작품이다. 거장 영화감독 스탠리 큐브릭은 슈니츨러가 "가장 과소평가된 20세기 작가 중 하나"이며 "인간의 영혼을 이보다 진실하게 이해하는 작가, 사람들의 생각과 행동 방식 그리고 실제 모습에 대해 이보다 심오한 통찰력을 가진 작가를 찾기란 어렵다."라고 평가했는데 이 소설을 영화 「아이즈 와이드 셧(Eyes Wide Shut)」(1999)으로 각색하여 화제가 되기도 했다. 제목의 '노벨레(Novelle)'란 실제로 일어날 법한 새롭고 신기한 사건을 단편에서 중편 길이의 완결된 이야기로 표현한 산문 형식을 뜻한다. 즉 '꿈의 노벨레'란 꿈을 중심 모티프로 한 독특하고 신기한 이야기라 할 수 있다.

20세기 초 빈을 배경으로 한 이 소설에서 의사인 프리돌린과 아내 알베르티네는 어린 딸과 함께 단란하고 평온한 가정을 꾸리고 경제적으로 안정된 생활을 하고 있다. 하지만 카니발을 맞아 가장무도회를 다녀온 다음 날 두 사람은 과거에 다른 이성에게 내밀한 욕망을 느꼈던 경험을 서로 솔직히 털어놓게 되고, 부부간의 평화에 금이 가기 시작한다. 당대의 전형적인 가부장 사회에서 대개 그렇듯 프리돌린은 총각 시절에 여러 여자와 사귀며 사랑을 경험했지만 알베르티네는 아무런 경험도 없이 어린 나이에 결혼해 아내이자 엄마이자 주부의 삶을 살아왔다. 프리돌린은 그런 정숙한 아내가 자기가 아닌 다른 남자에게 강렬한 욕구를 느꼈었다는 사실에, 또 알베르티네는 남편이 자신과 달리 이 여자 저 여자와 자유롭게 만나봤다는 사실에 은연중에 분노한다. 아내에 대한 배신감과 복수심을 품은 프리돌린은 빈의 밤거리를 누비며, 죽은 궁정 고문관의 딸 마리아네, 창녀 미치, 의상 대여점의 피에로 아가씨를 거쳐 가면 쓴 자들의 비밀스럽고 음탕한 모임에 이르는 성적 모험에 뛰어든다. 한편 알베르티네는 꿈속에서 프리돌린을 버리고 다른 남자와 함께 끝없는 알몸의 홍수 속에서 한껏 쾌락을 경험한다.

그런데 비록 머릿속과 꿈속에서지만 자기를 배신한 아내에게 다른 여자와의 관계로 앙갚음하려는 프리돌린의 여정은 결실을 맺지 못한다. 그리고 그가 욕망의 대상으로 삼으려는 여자들에게는 하나같이 죽음의 그림자가 들러붙어 있다. 마리아네에게는 아버지의 죽음이, 미치에게는 성병을 옮아 죽을 위험이, 피에로 아가씨에게는 죽음을 연상시키는 중세의 비밀 재판관이 함께 있는 것이다. 또 프리돌린은 자신을 비밀 모임에서 구해 준 정체 모를 여인에게서 진실한 사랑의 가능성을 느끼는데 그녀를 찾기 위한 긴 추적 끝에 발견하는 것은 시신 안치실에 누운 한 여자의 시체이다. 게다가 그것이 그가 찾는 여인이 맞는지조차도 확실치가 않다. 결국 궁정 고문관의 죽음으로 시작된 프리돌린의 여정은 다시금 죽음과 함께 끝나며 순환 구조를 이룬다. 욕망과 사랑의 추구 끝에는 모든 존재는 죽을 수밖에 없다는 차가운 사실만이 남는다.

어디까지가 꿈인지 현실인지 모를 수수께끼 같은 모험을

겨지만 욕망을 충족하지 못한 프리돌린, 숨겨지고 억압된 욕망을 꿈속에서 분출하지만 현실에서 달라진 건 없는 알베르티네. 이 부부는 현실을 받아들이고 화해에 이른다. 허탈하게 집으로 돌아온 프리돌린은 침실에서 자기 베개 위에 고이 놓인 가면을 발견한 뒤 알베르티네에게 그간의 일을 전부 고백하고, 알베르티네는 남편을 용서한다. 그런데 이렇게 봉합된 갈등이 언제까지 지속될까? 부부 사이란 이처럼 서로 동상이몽을 하면서도 겉으로는 아무렇지도 않은 듯 함께하는 관계일까? 이런 형식적인 관계에 도대체 무슨 의미가 있는 걸까? 슈니츨러는 이에 대한 답을 주지 않는다. 재미있게도 슈니츨러는 이 작품의 소재를 오랫동안 가지고 있다가 1921년에 아내와 이혼한 후에야 비로소 집필을 시작해 소설을 완성했다. 어쩌면 그는 이혼으로 끝난 본인의 결혼 생활과는 다른 결말로 희망을 보여 주려 했을지도, 아니면 "절대 미래의 일은 묻지 마."라는 알베르티네의 말처럼 부부 관계라는 것이 언제든 위태로워질 수 있음을 경고하려 했을지도 모른다. 결말은 열려 있고 해석은 독자의 몫이다.

2023년 12월
신동화

작가 연보

1862년   5월 15일, 오스트리아 빈에서 유대계 의학 교수이자 후
두과 의사인 아버지 요한 슈니츨러와 어머니 루이제
슈니츨러 사이에서 장남으로 태어났다.

1871년   빈의 아카데미셰스 김나지움에 입학했다.

1879년   빈 대학교에 입학해 의학을 전공했다.

1882~1883년   자원입대하여 빈 제2 위수병원에서 일 년 동안 복
무하고 장교로 임명되었다.

1885년   의학 박사 학위를 받고 빈 종합 병원과 폴리클리닉의
신경 병리학과에서 보좌 의사로 근무했다. 프로이트와
알게 되었다.

1886년   폴리클리닉에서 아버지의 보좌 의사로 일하면서 문학
잡지에 시와 산문을 발표하기 시작했다.

1890년　작가 후고 폰 호프만스탈, 펠릭스 잘텐, 리하르트 베어 호프만, 헤르만 바르 등과 만나 교류하기 시작했다. 이들과 함께 이른바 '청년 빈파'를 이루며 빈 모더니즘을 주도했다.

1892년　희곡 「아나톨(Anatol)」을 발표했다.

1893년　아버지가 사망했다. 이후 개인 병원을 개업하고 점점 더 문학에 몰두했다.

1894년　성악 교사인 마리 라인하르트와 만나 연인 사이가 되었다. 덴마크의 문학 비평가이자 철학가, 작가인 게오르그 브라네스와 서신을 주고받기 시작했다.

1895년　빈의 부르크테아터에서 희곡 「사랑 놀음(Liebelei)」이 초연되었다. 베를린 도이체스테아터의 극장장인 오토 브람과 서신 교환을 시작했다.

1896년　작가이자 연극 비평가인 알프레트 케르와 알게 되었다. 북유럽을 여행하고 극작가 헨리크 입센을 방문했다.

1899년　마리 라인하르트가 사망했다. 나중에 아내가 되는 여배우 올가 구스만과 만났다. 희곡 「녹색 앵무새(Der grüne Kakadu)」가 초연되었다.

1900년　단편 「구스틀 소위(Leutnant Gustl)」를 발표했다.(1901년에 책으로 출간했다.) 이 작품에서 군을 모독했다는 이유로 장교 직위를 박탈당했다.

1902년　아들 하인리히가 태어났다. 작가이자 비평가 카를 크라우스와 처음 접촉했다.

1903년　희곡 「라이겐(Reigen)」을 출간했다. 올가 구스만과 결혼했다.

1904년	희곡 「외로운 길(Der einsame Weg)」이 초연되었다. 외설성을 이유로 「라이겐」의 판매가 금지되었다.
1908년	그릴파르처 상을 받았다. 소설 『트인 데로 가는 길(Der Weg ins Freie)』을 출간했다.
1909년	딸 릴리가 태어났다.
1912년	희곡 「베른하르디 교수(Professor Bernhardi)」가 초연되었다.
1913년	소설 「베아테 부인과 그 아들(Frau Beate und ihr Sohn)」을 발표했다.
1918년	소설 「카사노바의 귀향(Casanovas Heimfahrt」을 발표했다.
1921년	아내와 이혼했다.
1923년	오스트리아 펜(PEN) 클럽의 초대 회장이 되었다.
1924년	소설 『엘제 양(Fräulein Else)』을 출간했다.
1926년	소설 『꿈의 노벨레(Traumnovelle)』를 출간했다.
1928년	딸 릴리가 자살했다. 이 사건으로 심한 충격을 받았다.
1931년	10월 21일 뇌출혈로 사망했다. 빈 중앙 묘지에 안장되었다.

세계문학전집 **428**

슈니츨러 작품선

1판 1쇄 찍음 2024년 1월 30일
1판 1쇄 펴냄 2024년 2월 6일

지은이 아르투어 슈니츨러
옮긴이 신동화
발행인 박근섭, 박상준
펴낸곳 (주)민음사

출판등록 1966. 5. 19. (제 16-490호)
서울특별시 강남구 도산대로1길 62(신사동) 강남출판문화센터 5층 (우편번호 06027)
대표전화 02-515-2000 팩시밀리 02-515-2007
www.minumsa.com

ISBN 978-89-374-6428-7 04800
ISBN 978-89-374-6000-5 (세트)

* 잘못 만들어진 책은 구입처에서 교환해 드립니다.

했다.

1904년   희곡 「외로운 길(Der einsame Weg)」이 초연되었다. 외
설성을 이유로 「라이겐」의 판매가 금지되었다.

1908년   그릴파르처 상을 받았다. 소설 『트인 데로 가는 길(Der
Weg ins Freie)』을 출간했다.

1909년   딸 릴리가 태어났다.

1912년   희곡 「베른하르디 교수(Professor Bernhardi)」가 초연되
었다.

1913년   소설 「베아테 부인과 그 아들(Frau Beate und ihr Sohn)」
을 발표했다.

1918년   소설 「카사노바의 귀향(Casanovas Heimfahrt」을 발표
했다.

1921년   아내와 이혼했다.

1923년   오스트리아 펜(PEN) 클럽의 초대 회장이 되었다.

1924년   소설 『엘제 양(Fräulein Else)』을 출간했다.

1926년   소설 『꿈의 노벨레(Traumnovelle)』를 출간했다.

1928년   딸 릴리가 자살했다. 이 사건으로 심한 충격을 받았다.

1931년   10월 21일 뇌출혈로 사망했다. 빈 중앙 묘지에 안장되
었다.

세계문학전집 428

슈니츨러 작품선

1판 1쇄 찍음   2024년 1월 30일
1판 1쇄 펴냄   2024년 2월 6일

지은이   아르투어 슈니츨러
옮긴이   신동화
발행인   박근섭, 박상준
펴낸곳   (주)민음사

출판등록   1966. 5. 19. (제 16-490호)
서울특별시 강남구 도산대로1길 62(신사동) 강남출판문화센터 5층 (우편번호 06027)
대표전화 02-515-2000   팩시밀리 02-515-2007
www.minumsa.com

ISBN 978-89-374-6428-7 04800
ISBN 978-89-374-6000-5 (세트)

* 잘못 만들어진 책은 구입처에서 교환해 드립니다.

세계문학전집 목록

1·2 변신 이야기 오비디우스 · 이윤기 옮김 서울대 권장도서 100선

3 햄릿 셰익스피어 · 최종철 옮김 서울대 권장도서 100선 | 미국대학위원회 선정 SAT 추천도서

4 변신 · 시골의사 카프카 · 전영애 옮김 서울대 권장도서 100선

5 동물농장 오웰 · 도정일 옮김 미국대학위원회 선정 SAT 추천도서 | 《타임》 선정 현대 100대 영문소설

6 허클베리 핀의 모험 트웨인 · 김욱동 옮김 《뉴스위크》 선정 100대 명저

7 암흑의 핵심 콘래드 · 이상옥 옮김 미국대학위원회 선정 SAT 추천도서 | 《뉴스위크》 선정 10대 명저

8 토니오 크뢰거 · 트리스탄 · 베네치아에서의 죽음 토마스 만 · 안삼환 외 옮김 노벨 문학상 수상 작가

9 문학이란 무엇인가 사르트르 · 정명환 옮김

10 한국단편문학선 1 김동인 외 · 이남호 엮음 국립중앙도서관 선정 청소년 권장도서

11·12 인간의 굴레에서 서머싯 몸 · 송무 옮김

13 이반 데니소비치, 수용소의 하루 솔제니친 · 이영의 옮김 노벨 문학상 수상 작가

14 너새니얼 호손 단편선 호손 · 천승걸 옮김

15 나의 미카엘 오즈 · 최창모 옮김

16·17 중국신화전설 위앤커 · 전인초, 김선자 옮김

18 고리오 영감 발자크 · 박영근 옮김

19 파리대왕 골딩 · 유종호 옮김 노벨 문학상 수상 작가 | 《타임》 선정 현대 100대 영문소설

20 한국단편문학선 2 김동리 외 · 이남호 엮음

21·22 파우스트 괴테 · 정서웅 옮김 서울대 권장도서 100선 | 미국대학위원회 선정 SAT 추천도서

23·24 빌헬름 마이스터의 수업시대 괴테 · 안삼환 옮김

25 젊은 베르테르의 슬픔 괴테 · 박찬기 옮김 논술 및 수능에 출제된 책(1998~2005)

26 이피게니에 · 스텔라 괴테 · 박찬기 외 옮김

27 다섯째 아이 레싱 · 정덕애 옮김 노벨 문학상 수상 작가

28 삶의 한가운데 린저 · 박찬일 옮김

29 농담 쿤데라 · 방미경 옮김

30 야성의 부름 런던 · 권택영 옮김

31 아메리칸 제임스 · 최경도 옮김

32·33 양철북 그라스 · 장희창 옮김 노벨 문학상 수상 작가 | 서울대 권장도서 100선

34·35 백년의 고독 마르케스 · 조구호 옮김 노벨 문학상 수상 작가 | 서울대 권장도서 100선

36 마담 보바리 플로베르 · 김화영 옮김 서울대 권장도서 100선

37 거미여인의 키스 푸익 · 송병선 옮김

38 달과 6펜스 서머싯 몸 · 송무 옮김

39 폴란드의 풍차 지오노 · 박인철 옮김

40·41 독일어 시간 렌츠 · 정서웅 옮김

42 말테의 수기 릴케 · 문현미 옮김

43 고도를 기다리며 베케트 · 오증자 옮김 노벨 문학상 수상 작가 | 서울대 권장도서 100선

44 데미안 헤세 · 전영애 옮김 노벨 문학상 수상 작가

45 젊은 예술가의 초상 조이스 · 이상옥 옮김 서울대 권장도서 100선

46 카탈로니아 찬가 오웰 · 정영목 옮김

47 호밀밭의 파수꾼 샐린저 · 정영목 옮김 《타임》 선정 현대 100대 영문소설 | 미국대학위원회 선정 SAT 추천도서 | 《뉴스위크》 선정 100대 명저 | BBC 선정 꼭 읽어야 할 책

48·49 파르마의 수도원 스탕달 · 원윤수, 임미경 옮김

50 수레바퀴 아래서 헤세 · 김이섭 옮김 노벨 문학상 수상 작가 | 국립중앙도서관 선정 청소년 권장도서

51·52 내 이름은 빨강 파묵 · 이난아 옮김 노벨 문학상 수상 작가

53 오셀로 셰익스피어 · 최종철 옮김 서울대 권장도서 100선

54 조서 르 클레지오 · 김윤진 옮김 노벨 문학상 수상 작가

55 모래의 여자 아베 코보 · 김난주 옮김

56·57 부덴브로크 가의 사람들 토마스 만 · 홍성광 옮김 노벨 문학상 수상 작가

58 싯다르타 헤세 · 박병덕 옮김 노벨 문학상 수상 작가

59·60 아들과 연인 로렌스 · 정상준 옮김 《뉴스위크》 선정 100대 명저

61 설국 가와바타 야스나리 · 유숙자 옮김 노벨 문학상 수상 작가 | 서울대 권장도서 100선

62 벨킨 이야기 · 스페이드 여왕 푸슈킨 · 최선 옮김

63·64 넙치 그라스 · 김재혁 옮김 노벨 문학상 수상 작가

65 소망 없는 불행 한트케 · 윤용호 옮김 노벨 문학상 수상 작가

66 나르치스와 골드문트 헤세 · 임홍배 옮김 노벨 문학상 수상 작가

67 황야의 이리 헤세 · 김누리 옮김 노벨 문학상 수상 작가

68 페테르부르크 이야기 고골 · 조주관 옮김

69 밤으로의 긴 여로 오닐 · 민승남 옮김 노벨 문학상 수상 작가 | 미국대학위원회 선정 SAT 추천도서

70 체호프 단편선 체호프 · 박현섭 옮김

71 버스 정류장 가오싱젠 · 오수경 옮김 노벨 문학상 수상 작가

72 구운몽 김만중 · 송성욱 옮김 서울대 권장도서 100선 | 국립중앙도서관 선정 청소년 권장도서

73 대머리 여가수 이오네스코 · 오세곤 옮김

74 이솝 우화집 이솝 · 유종호 옮김 논술 및 수능에 출제된 책(1998~2005)

75 위대한 개츠비 피츠제럴드 · 김욱동 옮김 《타임》 선정 현대 100대 영문소설

76 푸른 꽃 노발리스 · 김재혁 옮김

77 1984 오웰 · 정회성 옮김 《타임》 선정 현대 100대 영문소설 | 《뉴스위크》 선정 100대 명저

78·79 영혼의 집 아옌데 · 권미선 옮김

80 첫사랑 투르게네프 · 이항재 옮김

81 내가 죽어 누워 있을 때 포크너 · 김명주 옮김 노벨 문학상 수상 작가

82 런던 스케치 레싱 · 서숙 옮김 노벨 문학상 수상 작가

83 팡세 파스칼 · 이환 옮김

84 질투 로브그리예 · 박이문, 박희원 옮김

85·86 채털리 부인의 연인 로렌스 · 이인규 옮김

87 그 후 나쓰메 소세키 · 윤상인 옮김

88 오만과 편견 오스틴 · 윤지관, 전승희 옮김 미국대학위원회 선정 SAT 추천도서

89·90 부활 톨스토이 · 연진희 옮김 논술 및 수능에 출제된 책(1998~2005)

91 방드르디, 태평양의 끝 투르니에 · 김화영 옮김

92 미겔 스트리트 나이폴 · 이상옥 옮김 노벨 문학상 수상 작가

93 페드로 파라모 룰포 · 정창 옮김

94 차라투스트라는 이렇게 말했다 니체 · 장희창 옮김 국립중앙도서관 선정 청소년 권장도서

95·96 적과 흑 스탕달 · 이동렬 옮김 국립중앙도서관 선정 청소년 권장도서

97·98 콜레라 시대의 사랑 마르케스 · 송병선 옮김 노벨 문학상 수상 작가 | BBC 선정 꼭 읽어야 할 책

99 맥베스 셰익스피어 · 최종철 옮김 서울대 권장도서 100선 | 미국대학위원회 선정 SAT 추천도서

100 춘향전 작자 미상 · 송성욱 풀어 옮김 서울대 권장도서 100선

101 페르디두르케 곰브로비치 · 윤진 옮김

102 포르노그라피아 곰브로비치 · 임미경 옮김

103 인간 실격 다자이 오사무 · 김춘미 옮김

104 네루다의 우편배달부 스카르메타 · 우석균 옮김

105·106 이탈리아 기행 괴테·박찬기 외 옮김

107 나무 위의 남작 칼비노·이현경 옮김

108 달콤 쌉싸름한 초콜릿 에스키벨·권미선 옮김

109·110 제인 에어 C. 브론테·유종호 옮김 BBC 선정 꼭 읽어야 할 책

111 크눌프 헤세·이노은 옮김 노벨 문학상 수상 작가

112 시계태엽 오렌지 버지스·박시영 옮김 《타임》 선정 현대 100대 영문소설 | 《뉴스위크》 선정 100대 명저

113·114 파리의 노트르담 위고·정기수 옮김 미국대학위원회 선정 SAT 추천도서

115 새로운 인생 단테·박우수 옮김

116·117 로드 짐 콘래드·이상옥 옮김 《뉴스위크》 선정 100대 명저

118 폭풍의 언덕 E. 브론테·김종길 옮김 미국대학위원회 선정 SAT 추천도서

119 텔크테에서의 만남 그라스·안삼환 옮김 노벨 문학상 수상 작가

120 검찰관 고골·조주관 옮김

121 안개 우나무노·조민현 옮김

122 나사의 회전 제임스·최경도 옮김 미국대학위원회 선정 SAT 추천도서

123 피츠제럴드 단편선 1 피츠제럴드·김욱동 옮김

124 목화밭의 고독 속에서 콜테스·임수현 옮김

125 돼지꿈 황석영

126 라셀라스 존슨·이인규 옮김

127 리어 왕 셰익스피어·최종철 옮김 서울대 권장도서 100선 | 《뉴스위크》 선정 100대 명저

128·129 쿠오 바디스 시엔키에비츠·최성은 옮김 노벨 문학상 수상 작가

130 자기만의 방·3기니 울프·이미애 옮김

131 시르트의 바닷가 그라크·송진석 옮김

132 이성과 감성 오스틴·윤지관 옮김

133 바덴바덴에서의 여름 치프킨·이장욱 옮김

134 새로운 인생 파묵·이난아 옮김 노벨 문학상 수상 작가

135·136 무지개 로렌스·김정매 옮김

137 인생의 베일 서머싯 몸·황소연 옮김

138 보이지 않는 도시들 칼비노·이현경 옮김

139·140·141 연초 도매상 바스·이운경 옮김 《타임》 선정 현대 100대 영문소설

142·143 플로스 강의 물방앗간 엘리엇·한애경, 이봉지 옮김 미국대학위원회 선정 SAT 추천도서

144 연인 뒤라스·김인환 옮김

145·146 이름 없는 주드 하디·정종화 옮김

147 제49호 품목의 경매 핀천·김성곤 옮김 《타임》 선정 현대 100대 영문소설

148 성역 포크너·이진준 옮김 노벨 문학상 수상 작가 | 퓰리처상 수상 작가

149 무진기행 김승옥

150·151·152 신곡(지옥편·연옥편·천국편) 단테·박상진 옮김 《뉴스위크》 선정 100대 명저

153 구덩이 플라토노프·정보라 옮김

154·155·156 카라마조프가의 형제들 도스토옙스키·김연경 옮김

157 지상의 양식 지드·김화영 옮김 노벨 문학상 수상 작가

158 밤의 군대들 메일러·권택영 옮김 퓰리처상 수상 작가

159 주홍 글자 호손·김욱동 옮김 서울대 권장도서 100선 | 미국대학위원회 선정 SAT 추천도서

160 깊은 강 엔도 슈사쿠·유숙자 옮김

161 욕망이라는 이름의 전차 윌리엄스·김소임 옮김

162 마사 퀘스트 레싱·나영균 옮김 노벨 문학상 수상 작가

163·164 운명의 딸 아옌데·권미선 옮김

165 모렐의 발명 비오이 카사레스 · 송병선 옮김

166 삼국유사 일연 · 김원중 옮김 서울대 권장도서 100선

167 풀잎은 노래한다 레싱 · 이태동 옮김 노벨 문학상 수상 작가

168 파리의 우울 보들레르 · 윤영애 옮김

169 포스트맨은 벨을 두 번 울린다 케인 · 이만식 옮김

170 썩은 잎 마르케스 · 송병선 옮김 노벨 문학상 수상 작가

171 모든 것이 산산이 부서지다 아체베 · 조규형 옮김 《타임》 선정 현대 100대 영문소설

172 한여름 밤의 꿈 셰익스피어 · 최종철 옮김 미국대학위원회 선정 SAT 추천도서

173 로미오와 줄리엣 셰익스피어 · 최종철 옮김 미국대학위원회 선정 SAT 추천도서

174·175 분노의 포도 스타인벡 · 김승욱 옮김 노벨 문학상 수상 작가 | 《타임》 선정 현대 100대 영문소설

176·177 괴테와의 대화 에커만 · 장희창 옮김

178 그물을 헤치고 머독 · 유종호 옮김 《타임》 선정 현대 100대 영문소설

179 브람스를 좋아하세요... 사강 · 김남주 옮김

180 카타리나 블룸의 잃어버린 명예 하인리히 뵐 · 김연수 옮김 노벨 문학상 수상 작가

181·182 에덴의 동쪽 스타인벡 · 정회성 옮김 노벨 문학상 수상 작가

183 순수의 시대 워튼 · 송은주 옮김 《뉴스위크》 선정 100대 명저 | 퓰리처상 수상작

184 도둑 일기 주네 · 박형섭 옮김

185 나자 브르통 · 오생근 옮김

186·187 캐치-22 헬러 · 안정효 옮김 《타임》 선정 현대 100대 영문소설

188 숄로호프 단편선 숄로호프 · 이항재 옮김 노벨 문학상 수상 작가

189 말 사르트르 · 정명환 옮김

190·191 보이지 않는 인간 엘리슨 · 조영환 옮김 《타임》 선정 현대 100대 영문소설

192 왑샷 가문 연대기 치버 · 김승욱 옮김 퓰리처상 수상 작가

193 왑샷 가문 몰락기 치버 · 김승욱 옮김 퓰리처상 수상 작가

194 필립과 다른 사람들 노터봄 · 지명숙 옮김

195·196 하드리아누스 황제의 회상록 유르스나르 · 곽광수 옮김

197·198 소피의 선택 스타이런 · 한정아 옮김 퓰리처상 수상 작가

199 피츠제럴드 단편선 2 피츠제럴드 · 한은경 옮김

200 홍길동전 허균 · 김탁환 옮김

201 요술 부지깽이 쿠버 · 양윤희 옮김

202 북호텔 다비 · 원윤수 옮김

203 톰 소여의 모험 트웨인 · 김욱동 옮김

204 금오신화 김시습 · 이지하 옮김

205·206 테스 하디 · 정종화 옮김 미국대학위원회 선정 SAT 추천도서 | BBC 선정 꼭 읽어야 할 책

207 브루스터플레이스의 여자들 네일러 · 이소영 옮김

208 더 이상 평안은 없다 아체베 · 이소영 옮김

209 그레인지 코플랜드의 세 번째 인생 워커 · 김시현 옮김 퓰리처상 수상 작가

210 어느 시골 신부의 일기 베르나노스 · 정영란 옮김

211 타라스 불바 고골 · 조주관 옮김

212·213 위대한 유산 디킨스 · 이인규 옮김 서울대 권장도서 100선 | BBC 선정 꼭 읽어야 할 책

214 면도날 서머싯 몸 · 안진환 옮김

215·216 성채 크로닌 · 이은정 옮김

217 오이디푸스 왕 소포클레스 · 강대진 옮김 서울대 권장도서 100선

218 세일즈맨의 죽음 밀러 · 강유나 옮김

219·220·221 안나 카레니나 톨스토이 · 연진희 옮김 서울대 권장도서 100선

222 오스카 와일드 작품선 와일드·정규목 옮김

223 벨아미 모파상·송덕호 옮김

224 파스쿠알 두아르테 가족 호세 셀라·정동섭 옮김 노벨 문학상 수상 작가

225 시칠리아에서의 대화 비토리니·김운찬 옮김

226·227 길 위에서 케루악·이만식 옮김 《타임》 선정 현대 100대 영문소설 | 《뉴스위크》 선정 100대 명저

228 우리 시대의 영웅 레르몬토프·오정미 옮김

229 아우라 푸엔테스·송상기 옮김

230 클링조어의 마지막 여름 헤세·황승환 옮김 노벨 문학상 수상 작가

231 리스본의 겨울 무뇨스 몰리나·나송주 옮김

232 뻐꾸기 둥지 위로 날아간 새 키지·정회성 옮김 《타임》 선정 현대 100대 영문소설

233 페널티킥 앞에 선 골키퍼의 불안 한트케·윤용호 옮김 노벨 문학상 수상 작가

234 참을 수 없는 존재의 가벼움 쿤데라·이재룡 옮김

235·236 바다여, 바다여 머독·최옥영 옮김

237 한 줌의 먼지 에벌린 워·안진환 옮김 《타임》 선정 현대 100대 영문소설

238 뜨거운 양철 지붕 위의 고양이·유리 동물원 윌리엄스·김소임 옮김 퓰리처상 수상작

239 지하로부터의 수기 도스토옙스키·김연경 옮김

240 키메라 바스·이운경 옮김

241 반쪼가리 자작 칼비노·이현경 옮김

242 벌집 호세 셀라·남진희 옮김 노벨 문학상 수상 작가

243 불멸 쿤데라·김병욱 옮김

244·245 파우스트 박사 토마스 만·임홍배, 박병덕 옮김 노벨 문학상 수상 작가

246 사랑할 때와 죽을 때 레마르크·장희창 옮김

247 누가 버지니아 울프를 두려워하랴? 올비·강유나 옮김

248 인형의 집 입센·안미란 옮김

249 위폐범들 지드·원윤수 옮김 노벨 문학상 수상 작가

250 무정 이광수·정영훈 책임 편집 서울대 권장도서 100선

251·252 의지와 운명 푸엔테스·김현철 옮김

253 폭력적인 삶 파솔리니·이승수 옮김

254 거장과 마르가리타 불가코프·정보라 옮김

255·256 경이로운 도시 멘도사·김현철 옮김

257 야콥을 둘러싼 추측들 욘존·손대영 옮김

258 왕자와 거지 트웨인·김욱동 옮김

259 존재하지 않는 기사 칼비노·이현경 옮김

260·261 눈먼 암살자 애트우드·차은정 옮김 《타임》 선정 현대 100대 영문소설

262 베니스의 상인 셰익스피어·최종철 옮김

263 말리나 바흐만·남정애 옮김

264 사볼타 사건의 진실 멘도사·권미선 옮김

265 뒤렌마트 희곡선 뒤렌마트·김혜숙 옮김

266 이방인 카뮈·김화영 옮김 노벨 문학상 수상 작가 | 미국대학위원회 선정 SAT 추천도서

267 페스트 카뮈·김화영 옮김 노벨 문학상 수상 작가 | 국립중앙도서관 선정 청소년 권장도서

268 검은 튤립 뒤마·송진석 옮김

269·270 베를린 알렉산더 광장 되블린·김재혁 옮김

271 하얀 성 파묵·이난아 옮김 노벨 문학상 수상 작가

272 푸슈킨 선집 푸슈킨·최선 옮김

273·274 유리알 유희 헤세·이영임 옮김 노벨 문학상 수상 작가

275 픽션들 보르헤스 · 송병선 옮김 서울대 권장도서 100선

276 신의 화살 아체베 · 이소영 옮김

277 빌헬름 텔 · 간계와 사랑 실러 · 홍성광 옮김

278 노인과 바다 헤밍웨이 · 김욱동 옮김 노벨 문학상 수상 작가 | 퓰리처상 수상작

279 무기여 잘 있어라 헤밍웨이 · 김욱동 옮김 미국대학위원회 선정 SAT 추천도서

280 태양은 다시 떠오른다 헤밍웨이 · 김욱동 옮김 《타임》 선정 현대 100대 영문 소설

281 알레프 보르헤스 · 송병선 옮김

282 일곱 박공의 집 호손 · 정소영 옮김

283 에마 오스틴 · 윤지관, 김영희 옮김

284·285 죄와 벌 도스토옙스키 · 김연경 옮김 미국대학위원회 선정 SAT 추천도서

286 시련 밀러 · 최영 옮김

287 모두가 나의 아들 밀러 · 최영 옮김

288·289 누구를 위하여 종은 울리나 헤밍웨이 · 김욱동 옮김 노벨 문학상 수상 작가

290 구르브 연락 없다 멘도사 · 정창 옮김

291·292·293 데카메론 보카치오 · 박상진 옮김

294 나누어진 하늘 볼프 · 전영애 옮김

295·296 제브데트 씨와 아들들 파묵 · 이난아 옮김 노벨 문학상 수상 작가

297·298 여인의 초상 제임스 · 최경도 옮김 미국대학위원회 선정 SAT 추천도서

299 압살롬, 압살롬! 포크너 · 이태동 옮김 노벨 문학상 수상 작가

300 이상 소설 전집 이상 · 권영민 책임 편집

301·302·303·304·305 레 미제라블 위고 · 정기수 옮김

306 관객모독 한트케 · 윤용호 옮김 노벨 문학상 수상 작가

307 더블린 사람들 조이스 · 이종일 옮김

308 에드거 앨런 포 단편선 앨런 포 · 전승희 옮김 미국대학위원회 선정 SAT 추천도서

309 보이체크 · 당통의 죽음 뷔히너 · 홍성광 옮김

310 노르웨이의 숲 무라카미 하루키 · 양억관 옮김

311 운명론자 자크와 그의 주인 디드로 · 김희영 옮김

312·313 헤밍웨이 단편선 헤밍웨이 · 김욱동 옮김 노벨 문학상 수상 작가

314 피라미드 골딩 · 안지현 옮김 노벨 문학상 수상 작가

315 닫힌 방 · 악마와 선한 신 사르트르 · 지영래 옮김

316 등대로 울프 · 이미애 옮김 《타임》 선정 현대 100대 영문소설 | 《뉴스위크》 선정 100대 명저

317·318 한국 희곡선 송영 외 · 양승국 엮음

319 여자의 일생 모파상 · 이동렬 옮김

320 의식 노터봄 · 김영중 옮김

321 육체의 악마 라디게 · 원윤수 옮김

322·323 감정 교육 플로베르 · 지영화 옮김

324 불타는 평원 룰포 · 정창 옮김

325 위대한 몬느 알랭푸르니에 · 박영근 옮김

326 라쇼몬 아쿠타가와 류노스케 · 서은혜 옮김

327 반바지 당나귀 보스코 · 정영란 옮김

328 정복자들 말로 · 최윤주 옮김

329·330 우리 동네 아이들 마흐푸즈 · 배혜경 옮김 노벨 문학상 수상 작가

331·332 개선문 레마르크 · 장희창 옮김

333 사바나의 개미 언덕 아체베 · 이소영 옮김

334 게걸음으로 그라스 · 장희창 옮김 노벨 문학상 수상 작가

335 코스모스 곰브로비치·최성은 옮김

336 좁은 문·전원교향곡·배덕자 지드·동성식 옮김 노벨 문학상 수상 작가

337·338 암 병동 솔제니친·이영의 옮김 노벨 문학상 수상 작가

339 피의 꽃잎들 응구기 와 시옹오·왕은철 옮김

340 운명 케르테스·유진일 옮김 노벨 문학상 수상 작가

341·342 벌거벗은 자와 죽은 자 메일러·이운경 옮김 퓰리처상 수상 작가

343 시지프 신화 카뮈·김화영 옮김 노벨 문학상 수상 작가

344 뇌우 차오위·오수경 옮김

345 모옌 중단편선 모옌·심규호, 유소영 옮김 노벨 문학상 수상 작가

346 일야서 한사오궁·심규호, 유소영 옮김

347 상속자들 골딩·안지현 옮김 노벨 문학상 수상 작가

348 설득 오스틴·전승희 옮김

349 히로시마 내 사랑 뒤라스·방미경 옮김

350 오 헨리 단편선 오 헨리·김희용 옮김

351·352 올리버 트위스트 디킨스·이인규 옮김

353·354·355·356 전쟁과 평화 톨스토이·연진희 옮김

357 다시 찾은 브라이즈헤드 에벌린 워·백지민 옮김

358 아무도 대령에게 편지하지 않다 마르케스·송병선 옮김

359 사양 다자이 오사무·유숙자 옮김

360 좌절 케르테스·한경민 옮김 노벨 문학상 수상 작가

361·362 닥터 지바고 파스테르나크·김연경 옮김 노벨 문학상 수상 작가

363 노생거 사원 오스틴·윤지관 옮김

364 개구리 모옌·심규호, 유소영 옮김 노벨 문학상 수상 작가

365 마왕 투르니에·이원복 옮김 공쿠르상 수상 작가

366 맨스필드 파크 오스틴·김영희 옮김

367 이선 프롬 이디스 워튼·김욱동 옮김 퓰리처상 수상 작가

368 여름 이디스 워튼·김욱동 옮김 퓰리처상 수상 작가

369·370·371 나는 고백한다 자우메 카브레·권가람 옮김

372·373·374 태엽 감는 새 연대기 무라카미 하루키·김난주 옮김

375·376 대사들 제임스·정소영 옮김

377 족장의 가을 마르케스·송병선 옮김 노벨 문학상 수상 작가

378 핏빛 자오선 매카시·김시현 옮김

379 모두 다 예쁜 말들 매카시·김시현 옮김

380 국경을 넘어 매카시·김시현 옮김

381 평원의 도시들 매카시·김시현 옮김

382 만년 다자이 오사무·유숙자 옮김

383 반항하는 인간 카뮈·김화영 옮김 노벨 문학상 수상 작가

384·385·386 악령 도스토옙스키·김연경 옮김

387 태평양을 막는 제방 뒤라스·윤진 옮김

388 남아 있는 나날 가즈오 이시구로·송은경 옮김

389 앙리 브륄라르의 생애 스탕달·원윤수 옮김

390 찻집 라오서·오수경 옮김

391 태어나지 않은 아이를 위한 기도 케르테스·이상동 옮김 노벨 문학상 수상 작가

392·393 서머싯 몸 단편선 서머싯 몸·황소연 옮김

394 케이크와 맥주 서머싯 몸·황소연 옮김

395 월든 소로·정회성 옮김

396 모래 사나이 E. T. A. 호프만·신동화 옮김

397·398 검은 책 오르한 파묵·이난아 옮김 노벨 문학상 수상 작가

399 방랑자들 올가 토카르추크·최성은 옮김 노벨 문학상 수상 작가

400 시여, 침을 뱉어라 김수영·이영준 엮음

401·402 환락의 집 이디스 워튼·전승희 옮김

403 달려라 메로스 다자이 오사무·유숙자 옮김

404 아버지와 자식 투르게네프·연진희 옮김

405 청부 살인자의 성모 바예호·송병선 옮김

406 세피아빛 초상 아옌데·조영실 옮김

407·408·409·410 사기 열전 사마천·김원중 옮김 서울대 권장도서 100선

411 이상 시 전집 이상·권영민 책임 편집

412 어둠 속의 사건 발자크·이동렬 옮김

413 태평천하 채만식·권영민 책임 편집

414·415 노스트로모 콘래드·이미애 옮김

416·417 제르미날 졸라·강충권 옮김

418 명인 가와바타 야스나리·유숙자 옮김 노벨 문학상 수상 작가

419 핀처 마틴 골딩·백지민 옮김 노벨 문학상 수상 작가

420 사라진·샤베르 대령 발자크·선영아 옮김

421 빅 서 케루악·김재성 옮김

422 코뿔소 이오네스코·박형섭 옮김

423 블랙박스 오즈·윤성덕, 김영화 옮김

424·425 고양이 눈 애트우드·차은정 옮김

426·427 도둑 신부 애트우드·이은선 옮김

428 슈니츨러 작품선 슈니츨러·신동화 옮김

429·430 세계의 끝과 하드보일드 원더랜드 무라카미 하루키·김난주 옮김

431 멜랑콜리아 I—II 욘 포세·손화수 옮김 노벨 문학상 수상 작가

432 도적들 실러·홍성광 옮김

433 예브게니 오네긴·대위의 딸 푸시킨·최선 옮김

434·435 초대받은 여자 보부아르·강초롱 옮김

436·437 미들마치 엘리엇·이미애 옮김

438 이반 일리치의 죽음 톨스토이·김연경 옮김

439·440 캔터베리 이야기 제프리 초서·이동일, 이동춘 옮김

세계문학전집은 계속 간행됩니다.